El tiempo que nos une

Novela

Alejandro Palomas
El tiempo que nos une

 DESTINO

El papel utilizado para la impresión de este libro es cien por cien libre de cloro y está calificado como **papel ecológico**.

No se permite la reproducción total o parcial de este libro,
ni su incorporación a un sistema informático, ni su transmisión
en cualquier forma o por cualquier medio, sea éste electrónico,
mecánico, por fotocopia, por grabación u otros métodos,
sin el permiso previo y por escrito del editor. La infracción
de los derechos mencionados puede ser constitutiva de delito
contra la propiedad intelectual (Art. 270 y siguientes del Código Penal).
Diríjase a CEDRO (Centro Español de Derechos Reprográficos) si necesita
fotocopiar o escanear algún fragmento de esta obra. Puede contactar
con CEDRO a través de la web www.conlicencia.com
o por teléfono en el 91 702 19 70 / 93 272 04 47

© Alejandro Palomas, 2011, 2016
© Editorial Planeta, S. A., 2018
 Ediciones Destino, un sello editorial de Editorial Planeta, S. A.
 Avda. Diagonal, 662-664. 08034 Barcelona (España)
 www.edestino.es
 www.planetadelibros.com

Adaptación de la cubierta: Booket / Área Editorial Grupo Planeta
Ilustración de la cubierta: Archivo personal del autor
Ilustración del colofón: © Elina Li - Shutterstock
Fotografía del autor: © JM Francisco Juma
Primera edición en Colección Booket: enero de 2016
Segunda impresión: mayo de 2016
Tercera impresión: enero de 2018
Cuarta impresión: junio de 2018

Depósito legal: B. 26.605-2015
ISBN: 978-84-233-5032-2
Impresión y encuadernación: CPI (Barcelona)
Printed in Spain - Impreso en España

Biografía

Alejandro Palomas (Barcelona, 1967) es licenciado en Filología Inglesa y máster en poética por el New College de San Francisco. Ha colaborado en varios periódicos y ha traducido a autores como Katherine Mansfield, Françoise Sagan o Jack London. Es autor de poesía y de las novelas *El tiempo del corazón* (Nuevo Talento FNAC 2002), *El secreto de los Hoffman* (2008, llevada al teatro un año después), *El tiempo que nos une* (2011), *El alma del mundo* (finalista del Premio Primavera de Novela 2011; Booket, 2017), *Agua cerrada* (2012) y de *Las dos orillas* (Destino, 2016), un libro ilustrado por Fernando Vicente. En 2015 publicó *Un hijo* (por el que en 2016 recibió el Premio Nacional de Narrativa Infantil y Juvenil) y, un año antes, *Una madre*, donde aparecen los personajes que retomó en *Un perro* (Destino, 2016) y ahora en *Un amor* (Destino, 2018), que ha sido galardonada con el Premio Nadal en 2018. Su obra ha sido traducida a diez lenguas.

@Palomas_Alejand
Facebook.com/PalomasAlejandro/

*A Pablo y a Angelina,
tan lejos y a la vez tan cerca*

Agradecimientos

A Sandra Bruna, por lo recorrido. A Manuel Martínez-Fresno, por Menorca y por mucho más. A Menchu Solís, cómo no. A Rulfo, que la fuerza nos acompañe. A María Ledesma, por valiente. A Quique Comyn, que ya son años. A las Pubill, a todas ellas. Y a Alicia Quadras, por la compañía.

Prólogo del autor a esta edición

Desde que, hace once años, apareció su primera edición, *El tiempo que nos une* ha sido y sigue siendo una obra en constante crecimiento. A fecha de hoy consta de cuatro partes, la primera de las cuales —*La isla del aire*— se publicó en 2005. Un par de años más tarde, en 2007, aparecieron dos partes más —*Ojos de invierno* y *Navegando juntas*— que, junto con la primera, se publicaron bajo el título de *Tanta vida*. Y por fin, en 2011, un cuarto volumen —*El cielo que nos queda*— se unió a los tres anteriores para formar *El tiempo que nos une*, que es la obra que ahora editamos en formato bolsillo. Ha sido un largo camino desde que apareció la primera Mencía, un camino de ediciones, reediciones, retoques, traducciones a varias lenguas, un guión cinematográfico que algún día verá la luz en la pantalla, una adaptación teatral que con suerte recorrerá escenarios y teatros… han sido tres sellos editoriales y mucha fe en estas mujeres, en esta isla, en estas voces. Mucha fe y mucho esfuerzo, sí.

A veces el esfuerzo da sus frutos y llegan las alegrías. Por eso hoy estamos de celebración: porque hemos sido muchos y muchas quienes desde el principio esperábamos y queríamos que *El tiempo que nos une* llegara lejos y no se nos perdiera por el camino. No podía ser que Mencía, Lía, Flavia,

Inés, Bea y las demás dejaran de estar, porque no nacieron para eso. Al contrario: nacieron para seguir recorriendo ciudades interiores y exteriores, para seguir acompañando bien y sobre todo para seguir emocionando. Siempre he dicho que esta novela es la niña de mis ojos. Hay otras que quizá sean más redondas, más depuradas, es cierto, pero no hay ninguna que contenga estas voces, esta fuerza, toda esta vida sin filtros y sin preámbulos que cada vez que releo vuelvo a hacer mía como el primer día. Ésa es la magia de lo pequeño, de lo familiar, de lo que uno conoce bien y trata bien. Esa magia es la que devuelve a quien lo escribe un personaje como Mencía, con su visón despeluchado, sus noventa años de descaro, de cariño a quemarropa, de vida en vena. En mi vida literaria siempre habrá un antes y un después de ella: de sus respuestas, de su inteligencia, de sus ganas de reinventarse, de retocar, de manipular y de cuidar lo suyo como una fiera mayor. Con ella empezó todo, con ella empecé a reconocer esa voz que buscaba y que a veces se me escapaba. Con ella llegó lo mejor, mi mejor versión como autor y sí, también como persona.

Por eso hoy es un gran día. Escribí esta novela con voluntad de no dejarla aquí, de compartirla en el tiempo, y hoy por fin siento que la historia de estas mujeres vuelve a tomar cuerpo. Viajamos a la Isla del Aire, a Barcelona, a Copenhague... viajamos al dolor, al alivio, a la tensión y a las verdades que duelen cuando se callan y sanan cuando se comparten. Viajamos con estas mujeres al centro de la Tierra para que no se nos olvide que el centro está cerca, mucho más cerca de lo que creemos.

Que está escrito.

Y que, si escuchamos con atención, se lo oiremos leer a alguien.

Hoy es un gran día.

Menorca, 2 de enero de 2016

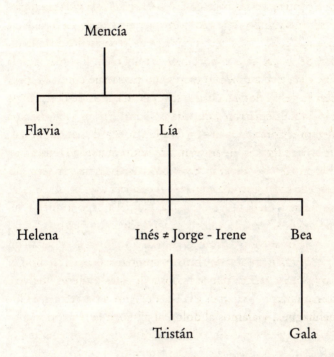

Tanta vida

Confieso que he vivido.
PABLO NERUDA

LIBRO PRIMERO

La isla del aire

Uno

BEA

Dolor. La abuela Mencía sufre a mi lado. Tiene el brazo roto y noventa años. También tiene recuerdos, imágenes, voces y nombres que a veces se le confunden con lo no vivido. Y ternura. Y también silencio.

Dos camas. En una reposa la abuela, vieja y desmemoriada. Cuando se levanta, pierde los dientes. A veces mamá los encuentra en la basura. Entonces Mencía la mira y sonríe, aunque no sabe por qué.

Dos camas. En la otra yo, retorciéndome de dolor. Herpes zóster. Un zarpazo que me cubre el torso desde el ombligo a la columna. Fui al hospital creyendo que tenía una costilla rota. La doctora se rió cuando me vio la espalda.

—No es una costilla rota —dijo sin mirarme—. Es peor.

Al oeste de Menorca. Hoy es 8 de octubre.

—¿Qué haces, Bea? —me pregunta Mencía desde la cama de al lado.

—Escribo, abuela.

—¿Para qué?

—¿Cómo que para qué?

—Sí, para qué.

Sonrío. A los noventa años se pierde la vergüenza y, cuando desaparece la vergüenza, llegan las verdades incómodas, las faltas de todo.

—Para que alguien me escuche.

Me mira como si me viera por primera vez. Alarga la mano y, entre huecos y dientes, dice:

—Yo te escucho.

Dolor. El herpes se me enrosca como una culebra entre pecho y espalda, atrofiándome algún nervio. Dejo de respirar durante unos segundos y cierro los ojos. Pasará, me digo, intentando aliviar el latigazo que me controla corazón y mente como una mala historia de amor.

—Pasará —dice Mencía con un suspiro, llevándose la mano al brazo roto y parpadeando ella también de dolor.

—Ya lo sé.

Abre los ojos, alarga la mano y coge el vaso de agua que mamá repone sobre la mesita cada media hora.

—No, no lo sabes. Si de verdad lo supieras, te dolería la mitad.

Vaya con la abuela.

—Puede que tengas razón.

—La tengo. Noventa años de razón y un brazo roto —dice soltando una carcajada rasposa. Luego se persigna.

Vuelvo a lo mío, pero Mencía es testaruda y está aburrida.

—¿Entonces?

—Entonces qué.

—Pues eso. Que para qué escribes, si ya te escucho yo.

—No es lo mismo, abuela. No es lo mismo.

Se recoloca como puede los cojines tras la espalda y deja escapar un eructo.

—Ya lo sé.

Vuelve el silencio, un silencio opaco que interrumpe sólo el clic clac de las teclas del portátil contra este amanecer de otoño que se cuela por la ventana. Nos hace bien el silencio. Y el mar, este mar que se extiende hacia el infinito desde la ventana del dormitorio de mamá, como una alfombra de lana gruesa y azul.

—¿Quieres un poco de agua?
—No, abuela, gracias.
—¿Por qué no?

Suspiro hondo, intentando decidir si seguir concentrada en lo que no logro escribir o apagar el portátil y rendirme al caprichoso bombardeo de la artillería ligera de la abuela. Cuando levanto la mirada, mis ojos tropiezan con la figura cansada de mamá, que nos mira desde el marco de la puerta.

—Nos tienes abandonadas, Lía —dice Mencía, soltando una risilla de niña mala—. A mí no me queda agua, he tenido que colocarme yo sola las almohadas y Beatriz se ha puesto a escribir porque quiere que alguien la escuche. Menuda enfermera de mierda estás hecha —añade, guiñándome un ojo.

Mamá sacude la cabeza y sonríe.

—Menudo lenguaje. A tu edad.

La abuela se persigna.

—A mi edad el lenguaje me lo paso por el...
—¡Mamá!

Mencía me mira y sonríe sin dientes.

—Mema —suelta entre murmullos.

Mamá se hace la ofendida y se lleva las manos a la cara.

—¿Mema? ¿Yo? Muy bien, en cuanto te operen y salgas del hospital, te llevamos de nuevo a casa de Flavia. Que te aguante ella. A ver cómo te cuida.

Mencía me mira con cara de horror y empieza a persignarse de nuevo, esta vez a toda prisa.

—No, no, no... —repite una y otra vez, poniendo los ojos en blanco—. Con Flavia no, con Flavia no.

Mamá se acerca a ella, coge el vaso vacío de la mesita de noche y se va, dejándonos solas. Mencía vuelve a arañar el silencio con sus verdades a media asta.

—Tú no deberías estar aquí.

Me giro para mirarla.

—¿Cómo?

—Que no deberías estar aquí.

No digo nada. Pasan los segundos y ella vuelve a la carga.

—Si estás aquí es porque no tienes a nadie que te cuide, y eso es muy triste.

Enciendo un cigarrillo, a pesar de que ni siquiera he desayunado y de que noto su mirada furibunda taladrándome desde su cama.

—Muy triste, sí —repite—. Hay que estar muy sola para que a tu edad tenga que cuidarte tu madre cuando te pones enferma. ¿Tú no tenías un marido?

Doy una calada al cigarrillo y me armo de paciencia.

—Sí, abuela, pero está de viaje.

Se ríe entre dientes.

—Menudo marido tiene que ser si se va de viaje cuando estás enferma. ¿Cómo se llama?

—Arturo, abuela.

—Ah, sí. El abogado.

—Sí, el abogado.

—No me gustan los abogados.

—Pues tú a él sí le gustas.

—Me alegro por él.

Intento aguantar la risa, pero no lo consigo. Mencía me mira y, al verme reír, se desgrana ella también en un torrente de carcajadas cansadas. Siempre se nos dio bien reírnos juntas. Verla reír me reconforta. Un nuevo latigazo de escozor en la espalda me corta la risa en seco. Ella me mira desde su cama y cierra los ojos. Los abre a los pocos segundos y clava la mirada en la ventana.

—Tu hermana es anoréxica porque no sabe querer —suelta sin más, todavía con la mirada fija en el cristal—. Además, su marido tampoco me gusta. Hay que ver qué mal ojo tenéis para los hombres en esta familia.

Silencio de nuevo. Esta vez es un silencio cargado y feo que la abuela traza con su mal humor, perdida entre recuerdos y momentos desvividos con los años.

—Yo la primera —murmura justo cuando mamá vuelve a aparecer con dos vasos de agua y un zumo de naranja.

—¿Tú la primera? —pregunta mamá—. ¿La primera en qué?

—En equivocarme —escupe Mencía con cara de fastidio.

Mamá me mira con cara de póquer y se sienta a los pies de mi cama.

—¿Me he perdido algo? —pregunta con gesto cansado.

—Nada, hija —dice la abuela—. Cosas nuestras.

—¿Cómo que cosas vuestras? A ver, si empezamos con secretitos, os mando a cada una a su casa. Ya está bien —dice mamá, fingiendo un enfado con el que no nos convence a ninguna de las dos.

—Tu abuelo era un cretino, hija —suelta de pronto la abuela.

Mamá no logra disimular su sorpresa.

—Sí, Lía, un cretino y un mujeriego. Como tu marido. Como el marido de Flavia. Como todos.

Mamá no dice nada. Alisa las arrugas del edredón de mi cama y baja la mirada. La abuela se concentra en su zumo de naranja y yo contengo la respiración, esperando que la nueva descarga de dolor que me paraliza el lado izquierdo remita y me dé unos minutos de paz.

—Y otra cosa —vuelve a hablar la abuela, esta vez dirigiéndose a mí—. Tú no escribes para que te escuchen. Tú escribes para no tener que escucharte y eso es más triste que estar aquí, en casa de tu madre, porque no tienes a nadie que te cuide. A ver cuándo escribes algo que haga que cambie algo.

Mamá y yo nos miramos sin decir nada. Desde que he llegado a esta cama, y de eso hace dos días, no había oído a la abuela pronunciar dos frases seguidas. Fue romperse el brazo y quebrársele la voz. Ya no más palabras. Llevaba un par de semanas de mutismo carcelario, cansino, viejo. Hasta ahora hablaba sólo para pedir, para quejarse, para expresar dolor, pero ya no decía. Hasta esta mañana. De pronto ha vuelto la Mencía entera y a destajo, la de las verdades a duras penas. No la esperábamos.

—No quiero operarme —dice de pronto—. Me da miedo morirme. Y que duela.

Silencio de nuevo. Demasiada Mencía.

—Pero más miedo me da volver a casa de Flavia.

FLAVIA

Es extraño llegar a casa y oír el silencio, saber que mamá no está. No está, me repito una y otra vez en el ascensor cuando vuelvo del despacho a mediodía. No están sus pasitos cortos y arrastrados por el parqué, ni su bastón apoyado en cualquier parte, ni ese olor a piel gastada persiguiéndome por la casa. Mamá no está y yo sí. Curioso: ahora que se ha ido, vivo desde su no estar, enmarcada en su ausencia, perdiéndome en mi no saber estar. Vago por la casa como una sonámbula, creo que feliz, creo que ligera. Vacía, aunque vacía de ella. Hasta que vuelva.

—Quizá no vuelva, Flavia —dice Héctor cuando intento explicarle cómo me siento desde que mamá está en casa de Lía.

No le contesto. Sé que eso es lo que él quisiera. También él sabe qué es lo que quiero yo. Que no vuelva.

—Aunque no creo que sea ninguna solución.

Levanto la mirada del plato y le veo concentrado en la pantalla del televisor. Noticias. Algún atentado. Qué sé yo.

—¿Solución? —pregunto un poco a tientas. Las frases lapidarias de Héctor a veces son un anticipo de una mala verdad—. ¿Qué quieres decir?

Héctor enciende un cigarrillo y le da un sorbo al café sin apartar la mirada de la pantalla. Cuerpos ensangrentados que alguien tapa con una sábana sucia. Una mujer llora y otra la abraza. Actualidad.

—Hace dos semanas que tu madre está en casa de tu hermana y no has dejado ni un solo día de hablar de ella. Quizá sería mejor que volviera. Así podrías seguir machacándola y olvidarte de que no sabes vivir sin ella.

Héctor se termina el café de un trago y se levanta. Segundos después, la puerta de la calle se cierra con un chasquido y la soledad de la casa se reordena contra sí misma. «Hijo de puta», pienso con una sonrisa densa mientras pongo en marcha el lavavajillas y apunto un par de cosas que tengo que comprar en la pizarra blanca que cuelga de la puerta de la nevera. Luego vuelvo al salón, me siento en el sofá y apoyo la pierna en el reposapiés de cuero rojo. Me pica la pierna debajo del yeso, pero he empezado a acostumbrarme al picor. Bendito picor. Cuatro semanas más y volveré a caminar, sin yeso y sin muletas. Cuatro semanas y mamá estará de nuevo en casa, quizá curada después de la operación, y todo volverá a ser como antes. Lía no hace más que decirme que contrate a alguna chica que venga a cuidarla durante el día, que mamá se puede permitir eso y más. Tiene razón. Lo que Lía no sabe es que no soporto tener que dormir con ella, tenerla cerca durante toda una noche, notar que su olor me ahoga, escuchar sus ronquidos de vieja, oírla quejarse, lloriquear como una niña porque le duele el brazo o porque tiene miedo. No soporto que me toque, que me busque. ¿Por qué tengo yo que cuidar de ella?

BEA

Tu tía no me quiere, Bea.

Levanto la mirada del libro que estoy intentando leer desde hace un rato. Mencía se había quedado dormida. Mamá debe de estar lavando los platos del desayuno en la cocina. No la oigo.

—No digas eso, abuela.

—Le doy asco.

—Abuela...

—Un día perdí el bastón y me dijo que la tenía harta, que como volviera a perderlo me metía en un asilo.

Dejo el libro en la mesita de noche y aprieto los dientes cuando un nuevo latigazo de dolor me recorre el costado hasta la base del cuello.

—Ésas son cosas que se dicen sin pensar, abuela. No le des importancia.

Ella me mira fijamente y no dice nada durante unos segundos.

—También me dijo que yo nunca la había querido, que siempre la había reprimido, y que se casó con Héctor porque sabía que yo no le soportaba.

No sé qué decir.

—No me cambia el pañal, y sólo me limpia la habitación cuando viene a verme tu madre. Y me esconde el bastón para que no me levante de la cama.

Las palabras de la abuela van dibujando sombras de espesura en las paredes del dormitorio. Parece hablar con ella misma, como si recordara alguna historia que le hubieran contado, escenas borrosas que de repente va recuperando y que vuelve a olvidar una vez evocadas. No parece sufrir. Sólo narra. Una oleada de dolor vuelve a atacarme por la espalda cuando intento levantarme para ir a buscar a mamá.

—Me empujó. No encontraba el bastón y me empujó contra la mesa. Héctor la detuvo, pero no encontré dónde apoyarme y fui a dar contra la mesa del comedor. Me golpeé el brazo en el borde de la repisa.

Ahora sus palabras son un murmullo lento y tranquilo. Siento un escalofrío. De pronto empieza a darse golpes en el pecho, como si intentara ahuyentar una mosca o algún insecto que la molestara.

—Fuera, fuera —empieza, sacudiéndose cada vez con más fuerza—. Fuera de aquí, monstruos —grita, perdiendo la paciencia.

A los pocos segundos Lía aparece en el marco de la puerta con cara de dormida.

—¿Qué tienes, mamá? ¿Qué pasa?

La abuela sigue dándose palmadas en el pecho. Parece haber perdido el control.

—Estos ratones, que no paran de mamar. ¡Fuera! ¡Fuera, bichos!

Mamá me mira, totalmente confundida. Se acerca a la abuela y la abraza.

—No hay ningún ratón, mamá. Tranquila, tranquila...

La abuela sigue agitando las manos unos segundos más hasta que por fin se deja acunar en los brazos de mamá, que ahora le acaricia la cabeza.

—Esos ratones... a veces vienen y quieren mamar... y yo no puedo...

—Sí, mamá, sí... ya está, ya se han ido. No vendrán más, no te preocupes. Ten, bebe un poco de agua.

La abuela bebe un poco de agua y se recuesta contra las almohadas, al parecer agotada. Segundos después ronca tranquilamente. Mamá se sienta al borde de mi cama y me sonríe.

—Qué pena me da verla así —dice, como a regañadientes.

—Son noventa años, mamá. ¿Qué esperabas?

Lía se arruga un poco contra la luz dorada que entra por la ventana. Se pasa la mano por la cara. Está cansada. Demasiados días atendiendo a la abuela, demasiadas horas a merced de su humor cambiante de niña caprichosa.

—Deberías descansar.

Me mira durante unos segundos, como perdida.

—Sí, creo que intentaré dormir un poco más.

Como si la hubiera oído, la voz rasposa de la abuela se perfila desde su cama.

—Lía.

Mamá sonríe con gesto entregado.

—Dime, mamá.

—¿Me das un poco de agua?

—Tienes el vaso lleno.

—Está caliente.

—Voy.

Mamá se levanta con una sonrisa resignada y va hasta la mesita de noche de la abuela. Coge el vaso y acaricia la cabeza de su madre con gesto distraído. La abuela levanta la cabeza y la mira. Luego se gira y me observa atentamente con ojos perdidos.

—¿Tú quién eres? —dice sin reconocerme.

—Soy Beatriz, abuela. Tu nieta.

Mencía sigue mirándome unos segundos hasta que de pronto encaja mi imagen en algún rincón de su memoria a la deriva.

—Ay, sí, hija. Perdona —dice sacudiendo la cabeza—. Tu abuela está ya muy chocha.

Mamá me mira desde la puerta y suspira. Luego desaparece.

—¿Qué hora es? —pregunta la abuela, mirándome de nuevo con gesto opaco.

—Las nueve y media.

Suspira. Se incorpora en la cama y apoya la espalda contra las almohadas.

—Desde que murió el abuelo para mí el tiempo no existe —suelta de pronto, como hablándole a nadie—. Se marchó y me rompió los minutos y las horas como quien rompe una pecera y se queda ahí viendo morir a los peces que cuidó durante años. El día que el abuelo se me fue, enterré en mis plantas todos los relojes de la casa. Dejé de contar porque el miedo a vivir en el descuento era demasiado para una mujer tan vieja. Menos mal que os tenía a vosotras.

Con ese «menos mal» suspirado en descendente, la abuela le clava las uñas al silencio de la mañana. Al otro lado de la ventana, el faro, el viejo faro que tantos veranos nos ha visto pasar. El faro.

—¿Y tu marido abogado por qué no te llama? —suelta de pronto.

—Tiene mucho trabajo. Está en un congreso, en Holanda.

—Ah. ¿Y en dos días no ha encontrado cinco minutos para llamarte?

—No.

Mencía clava la mirada en el techo y se persigna. Luego sonríe, al parecer, sumergida en el vaivén de sus propios recuerdos.

—¿Quieres que salgamos a dar un paseo en barco?

La miro con cara de no haber oído bien.

—Sí, hija. Al faro. Como antes. ¿Te acuerdas?

—¿Crees que podrías? —le digo, viendo asomar la sombra de mamá por la puerta.

—Seguro que llegamos antes de que te llame tu marido —responde con una sonrisa desdentada.

Sonrío. A veces la abuela puede ser muy tremenda.

—¿Sabes lo que creo? —vuelve a la carga.

Mamá entra en ese momento y desde la puerta me guiña un ojo.

—¿Qué? ¿Qué es lo que crees, mamá? —dice desde el umbral, cruzándose de brazos como una enfermera indulgente.

La abuela cierra los ojos y se retoca las hebras de pelo gris que mamá le peina todas las mañanas después de cambiarle el pañal y ducharla.

—Que tu marido no te quiere —suelta, mirándome—. Y que el herpes ese que tú tienes es lo que nos sale a todas cuando nos dejan sin habernos dejado del todo. ¿O es que te crees que estoy tan chocha como para no darme cuenta?

—Abuela, por favor —digo, intentando cortarla.

—¿Por favor qué? Hija —empieza, mirando a mamá—. ¿Y tú? ¿Es que no ves que esta niña sufre porque está sola?

Mamá se sienta en la cama de la abuela y empieza a darle un masaje en los pies. Mencía cierra los ojos de nuevo y suspira. Se persigna.

—¿Por qué demonios estamos todas tan solas? —dice de pronto, estrellando el silencio con su voz cascada.

LÍA

En la habitación del fondo, la mía, mamá y Beatriz conversan y ríen. La mañana cae ingrávida sobre el mar. Tanta paz.

Inés no ha llamado desde anteayer. Tampoco ha ido a trabajar esta mañana. Inés no puede con la vida. Demasiada culpa. Marido, hijo… y Sandra, esa Sandra maldita apareciendo a traición una mañana de invierno en la redacción como una nube de tormenta. Aire nuevo. Unos ojos negros como dos encrucijadas en pleno bosque. Ese día, como muchos otros a partir de entonces, Inés llegó a casa con luz en la cara. Jorge, su marido, apartó los ojos del televisor y la saludó con un gesto parco, sin palabras. No le gustó esa luz. No auguraba nada bueno.

Dos años de idas y venidas. Inés sufre desde entonces al amparo roto de las ilusiones que Sandra despertó en ella esa ronca mañana. Enamorada. Enamorada la frágil Inés de una ilusión, desenamorada de todo hasta que llegaron esos ojos a abrirle lo que nadie había podido abrir hasta entonces. Tardó poco en hablar.

—Estoy enamorada, mamá.

Enamorada. Enamorada a destiempo, con un marido gris y un hijo crecido a su sombra como un matojo de hiedra hambrienta. Enamorada de todo lo que una mujer no debe enamorarse. De otra mujer. Mi Inés. La mediana.

—Qué cosas dices, Inés.

Hacía calor ese día, o así lo recuerdo. Sin embargo, no recuerdo que hubiera sol. Estábamos solas. Martín había salido a navegar. Intenté decir algo más, pero lo único que salió de mi boca fue una tos seca de perro que no ayudó. Inés me miraba en silencio. El tictac de un reloj me remachaba el cerebro con su falta de tino. Enamorada.

—Se llama Sandra. Ha empezado este año en la sección de Internacional.

Quise taparme los oídos. Qué poca fortuna la de mi niña mediana.

—Ayer hicimos el amor. Sentí que era la primera vez, que me volvía la vida.

Me levanté de la mesa y empecé a recoger los platos sin mirarla.

—Pasará —fue lo único que me escuché murmurar—. Esas cosas vienen y van.

Inés dejó la servilleta encima de la mesa y me agarró del brazo, levantando la mirada hacia mí.

—No quiero que pase, mamá.

«Y yo no quiero que esto sea verdad», pensé. «No quiero vivir lo que vendrá a partir de ahora, ni verte sufrir más de lo que ya te has acostumbrado a aguantar con ese marido hecho de retales mal cortados y ese niño que juega siempre a no estar cuando tú no le prestas tu sombra de madre».

Volví a sentarme y puse la mano sobre la suya.

—¿Qué vas a hacer?

No dijo nada. Siguió mirándome con esos ojos de isla a la deriva, desde esa mirada arañada tan suya, tan Inés.

—¿Qué quieres que haga? —le pregunté, esta vez encontrándome en la dulzura de su mirada.

Sonrió. Su cara de niña renovada se me clavó en el esternón, golpeándome el aliento.

—Vivirlo, mamá.

—Claro —murmuré, perdiendo los ojos en los cuadros naranjas del mantel—. ¿Y Jorge? ¿Y el niño?

—No tienen por qué enterarse. Nadie tiene por qué saberlo. Sólo tú y yo.

Claro. Sólo ella y yo. Bonito secreto. Ella y yo y lo que vendría. Me estremecí de anticipación.

—No saldrá bien, hija. Estas cosas nunca salen bien.

Inés me apretó la mano y acercó su cara a la mía, apoyando la frente en mi hombro.

—Hace mucho tiempo que nada está saliendo bien, mamá.

Le puse el dedo debajo de la barbilla y la obligué a levantar la cara.

—¿Y crees que tú eres la única?

Me lanzó una mirada triste.

—¿Y tú? ¿Es que te crees mejor por no serlo?

Tragué saliva. A veces mi niña mediana me recuerda a mi madre. Dice las cosas como si las leyera en algún rincón del cielo, como si una voz que no es la suya se las dictara de pronto, así, a contragolpe.

—No, hija. Me ayuda a seguir, nada más.

Encendió un cigarrillo y echó una bocanada de humo blanco a la lámpara que colgaba sobre la mesa.

—Tengo treinta y cinco años, mamá.

—Ya lo sé.

—No quiero vivir otros treinta y cinco como los que he vivido hasta ahora.

—Y yo no quiero que sufras.

—Entonces ayúdame a vivir esto.

Agité la mano para dispersar el nubarrón de humo que nos separaba.

—¿Y qué quieres que haga? —repetí en un murmullo triste.

Suspiró e inclinó la cabeza, mirándome de lado.

—Que me digas que no me quieres menos por esto. Y que estés. No sé…, que no te culpes.

Cerré los ojos. Sentí una bola de angustia en el pecho rodándome garganta arriba.

—¿Sabes una cosa? —dije, concentrándome en los cuadros torcidos del mantel—. Una vez intenté separarme de tu padre. Tú no habías nacido. Helena tendría dos años, quizá dos y medio. Una tarde hice la maleta y la de Helena y me fui a casa de los abuelos hecha un mar de lágrimas. Hacía ya un tiempo que tu padre me engañaba con una de las socias del bufete y yo lo sabía. Ese día no pude más. Cuando llegué a casa de los abuelos, tu abuela me hizo pasar, me dio una taza de té y esperó a que me calmara. Se lo conté todo. Cuando terminé, ella se levantó, cogió mi maleta y me dijo:

—Muy bien, Lía. Ahora coge tu maleta y a tu hija y vuelve a casa antes de que llegue Martín y sospeche algo. Te has casado con un hombre que tiene una aventura. Tú sabrás por qué tiene que salir a buscar fuera lo que puede tener en casa. Si quieres dejarle, perfecto, déjale, pero si lo haces, no esperes nada de nosotros. Ya eres una mujer. Ahora apechuga como lo hemos hecho todas.

Inés me miraba con los ojos vacíos. Parecía haber dejado de respirar.

—¿Qué hiciste?

Sonreí.

—Secarme las lágrimas, volver a casa, deshacer la maleta y empezar a preparar la cena.

Le dio una larga calada al cigarrillo y exhaló el humo con un suspiro de irritación.

—Te diré una cosa, hija. Vosotras tres sois lo mejor que me ha pasado, lo mejor. Haberos tenido a mi lado, haber sabido que existíais, me ha dado la vida.

Inés aplastó la colilla del cigarrillo contra los restos de helado del plato.

—Pero si volviera a nacer, si pudiera retroceder en el tiempo y rehacer el pasado, no me casaría nunca, de eso puedes estar segura. Elegí mal y he encajado mi elección lo mejor que he podido, no dignamente, no alegremente. He vivido todos estos años manteniéndome entera porque sabía que si no lo hacía, si tiraba la toalla y me derrumbaba del todo, os perdería. Qué extraño. Ahora que cada una de vosotras tiene su propia vida es cuando más cerca os siento.

Inés se retorció en su silla, encogiéndose levemente.

—¿Entonces?

Me levanté y volví a hacer ademán de recoger los platos.

—Haz lo que creas que debes hacer, Inés. Si te sale mal, aquí siempre sobran camas —dije por fin, intentando que me dejaran de temblar las manos para poder levantar la bandeja—. Pero, decidas lo que decidas, no me busques después para llorar por aquello a lo que tuviste que renunciar ni por lo que no te atreviste a dejar. Como madre, no puedo decirte que apruebe lo que haces. Tampoco como abuela de tu hijo. Pero como amiga...

Inés me miró expectante.

—Y como mujer...

Me detuve en la puerta del comedor y, sin girarme para mirarla, mascullé:

—No puedo negarte que me emociona.

Los cuadros del mantel se cerraron sobre sí mismos como un ajedrez vacío.

—Qué envidia me da verte esa luz en los ojos, hija.

BEA

La abuela mira la televisión y va quejándose cada cierto tiempo. Una y otra vez, se tira de las vendas que le sujetan el cabestrillo al brazo y suelta algún gimoteo ahogado. Bebe un sorbo de agua, se concentra en la pantalla, a veces llora, a veces sólo mira. A la nada. A la ventana. Al mar.

Miro a la abuela y me dejo bambolear en sus pupilas. Dicen cosas.

Cuando era pequeña, Mencía me contaba historias. Con el tiempo esas historias se hicieron verdad. Ahora son la vida que me conforma. En sus pupilas veo un mar azul salpicado de cuentas verdes en las que ella lee los nombres de los que ya no están, de los que se fueron antes, nombres que ahora confunde con los nuestros.

—¿Arturo? —dice de pronto, sobresaltada.

—¿Cómo dices, abuela?

—Tu marido, Bea. Se llama Arturo, ¿no?

Suspiro. De nuevo el dolor. De nuevo el picor entre pecho y espalda.

—Sí.

—¿Cómo es?

—¿No te acuerdas de él?

Mencía tuerce la cara y clava la mirada en el techo.

—A mi edad una sólo recuerda lo indispensable. Tu Arturo no lo es.

No digo nada. Disimulo una sonrisa.

—Ni para mí ni para ti, querida. La única diferencia es que yo no estoy casada con él, gracias a Dios. Hace tiempo que se te quedó pequeño tu Arturo.

Arturo. Qué sabe la abuela. O nadie. Entra mamá con el periódico y lo deja en la mesita de noche de Mencía, que en ese momento suelta una tos seca y luego carraspea.

—¿Teresa vendrá hoy a verme? —le pregunta de pronto la abuela, llevándose la mano al pelo con gesto angelical.

Mamá la mira sin saber qué decir.

—¿Teresa?

—Teresa, sí. ¿No había dicho que vendría hoy?

Teresa es la hermana menor de Mencía. Murió hace ya unos años de un cáncer fulminante.

—Sí, estará al llegar —dice mamá, siguiéndole la corriente.

Mencía la mira con cara de mal talante y chasquea la lengua con un gesto de fastidio.

—Mientes. Me sigues la corriente porque crees que chocheo. ¿Es que crees que no sé que Teresa vive en Chile?

Yo aparto la mirada y reprimo una sonrisa que mamá capta al vuelo desde el marco de la puerta.

—Perdona, creí que preguntabas por Inés —tartamudea mamá—. Ya lo ves —añade con gesto de disculpa—, al parecer, se me va más a mí la cabeza que a ti.

La abuela suelta una carcajada maliciosa. Luego se concentra en el estampado del edredón de mamá y se alisa la frente con un ademán triste.

—Me duele tanto —dice entonces, arrugando la frente.

—Quizá deberías dejar de tocarte las vendas.

—¿Las vendas? —murmura, batiendo las pupilas como una niña perdida en un bosque oscuro.

—Las del brazo, abuela.

Se palpa el brazo y suelta un suspiro cansado.

—No, cariño, lo que me duele es que sólo quedéis tu hermana y tú.

No sé qué decir. Como siempre, la abuela golpea a deshora, derrumbando sobre mí el recuerdo de Helena y de los meses que hace que ya no está con nosotras. Pierdo la mirada en la ventana colmada de azul turquesa. El mar. Helena. El mar y Helena siempre a la par, siempre rozándose con los dedos, jugando uno con la otra, retándose, embrujados los dos. Desde que Helena se fue, vivimos de espaldas al agua, maldiciéndola en silencio.

—Mañana hará un año —dice Mencía, levantando la mirada y clavando sus ojillos en los de mamá.

Vacío. Se abre el vacío entre las tres mientras una punzada de dolor sordo me recorre la espalda, cortándome la respiración. El recuerdo de Helena se pasea entre nosotras como un fantasma con su bola de desaciertos.

LÍA

Helena era la mayor. Siempre lo fue, incluso antes de que nacieran Inés y Bea. Creció enamorada de su padre, ensombrecida por mi presencia injusta, molesta, mirando de reojo contra mí. Creció desde la madurez precoz y afilada hasta convertirse en una Helena silenciosa, hermosa en su precariedad. Y crecí yo con ella, madurando yo también, viéndola odiarme día a día. La perdí desde que me la sacaron de dentro y la vida me la volvió en contra. Avanzamos entonces paralelas sobre el tiempo, contra el tiempo. Helena vivía para Martín y para el mar, en su vida no había sitio para más. Salía con su padre a navegar desde muy pequeña, flotando los dos en el azul como dos medusas mudas, dos puertas cerradas del mismo desván. Volvían radiantes, exhaustos, teñidos de lo que nunca compartirían conmigo. Pasaron los años y Helena empezó a navegar sola. Salía a primera hora, cuando la luz del día todavía quedaba lejos y el silencio de la mañana no anunciaba nada. Se movía por la casa a oscuras, desayunaba una taza de té y bajaba en bicicleta al puerto, dejándose deslizar calle abajo envuelta en la paz de lo más temprano. Le conocí pocos amigos. Ninguno, diría yo. Tenía unos ojos azules profundos y desvalidos y una melena rubia que la sal y el agua habían ido rizando con los años, oleándole la espalda. Helena era guapa, una de esas bellezas deslumbrantes por ajenas, por rotundas. Desde muy pequeña se pasaba las horas pintando en el suelo frente a los ventanales del salón. Siempre en silencio, sin apartar la mirada de la enorme mancha de océano que se perdía hasta encontrarse con la primera línea de cielo. Pintaba con la adicción del mal fumador, una imagen tras otra, el mismo mar, el mismo azul, a veces un barco interrumpiendo la tarde, otras el sol, poco más. En casa éramos cuatro y ella. Cuando terminó el bachillerato se fue a estudiar a Alemania.

—Quiero ser pintora —nos anunció una mañana de julio, horas después de haber recibido la noticia de su sobresaliente en la Selectividad—. Quiero irme a estudiar a Berlín.

Martín y yo no supimos qué decir. Él alimentaba en secreto la esperanza de que Helena estudiara Derecho y terminara trabajando con él en el bufete. En cuanto a mí, confieso que mi hija me tenía muy despistada. Hacía tiempo que había decidido no elucubrar sobre sus posibles decisiones. Su anuncio iba dirigido a su padre, no a mí. Yo no contaba.

Berlín. ¿Qué había en Berlín? ¿Por qué tan lejos?

—Porque no tiene mar —respondió, mirando a su padre con ojos tristes. Había en su mirada un trasfondo de reproche, quizá una sombra de reto—. No puedo seguir anclada a tanto azul. Necesito ver.

Se fue. Con su marcha me propuse acercarme a ella. Costó. Costó empezar, costó la primera carta que no quería salir. Durante días le di vueltas y más vueltas, buscando anclajes desde los que escribirle, intentando recordar vínculos comunes que me acercaran a esa hija que no me quería cerca. Empezaba a escribir y mi voz se apagaba, perdida entre las arenas movedizas de recuerdos mal fundados y el blanco nuclear del papel de carta. Una noche, seis meses después de su marcha, desperté de madrugada. Tras los cristales de la ventana, una tormenta de rayos secos zarandeaba el puerto y el aire. Me levanté con el corazón encogido, me preparé un té y me senté en el salón a ver la tormenta. Martín estaba de viaje, en Lisboa, creo, y Bea e Inés se habían quedado a dormir en casa de los abuelos. Seguí con la mirada clavada en la ventana, hipnotizada por la tormenta, mientras una madeja de angustia se me iba dibujando en el estómago con cada trueno. Respiré hondo, intentando calmarme. Cerré los ojos. Contra la oscuridad vacía de mis párpados, mi Helena navegaba sobre un mar negro en un barco de velas rotas, serpientes azules enmarañadas en los rizos blancos de su pelo, sonrisa triste, entregada. Desde sus pupilas, la Helena más niña me miraba con ojos de pena. Corrí al teléfono.

    Cuando oí su voz al otro lado de la línea, no supe qué decir. Me quedé callada, resollando como un motor cansado, buscando el aire que no tenía. Helena esperó. La imaginé en la cama, confundida, medio dormida contra la fría madrugada berlinesa, quizá con ganas de colgar, demasiado tensa. La imaginé preguntándose a qué venía esa llamada, con qué permiso, con qué valor. La supe esperando, atenta a mi respiración, en guardia, en contra de mí, de todos nuestros años juntas viviendo en mundos enfrentados, deseando colgar y descolgarme de su pasado y de su destino. ¿Qué puedo hacer para saber qué decirte, niña?, quise preguntarle. ¿Cómo hacer para que me escuches? ¿Para que me conozcas? ¿Para que entiendas? Sentí una nueva arcada y noté entonces el sabor salado de una lágrima en los labios. Agua de mar. Helena y el mar. Entonces hablé.

    —Soy Lía, Helena.

Lía. Mi nombre. Lía. Mamá ya no, nunca más. También yo entre tormentas de agua salada, también yo esperando respuestas, necesitando oír. Un rayo crujió sobre el océano en el horizonte, seguido a corto plazo de un trueno que hizo temblar los cristales de todas las ventanas de la casa. Las nubes se abrieron y la lluvia barrió la oscuridad. Entonces la voz de Helena lo arrolló todo con sus dos palabras, llevándose con ellas los silencios mal paridos, abriendo una brecha magnífica donde colarnos a la vez. Dos palabras como dos ojos de niña. Las necesitaba tanto.

—¿Estás bien?

Me apoyé contra la pared. La voz de mi niña mayor resonó en mi cabeza, impidiéndome oír nada más. Conforme pasaban los segundos fui poco a poco abriéndome a la tormenta, dejándome llorar desde el estómago, anegando años de maternidad torcida, de no saber cómo. Helena. Seguí llorando un rato hasta que por fin logré calmarme. Ella me esperaba, paciente ya. Cuando decidió volver a hablar, su voz quebrada me arrugó el pecho.

—Estoy embarazada, Lía.

Embarazada.

Tardé menos de veinticuatro horas en llegar a Berlín. Durante las dos semanas que pasé con Helena, ella perdió a su hija y yo recuperé a la mía. Hablamos poco esos días, envueltas en el frío de la ciudad. No había mucho que decir. La sorpresa de descubrirnos paseando juntas bajo aquel cielo de plomo, entre cafés, cenas y galerías, podía con todo lo demás. Paseando cogidas del brazo, borrábamos lo no vivido, los recuerdos no compartidos. Mi brazo en el suyo cerraba un paréntesis que las dos habíamos abierto con los años, encerrando a Martín en una burbuja de aceite hirviendo que nos había salpicado a destiempo. Recuerdo esas dos semanas con Helena y me asombra ahora saber que, sin saberlo, me había elegido a mí para celebrar juntas el ecuador de su vida. A veces tengo la sensación de haber pasado sólo quince días con mi hija, de haberme perdido el resto.

FLAVIA

El dolor sana, o al menos eso decía Helena. Han ocurrido demasiadas cosas desde que las cosas empezaron a ocurrir, y yo no sé perdonar. No puedo. Paso de la euforia a la oscuridad. Tuerta. Deprimida no. Ya no. La depresión no es un estado, como había creído hasta ahora. La depresión es una cortina de cuentas negras que atravesamos a ciegas, estampándonos contra lo peor de lo que creíamos no ser. Ansiolíticos. Antidepresivos. Hierbas.

Ayer quise salir de casa. Llamé a un taxi para que me llevara al puerto. Necesitaba un poco de aire, de agua, qué sé yo. Cuando el taxi llegó, salí al rellano arrastrada entre las muletas y el peso endemoniado de esta pierna enyesada que me ancla al suelo. Llamé al ascensor. No hubo respuesta. Por un momento no supe qué hacer. Esperé unos segundos, intentando no perder el humor ni la calma. Volví a llamar, pero la lucecita del piloto del ascensor seguía muerta. Oí a alguien que bajaba por las escaleras, un par de pisos más abajo. Niños y una madre, quizá una abuela. Risas cada vez más sordas, el chasquido roto de la puerta del edificio y luego silencio. Perdí las ganas y la paciencia y decidí volver a casa. Cuando llegué a la puerta, me di cuenta de que no había cogido las llaves. Ni las llaves, ni el móvil, ni el bolso. Apenas era mediodía y Héctor no volvería hasta la noche. Cerré los ojos.

Risa. Una risa seca y rasposa empezó a romperme la boca cuando por fin me apoyé de espaldas contra la puerta y me vi así, varada en el rellano de mi ático solitario como una ballena torpe, esperando el milagro de una vida prolongada. Risa, sí. La risa de una loca enmarañada entre sus muletas y sus fantasmas, desconectada de todo menos de sí misma, a la deriva sobre el mar de baldosas azules del rellano que se extendía hasta el ascensor como un océano lleno de peligros. Me apoyé en las muletas e intenté moverme, pero el cuerpo no me respondía. Despacio, fui deslizándome sin separar la espalda de la puerta hasta quedar sentada en el suelo frío, agarrada a las muletas como un náufrago al mástil de su velero. Cerré los ojos de nuevo y una arcada de odio me recorrió las venas: un odio abierto, tórrido, una ráfaga de saña tropezada que fue abriéndose en abanico en todas direcciones al ritmo de mis jadeos ahogados; odio a Héctor por no estar, también por estar, por no saber llegar nunca a tiempo, por tanto tiempo sabiéndome sola. Odio a mamá por no haberme enseñado a valerme por mí misma, por no haber sabido ayudarme a quererla, por dejarse maltratar por mí con sus ojillos de madre asustada, por tenerme miedo y por no enfrentarse a lo que nos desune desde que papá se nos fue, desfondándonos a las dos. Odio a Lía por ser la pequeña, por el cariño de esas hijas limpias que yo nunca he tenido y esa bondad imparable y terca con la que todo lo asume, acusándome con cada gesto, con cada palabra no dicha, no pensada. Odio resumido, descalabrado, arrojadizo y compacto como las lágrimas que me arrancaban los sollozos contra el eco sordo del rellano, estampándose sobre el azul del suelo como la lluvia sobre un mar en calma. Llegaron entonces los recuerdos, retazos de vida a destajo, cosas no hechas, amores no devueltos, cariño por dar, por recibir. Llegó el rostro tierno de papá, sus manos fuertes, esa mirada sonriente y vital de hombre con la que enamoraba a las piedras, sus abrazos abiertos, llenos de promesas a medio cumplir, sus cartas marcadas con las que nos volvía locas a todas, su vida de malabarismo continuo, arrugándole las horas al tiempo, dejándome sola, sola contra el futuro sin él, esposada a mamá de por vida. Papá.

Héctor me encontró hecha un ovillo de escayola y lágrimas secas contra la puerta al volver a casa esa noche. Cuando me acostó, vi en sus ojos una mirada que no le había visto hasta entonces. No era ternura. Tampoco amor. Me miró como el niño que ve agitarse el rabo de una lagartija después de habérselo cortado intentando cazarla, con una mezcla de asco y de lástima.

Luego, ya de noche, volví a soñar con Helena.

MENCÍA

Lía entra y sale de la habitación como la luz de un faro. Se mueve de forma automática entre nosotras. Hace tiempo que navega sola. Desde que Helena nos dejó. Me pregunto dónde habrá aprendido a callar tanto. ¿De quién habrá heredado este silencio tan blanco? A veces tengo ganas de abofetearla para que suelte, para que pare. Zarandearla hasta oírla gritar. Mi Lía.

Cree que no sé. Se equivoca.

—Escribo para que me escuchen, abuela —dice Bea, la pequeña Bea, desde la otra cama, mirándome de reojo.

Miente. Bea miente, como mentimos todas. No escribe para que la escuchen. Escribe porque no la escuchan. No es lo mismo.

O puede que sí.

Para ser vieja hay que haber aprendido a morderse la lengua con cariño. A cerrar la boca a tiempo. Y a rondar la locura para que las verdades sean excusables.

—¿Me he perdido algo? —pregunta Lía en una de sus entradas a contragolpe en el dormitorio.

La miro y la lengua se me estampa contra las encías como una aguja mal apuntada contra el nácar de un botón.

Algo no, estoy a punto de soltarle. Todo, Lía. Te lo has perdido todo. Desde hace tiempo. Ay, niña.

Secretos. Mentiras. Y Flavia. Me abandonan los kilos, los músculos, los huesos. La memoria no. La memoria sigue ahí, recordando, entera. Y es que llegar al final de tu vida tan cargada de recuerdos no ayuda. Bea escribe no sé qué demonios en esa maldita máquina y yo no logro pararla. No la para la enfermedad. Tampoco la soledad. No la paran el silencio ni el mar que sigue rompiendo a lo lejos contra las rocas de la isla y de su faro, más allá de la ventana. La isla. La del Aire.

—Quiero volver antes de ir al hospital —me oigo decir antes de atraparme la lengua entre las encías.

Bea deja las manos suspendidas en el aire. Lía se detiene en el pasillo. Se cierra la mañana. Soy una vieja loca que quiere volver a ver el mar.

—¿Adónde, abuela?

—A la isla. Al faro. Juntas. Todas.

Bea me mira con ojos de cristal. El silencio es tan denso que puedo oír la respiración entrecortada de Lía en el pasillo, quizá ahora apoyada contra la pared.

—Abuela...

—Como antes. Que venga Flavia. Le diremos a Jacinto que nos lleve. El pobre no debe de haber vuelto a salir al mar desde...

Bea prende la mirada en la luz que entra a raudales por la ventana. Tiene unos ojos hermosos, casi negros. Contiene una mueca de dolor y se dobla sobre sí misma.

—Pero... no puedes salir así. Si apenas puedes ir de la cama al baño. Y yo... no podemos...

—Claro que podemos. Jacinto nos llevará.

—No creo que a mamá le parezca una buena idea, abuela. Quizá cuando hayas salido del hospital...

Dejo pasar unos segundos. Lía sigue respirando en el pasillo. Una vela cruza la ventana. Alguien que navega. Bea deposita las manos en el teclado. Busca con los ojos un cigarrillo.

—No saldré de ese maldito hospital, niña.

Lía entra justo en ese momento con cara de no haber oído nada, concentrada en estar alegre. Trae una bandeja con café y cruasanes.

—¿Listas para el desayuno? —pregunta con una sonrisa de enfermera experta.

—Mañana nos vamos todas a la isla. Quiero sentarme bajo el viejo faro antes de morirme, Lía —le digo, mirándola a los ojos—. Todas. Las cinco. Llama a Jacinto. Él nos llevará.

Lía me mira sin perder la sonrisa. Lía me mira. Lía sonríe y en su sonrisa leo una tristeza tan inmensa, tan aterradora que siento un chasquido en el brazo roto. Nuestras miradas se encuentran durante unos segundos. Está cansada. Sabe que no daré mi brazo a torcer. Deja la bandeja a los pies de Bea, se incorpora, se abraza, todavía con los ojos en la bandeja, y luego suelta un suspiro de resignación.

—Tendrás que abrigarte bien, mamá. Han anunciado levante para mañana —dice con la voz vacía, frotándose lentamente los brazos y clavando sus ojos acuosos en la pared antes de salir a pasos entrelazados del dormitorio.

Mientras la oímos hablar con Jacinto por teléfono, Bea y yo guardamos silencio. La mañana deambula con sus susurros sordos por la casa, desmenuzada contra la voz pausada de Lía y alguna vela que se desliza por la ventana, entre el cristal y la lejana silueta recortada del faro que corona de aire el sur de la isla. El silencio de Bea es como el mío, está lleno de cosas, de retales y retazos que a veces le asoman a los ojos. Piensa en el faro. En Helena. En aquella noche de la que ninguna ha vuelto a hablar, esa noche de mar revuelto en la que se nos paró la ilusión, cerrándonos sobre nosotras mismas como baúles antiguos.

—¿Te pongo la tele? —me pregunta de improviso, todavía con la mirada perdida en la ventana.

—No, niña. A estas horas no dan más que basura. Además, me da miedo ver a tanta gente con tanta prisa ahí dentro.

Bea suelta una carcajada abierta y el portátil se balancea sobre su regazo como una canoa sobre la corriente.

—¿La radio?

Cierro los ojos.

—No soporto que no me miren a los ojos cuando me hablan.

Vuelve a reírse. Esta vez me uno a ella y al hacerlo escupo sobre el edredón un colgajo de cruasán mojado en café que ella saluda con un nuevo chorro de carcajadas.

—Quiero jugar a algo.

Me mira con ojos risueños.

—Muy bien. ¿Qué te apetece? ¿El parchís, las cartas, el ajedrez…?

Rumio el silencio como una vaca aburrida, hasta que, de pronto, parezco recordar lo que quería decir.

—No. Ya sé. Podríamos jugar a los secretos.

Me mira sin comprender. De momento, se ha tragado los segundos de chochez desmemoriada que desde hace algunos meses manejo sin esfuerzo.

—¿A los secretos? ¿Qué juego es ése? —pregunta mi pequeña, ahora un poco a la defensiva.

—Ay, Bea. Pero si es más viejo que yo. No tiene ningún misterio. Tú me cuentas un secreto y yo te cuento otro un poco más… secreto… que el tuyo, y así hasta que…, bueno…, hasta que una de las dos se rinda o… hasta que alguno de los secretos coincida con el de la otra.

Me mira con cara de no saber qué decir. Silencio de nuevo. Se vara contra ella misma, rígida de dolor, y deja de respirar, a la espera de que el calambrazo que le sacude la espalda pase y pueda volver a ser ella misma. No dejo escapar la oportunidad.

—Muy bien. Empiezo yo —suelto, después de terminarme el café con leche—. A ver... sí, ya está. Primero los más ligeritos, ¿eh?

Bea sigue tensa contra la almohada. El dolor empieza a remitir. Pasan tan sólo unos segundos. Me pongo muy seria y murmuro con cara de fastidio:

—Acabo de mearme en el pañal.

Ahora la risa de Bea se desgrana sobre el edredón, entregada, casi alegre.

—Sí, niña. Soy una vieja meona. Pero no es ése el secreto.

Me mira con cara de sorpresa.

—¿Ah, no?

—No, tonta. El secreto es que... ¡me encanta mearme encima!

Tanta es la risa de mi pequeña que por un momento me preocupa que el herpes vuelva a darle una descarga de dolor y la pille por sorpresa. Sonrío. Me gusta verla así.

Su turno.

—Muy bien —empieza, todavía sonriente—. Pues yo, a veces, cuando estoy sola en casa y subo a ver la tele a la buhardilla... me meo en las plantas de la terraza —confiesa con cara de vergüenza.

—Asesina —le escupo, provocando nuevas carcajadas—. Y cerda.

Entre risas y lágrimas, que ahora le caen sobre el camisón, intenta decir algo más. Espero. Recupera el turno.

—Pero el secreto es... —no puede seguir. La risa le

hace tropezar contra el cabezal de la cama y el portátil vuelve a navegar corriente abajo—. Es que, cuando me da pereza salir a la terraza y me meo en el plato donde ponemos la leña, ¡Rulfo sube como un loco a bebérselo!

La miro, fingiendo un ataque de horror, y sacudo la cabeza. Me va bien el papel de abuela espantada, lo noto en su mirada. Me doy unos segundos más de vieja perfecta que ahora se mueve entre la perplejidad y el asco y, entonces, fingiendo un arranque de memoria cruzada, le digo:

—¿Rulfo? Pero ¿tu marido no se llamaba Arturo?

Nos reímos, esta vez al unísono, las dos con los ojos cerrados y dejándonos llevar por la alegría de la invalidez compartida. Nos reímos, sí, y en la risa de Bea siento que hay algo de abandono, de compuertas que empiezan a romperse, de resistencias debilitándose. La miro de reojo y al verla así, recortada entre sacudidas de risa contra el cristal de la ventana, la siento mía, presa fácil, ignorando que quizá dentro de un rato se oirá contar cosas que nunca se creyó capaz de decir a nadie, escuchará cosas que se jurará no volver a repetir, abriéndose a mí, sin vuelta atrás.

Hora de reanudar el juego. No tenemos mucho tiempo, aunque Lía siga chachareando en el salón con el simple de Jacinto al teléfono, intentando convencerle de que mañana nos lleve al faro, preguntándole por esa familia de alimañas medio estúpidas con que la vida le ha castigado, Dios sabrá por qué.

No hay tiempo, no. Mi turno.

INÉS

Llegar a casa de mamá siempre es una experiencia predecible. El mismo ruido de pasos acercándose a la puerta desde el otro lado, esos pasos suaves y breves, casi a la carrera, como si los empujara la culpa, ansiosa mamá por no hacerte esperar, quizá creyendo que quien está al otro lado se anunciará enfadado con ella por no haber adivinado su llegada, por no haber sabido anticiparse. Hay disculpa en esos pasos. Y miedo. Quizá a no ser bienvenida, qué sé yo. Hay miedo, sí.

He llamado a esta puerta miles de veces desde que tengo memoria. He llegado a ella alegre, derrumbada, desanclada, renqueante, desbordada, furiosa. Los pasos siempre han sonado igual, marcando una frontera entre lo que traigo conmigo y lo que guarda de mí esta casa. Hay un umbral. Un regreso cotidiano a lo más anterior.

Hoy mamá no me espera. Vengo sin avisar, sin querer. No hay pasos todavía. A mi espalda cuelga mi presente, un presente que siento roto, desatado. Me apoyo contra la barandilla de la escalera y cierro los ojos. Llegan entonces las imágenes, retazos de color volteados sobre sí mismos, desconchándome por dentro. Imágenes.

Mi diario abierto sobre la mesa del comedor, las cartas de Sandra desbaratadas en el suelo, fragmentos de fotos en el pasillo, dos años de secretos hechos añicos y al fondo Jorge, con esos ojos como dos ascuas de asco, clavándome contra la pared, ni siquiera preguntando. Y su voz. También su voz, buscando la palabra contra el tiempo y la vergüenza. Las manos crispadas de Jorge. Los hombros tensos. La piel encendida, no de luz. Un silencio obtuso, cargado de lo que vendrá.

Sus labios resecos dibujándose en una sola palabra, taladrando la mañana:

—Fuera.

Fuera. Cinco letras. La primera para el Final. La segunda para las Uñas de su mano clavadas en la madera de la mesa. La tercera para el Enamorado que nunca supe ver en él. La cuarta para la Rabia que renquea por la casa como una vieja sin dientes. Y la quinta para lo menos real de un Amor que no comparto con él, un amor desde el que no me comparto. Fuera.

El largo regreso a casa. Jorge clavado a la silla mientras avanzo por el pasillo sobre la alfombra de fotos y de cartas rotas hacia la puerta, perseguida, ahora sí, por una lluvia de mugre que rebota entre las paredes, salpicándome de impotencia.

—Hija de puta. Cómo has podido hacerme esto. No vas a volver a ver al niño en tu puta vida. Hoy va a saber quién es su madre. La has jodido, cerda… Hija de…

El niño. Intento llenarme de aire los pulmones y vuelvo a los huecos que encierran ahora a mi pequeño Tristán como en un conjunto vacío. Vacío de mí. El nunca más. Lo injusto del error, también del castigo. Todos los años que me esperan de visitas racionadas, de fines de semana robados a las oscuras maniobras de Jorge por alejarlo de mí. El odio que quizá su padre consiga abrirle a fuerza de maldiciones, de verdades que en su boca sonarán a los vaivenes deslucidos de una mala madre. Y luego todos los plurales de los ojos de mi pequeño y el singular de Sandra, el sosiego que no tendré, la serenidad que no sabré cómo anclar a mis horas con ellos.

Palabras sí. Arrepentimiento no. No sé dónde buscarlo. No lamento un solo segundo de estos dos años a hurtadillas con Sandra. Sí lo anterior. También lo que vendrá. Lamento este no poder llorar porque no sé por quién empezar ni por dónde buscar, este vacío sobre el que cuelgo ahora y este rellano de escalera frente a la puerta de mamá que no debería haberme visto llegar así. Lamento no haberme echado antes de cabeza a la vida, no haber sabido verme, ni hablarme, y también las cuatro baldosas brillantes que me separan de la puerta de mamá y que no me atrevo a cruzar porque su vida es suya, fue suya, y dejó que se la quitaran, y porque temo que espere lo mismo de mí.

Abro los ojos. Levanto la mirada. Desde la puerta, mamá me mira, los brazos a los lados.

—Inés —susurra.

No le veo los ojos. Su silueta se recorta contra la luz que entra a raudales desde el comedor, ocultándole el rostro.

LÍA

La veo enterrada en el rellano, hablando sola en la oscuridad de la escalera. La veo como tantas veces la había imaginado, con la mirada perdida y con su secreto, nuestro secreto, renqueándole la espalda. No puedo evitar una sonrisa que disimulo justo a tiempo. Inés da un par de pasos hacia mí, emergiendo de la oscuridad y quedando expuesta al resplandor que me ilumina desde el comedor. Tan flaca mi niña como una grieta de huesos. Y esos ojos verdes como dos manchas equivocadas que ahora me buscan a regañadientes.

—Inés —susurro de nuevo contra las risas sordas y alegres que nos alcanzan desde la habitación de las enfermas.

Inés vuelve a avanzar un par de pasos hasta quedar delante de mí. Apoya la cabeza contra el marco de la puerta sin dejar de mirarme y por un momento tengo la sensación de que también ella reprime una sonrisa. Luego vuelve la cara hacia el pasillo que lleva al comedor y espira por la nariz.

—Menudo par de fieras tienes ahí dentro, ¿eh, mamá? —dice, esta vez sí con una sonrisa triste—. Cualquiera diría que están enfermas.

Le devuelvo la sonrisa.

—La abuela se ha empeñado en que mañana vayamos todas a la isla. Me ha hecho llamar a Jacinto para convencerle de que nos lleve.

Un suave parpadeo en los ojos de Inés.

—¿Al faro?

—Sí. Al faro. Quiere que vayamos las cinco antes de ingresar el lunes en el hospital.

—¿Las cinco? —pregunta con una sombra de horror en la mirada.

—Flavia —anuncio sin levantar la voz.

Inés relaja los hombros.

—Ah.

Una nueva trenza de carcajadas se desgrana sobre nosotras a mi espalda. Tomo a Inés de la mano y la hago pasar. Ella se deja llevar. Cruzamos el salón hasta la terraza y nos recostamos en las tumbonas al sol. Ella cierra los ojos.

Espero unos segundos antes de preguntar.

—¿Qué ha pasado, hija?

Abre los ojos de nuevo y los clava en el cielo. No me mira.

—Todo, mamá. Ha pasado todo.

—¿Jorge?

—Sí.

—¿Y Sandra?

—No sabe nada. He vuelto a casa desde el periódico porque me había dejado en el estudio unos informes de bolsa y... bueno...

—Ya.

Se tapa la cara con las manos.

—Mamá...

—¿Qué?

—No voy a volver a casa.

—Ya lo sé, hija.

—Lo que quiero decir es que…
—Puedes quedarte aquí todo el tiempo que quieras.
—Es extraño no tener dónde ir.
—Buscaremos un buen abogado. Todo se arreglará.

Se aparta las manos de la cara y se gira hacia mí con ojos de sorpresa.

—¿Papá?

¿Papá? Me doy cuenta de que no, de que en ningún momento he pensado en él desde que he visto a Inés derrengada contra su propia vida.

—He dicho un buen abogado.

Nos reímos juntas, distendiendo el silencio que desde hace un par de años nos une como nunca.

—Quiero que sepas algo —le digo, tendiéndole una mano que ella estrecha sobre su regazo.

—¿Me va a doler? —pregunta desde sus cuarenta y siete kilos de piel y huesos apostados contra la tumbona.

—¿Te acuerdas de lo que te conté? ¿De aquel día en que cogí mis cosas y me fui con Helena a casa de los abuelos porque ya no podía más?

Se reacomoda el cojín debajo de la cabeza, suspira y vuelve a clavar la mirada en el cielo, apretándome la mano.

—¿Te refieres al día en que decidiste joderte la vida? —suelta de pronto con la voz cargada de rabia, una voz que no le oía desde hacía años—. ¿O quizá debería decir el día en que dejaste de vivir? Todavía no entiendo cómo pudo la abuela obligarte a volver a casa de esa manera. ¿Qué madre hace una cosa así? ¿Qué madre condena a una hija a vivir la misma mierda que le ha tocado vivir a ella? No sé cómo has podido perdonarla, mamá. No lo entiendo. Y mírala ahora, refugiada en tu cama porque tía Flavia la odia tanto que ha tenido que romperse la pierna para quitársela de encima. Mírala, pidiéndote cobijo porque no tiene dónde ir. A ti, a quién si no. Te echó de su casa cuando más la necesitaste, mamá. ¿Cómo puedes haberla perdonado? ¿Cómo has aprendido a no odiarla? Tendría que haberse partido la cabeza, no el brazo. Menuda hija de puta la buena de Mencía.

Pasa una vela blanca sobre la barandilla de la terraza y una nube se mece delante del sol.

—Esa noche me quedé embarazada de ti, Inés.

BEA

Secretos. La abuela juega como una niña y me hace reír. Mi turno. Me queda poco por contar, o quizá poco por contarle a la abuela. A su edad hay cosas que es mejor no saber. Eso dice mamá. Sigo callada, rumiando alguna verdad a medias, alguna historia oída o inventada con la que sorprender a la abuela, pero no se me ocurre nada. Ella se remueve en su cama, impaciente.

—Y se murió esperando, niña —me suelta a bocajarro con una sonrisa torcida. De pronto, parece darse cuenta de lo que acaba de decir y empieza a persignarse a toda prisa con cara de horror—. Jesús... jesús, jesúsjesúsjesúsjesús.

—Es que no tengo más secretos, abuela —me disculpo con cara de fastidio—. No sé qué decir.

Pasan unos segundos. Se oye a mamá abrir los ventanales del salón y salir a la terraza. No está sola. Mencía y yo intercambiamos una mirada cómplice y extrañada. ¿Con quién está mamá? Ninguna de las dos hemos oído el timbre. Dejamos pasar unos segundos y entonces sí, entonces distingo la voz de Inés que llega desde la terraza como un susurro encendido. Antes de poder volver a hablar, la abuela ataca desde su puesto de guardia.

—¿Y bien?

—Ay, abuela, creo que voy a tener que rendirme. Ya no tengo más secretos.

Mencía carraspea y se recoloca los almohadones tras la espalda con gesto cansado y una mueca de dolor.

—Bueno. Si ya no te quedan más de los ligeritos, quizá deberíamos pasar a la siguiente ronda, ¿no te parece?

La siguiente ronda. De repente no me gusta su voz.

—Los feos, niña. Los secretos feos.

Me pongo tensa y en seguida vuelve el herpes a azotarme como una ráfaga de picotazos de cuervo entre pecho y espalda. Los feos.

—Te toca, Bea.

Respiro hondo. Dejo pasar unos segundos y vuelvo a tragar aire.

—¿Te ayudo? —se ofrece con una mirada de bondad cristalina en los ojos.

No sé qué decir.

—Podrías contarme, por ejemplo —empieza entre carraspeos—, por qué desde hace un tiempo siempre que te pones enferma vienes a casa de tu madre para que te cuide. O por qué no apareció tu marido el día de mi cumpleaños. O por qué has engordado tanto en los últimos meses, por qué estás tan dejada, tan descuidada. Tú no eras así, Bea. Mírate, niña. Mira los pelos que llevas, y esas uñas. ¿Cuánto hace que no te depilas? ¿Desde cuándo fumas tú antes de desayunar? ¿Es que te crees que estamos ciegas? ¿Qué coño haces aquí, con ese dolor espantoso, y esa pena que no hay abuela que la sufra? ¿Me lo puedes explicar?

El dolor sana, o eso decía Helena. Qué curioso. Ahora me doy cuenta de que no es del todo cierto. El dolor lo cura todo menos el dolor mismo. Helena se equivocaba. Se equivocó. Por eso ya no está. Desde su cama, Mencía me mira con ojos de vieja loca y a mí no me sale la voz. La tengo atragantada desde hace días, semanas, qué sé yo. No la encuentro. No sé cómo suena. Ni siquiera sé si sigue estando donde la dejé. Y ahora la abuela me la pide así, a traición, a contrapelo.

—Venga, niña. Confía en la vieja Mencía.

No puedo, abuela. No puedo hablar de lo que no quiero haber vivido. No puede ser.

—Vamos, cariño...

Porque si hablo, si te lo cuento, será verdad, y mi vida no es eso. Yo soy la que ves, abuela, no la que no ves. Esa Bea no está, no entiende. Y lo que no se dice no existe, porque una vez oído echa raíz como una mala planta, castrándote el engaño y la ilusión. Hoy soy tu nieta enferma, Mencía, la hija de tu hija, nada más. Nadie más. No tengo fuerzas para lo que no quiero. Ni siquiera para inventar.

—Bea...

No es fácil resistirse a los ojos viejos de Mencía y ella lo sabe.

—¿Qué te pasa, niña? ¿No te fías de mí?

Sonrío. ¿De ti? No, abuela. De ti sí me fío. Es de la vida de la que no me fío. De las verdades que no existen. De las mentiras que tampoco. De mí. De mis ganas.

—Hagamos una cosa, pequeña —suelta de pronto con un guiño cómplice—. Te propongo un trato.

Ni siquiera la miro.

—Si te cambio el turno y te cuento un secreto peor que el tuyo, ¿hablarás?

¿Peor que el mío? Clavo la mirada en la ventana y me sorprendo preguntándome por qué hay hoy tantas velas cruzando el horizonte. No es día de regatas. Una mosca se estrella una y otra vez contra el cristal. Peor que el mío quizá. Más vergonzoso, no.

—De acuerdo, hablaré.

—¿Prometido?

—Prometido. Aunque creo, abuela, que esta vez vas a salir perdiendo.

Me devuelve una sonrisa torcida mientras alisa el edredón sobre sus rodillas. Carraspea y se lleva el pañuelo a la boca, luego bebe un par de sorbos de agua y se mira las manos. Espero. No dice nada.

—Abuela...

—Ya va, ya va... —replica con una voz extraña, entre el fastidio y el miedo a no sé qué.

Pasan los segundos. Mamá habla con Inés en la terraza y oigo mi propia respiración agazaparse contra mis pulmones.

—Se llamaba Cristian.

Cierro los ojos. Apoyo la espalda contra el almohadón y me recorre un escalofrío que no logro encajar. La voz rasposa de Mencía vuelve ya a llenar el aire enfermo del dormitorio de mamá.

—Tú debías de tener ocho años, quizá menos. No me acuerdo. Vivíamos en Madrid por aquel entonces. Después de Buenos Aires, tu abuelo esperaba a que le asignaran embajada y el nuevo destino tardaba en llegar. Problemas de influencias, ya me entiendes. Tus padres y vosotras ya estabais aquí. Flavia no. Vivía con nosotros. Andaba metida en política y en sus cosas, siempre buscándose líos, teniéndonos a diario con el alma en vilo. Bueno, ya la conoces... Imagínatela con veintitantos años menos. Era tremenda. Y hippy, rematadamente hippy. Agh.

No puedo contener una sonrisa. Imagino a la Mencía embajadora y a la Flavia hippy en pelea continua. Imagino los gritos, los sustos, el brazo poderoso de la abuela alargándose sobre los pasos de Flavia como una sombra pesada y molesta.

—Se llamaba Cristian y era argentino. El peor bicho que he conocido en mi vida. Un muerto de hambre, hijo de padres muertos de hambre. Un indio. Conoció a Flavia en un mitin, o eso me dijo ella. Empezaron a salir y empezaron los problemas. La embaucó, la enamoró y la tonta de Flavia perdió la cabeza. Cristian no. Sabía lo que quería y nosotros también. Dos meses después de conocerse le pidió a Flavia que se casara con él y ella aceptó. Cuando nos dio la noticia, tu abuelo y yo decidimos jugar bien nuestras cartas. Si había boda, tenía que ser una boda como se merecía la hija de un embajador, y eso requería su tiempo. Había mucho por hacer. Flavia, aliviada al ver que no nos oponíamos a su decisión, se relajó y, durante los meses que siguieron, pareció tomarse las cosas con calma. No tardamos ni dos semanas en conseguir el brillante expediente policial que el sinvergüenza aquel había dejado a sus espaldas en Argentina. Tampoco nos costó dar con el nombre de la esposa que había dejado allí, ni el de sus dos hijas. Esperamos. Los preparativos de la boda seguían su curso, un curso que yo me encargaba de ralentizar en lo posible a la espera de que pasara algo, de que Flavia viera la luz, de que llegara el desamor y aquella pesadilla terminara por sí sola. Esperamos, sí, pero nada parecía querer entrometerse en aquel error. Nada.

Mencía habla ahora desde el antes, reviviendo lo que fue. Suena más joven, más madre.

—Entonces llegó el golpe, y los militares argentinos tomaron el país.

Sonrío. Oyéndola hablar así, cualquiera diría que la abuela recuerda aquella noticia como una bengala de alivio.

—Pocos días después, Flavia llegó a casa encendida. Parecía endemoniada. Entró al salón, se quedó de pie detrás del sofá y, con un arrebato atormentado, nos anunció lo peor. Cristian había decidido volver a Buenos Aires. No podía quedarse en Madrid de brazos cruzados mientras sus compañeros morían y desaparecían a manos de aquellos monstruos. Ella había decidido acompañarle.

La abuela se calla durante unos instantes. Le duele el recuerdo y también el brazo roto. A partir de ahora hablará a trompicones, como un chelo mal afinado. A partir de ahora vendrá lo feo. No sé si quiero que siga.

—Mi Flavia —continúa Mencía—. Mi niña se iba a Buenos Aires con aquel mentiroso muerto de hambre y había venido a pedirnos el dinero para el viaje. Tu abuelo se derrumbó. Confieso que yo también. No podíamos dejarla ir. Intentamos convencerla de que era una locura, de que iban a una muerte segura y de que, una vez en Buenos Aires, nada podríamos hacer por ayudarles. Flavia no escuchaba. Así era y así sigue siendo. Cuanto mayor era la dificultad, cuanto peor se ponían las cosas, más se empeñaba ella, más salía la Flavia contestataria, la niña de lengua afilada siempre presta a culparnos por los males del mundo, por nuestro dinero, por no haberla dejado nunca ser ella misma, siempre a contracorriente, obsesionada por demostrarse que no era como nosotros, que a ella sí le importaba el sufrimiento de los demás, las injusticias, los desarreglos sociales. Cuando nos negamos a dejarla marchar, la casa se convirtió en un infierno. Flavia desapareció durante tres días y cuando volvió cayó en un mutismo concentrado que poco a poco fue hundiendo a tu abuelo en una tristeza espantosa. El silencio de aquellos días no se me olvidará jamás. Vivíamos como tres sonámbulos en una celda de castigo. Cada uno a lo suyo, vadeando un mar de culpas y de reproches que no podía durar. Por fin, aconsejados por un buen amigo de tu abuelo, logramos un poco de luz. Le dijimos a Flavia que sí, que de acuerdo, que les daríamos el dinero para el viaje con la condición de que Cristian se fuera primero y de que, en cuanto se hubiera instalado en la ciudad y fuera capaz de responder de la seguridad de Flavia en Buenos Aires, ella se reuniría con él. Flavia aceptó. Cristian se marchó una semana después. Un día antes de su partida me encerré en el despacho de tu abuelo e hice una llamada. Una sola. Supe que no habría necesidad de más.

Más allá de la ventana, una nube se columpia contra el sol. Sopla una brisa suave. El cielo es de un azul opalino.

—Dos agentes de la policía militar esperaban a Cristian en el aeropuerto de Buenos Aires —continúa la abuela, después de tomar un par de sorbos de agua—. Lo desaparecieron. Un par de semanas más tarde, encontraron su cuerpo en un descampado del Gran Buenos Aires. Estaba irreconocible. Flavia enloqueció y quiso ir a buscar el cadáver para traerlo con ella a España. La internamos unas semanas en una clínica. Nunca volvió a ser la misma.

Suena el teléfono en el salón, rompiendo el silencio de horrores del que no sé cómo escapar. Suena el teléfono y cierro los ojos, incapaz de mirar a Mencía, que ya ha hecho juego y ha ganado. Intento encontrar alguna palabra, algún aliento con el que empezar a formar un atisbo de frase, de algo que suene humano. Intento pensar.

—Pero abuela...

Mencía se gira y clava sus ojos en los míos.

—El secreto, y que Dios me perdone, es que, después de todos estos años, te juro, pequeña, que si me viera de nuevo en la misma situación volvería a hacer lo que hice. Sin pestañear.

FLAVIA

Y mañana al faro. A la isla.
Y mañana mamá. Otra vez.
Esta noche he vuelto a soñar con Helena.

Se llamaba Cristian. Han pasado tantos años que a menudo no entiendo por qué sigo acordándome de él con la exactitud con que todavía le veo. Tenía los ojos grises y el pelo más negro que he tocado nunca. Rizado. Suave. Luego estaba su piel, un mapa de suavidad rotunda. Tener dentro a Cristian era salir de mí hacia lo más mío, navegarme arropada por la corriente fluida de su no parar. Tenerle dentro era como no ser yo.

Me pidió que me casara con él. Le dije que sí.

Cristian se mentía. Yo también. Cristian quería un mundo mejor en el que poder soñar con uno a su medida, lejos de la miseria que colgaba de él; yo, un mundo en el que dejar de verme desde arriba, torcida, tuerta.

Cuando lo llevé a casa por primera vez, suspiré aliviada. A papá Cristian no le gustó. Lo miró sin querer verlo durante toda la cena, como invocando su ausencia desde esos ojos tristes de diplomático cansado. Mamá ni siquiera intentó disimular. Cristian le dio asco desde que puso los pies en casa. Vio el hambre en sus ojos, esa hambre de niña pobre de pueblo de la que ella había logrado huir al casarse con papá. Entendí entonces que el hambre deja huella. Hasta esa noche yo no había sabido ponerle cara a esas palabras, tampoco profundidad. Huella. Hambre.

La hache de horror.

Cristian estaba casado y tenía dos hijas que había dejado en Buenos Aires. Las echaba de menos, claro que sí. En aquellos días todos parecíamos echar de menos algo; la mayoría, la inocencia que no conoceríamos.

—Nos une la añoranza —solía decir Cristian—. La añoranza y las ganas de no perderla.

Nos unía la huida. El amor contra lo conocido. Nos unía el miedo y la falta de destino propio. Cuando Cristian se marchó supe que no volvería a verle. Lo leí en las manos de papá, no en las suyas. Cristian apenas tenía líneas en las manos. Tendría que haberlo imaginado al verlas.

Imaginar. Eso me queda. Eso y los sueños. Cristian y Helena. Imaginar.

Han pasado muchos años, demasiados. Han pasado por mí. Por él no. Sigue igual: con ese pelo negro y esos ojos de caramelo gastado mirándome desde mis párpados cerrados mientras Héctor respira a mi lado como un buque varado en la arena. Le hablo en silencio. Nos reímos. Compartimos la añoranza de lo que no pudo ser.

Se me escapa la risa a solas si me veo desde arriba. Llevo doce años viviendo con mamá, ayudándola a vivir día a día, atenta a cada uno de sus movimientos, de sus suspiros, ayudándola como me ayudó ella a desorientarme la vida con su maldita llamada. «Flavia, cariño», empieza siempre sus frases cuando me habla.

Flavia. Cariño. Oigo mi nombre desde sus labios y se me cierra la piel. Su voz. La imagino encerrada en el despacho de papá con el auricular pegado a la oreja. «Sí, Cristian

Furlán, viaja mañana. Sí, seguro. Gracias. No sabes cuánto te lo agradecemos, Horacio. Ay, estos niños, lo que nos obligan a hacer».

Vivo con la asesina de mi futuro desde hace doce años. Vivo contra ella, desviviéndome por no hablar. Cuando quise hacerlo, cuando podía, llegaron los sedantes, una habitación blanca y una ventana que daba a un jardín lleno de buganvillas desde donde no se oía el menor ruido. Entraba y salía de los días, incapaz de concentrarme en nada. Mucho sueño. Muchos sueños. Dos meses de aislamiento. Cuando volví a la calle dejé de luchar. Mamá me acunó en sus brazos. Me refugié en los de papá. Luego llegó el tiempo, la desmemoria, la demencia, la memoria de papá debilitándose en lo inmediato, recordando lo más lejano, atrás, cada vez más atrás, menos él, menos referente. Discursos rotos por el recuerdo a retazos que mamá no controlaba, incoherente papá en su precoz senilidad. No en su conciencia. No.

Recuerdo el día. La tarde roja por el sol de septiembre. Recuerdo el olor a limpio entrando a ráfagas desde el jardín recién regado. Papá sentado en pijama en un taburete en el baño de invitados con la cabeza entre las manos, respirando, intentando seguir abriéndole paso a la vida con cada jadeo. La puerta abierta. Mamá había salido a una de sus partidas de *bridge*. Brígida canturreaba en la cocina, ayudada por Ernestina. Se reían.

Me apoyé en el marco de la puerta y le vi allí, acurrucado sobre sí mismo, hundida la cara en las manos. El suelo estaba sembrado de papeles y, junto a sus pies, una caja de madera vacía. Le miré en silencio durante unos segundos. Papá lloraba como un niño perdido en un bosque cerrado. Se me encogió el alma.

—Papá —susurré, acercándome a él desde atrás y tomándole de los hombros.

Sentí un calambrazo al tocarle. Levantó la cabeza. Entre las manos tenía un amasijo de papel arrugado que manoseaba ahora sin prisa. Intenté levantarle, pero no conseguí moverle.

—Flavia… —fue lo único que dijo, con la mirada clavada en las baldosas blancas de la pared de enfrente.

—Sí, papá. Soy yo.

Entonces se giró. Despacio, muy despacio. Su pelo blanco brilló bajo la luz de los focos que rebotaba contra el espejo. Me miró con ojos vacíos.

—Flavia —volvió a decir, alargando hacia mí la mano y con ella el papel arrugado. Lo cogí. Él volvió a girarse y se hizo un ovillo.

Cristian Furlán. Fecha y lugar de nacimiento. Casado. Dos hijas. Detenido en tres ocasiones por alteración del orden, por desacato, por tenencia de armas. Actualmente residente en Madrid. Afiliado al Partido Comunista de España. Afiliado a, integrante de, sospechoso bajo, relacionado con… Sujeto vigilado. Políticamente activo.

Mi Cristian. Su foto en blanco y negro. De cara. De perfil. República Argentina.

Se me nubló la vista. Las baldosas blancas del baño lo engulleron todo, arrebatándome la poca ternura que lo vivido había dejado en mí. Sentí la mano de papá cogerme del brazo y tirar, tirar como quien tira de la cuerda de una campana para romper el silencio muerto de una tarde de campo. Me sacudí su mano de encima pero no logré moverme. No sabía hacia dónde. No había órdenes que dar ni camino a seguir. Sólo aquel anciano lloroso que se balanceaba en su demencia mientras murmuraba una y otra vez:

—Flavia… Flavia… Flavia…

Flavia. Flavia. Flavia. Mi nombre. Di media vuelta y fui hacia la puerta sin querer. No recuerdo odio. No recuerdo pena. De repente se hizo el silencio y la distancia que me separaba de la puerta se me antojó eterna, imposible. Cuando estaba a punto de salir al pasillo, la voz de papá me llegó desde atrás como un crujido. Entonces sí. Entonces hubo un chasquido de dolor que me hiló la espalda como la metralla mal tirada.

—Fue ella, Flavia. Yo... yo no lo supe entonces. Me enteré años después, pero ya era tarde, demasiado tarde.

Ella. Necesitaba un nombre. Necesitaba saber. Miré a papá como no le había mirado nunca y me vi entonces como no me había atrevido a verme hasta entonces.

—Llamó a Horacio, ¿te acuerdas de Horacio? ¿El tío Horacio, tu padrino? Tu madre le llamó la noche antes de que Cristian volviera a Buenos Aires.

Sentí una punzada en el pecho. Luego un vacío. Papá no supo seguir callando.

—Le estaban esperando en el aeropuerto. Lo mataron horas más tarde.

Necesitaba un nombre. También aire.

Papá murió poco después de un derrame cerebral. Nunca he vuelto a hablar de Cristian con nadie. Ni siquiera con mamá. Ya es tarde. Papá se nos fue y me dejó a Mencía de la mano para que la viera envejecer a mi lado, sola, descomponiéndose contra lo peor de sí misma colgada de mi brazo. Mamá ya no recuerda y yo ya no tengo fuerzas para seguir odiándola. Con la edad he empezado a dudar. A entender. La vida es un juego extraño y yo he jugado mal mis cartas. Eso me habría dicho Helena.

Helena. Mañana hará un año que se nos fue. Iremos a saludarla al faro.

BEA

La abuela ronronea. Habla consigo misma. Inventa cosas, historias macabras de vieja loca que probablemente haya oído en la radio o que habrá deshilachado entre lo que recuerda y lo que creyó vivir. Se ha hecho el silencio, un silencio sordo que sólo interrumpen las voces apagadas de mamá y de Inés desde la terraza. Qué tranquila está la tarde. Qué paz.

—Ahora tú, Bea —me suelta Mencía desde su cama, aclarándose la garganta—. Te toca.

—Abuela...

Me mira con una sonrisa bailándole en los labios finos y secos, que humedece con el pañuelo.

—¿Abuela qué? Yo he confesado. Un trato es un trato.

La miro con cara de fastidio y ella me aguanta la mirada.

—Te escucho.

Enciendo un cigarrillo y ella se echa a toser. No puedo evitar una carcajada. Mencía es como una vieja actriz acostumbrada a salirse con la suya. Esta vez no. Enciendo el cigarrillo, le doy una calada y echo el aire por la nariz.

—No hay mucho que contar, la verdad.

—Ya lo sé.

—Entonces qué quieres que te diga.
—La verdad.
—¿Cuál?
—La tuya. La de los demás me importa un comino.
—Ojalá supiera cuál es la mía, abuela.
—Ya. Si lo supieras no estarías aquí. Y tampoco estarías enferma, niña.
—Probablemente.
—Habla.
—No quiero.
—No te atreves.
—No me atrevo.
—Menuda cobarde de mierda estás hecha, Bea.
—Abuela…
—¿Cuánto hace que no tienes marido?

Un segundo. Dos. Tres.

—¿Te lo digo yo?

Cuatro. Cinco. Seis.

—Probablemente, desde el día en que le conociste.

Siete. Ocho. Nueve.

—Quizá desde el día en que el cerdo ese de novio escritor que tuviste antes te convenció de que para lo único que valías era para hacerle de secretaria, corregirle sus noveluchas de tres al cuarto y acompañarle a las fiestas para lucir una novia rica.

Diez.

—Hace seis meses, abuela.
—¿Seis meses?
—Seis, sí. Mañana hará seis meses.
—¿Lo sabe tu madre?
—No.
—Ja. Tu madre lo sabe todo. Como todas. Nos dedicamos a eso, niña. A saber. ¿O qué te crees?

—Nunca me ha preguntado nada.
—No le hace falta.
—Puede que a mí sí.

Más silencio. La risa de Inés. Qué alivio oírla reír.

—Estuve fuera una semana. Me invitaron a un congreso en Valladolid. Hacía tiempo que Arturo estaba raro. Volvía tarde a casa, saltaba por todo y callaba más de lo habitual. Llevaba semanas sin tocarme. Creí que nos harían bien unos días de distancia. La primera noche que pasé en Valladolid tuvimos una extraña conversación telefónica. Hablamos de nosotros, de que las cosas no iban bien. No hubo pelea, aunque sí tristeza, una tristeza callada y asumida que en aquel momento yo no supe interpretar. Me pidió que no le llamara durante toda la semana, que necesitaba estar consigo mismo, pensar, oírse. Necesitaba tiempo y espacio. Se lo di.

Mencía alisa el edredón sobre sus rodillas y deja escapar un suspiro. Luego toma un par de sorbos de agua y suelta un eructo.

—Cuando volví a casa, una semana más tarde, Arturo no estaba.
—Ya —murmura la abuela, bajando la mirada.
—Era de noche. Llovía. Recuerdo que, cuando abrí la puerta de la entrada, pensé: «Qué frío hace aquí». Encendí la luz y lo primero que se me ocurrió fue que me había equivocado de casa.

Mencía levanta la mirada.

—No había nada. La casa estaba vacía. Ni un mueble, ni un cuadro, ni siquiera una planta. Nada.
—Por Dios... —masculla la abuela entre dientes, cerrando las manos sobre el edredón.
—Dejé la maleta en el suelo y vagué por la casa como una sonámbula. Las bombillas colgaban del techo como gatos

muertos. Tanto frío. Fui de habitación en habitación, quizá esperando encontrar algo, cualquier cosa que me diera una pista, una señal a la que poder agarrarme para anclarme al suelo y no salir volando por los ventanales del salón calle abajo. Paseé por la casa como una turista por un museo, deseando no estar.

—Ay, niña —dice, tendiéndome una mano que yo no cojo.

—Había un sobre pegado al espejo del cuarto de baño. No lo vi hasta la segunda vez que entré. Lo abrí. Decía así: «Te devuelvo intacto todo lo que me has enseñado a querer de ti. Tu tiempo y tu espacio. No me culpes. Empieza de nuevo. No te merezco».

—Vaya, en eso sí lleva razón el abogado.

Sonrío. En eso y en tantas cosas, Mencía.

—Estuve toda la noche sentada encima de la maleta, incapaz de pensar, de hacer, de decir. Oía llover. Leía la nota una y otra vez, sin saber qué entender.

—Bueno, los abogados, ya se sabe, niña. La cosa es enredarte.

—A la mañana siguiente, llamé a Lucía.

Mencía me mira con cara de póquer.

—Sí, abuela. Lucía, la hija de Herminia, mi amiga, la pelirroja.

—Ah, sí.

—Pues bien, la llamé y vino a buscarme. Me llevó a su casa y me quedé con ella un par de semanas. No salí de la cama en todo ese tiempo.

—Ya, claro.

—Por fin, el día que me vi con ánimos de volver a casa e intentar empezar a remontar por algún lado, Lucía se ofreció a llevarme y a quedarse conmigo el tiempo que hiciera falta. Le dije que no. Tenía que hacerlo sola. Antes de irme, me llevó a la cocina, me preparó un café y confesó que tenía algo que decirme.

La abuela suelta una tos ronca y se seca la boca con el pañuelo. Luego se lleva las manos a la cabeza y hace ademán de retocarse los mechones de pelo gris que se le arremolinan en la coronilla. Se queda unos segundos callada y luego clava la mirada en la ventana, más allá de mí.

—¿Y ahora viene el secreto feo? Porque hay un secreto feo, ¿no?

—No, abuela. No es feo. Es sólo que duele y que no sé cómo lograr que deje de doler.

—Entonces es que es feo.

—Es posible.

—Había otra, ¿no? El abogaducho ese te la estaba pegando con otra y tú en Babia. Huy —suelta de pronto, abriendo los ojos y mirándome con cara de incrédula—. ¿No irás a decirme que Lucía...? Lo sabía. Cuando me has dicho que era pelirroja...

Generosa Mencía. La abuela sabe cómo hacerme reír. Se finge curiosa y chismosa, pero sus manos siguen aferradas al edredón como dos zarpas tapizadas de venas infladas.

Enciendo otro cigarrillo. Me cuesta hablar.

—No.

—Ah.

—No había otra.

—Vaya —suspira Mencía con cara de fastidio—. ¿Entonces?

—Había... hay... otro.

La abuela no dice nada. Parece no haber oído. Me sonríe con los ojos vacíos, como si todavía esperara oírme decir algo.

—¿Cómo dices?

—Que Arturo me dejó por un hombre.

—Anda ya. No digas bobadas.

—Se llama Sergio. Trabajan en el mismo bufete. De hecho, es hijo de un socio de papá.

Mencía parpadea, intentando asimilar. Manos cerradas.

—Coño —suelta de pronto. No sabe qué decir.

Inés vuelve a reírse en la terraza. La abuela y yo nos miramos, extrañadas. ¿Cuánto hace que no oíamos esa risa?

—Feo secreto, niña. Muy feo —murmura Mencía con una risa torcida, sacudiendo la cabeza—. ¿Y durante todo este tiempo no se lo has dicho a nadie?

—No.

Espera unos segundos antes de hablar.

—¿Duele todavía? —pregunta casi con timidez.

—El secreto, abuela, es que no he sido capaz de poner un solo mueble en casa desde entonces. Que no sé por dónde empezar. Que Arturo me devolvió mi tiempo y mi espacio para que empezara de cero y me he dado cuenta de que mi vida es un conjunto vacío del que no sé salir. El secreto es que tengo miedo porque, como Inés, tampoco yo sé querer, ni pedir, ni merecer.

Mencía está a punto de interrumpirme. Las venas de las manos parecen a punto de estallarle contra la piel.

—Y el más feo, el que no podré repetir nunca después de hoy, es que, a pesar de todo, de Sergio, de esa huida trapera que me jodió la vida, de lo que Arturo nunca me dio porque no podía, sigo viviendo en esa casa vacía porque... porque en el fondo sigo esperándole, porque no es mi espacio ni mi tiempo lo que quiero, sino los suyos. Porque, con el pasar de las semanas, he entendido que he perdido a mi mejor amigo, al único hombre que me ha devuelto intacta a lo que soy, al único que me ha querido lo suficiente como para no hacerme más daño del que yo he sido capaz de hacerme. Sigo esperándole para que me ayude a darme un paréntesis, abuela. Un paréntesis de mí misma.

Cierro los ojos y sigo fumando a oscuras, dejando que continúen pasando los segundos sobre nosotras como pasan las velas por el cristal de la ventana, recortadas contra el azul apagado del mar. El silencio me hace bien. Secretos. La abuela se ha salido con la suya. Quizá yo también.

—Hazme sitio —la oigo decir a mi lado. Se ha levantado y ha rodeado las dos camas hasta llegar junto a mí. Me da un leve codazo con el brazo en cabestrillo y por primera vez me mira con cara de abuela. Me hago a un lado y ella se mete en la cama conmigo. Se acomoda los almohadones sobre la espalda, me rodea los hombros con el brazo sano y me atrae hacia ella hasta que pego la cabeza a su pecho.

—No volverá —me susurra desde arriba. Su voz rasposa resuena en su pecho.

No digo nada.

—No, niña. No volverá.

Cierro bien fuerte los ojos, intentando contener las lágrimas y relajar el nudo que ahora me cierra la garganta.

—Ése es el secreto.

LÍA

Lía. Me pregunto por qué mamá eligió un nombre así para mí. Helena diría que los nombres son como los números o como los días del mes, que tienen energía propia.

—Nunca hago nada importante ni el 16 ni el 18. Malos días para actuar —decía. Cuando Inés se casó y decidió irse a vivir con Jorge, lo primero que le preguntó Helena fue el número del portal del piso que estaban a punto de comprar.

—El 18, creo —le dijo Inés.

Helena se quedó callada unos segundos.

—Ni se te ocurra —le soltó, tajante—. Te doy cinco años.

Inés se molestó con ella. Durante unas semanas no se hablaron.

Números. El mar y los números. Eso era Helena. La primera vez que expuso en Madrid a punto estuvo de suspender la exposición porque la galerista había decidido inaugurarla un día 12. Helena se negó. Cuando la galerista quiso saber por qué, ella le dijo que prefería no decírselo, pero que le hiciera caso. El 12 ni hablar. El 11. Tenía que ser el 11 o no había exposición. Por fin, después de mucho discutir, se adelantó la inauguración al 11. De los veintidós cuadros que Helena había escogido para la exposición —tenían que ser veintidós, ni uno más ni uno menos—, veinte se vendieron durante la primera semana. Los dos restantes se los quedó la galería.

Números. Mañana es día 9. El sol en libra. A Helena le gustaba el 9. Creo recordar haberle oído decir que era su número, su carta. El ermitaño. Sola. Siempre sola. Muchos hombres al principio, nombres que citaba por encima, como no dándoles importancia. ¿Tu novio? No, mamá, es simplemente un hombre, nada más. Yo me callaba. No daba pie a más preguntas. Simplemente un hombre. ¿Qué quería decir con eso? A veces, entre exposiciones y meses de encierro pintando, se escapaba y venía a pasar un fin de semana con nosotros. Solía llegar sola. Rara fue la ocasión en que vino acompañada de algún chico. Me acuerdo de uno. Se llamaba David. Creo que era jugador de polo. ¿O sería de voleibol? El caso es que medía casi dos metros y miraba a Helena con ojos de pescado muerto. Salieron a navegar los dos días que pasaron con nosotros. El domingo, antes de llevarles al aeropuerto, y aprovechando que David se estaba duchando, me armé de valor y le pregunté por él. Helena cogió una mandarina y empezó a pelarla. Sonreía.

—¿Sabes lo que me gusta de David? ¿Por qué me fijé en él?

Preferí no aventurarme. Con ella nunca se sabía.

—La espalda.

Me alegré de no haberme aventurado.

—¿La espalda?

Sonrió con un gesto de niña que no le había visto hasta entonces.

—Es exactamente del tamaño de mis lienzos, Lía.

No entendí y ella se dio cuenta. Suspiró.

—David es como todos los chicos que he conocido hasta ahora. Un lienzo en blanco.

Cogí yo también una mandarina y empecé a pelarla sin saber realmente lo que hacía.

—La única diferencia es que éste es un lienzo de verdad. Tiene las medidas justas.

—¿Las medidas justas?

—No lo entenderías.

Supuse que no.

—Supongo que no.

—Ya. Te lo simplifico. ¿Ves esos dos metros de hombre? Pues bien. David ha sido el primero que me ha pedido que le abrace por detrás cuando dormimos juntos porque le da miedo la oscuridad.

No supe qué decir.

—De todas formas —añadió, metiéndose la mitad de la mandarina en la boca y mirándome con una sonrisa en los ojos—, no te preocupes demasiado. No durará. Nos conocimos en un día 10, así que no hay que darle muchas vueltas. Un par de semanas más, tres a lo sumo.

No solía equivocarse. No, no se equivocaba. A veces me daba miedo, sobre todo cuando decía la verdad.

—Soy feliz, Lía —me anunció una noche por teléfono. Llamaba desde Sidney.

—Me alegro, hija. Me gusta oírte decir eso —respondí, cayendo, como tantas otras veces, en una de sus trampas repetidas.

—A mí también me gusta oírmelo decir. Me doy cuenta de que no lo he sido hasta ahora. Nunca. ¿En qué coño he gastado todos estos años?

Me estremecí. Supe lo que venía a continuación.

—¿Y tú? ¿Alguna vez has sido feliz, Lía? Y no me vengas con el rollo ese de que desde que nos tuviste a nosotras blablablabla, ¿eh?

Me quedé callada unos segundos. Helena no esperó más.

—No, Lía. No lo has sido. Si hubieras sido feliz te acordarías.

—Bueno, he tenido mis momentos.

—¿Sabes una cosa?

Callé.

—Creo que no has sido feliz porque nunca te has dejado vivir la infelicidad de verdad. No te has dejado tocarla. Te has quedado atascada en mitad del pozo, con los pies a pocos metros de la mierda y con la mirada clavada en la luz que adivinas allí arriba.

Verdades. Helena.

—Pero quiero que sepas algo.

¿Saber? ¿Más? Tantas veces estuve tentada de colgarle el teléfono a mi hija mayor. Tantas.

—Dime, Helena.

—Aunque a veces creo que sigo enamorada de papá...

Cerré los ojos. Preferí escucharla a oscuras.

—... tú eres la única mujer por la que daría la vida.

Sonrío ahora al recordar aquella llamada. Helena era un relámpago. Caía, estallaba y desaparecía hasta llegar con una nueva tormenta, dándonos su vida en pequeñas porciones, quizá consciente de que sólo así podíamos tomarla: hoy una llamada, mañana una postal, un correo electrónico, quizá una visita de dos días robados entre viajes. Desde mis dos semanas en Berlín, nunca volví a disfrutar de ella a tiempo completo. Se daba a trompicones, vivía las horas, los segundos, con una intensidad enfermiza, arremolinada contra el tiempo. Quizá ella ya sabía. Quizá yo también. No quise escucharme. Pocos días antes de su muerte, me llamó desde Londres. Estaba en el aeropuerto.

—¿Sabes una cosa, Lía? —empezó, sin tan siquiera saludar.

Sonreí. Yo estaba en la terraza. Hacía una tarde espléndida. No me molesté en animarla a seguir.

—Algo me dice que dentro de poco voy a dejar la pintura.

Una brisa repentina hizo revolotear la revista que tenía en las rodillas. Olía a mar.

—Creo que ya he pintado todo lo que tenía que pintar. Se me acabaron los colores.

Quise sonreír, pero no lo conseguí.

—Vamos, Helena. ¿Por qué dices eso? ¿No será que estás cansada?

No dijo nada.

—Quizá deberías tomarte un descanso. No has parado en todo el año. ¿Por qué no vienes a casa un fin de semana? Te hará bien, ya lo verás. Además, hace mucho que no sales a navegar. Jacinto no para de preguntar por ti.

Helena soltó una carcajada seca.

—Ay, Lía. No se puede ser más madre. Te digo que algo me dice que soy una pintora con fecha de caducidad y tú aprovechas para soltarme el rollo de que estoy estresada y de que lo que necesito es pasar un fin de semana contigo.

Sonreí.

—¿No sería más fácil que me dijeras: «Oye, Helena. Tengo ganas de verte. Me tienes abandonada y te echo de menos. Búscate un hueco y ven a visitarme un fin de semana»?

No me dio tiempo a decir nada. Tuve que reírme.

—¿De verdad me echas de menos?

—Claro, hija. Mucho.

Durante unos segundos oí una voz apagada anunciando un vuelo en inglés y el zumbido boscoso que tantas veces acompañaba nuestras conversaciones siempre que Helena llamaba desde algún aeropuerto.

—El próximo fin de semana me tienes allí. Prometido.
Ésa fue la última vez que hablamos por teléfono. El fin de semana siguiente apareció en casa como una ráfaga de luz.

No imaginábamos que había llegado para apagarse.

Dos

LÍA

Es un vacío, un tropezón de aire que se te atraganta en los pulmones cada vez que respiras. Como un pellizco, a veces suave, a veces agudo y a traición. No es ni un antes ni un después. Es lo que no habrá de llegar. Sueños no articulados por falta de tiempo, no de imaginación. Es ser testigo de cargo. Es un crujido en el alma, eso es exactamente: el momento en que sabemos que tenemos alma porque la hemos oído crujir.

Es la muerte.

Es la muerte de una hija.

Es la muerte de una hija cuyo cadáver nunca apareció, empotrándome contra la peor de las preguntas: «¿Y si no? ¿Y si no fue? ¿Y si no fue y sigue viva en alguna parte?».

Es invocarla en secreto.

Es no bajar nunca al mar por miedo a ver entre las rocas alguna señal, algún rastro de ella.

Es seguir nadando de espaldas contra las olas, a ciegas, sin miedo a tocar lo intocable. Aprender a vivir con un jadeo de angustia al despertar por la mañana. No está. Mi hija no está. Salió a navegar y desde entonces no existe. ¿Qué madre se conforma con eso? Helena y su ausencia. Yo no sé hablar de muerte. Helena no está.

Está ida. Literalmente. Exactamente.

Me dijeron que era más fácil así. Que si hay que perder a un hijo, más vale que sea de golpe, desde lo inesperado, que no haya tiempo para predecir, que el dolor no logre hacerse hueco entre él y tú por la puerta de la enfermedad. La muerte de un hijo es inexplicable. Ningún padre es capaz de imaginarla, por mucho que te la cuenten, por mucho testimonio y mucha confesión en primera persona que intenten hacerte llegar. No es posible. No es pensable. Incapacita la mente.

Si es accidente, el tiempo se paraliza y la vida se te cae de las manos como una hucha medio llena, estampándose contra el suelo, hecha añicos. Dedicas el resto de tu tiempo a pegar trozos, montando un rompecabezas inmenso sobre la mesa del salón mientras lo que queda va devolviéndote poco a poco una cara que no reconoces, que no te interesa.

Si es enfermedad, el tiempo gasta y mancha, matando a contrarreloj.

Pero si es accidente y no hay cuerpo que velar, queda siempre la imaginación. Sólo una madre de un hijo ausente lo sabe: la combinación trenzada de duelo, ausencia e imaginación crea monstruos.

Un día, hace un par de años, después de oírme hablar por teléfono con Helena, Flavia me dijo que lo que más envidiaba de mí era la relación que tenía —y que tengo aún— con mis hijas.

—Sobre todo con Helena —añadió, un poco a disgusto, torciendo la mirada para que no pudiera verle los ojos.

Sonreí al oírla hablar así. Quién me iba a decir a mí veinte años antes que mi niña mayor, ese iceberg de ojos blancos y manos de alambre que durante tanto tiempo me había convertido en el espejo de la peor de sus sombras, era, desde las dos semanas que habíamos pasado juntas en Berlín, mi mejor amiga.

—Qué extraño, ¿no? Con lo mal que os habíais llevado siempre —continuó Flavia, como no hablándole a nadie—. Y de repente, así, sin más...

Sin más. Claro. Cómo no.

Sin más no, Flavia.

Helena nunca me perdonó como madre. Probablemente, a su edad era ya consciente de que nunca aprendería a hacerlo. La madrugada en que la llamé a Berlín y me dijo que estaba embarazada, no supe oír lo que no me estaba diciendo. «Lía», eso fue lo que dijo. Lía. Mi hija decidió entonces rebautizarme con mi propio nombre y despojarme del papel que no había sabido representar para ella. Incapaz de dejar de odiar a su madre, tenía que cambiarla por otra, había que matarla para dejar entrar a Lía, para dejarme entrar.

Porque no hay hija capaz de pedirle a una madre que la ayude a deshacerse de su bebé. Ni siquiera cuando corre peligro su vida.

A una amiga sí. A Lía sí.

Sin más no, Flavia.

La ayudé, claro.

Muerta la madre, llegó la amiga. No hubo nada que perdonar. Ningún reproche. Lía y Helena. Nos reinventamos. Supimos hacerlo y funcionó. Nadie lo entendió.

Y Martín empezó a odiarme.

Desde hace meses vivo convencida de que es imposible entender la muerte de alguien como Helena. Imposible concebir la existencia de un ser como ella. Hay personas así, es cierto. Son pocas y parecen demasiado humanas, de vida demasiado grande para la pequeñez de lo vivido. Ésa era Helena. Cuando hablabas con ella, tenías la sensación de estar compartiendo unos minutos preciosos con alguien que había llegado a la vida aprendida, con las cartas marcadas, siempre dispuesta a darte una lección con esa alegría que a mí me robaba el aliento y con esas verdades generosas y a bocajarro que te arrugaban el corazón y de las que ella ni siquiera era consciente.

Desde que se fue, ya nadie me llama Lía. No con su voz. No desde un aeropuerto entre el rebote de voces aburridas de las azafatas de tierra anunciando vuelos. Desde que se fue, no consigo encontrarme la mía. Mi voz. La de la amiga.

«Mala mar. Hija de puta», me oigo pensar con una sonrisa de vergüenza, apartando en seguida los ojos de una enorme vela blanca que cruza el horizonte más cercano y que no tarda en perderse cielo adentro. Una vela. Ocultándose tras el faro.

—Mala mar. Hija de puta —susurro sin darme cuenta mientras partimos y vamos alejándonos poco a poco desde el pequeño embarcadero rumbo a la isla.

Sentada a mi izquierda, mamá me mira de reojo y su mano ilesa busca la mía a tientas. A mi derecha, Beatriz se arrebuja en su chaquetón de lana rojo con la cabeza apoyada en mi hombro y la mirada perdida en el techo de cielo que nos ve avanzar sobre las olas a lomos de la cansada espalda de Jacinto y de la vieja *Aurora*. Delante de nosotras, Flavia e Inés, con el perfil cincelado contra un penacho de nubes que se alejan por el este hacia el norte. Tienen los ojos clavados en la isla. En el faro. Y miedo, también tienen miedo. Desde que hemos salido del embarcadero ninguna de las cinco ha mirado al agua. De hecho, hace ya mucho que vivimos todas de espaldas al mar. Unas más que otras.

Espaldas. Hoy Jacinto nos presta la suya al timón de la *Aurora*. Sobre su cabeza apunta a lo lejos la linterna del faro, como un lunar en el cielo. El bueno de Jacinto, siempre a punto. Desde que Helena se fue, él dejó de estar. Y lo hizo solo, apartándose de lo que quedaba de nosotras y recogiéndose en la *Aurora* y en su vida de puerto con su mujer, sus hijos, qué sé yo. Se apagó. Decidió callar. Dice mamá que no ha vuelto a salir al mar desde entonces. Se dedica a lo suyo, a los suyos.

—¿Estás bien? —le pregunto a Bea, que parece encogerse de pronto contra mí, ahuecada ahora por algún calambre en el pecho o en la espalda. Casi en ese mismo instante siento la mano torcida de mamá tirar de la mía, reclamando, cómo no, cualquier muestra de atención que se le estafe. Cuando me giro hacia ella, no puedo reprimir una sonrisa. Embutida hasta los tobillos en su inmenso abrigo de visón, y con las hebras de pelo blanco y gris bailoteándole sobre la cabeza, parece una vieja loca escapada de alguna residencia de ancianos maltratados. Me suelta la mano y se lleva la suya a la boca para recolocarse la placa de dientes y maldecir al dentista porque por enésima vez se la ha vuelto a colocar mal y le duele. Cuando termina de ajustársela, me mira y sonríe con cara de mala. Una ráfaga de viento le arremolina el pelo sobre la cabeza. Entonces, y a pesar de los cabeceos desmañados de la vieja *Aurora*, se pone en pie con sorprendente agilidad y se queda semiapoyada en la barandilla oxidada, mirando la isla cada vez más próxima, con sus visones al viento y los dientes a medio colocar. Desde su banco, Flavia ni siquiera se gira a mirarla. El viento arrecia por segundos y los cuarenta y pocos kilos de Inés amenazan con salir volando por la borda y perderse mar adentro. Tanta fragilidad.

Son casi las cinco. A pesar de este sol bendito, la brisa de levante pega fuerte. Navegamos en silencio.

¿Hace cuánto?

De pronto, la *Aurora* da un cabeceo tropezado que nos zarandea a traición y, durante un segundo, milésimas quizá, las cinco clavamos los ojos en la espalda curvada de Jacinto, que parece curvarse aún más bajo el peso de tantas miradas. Es un instante alargado, como sólo sabe alargar el tiempo la invalidez. Hay otro después. Éste más breve. Entre la espuma y el amarillo nebuloso del sol, los ojos de todas se encuentran a medio camino, estrellándose en el centro mismo de la barca. Hay una tela de araña. Hay lo que todas sabemos. Y hay también una pena inmensa que colgamos como un saco viejo de la espalda abombada de Jacinto y de su normalidad, de su saber vivir lo cotidiano sin más. Hay un espejo en esa espalda y en ese hombre callado de vida sencilla sin el que este viaje no podría ser. Un espejo, sí. Y cinco medusas tullidas pidiendo paso al otro lado, rebotadas entre sus rencores, sus lacras y sus desmanes contra la sensatez de un timonel cuyos ojos no vemos, de un hombre que no tiene nada que callar y que por eso calla. Sonrío al adivinar un extraño brillo en la mueca cómplice de Inés desde el otro lado de la *Aurora* y al oír la voz de Helena, que vuelve a remontar el tiempo. También su risa abierta.

—Somos una panda de desarregladas —me soltó una tarde de invierno mientras paseábamos por el puerto. Yo acababa de contarle lo de Inés y Sandra y ella se había tomado su tiempo antes de volver a hablar.

La miré sin comprender. No pregunté. Con ella no hacía falta.

—Hablo de nosotras. De la abuela, tía Flavia, tú, Bea... Inés.

El sol estaba a punto de ponerse tras el faro y nos detuvimos, apoyándonos contra la barandilla oxidada del paseo a verlo desaparecer.

—¿Sabes una cosa?

Suspiré.

—Sabes que no.

Se rió. Cuando se reía me restaba años.

—A veces, cuando salgo a navegar con Jacinto, pienso en cómo habría sido tu vida, la de todas, si te hubieras casado con un hombre como él.

El sol se ocultó en ese momento y el horizonte pestañeó, dorado.

—¿Como él?

Helena clavó la mirada en el cielo.

—Sí, Lía. Como él. Un hombre normal.

Esperé, pero no continuó hablando. Después de unos instantes, sentí que giraba hacia mí la cabeza y me arrebujé en el abrigo.

—Jacinto te habría hecho feliz, Lía. Habría podido con todas nosotras.

No supe qué decir.

—No nos habría dado espacio para que nos perdiéramos tanto. Además...

No tuve tiempo de decidir si quería seguir oyendo.

—... la abuela lo adora. Y él a ella —añadió con una risa maliciosa.

Me volví hacia ella. Nos miramos. En ese momento la quise tanto que estuve a punto de echarme a llorar.

—Es el único hombre que conozco que sabe serenar la vida, Lía. Un hombre de mar, un cabo al que todas podríamos habernos atado a tiempo.

Desde el recuerdo renovado de aquella tarde con Helena, la tela que entre las cinco hemos tejido contra la pesada espalda de Jacinto parece desmembrarse en mil colores, tapizada ahora por la espuma fría de las olas. Helena no tenía razón. Descalabradas, sí. Las cinco que quedamos. Las que seguimos. Disfuncionales, diría Martín. Hay en la espalda del timonel un espejo roto, cosido y recosido a bofetadas, remolinos y cicatrices. «No es hermoso, cariño», me oigo pensar sobre el rugido de las olas, «pero es el nuestro».

Una segunda cabezada de la *Aurora* y el faro se esconde tras la calva de Jacinto, que atrapa un rayo de sol, devolviéndoselo al aire. Respiro hondo y dejo que el aire de mar me llene los pulmones de sal. ¿Un cabo que nos ate, Helena? ¿Y la vida? ¿Qué nos queda, sino eso?

Sonrío de nuevo, agarrándome a la baranda de la barca. Casi había olvidado el vaivén de la vieja *Aurora*.

MENCÍA

La vieja *Aurora* cabecea como un caballo obediente. La-vieja-*Aurora*-cabecea-como-un-caballo-obediente. Rumio la frase como una vaca gorda apoltronada sobre la hierba. No sabe a nada. Bonita frase para una vieja desmemoriada. Dónde habré leído yo esa estupidez: «Como un caballo obediente». En fin, qué más da. La verdad es que, a mi edad, una puede permitirse ciertas cosas que los demás no pueden. Que los demás no entienden. Corrijo entonces. Y es que, a pesar de eructar de vez en cuando y de mearme encima cuando me da la gana, de que los nombres y las fechas a veces se me revuelvan en la memoria un poco a destiempo, todavía me siento capaz de revivir el lenguaje. Así que empiezo de nuevo.

La vieja *Aurora* es más joven que yo, la muy hija de puta. Y no cabecea. Qué es eso de que los barcos cabecean. Este híbrido de fuera borda y canoa destartalada no ha cabeceado nunca. Da botes sobre las olas y te jode la espalda. Y te marea. Así que hay que agarrarse bien a lo que una encuentra a mano para no salir disparada por la borda y terminar con los visones en salmuera. Dios mío, la que va a salir despedida de un momento a otro es Inés como no se encadene a la barandilla. Ay, ¿pero es que no se ha visto?

¿Es que nadie le ha puesto delante un espejo para que se vea esos ojos de niña muerta y esos huesos que le asoman por todas partes como una marioneta deshilachada?

Entre cabeceo y cabeceo echo un vistazo a la bolsa donde viajan los sándwiches y el par de termos. También a la otra, la que Inés aprieta entre sus piernuchas con el ramo de girasoles. Cómo me gustan los girasoles.

—Cómo me gustan los girasoles —le digo a Lía, levantando un poco la voz. Jacinto gira la cabeza y me mira con una sonrisa tranquila. Qué mirada tan entera la de Jacinto, qué salud. Le devuelvo la sonrisa, a pesar de que este viento cabrón se te mete en los pulmones y te saca las palabras a bofetadas. Lía se gira y me mira desde abajo, seguramente sin haber entendido lo que he dicho. Algo de los pulmones, debe de haber oído, porque se levanta, se acerca a mí, agarrándose a la barandilla mugrienta, y me abrocha bien el abrigo hasta el cuello, enrollándome entre visones como una momia peluda con el brazo en cabestrillo.

—No vayas a coger frío, mamá —dice, después de levantarme el cuello y pasarme la mano por el pelo—. Sólo nos faltaba que pillaras algo el día antes de la operación.

Jacinto nos mira de reojo. Jacinto lo hace todo de reojo, como si estuviera a medias o como si su estar fuera siempre un sin querer. De repente me pregunto si alguna vez le he visto sonreír. A su mujer sí. A la bruja esa sonreír se le da bien, casi tan bien como parir niños defectuosos, infectando la isla de pequeños monstruos. Sí, Lía algo ha oído sobre los pulmones, porque me coge de la mano y me sienta al lado de Bea como a una vieja loca a la que aparcan en el pasillo del psiquiátrico para que las ilegales de la limpieza le hagan la cama y le cambien los meados. En seguida siento el temblor del cuerpo enfermo de Bea arrebujándose contra el mío. Mi pequeña.

—¿Cómo vas? —le digo a voz en grito, incapaz de moverme en mi mazmorra de visones despellejados.

Bea se acurruca contra mí y no contesta. Probablemente el viaje no le esté sentando bien. El herpes se le ha enroscado entre el pecho y la espalda como una sanguijuela gigante, partiéndola en dos.

—¿Te cuento un secreto? —le digo con una sonrisa, intentando hacerme oír por encima del viento y del chapoteo de las olas sobre las que ahora la *Aurora* rebota como una maldita bola de lotería, anunciando que entramos ya en la corriente sobre la que dentro de unos minutos desembarcaremos en la isla.

Bea levanta los ojos. No dice nada.

—De los buenos, de los ligeritos —le digo con un guiño, intentando tranquilizarla.

Sonríe y cabecea. Eso es. Mi nieta pequeña sí cabecea. Esta jodida chalupa rebota. Ahí está la diferencia.

Aurora. Menudo nombre.

—Eres mi nieta preferida —le digo al oído a gritos—. Siempre lo has sido. Incluso antes de que Helena... nos dejara.

Me mira con ojillos desconfiados y esboza un amago de sonrisa que se queda colgando en el aire como una pluma huérfana.

—¿No me crees? —grito, intentando quitarme un par de pelos de visón que se me han quedado pegados a los labios.

—Todo el mundo quería mucho a Helena —me responde con una mueca entre triste y resignada.

Ay. Como siga así, esta niña no llegará muy lejos. Aunque tiene razón. Todos queríamos mucho a Helena. La muy jodida se hacía querer con tanta ausencia repetida, tanto ir y venir... y esos ojazos azules que te partían por la mitad antes de crisparse de amarillo limón y de risa.

—Yo te prefiero a ti. Helena se parecía demasiado a Flavia —suelto de pronto, en una de mis tantas muestras de chochez anticipada. Lo cierto es que no soy consciente de haber dicho nada. De haberlo pensado sí, pero no recuerdo haberme oído articular palabra. Incontinente. Estoy incontinente. Tengo que irme con cuidado.

Evidentemente, he hablado. Evidentemente, Bea me ha oído.

Me mira a los ojos. Ah, no recordaba yo esa mirada en mi pequeña. Dónde habrá aprendido a mirar así.

—Helena era clavada a ti, abuela. No fastidies. Por eso discutíais tanto.

Vaya con la pequeña. Vaya con las mentiras de la pequeña, con la visión emborronada de la pequeña. Qué sabrá esta pobre lo que es parecerse a alguien. ¿Discutir? ¿Helena y yo? Intento recordar pero no encuentro imágenes de ninguna discusión con mi nieta muerta en mi memoria centenaria. Tendré que intentar recordar mejor. O quizá no.

—De Flavia sólo tenía los ojos.

Sonrío. Temeraria mi niña.

—¿Sólo? ¿Y te parece poco? ¿Es que no te has parado nunca a mirarle los ojos a tu tía? Son ojos de fiera atragantada.

Bea se echa a reír y yo con ella.

—¿Ése es el secreto? —dice, cuando por fin logra calmarse y me coge del brazo—. ¿Que, de las dos nietas que te quedan, soy tu favorita?

No puedo evitarlo. Incontinencia.

—¿Dos? —pregunto con voz de actriz aburrida, frunciendo los labios en dirección a Inés—. Pongamos mejor una y media, cariño.

—Abuela, por favor.

—No, ése no es el secreto, claro.

—Ya. Me lo temía.

—El secreto es que, bueno...

Bea se incorpora, yergue la espalda contra el respaldo del asiento y me mira con cara de preocupación.

—¡Acabo de mearme en los visones!

La risa de Bea es tan franca, tan contagiosa y tan llena de inocencia que Lía se une en seguida a nosotras, aun sin saber de qué nos reímos, porque tanto Bea como yo somos incapaces de hablar. Jacinto se encoge un poco y Flavia e Inés sonríen, pero siguen a lo suyo, con la mirada clavada en el faro, que ahora la *Aurora* rodea para entrar por la pequeña ensenada hasta el embarcadero de madera enclavado en la roca. Bea me coge de nuevo la mano y la estrecha con fuerza como cuando era pequeña y algunos días la acompañaba al colegio. Cuando faltaba poco para llegar, me apretaba la mano en silencio, muerta de miedo, con los ojos clavados en el suelo. Siempre callando, esta niña. Siempre comiéndoselo todo ella sola, tragando huesos y espinas sin rechistar, igual que Lía. Hay que ver cómo se parecen las condenadas. Una viviendo como una sonámbula en un piso vacío que no se atreve a decorar, quizá comiendo en el suelo, durmiendo en el suelo. Esperando en el suelo. ¿A qué? A que un marido vuelva a casa y la reconstruya con su amistad, a que le amueble la vida con sus dotes innatas de decorador de interiores, a que le regale algo, una frase, un clavo y un martillo con los que empezar a clavar la tapa del cajón bajo el que esconderse para no seguir siendo ella. A que su padre la mire como a una hija que cuenta, a que vea en ella la niña que dejó de crecer de golpe cuando Helena se nos fue. Seis meses viviendo así, sola entre paredes en blanco y suelos de madera gastada, achaque tras achaque, somatizando la muerte de una hermana que no ha sabido encajar, que no sabe dónde colocar. Seis meses empujando la vida, jugándosela a la mala salud. Y Lía, la buena de Lía, incapaz de llorar, ni una sola lágrima la muy bruta desde aquella noche, ni un solo suspiro de angustia. Nada. Callada como una puta. Enmascarada, rota, desconchada, desquiciada. Dejó de esperar hace un año, justo hoy hace un año. Mi Lía envejecida contra sí misma y su propia bondad, huérfana de hija mayor, con un marido cuyo odio tarado ni siquiera cuenta ya. Sufriendo en silencio. Me pregunto quién coño les habrá dicho a estas mujeres que sufrir en silencio te hace mejor. Cómo meterles en la cabeza que el silencio no engrandece, que eso es mitología griega. El silencio coarta, desquicia, enmudece, enferma. Eso lo sabemos bien las viejas. Y, bien pensado, y después de todo lo vivido, qué paradoja tener que llegar a mi edad para entender tantas cosas. Qué paradoja tanta lucidez rodeada de tanto callar.

—¿Sabes una cosa, niña? —le digo a Bea, que ahora tiene la mirada clavada en el pequeño embarcadero de madera que asoma ya entre las rocas.

—¿Dolerá? —responde sin gritar y sin mirarme. El viento arrecia y la *Aurora* ya no rebota contra las olas. Nos mecemos.

No puedo evitar una risilla maliciosa que, para no perder la costumbre, me ha vuelto a mover la placa en la boca.

—No, hija, qué va.

—Ah, bueno —responde sin soltarme la mano.

—Creo que esta vieja ya se puede morir en paz.

Bea se gira de golpe hacia mí y me mira ahora con cara de susto.

—¿Y sabes por qué?

No dice nada.

—Pues porque si a los noventa años, y suponiendo que llegues a esa edad decentemente afincada en tu sano juicio, te das cuenta de que en la vida no tienes nada mejor que hacer que no hacer nada, es que has hecho bien las cosas, niña.

Bea no acaba de entender lo que intento decirle. No me sorprende. Tiene los ojos velados. La *Aurora* se detiene junto al embarcadero y Jacinto la amarra al poste medio podrido que sobresale del entarimado como una uña negra y mal cortada, aparcándola de culo hasta topar contra la madera.

Entonces se hace el silencio. Ninguna de las cuatro se mueve. La espalda de Jacinto se tensa contra sí misma. Flavia se gira para mirarme. Inés también.

—¿Vamos, mamá? —dice Lía a mi lado, haciendo ademán de coger la bolsa de la merienda mientras con la otra mano me ayuda a levantarme.

Cierro los ojos. La isla. Respiro hondo y me apoyo en Lía para pasar con cuidado al embarcadero desde el bamboleo traicionero de la *Aurora*.

Bea sigue cogida de mi mano.

BEA

Subimos por el camino de roca que nace en el embarcadero y que asciende dibujando una amplia curva hasta desembocar en la plataforma plana y pelada que lleva hasta el faro. Subimos despacio, entre las muletas y la escayola de Flavia, mis calambres, el paso irregular de Mencía y la fragilidad cristalina de Inés. Mamá y Flavia se han adelantado un poco. Nos hemos quedado las dos nietas a cargo de la abuela, que parece encantada. Ascendemos en silencio por la curva, asustando a los lagartos negros al pasar. De repente, uno de ellos se queda en mitad del camino y nos hace frente. La verdad es que es de un tamaño considerable. Nos detenemos durante unos segundos, a la espera de que el bicho se aparte y nos deje pasar, pero el pequeño monstruo sigue ahí, inmóvil, clavándonos al suelo con sus ojos negros y brillantes como los de un demonio. Entonces Mencía se adelanta despacio y clava los ojos en el bicharraco, que a su vez le aguanta la mirada, irguiendo la espalda como un luchador de sumo con cola de vestido de novia. Inés y yo nos miramos, sin saber qué hacer. Por delante de nosotras, mamá y Flavia siguen avanzando a trompicones, inmersas en una conversación poco animada. La abuela se agacha despacio hasta quedar a pocos centímetros del lagarto, que sigue sin moverse, y de pronto suelta un eructo que le pone la cresta de punta al animal, que desaparece correteando entre las rocas en menos de un segundo.

—Hay que hablarles en su lengua, como a todo el mundo —explica con un suspiro de resignada victoria—. Lo bueno de haber llegado a mi edad es que una termina por haber aprendido a utilizar muchos registros, y sobre todo a adivinar el que hay que utilizar con cada cual —murmura con una sonrisa. Y, antes de que podamos añadir nada, mira a Inés con una expresión de extraña inocencia y le dice con voz grave—: Estás anoréxica y nadie se atreve a decírtelo porque son todas unas memas y unas cobardes, y porque, al parecer, prefieren pasar por el mal trago de tener que escribírtelo en la lápida que soltártelo ahora que todavía estás a tiempo de hacer algo.

Inés mira a Mencía con ojos vidriosos y suelta un suspiro hondo. Cierra los puños y traga saliva.

—Y no me digas que me calle porque soy tu abuela y todavía puedo darte un par de bofetadas si hace falta —vuelve a soltar Mencía, esta vez con un tono de voz ligeramente más agudo.

Yo prefiero callar. Inés y la abuela nunca han terminado de encontrarse del todo. Es un tándem nieta-abuela que por alguna razón no ha llegado a funcionar. Chirría desde siempre. Alguna pieza se encasquilló en algún momento y ninguna de las dos hizo nada por repararla. Luego pasó lo de Helena. Desde que ella se fue, Inés no encuentra su sitio en su nuevo papel de hermana mayor, de hija mayor, de nieta mayor. No se da cuenta de que nadie le pide nada, de que nadie espera nada de ella.

—¿Por qué has dormido esta noche en casa de tu madre, niña? ¿Es que no tienes casa? —pregunta Mencía con voz rasposa antes de soltar un escupitajo y de que Inés tenga tiempo de nada.

Decididamente, a la abuela se le está yendo la mano, de modo que finjo un amago de calambre que me dobla en dos y que me corta la respiración para buscar una tregua que no se anuncia bienvenida. A Inés le está costando lo suyo contenerse, mientras que Mencía está lanzada cuesta abajo y disfruta como una niña de la velocidad del descenso.

—No, abuela, no tengo una casa a la que volver —escupe Inés, cerrando los ojos, dejando de caminar y viniendo en mi ayuda.

—¿Por qué?

Inés se para de espaldas a Mencía y clava sus ojos en los míos. Se me olvida seguir fingiendo al ver la expresión de rabia, de odio y de congoja que cruza la mirada de mi hermana mediana. Y su voz. Tanta voz para tan poco cuerpo.

—Porque Jorge me ha echado a la calle.

Un segundo de silencio. Dos.

—Y porque me ha dejado sin nada, abuela. Sin casa, sin Tristán.

—Pero... —empieza Mencía, mirándola desde atrás con cara de no haber oído bien.

—Porque he sido una madre hija de puta, una madre que ha preferido vivir un amor a fondo a pesar del riesgo, a pesar de todo lo que podía perder, que joderme la vida como te la has jodido tú y se la has jodido a tus dos hijas, abuela. No, no tengo dónde ir. Por eso he dormido esta noche en casa de mamá, porque siempre tiene una cama para mí, porque siempre está, porque me espera, me perdona..., porque es incapaz de ponerme la maleta en la mano y obligarme a callar, a agachar la cabeza y a volver al infierno de un matrimonio de mierda como lo hiciste tú con ella cuando te buscó para que la ampararas del hijo de puta de papá.

A Mencía le tiembla la barbilla.

—Eran otros tiempos, niña. Qué sabrás tú.

Inés da media vuelta y funde con los ojos a la abuela, que se arrebuja con un brazo entre retazos oscuros de visón.

—Y una mierda. Los tiempos no cambian, abuela. Las personas no cambian. Y el pasado tampoco. ¿Que por qué he dormido esta noche en casa de mi madre? Buena pregunta. ¿Y tú? ¿Por qué llevas más de dos semanas refugiada en casa de mamá? ¿Con qué derecho le pides tú una cama después de haberla enviado con una niña de dos años de la mano de vuelta a una vida que sabías horrible? ¿Con qué valor te miras al espejo cada mañana después de ver lo que ha sido de tus dos hijas? Míralas. Ahí las tienes, caminando delante de ti, una refugiada en su escayola y en ese tobillo que no hace más que romperse una y otra vez para poder librarse de ti, para no tener que cuidarte porque no te soporta, porque te culpa de todo lo hecho y lo deshecho; la otra, callada y cuidando de ti como la mejor enfermera, atenta a tus desatinos, a tus manipulaciones, a tus carencias de vieja caprichosa y egoísta porque todo le da igual desde que Helena se le fue. Sí, abuela. Le das igual. Para mamá, desde aquel bendito viaje a Berlín, la vida fue Helena y el mar. Lo demás era un además. Ahora vive en círculos alrededor de ese además que formamos todas, un conjunto vacío en el que no quiere mirar.

Se hace el silencio. Las tres nos hemos quedado calladas y quietas. Tres gaviotas sobre un mástil. Flavia y Lía también han dejado de caminar. La tarde está rota en azul. Habla Mencía. La lámpara que corona el faro asoma ahora por encima de su cabeza, dándole un aspecto de virgen extraña, futurista.

—No voy a darte una bofetada porque, a pesar de lo tullida que estoy, estás hecha un guiñapo tal que no quiero arriesgarme a que me encierren en alguna mazmorra acusada de homicidio —suelta con una sonrisa traviesa en los ojos—. Y porque, como no te acerques tú, yo no llego —añade, con un gesto de maldad—. Pero, antes de que se me vuelva a descolocar esta jodida placa que el dentista cretino ese amigo de Flavia va a tener que enroscarme con una tuerca de camión, te voy a decir algo, pequeña.

Inés me mira durante un breve instante y luego vuelve a mirar a la abuela, que se toca el brazo en cabestrillo por debajo del abrigo y contiene una falsa mueca de dolor. Luego se alisa el pelo, levanta la barbilla y dice:

—Como esa tal Sandra no sea de fiar y, ahora que te la has jugado por ella, desaparezca de tu vida y te salga con alguna de esas mandangas de que tendrías que haberla consultado, de que no está preparada o alguna estupidez de ese estilo…

Un segundo. Una gaviota. Un chillido. Un lagarto se escurre entre dos rocas.

—La mato con el brazo que me queda sano.

Inés abre poco a poco la boca y con un gesto mecánico se la tapa con la mano, una mano fina y transparente que la abuela fija con la mirada, una mirada horrorizada, asqueada.

—No sería la primera vez —concluye Mencía en voz baja, mirándome de pronto con una ceja arqueada.

No le aguanto la mirada.

—¿Cómo sabes tú…? —empieza Inés, sin quitarse la mano de la boca—. ¿Quién te ha dicho…?

Mencía la mira con cara de fastidio. Luego vuelve a mirarme y me tiende la mano para que vaya hacia ella, cosa que hago en seguida. Cuando llego a su lado, me obliga a girarme y a mirar a Inés a la cara.

—Mírala, niña. Ésta es la única hermana que te queda. ¿Qué ves?

No tengo tiempo de responder. Inés sigue intentando asimilar que el secreto que compartía con mamá no es tal.

Parece considerar posibilidades a toda velocidad, calcular fechas. De pronto no sabe si tiene que enfadarse con mamá por no haber sabido callar o con la abuela por haber sabido hacerlo. Está perdida.

—Un catálogo de efectos secundarios de la vida, eso es lo que ves, pequeña —chasquea la voz de Mencía, soltando una risotada que rebota contra las rocas que bordean la curva del camino como un coro de cigarras roncas.

INÉS

Un catálogo de efectos secundarios de la vida —suelta la abuela entre carcajadas.

Eso soy yo.

Cuarenta y siete kilos. Metro setenta. La piel seca alrededor de los ojos. La vida seca alrededor de la piel. Pelo castaño, ni corto ni largo. Casada. Un hijo. Poco pasado.

De repente la abuela deja de reírse en seco. Se enjuga la boca con un pañuelo de papel que saca del bolsillo del visón y cierra los ojos. Bea me mira y las dos nos quedamos quietas. Un poco más adelante, Flavia y mamá han reemprendido la marcha y parecen volver a hablar.

—Ji, ji, ji —suelta la abuela sin abrir los ojos—. Ji, ji, ji, ji.

La risilla de Mencía no tarda en transformarse en una ristra de carcajadas mal dentadas que ni Bea ni yo sabemos cómo encajar. Voy hacia ella y, juntas, nos acercamos a la abuela.

—Abuela... —dice Bea, tomándola del brazo y sacudiéndola con suavidad—. Abuela, ¿estás bien?

—Ji, ji, ji —es lo único que suelta Mencía, al parecer, incapaz de articular nada más que esas carcajadas extrañas que son como pequeños suspiros hacia dentro—. Es que... ji, ji, ji —vuelve a la carga, incapaz de hablar.

Parece una niña. Tía Flavia y mamá se acercan de vuelta por el camino con paso tropezado. Flavia resopla con cara de mala leche. Le duele la pierna. Y los sobacos, por culpa de las muletas. También los ojos, irritados por un viento que ya no sopla.

—Te vas a volver a mear en el visón, abuela —le dice Bea con cara de preocupación, bajando la voz—. Cálmate.

—Es que... míranos —suelta por fin Mencía entre carcajadas y suspiros con los que intenta recuperar el aliento—. Míranos... —chilla de pronto, señalando con el brazo colgón a hijas y nietas mientras intenta calmarse y se seca las lágrimas de la cara con el pañuelo de papel empapado—. Menudo cuadro estamos hechas, ji, ji, ji. La vieja con el brazo roto y el abrigo de visón; tú y tu herpes o el herpes y tú, ya no sé qué va primero —susurra, mirando a Bea—. Flavia y su pierna de escayola; tú —me dice—, con más hueso que carne y una mala leche que cualquiera se te pone por delante; y para terminar —concluye, girándose hacia Lía con gesto teatral—, mi pequeña Lía, la enfermera austriaca que a buen seguro se muere de ganas de inyectarnos a todas algún veneno y poder disfrutar del vacío que ni siquiera le dejó Helena al marcharse.

En los instantes que siguen, todas nos miramos. Sin darnos cuenta, hemos formado una especie de círculo alrededor de Mencía, que ahora vuelve a la carga, desternillándose de risa entre dientes que van y vienen y penachos de visón que va quitándose de la boca con los dedos. Durante una décima de segundo, tengo la precisa sensación de que las cuatro hemos pensado lo mismo.

Cinco mujeres en la isla. Solas. Enfermas. La más anciana, que debe ingresar en el hospital al día siguiente para que le operen el brazo, y que, de hecho, es la instigadora de la excursión, se cae durante el camino de ascenso al faro y estrella la cabeza contra una roca cualquiera. Triste accidente. Muerte natural. La imagen de la cabeza de Mencía estampándose contra una piedra del camino pasa entre las cuatro como un aliento maldito, sorteándonos como una serpiente cargada de manzanas.

De pronto, la risa gruesa y burbujeante de Bea estalla en el aire fresco de la tarde como el primer salve de una sesión de fuegos artificiales. Estalla Bea y con ella llega también mamá. Risa. Risa en tres generaciones, en tres dimensiones. Risa reconocida, reconvertida en alivio para mí, que no sé por dónde empezar, qué músculo activar para unirme a ellas. Se desvanece la piedra sobre la cara de Mencía. Se va Jorge con su inmundicia salpicando las paredes del pasillo a mi espalda, persiguiéndome hasta la calle sobre el mar de fotos rotas y de páginas de mi diario. Risa, sí. La que tía Flavia no logra descifrar desde su mueca de dolor y esos ojos azules como hielo mal derretido en los que siempre fue difícil encontrar vida.

—¡Tendríamos que haber ido a Fátima! —suelta la abuela entre carcajadas, intentando sujetarse el visón, que ya medio arrastra por el camino—. ¡A Lourdes! ¡Con los termos y con el pobre Jacinto, ji, ji, ji, ji!

Es mucho. Tanto es que Flavia no puede evitar una sonrisa y un pequeño respingo que, si no me equivoco, es un amago de carcajada, aunque con ella una nunca sabe. Mamá se dobla sobre sí misma y parece haber dejado de respirar. Bea llora ya sin tiempo para reír. Mencía sigue soltando locuras, sin perdernos de vista ni un segundo. Por su forma de controlarnos con la mirada, por sus guiños a tiempo y su pose de abuela vencida por la risa inocente y feliz que nace sólo en buena confianza y en el cariño femenino y familiar, apostaría a que algún atisbo le ha llegado de la tentadora y macabra imagen que durante un breve instante ha serpenteado entre las mujeres del círculo.

Reemprendemos la marcha. Las risas van calmándose poco a poco hasta que por fin se hace el silencio. Ahora me toca a mí caminar junto a tía Flavia. Las demás vuelven a retrasarse. Por fin, a unos treinta metros delante de nosotras, el viejo faro se levanta en el aire como un dedo blanco. Flavia se detiene, resollando, apoyada sobre las muletas.

Nos quedamos mirando el faro mientras las voces de las demás llegan cada vez más cercanas desde atrás. Siguen riéndose.

—¿Qué ves? —me pregunta sin apartar la mirada del faro.

Sonrío. Si le digo la verdad me tomará por loca.

—Un dedo —respondo, bajando la voz. De pronto casi me da vergüenza haberlo dicho.

—¿Un dedo cómo?

La risa de Mencía llega ya cercana. Están a pocos metros de nosotras.

—Un dedo fino con una uña recién esmaltada.

Flavia no se gira.

—Sí, ya. Pero ¿qué dedo? ¿El índice? ¿El anular? ¿Un dedo de hombre? ¿De niña?

Ay, tía Flavia no cambiará. Busca respuestas. Siempre. Luego, si las respuestas no son lo que espera oír, busca a un culpable en quien descargar el castigo por su pregunta mal hecha.

—No lo sé.

Suspira con un gesto de fastidio y de cansancio mental. Se reacomoda sobre las muletas y suelta un gemido como el de un gato viejo.

—Yo veo un anular cargado de anillos, un dedo de mujer de mediana edad, casada varias veces, quizá viuda. Un dedo recio, blanco, bien asentado en la mano. Un dedo…

—Acusador —la interrumpe Mencía a nuestra espalda con voz fatigada—. Un dedo acusador, eso es lo que es.

Acusador. Qué extraño, hasta ahora jamás había visto en el faro más que una sencilla construcción de luz, un punto que interrumpía el horizonte azulado del mar y el cielo desde los ventanales del salón y de las habitaciones de la casa de mamá y por el que Helena sentía adoración, si no obsesión. Un dedo acusador, dice la abuela. Quizá tenga razón.

—Un buen dedo medio con una bombilla gigante encima —añade Mencía con una sonrisa abierta. De pronto se me ocurre que quizá la isla se atreve a señalar con el dedo, con ese dedo iluminado, iluminante, hacia arriba, desafiante. Miro a las mujeres de la familia y nos veo como cinco alienígenas recién aterrizadas en un planeta extraño, quizá más avanzado que el nuestro porque tiene dedos enormes con los que acusar a Dios por haber sido tan hijo de puta como para habernos dejado sin Helena, por habérsela quedado entera, cuerpo y alma, el *pack* completo. Helena solía decir que cuando muriera quería que esparcieran sus cenizas desde el faro de la isla. Las únicas cenizas que pudimos repartir esa maldita tarde fueron las de un tablón de la popa del *Sigfried* que mamá logró agenciarse gracias a los contactos de papá con los guardacostas. Quemamos el tablón en la chimenea de la casa de la abuela. Era un tablón muy grueso y tardó en arder. El barniz y la humedad sacaron un humo negro que por poco nos ahoga. Papá no quiso estar. Fueron varias horas de chimenea en silencio. Cinco mujeres mirando las llamas como esperando una respuesta, una imagen. Algo. Mamá ni siquiera pestañeaba. Estaba hermosa como no la he vuelto a ver. La abuela había envejecido veinte años de golpe. Se había hecho vieja. El tablón ardía en la chimenea y más allá de los ventanales el azul del cielo era tan cristalino y la luz de la tarde tan clara, tan cálida, que teníamos la sensación de habernos caído del calor y del color otoñal a un pequeño paréntesis de invierno en el que preparar pócimas y conjuros en aquelarre. Bea lloraba. Lloraba como se ríe, a borbotones, dejándose llorar sin trabas, desde el cuerpo, con las manos y con los ojos. Bebíamos un té ayurvédico que Flavia había traído de su casa y que, según masculló, nos mantendría claras y calmas.

Horas antes, el *Sigfried* había sido localizado cerca de la isla, volcado como una ballena moribunda, con el gran mástil partido por la mitad como un triste palo de escoba. Horas antes, Helena ya no era Helena. Después de veintiocho horas de búsqueda y de espera, de aquella espantosa tormenta que desde los ventanales del salón de mamá parecía brotar del mismísimo infierno, de las olas negras azotando barcos, desgarrando amarres, anegando calles y paseos…, después del viento que se llevaba por delante la luz, la voz, las miradas, ese viento que la isla no recordaba desde hacía casi treinta años, igual de repentino, de maldito… Después llegó el silencio y el tablón del *Sigfried* lamido por las llamas en la chimenea de la abuela. Mamá se movía entre nosotras como una sonámbula, con una sonrisa de ida en los labios y cara de agotamiento. No dejaba de preguntar si queríamos más té.

—¿Más té, Flavia? ¿Más té, Bea? ¿Más té, mamá? ¿Más té, más té, más té? —repetía cada cinco minutos con la misma voz hueca, como de loca. Más té. Y así seguimos las cinco, esperando a que aquel maldito tablón terminara de arder para poder tener algo sólido que echar al viento desde el faro, como Helena quería, cada una intentando entender lo incomprensible, derrumbándose en silencio contra el sol que se colaba en pequeñas hilachas por las gruesas cortinas de terciopelo violeta de la abuela. No se hablaba de nada y yo no sabía cómo llorar. Me sentía totalmente desaprendida, pillada por sorpresa, a la intemperie. Pensaba en Helena, intentaba recordar mi última conversación con ella horas antes de que hubiera decidido salir a la mar a bordo del *Sigfried,* a pesar de las predicciones y de los nubarrones que, como placas de plomo, desfilaban más allá del faro, y del consejo preocupado de papá. ¿De qué habíamos hablado? Rastrillaba mi memoria intentando recuperar alguna imagen, alguna frase, un gesto, mientras a mi lado Bea se lloraba entera, suelta, pena en vena; y de pronto tuve ganas de abofetearla, de que parara de una vez, de que me dejara un poco de espacio para intentar sentir, de que por una vez la hermana pequeña regalara un poco de aire a la mediana para que pudiera respirar. Busqué con los ojos a mamá, pero fue inútil. Ella había dejado de mirar.

Recuerdo unos segundos de silencio tenso y recuerdo también que el tablón se partió en dos, envuelto en una gran llamarada y en un escandaloso chisporroteo. Recuerdo la cara de susto de Mencía y la piel morena de tía Flavia brillando contra el fuego. Una brasa encendida salió disparada al suelo y cayó delante de mamá, que la cogió con la mano y despacio, muy despacio, la devolvió a la chimenea sin el menor gesto ni la menor expresión de dolor. Volvió a su sitio, se frotó con suavidad la palma herida, y cogió la jarra del té.

—¿Más té, Bea? ¿Más té, Flavia, cariño? ¿Más té, mamá? ¿Más té, más té, más té?

Más silencio.

Un segundo después, mamá se giró hacia mí, me sonrió con una dulzura que nunca seré capaz de perdonar, y me dijo:

—¿Más té, Helena?

Entonces sí. Entonces sentí un leve calambre que me abría por dentro, enroscándose a mis pulmones, agarrotándome los brazos y el cuello, inmovilizándome la mandíbula. Y oí un crujido. Físico. Audible. Ronco. Como el de la madera al romperse. Aire. Mamá se me llevaba el aire con su mirada, arrebatándomelo de los pulmones, aspirándome la vida ahí delante, con su tetera en las manos. Busqué aire. Abrí la boca y lo que oí fue algo parecido a un ladrido, a una arcada seca.

Luego llegó el llanto. Sentí el abrazo de Flavia y la noté humana, sorprendentemente cálida y blanda. Nadie más me abrazó esa tarde.

—Acusador —repite Mencía a mi lado, poniendo su dedo medio justo delante de mis ojos, donde calcula que debe de estar el faro. Sonrío.

—No es un gesto muy elegante, abuela. No en una mujer de noventa años —le digo con falsa cara de enfado.

Sonríe.

—Estoy segura —replica con una carcajada forzada—. Es lo que siempre me hacen los nietos de la bruja esa de la mujer de Jacinto cuando me los cruzo por la calle. Cuando ella no les ve, o finge que no les ve, los degenerados esos me enseñan así el dedo.

—Me pregunto por qué te odia tanto la mujer de Jacinto, abuela.

—Porque es una envidiosa, ¿por qué va a ser?

—¿Envidiosa?

—Una zorra, eso es lo que es. Una zorra paridera que no ha hecho nada más en su vida que traer al mundo a esos cabezones criminales y asesinos. El día que Jacinto no esté, veremos qué gallo le canta a la gorda esa.

—Mamá, por favor —la interrumpe Flavia con voz de poca paciencia—. No puedo creer que sigas todavía obsesionada con Rosario.

Mencía clava los ojos en el faro.

—¿Obsesionada, yo? Bah, qué sabrás tú lo que es estar obsesionada, hija. Además, esa putarranca ni siquiera se merece que perdamos el tiempo hablando de ella. Ya le llegará lo que le tenga que llegar —concluye, arqueando una ceja y echando a andar en compañía de Bea y de mamá, dejándonos a Flavia y a mí atrás.

Reemprendemos también nosotras la marcha, Flavia con la cabeza gacha, atenta al camino y a los huecos que asoman entre las rocas para no meter en ellos la punta de las muletas y tropezar. La suave brisa trae de pronto con ella un extraño olor a invierno. A escasos metros por delante de nosotras, mamá se detiene de pronto, cierra los ojos y levanta la cabeza, inspirando hondo.

—Huele a invierno —dice con la voz apagada.

Sí. A invierno.

A mi lado, Flavia también se para. Parece llevar rumiando algo desde hace un par de minutos, hablando consigo misma, discutiendo a hurtadillas con las otras tantas Flavias que vocean en su cabeza. Da un golpe seco con la muleta en el suelo y oímos escapar a un lagarto negro.

—Voy a dejar a Héctor.

Mamá vuelve a inspirar hondo con los ojos cerrados.

—Desde siempre el mes de octubre es un mes cabrón —suelta de repente sin abrir los ojos.

Helena decía que octubre era el mes trilero. Debajo del primer vaso, el invierno. Debajo del segundo, el averno. Debajo del tercero, el infierno. Si te tocaba elegir en octubre, o si, aún peor, era octubre el que elegía por ti, estabas jodida.

Me giro para mirar a tía Flavia, que parece embobada, con los ojos clavados en mamá.

—¿Cómo dices?

—Que voy a dejar a Héctor. Hoy. Esta tarde. En cuanto llegue. Que se largue. A la mierda.

La abuela nos mira por encima del hombro de mamá, creyendo que ahora Flavia no la ve. Se equivoca.

—Sí, mamá —grita Flavia—. Que se vayan Héctor y su jodida compasión. Que se larguen de una vez y me dejen en paz.

Mencía la mira sin decir nada. Se recoge el visón sobre los hombros con un gesto automático y carraspea.

—Si es lo que tú quieres, hija... —dice con suavidad, la voz un poco quebrada. Qué buena actriz nuestra Mencía—. Pero... ¿lo has pensado bien? Estás cansada, niña, y cuando una está enferma y cansada, decide mal y todo le parece peor de lo que es. Quizá deberías esperar.

Flavia la mira como si estuviera viendo un murciélago gigante colgado de la barra de una carnicería.

—Mamá, ¿eres tú?

—Además, Héctor no es mal tipo. Reconozco que no es ninguna maravilla, pero por lo menos sabe comportarse y te cuida. A su manera, pero te cuida.

—Mamá...

Seguimos caminando, ahora las cinco juntas. Dentro de un par de minutos llegaremos a la base blanca del faro.

—¿Qué? —responde la abuela, tras unos segundos de silencio tenso. ¿Es miedo lo que insinúa su voz?

—Estoy vieja, mamá. Y tú más.

—Ya. ¿Y eso es bueno o es malo?

—Eso es lo que hay.

—¿Y?

—Que llevo odiándote tanto tiempo que ha llegado un punto en que se me ha olvidado dónde empezó todo. Que se me ha olvidado el porqué. Y también las ganas. De repente me doy cuenta de que si no estás tú en casa, la casa no tiene sentido. Que vivo contra ti desde siempre y que eso me alimenta la vida. Tu ausencia me descoloca, me desrazona, no tengo un faro desde el que radiar mi falta de luz.

Se hace el silencio. Los segundos se mecen con la brisa. Bea respira con dificultad y mamá la ayuda a dar los últimos pasos hasta la pequeña plataforma de cemento que rodea el faro. Mencía camina agarrada a su cuello de visón despeluchado, ahora un poco a tientas, como si acabaran de pegarle un tiro en la pierna.

—Cuando salgas del hospital, mamá, quiero que vuelvas a casa —anuncia Flavia con voz rasposa—. Aunque yo siga con esta cosa en la pierna, me da igual. Héctor ya no estará, te lo aseguro. La verdad es que, a mi manera, te echo de menos.

Mencía se para en seco justo antes de llegar a la barandilla blanca y oxidada que recorre la pequeña plataforma de cemento húmedo de la base del faro.

—Me alegra oírte hablar así, hija —murmura con la voz rota.

Flavia no dice nada. Mencía carraspea, intentando darle tiempo durante unos instantes. No espera más.

—¿Sabes por qué?

Miro a Bea, que a su vez me lanza una de esas miradas con las que pregunta sin palabras: «¿Dolerá?».

—¿Por qué?

—Pues porque, en el fondo, después de todos estos años, sé que no me he equivocado contigo, y quizá para una madre no haya mejor regalo que ése. Eres una desgraciada, Flavia. Siempre lo fuiste y siempre a costa de mí. La verdad es que nunca me ha importado. Me ha dolido, sí, pero ése es uno de los riesgos de ser madre. A mi edad, poco engaño ya. Sé que tengo en ti a una hija infelizmente desgraciada, una hija ya vieja que sigue viva porque desde que tengo memoria está convencida de que yo soy la causa de todos sus males. Sí, Flavia, eres una pobre desgraciada, pero Dios sabe que nunca te quise menos por ello. Nunca.

Mamá se gira y se lleva muy despacio la mano a la boca como una autómata. Tiene los ojos abiertos. Dos pozos de horror en espiral.

—Es más —continúa la abuela—. Quizá en el tiempo que aún nos quede juntas seas capaz de entender que eres lo que más he querido en el mundo. Más que a tu padre, más que a tu hermana, y que Dios me perdone, y ella también. Te he querido tanto que he hecho por ti lo que no se hace por nadie, hija.

Flavia llega al borde de la plataforma con un resoplido, deja las muletas apoyadas contra la barandilla y se sienta. Clava los ojos en el suelo de roca arrugada.

—Lo sé, mamá.

La abuela pierde la mirada en el azul añil del mar y responde al aire.

—No, Flavia. No lo sabes. Si lo supieras, probablemente a estas alturas estarías más loca de lo que estás.

Tía Flavia cierra los ojos. Inspira y suelta el aire en un largo soplido que rebota en el suelo de roca. Mamá sigue con la mano pegada a la boca y Bea busca a tientas el suelo de la plataforma y se sienta despacio, sin apartar la vista del horizonte. Se tapa las orejas con las manos.

Pasan los segundos entre los chillidos de un par de gaviotas y la brisa que las columpia sobre las pequeñas crestas blancas de las olas. Pasan instantes de aire. De tanto pasado a cuestas. El faro se alza sobre nosotras, no ya como un dedo ni como una fuente circular de luz blanca que el sol anula. Ahora pesa sobre nosotras con su sombra densa y alargada, acogotándonos desde arriba.

—No he dejado de soñar con Cristian ni una sola noche desde que hiciste lo que hiciste, mamá.

Una de las dos gaviotas se lanza en picado desde las alturas y se zambulle en el agua.

La otra la mira desde arriba y suelta un chillido estridente que rompe la calma de la tarde.

FLAVIA

No he dejado de soñar con Cristian ni una sola noche desde que hiciste lo que hiciste, mamá.
Es mi voz.
Es mi voz la que llena el aire con lo que nunca quise oírme decir. Es el recuerdo de la voz demente de papá llorando contra las baldosas blancas del baño. Es Lía y sus ojos vacíos. Y Jacinto, también Jacinto, con su espalda tranquila, acusándonos de locas con esa serenidad malparida que tendríamos que arrebatarle a cuchilladas. Es este maldito faro al que no tendríamos que haber vuelto. Es también Cristian. Y Helena. Las ausencias de ambos. Los sueños cruzados. Y ahora es mamá. Su voz. Mencía.

—Yo tampoco, hija.

Lía se concentra en la bolsa de los sándwiches y los termos y empieza a poner una especie de mantel sobre el suelo húmedo de la plataforma. Platos de plástico, vasos de plástico. Té caliente.

—¿Té, mamá? ¿Té, Bea? ¿Té, Inés? ¿Té, té, té? —repite con voz suave de enfermera pasando junto a nosotras con el termo como una azafata de las de la vieja escuela—. Hay sándwiches de pollo con aguacate, de pavo y tomate, de atún y…

—Cállate, Lía —le suelta mamá sin más, con la voz afilada como una cuchilla.

Lía la mira durante unos segundos como si la hubieran despertado de golpe de la siesta. Luego clava los ojos en sus manos, en el termo y en la bandeja de plástico llena de sándwiches de pan oscuro, y se nos queda mirando entre parpadeos.

—Ven aquí, pequeña —dice mamá, dando una palmada sobre el cemento de la plataforma—. Ven, siéntate conmigo.

Lía me mira. No sé si me ve. Deja el termo y la bandeja en el suelo, se acerca a mamá con paso cansino y se sienta a su lado. Mamá le pasa el visón por los hombros, compartiéndolo con ella.

—¿Frío? —le pregunta.

Lía niega con la cabeza.

—¿Calor?

Segunda negativa.

—¿Sabes qué día es hoy, cariño?

Lía se gira para mirarla con una sonrisa extraviada.

—Claro. Domingo, 9 de octubre.

—Eso ya lo sé, tonta. Pero ¿qué día es?

Lía se toma su tiempo antes de responder.

—Hoy hace un año.

—¿Un año de qué?

—De lo de Helena.

—Respuesta incorrecta, hija. Inténtalo de nuevo.

Lía me mira con un gesto desaprendido. Hay en sus ojos una frágil llamada de auxilio, una pequeña chispa de pánico que intenta compensar con una sonrisa desangelada.

—Mamá, por favor...

—Inténtalo de nuevo —insiste mamá.

—Muy bien. Hoy hace un año que Helena salió al mar y no volvió —dice Lía de corrido, como una niña pillada en falta, acusando a alguna compañera—. ¿Contenta?

Mamá la coge del brazo por debajo del visón y la atrae hacia ella. Lía se resiste y las dos se tambalean.

—Te estás volviendo loca, hija. Y verlo me hace sufrir. ¿Sabes por qué?

Lía no dice nada. Detrás de ellas, Bea se ha destapado las orejas y mira el mar, envuelta en una luz serena que, como yo, ahora Inés también percibe en ella.

—¿Por qué, mamá?

—Porque con tu hermana ya tengo el cupo cubierto. Si eres madre y te sale una hija loca, es culpa de ella, pero si de dos, las dos terminan chifladas, tengo todos los números para que ahí arriba no me traten muy bien.

Sonrío, intentando contener una carcajada. Mamá es tremenda, eso nadie puede negárselo.

—Hace un año de lo de Helena, como tú dices —continúa mamá con voz paciente, como si le hablara a una niña—. Hace doce meses que se marchó tu hija mayor, tu hija pintora, tu amiga.

Silencio.

—Y hace doce meses que no sabemos dónde estás. ¿Dónde estás, Lía? ¿Dónde te nos has ido? ¿Dónde quedó la Lía suave y viajera? ¿Dónde tu risa? ¿Dónde los paseos a diario por la playa, las compras, los viajes, la ópera, el color? ¿Dónde, Lía? Prácticamente no has vuelto a salir de casa desde aquel día. Del salón a la terraza y de la terraza al salón. ¿Y la calle? ¿Y los demás? ¿Y…?

—Martín no me habla, mamá. Desde lo de Helena.

Mamá no se inmuta. Sigue mirando el mar con su vaso de té caliente en la mano.

—Martín es un hijo de puta forrado por dentro de lo mismo.

Lía suelta una pequeña carcajada seca.

—Sí.

—Y yo otra por haberte obligado a volver con él cuando viniste a buscar refugio a casa.

Inés se gira para mirarlas.

—Pero eso a ti te da igual, ¿no es verdad, niña?

Lía se encoge de hombros y busca el vaso de té a tientas a su lado. No lo encuentra.

—Te da igual —arranca Mencía—, porque sigues creyendo que tu hija sólo está desaparecida, ausente, porque sigues pensando que si no la encontraron es porque no estaba. Así de simple. Quizá la rescatara algún barco durante la tormenta y se la llevara lejos, inconsciente y desmemoriada, y quizá algún día recupere la memoria y vuelva a casa para que puedas dormir tranquila y dejes de culparte por haber sido tú la que le pidió que viniera a pasar ese fin de semana a la isla porque la echabas de menos. Tú, la que no ha sido capaz de derramar ni una sola lágrima por ella, la buena amiga, la que sigue esperando que le devuelvan lo que nadie le quitó, mordiéndose las encías de rabia por no haberle impedido que saliera esa tarde de tormenta con el *Sigfried,* el barco que tú, mi querida niña, insististe tanto en comprarle. Lo que tú llamas «lo de Helena» tu madre lo resume en pocas palabras, cariño.

Ay. Ese «ay» es lo único que me permito pensar antes de que mamá vuelva a la carga, esta vez con un hilo de voz que no parece la suya. Bea se encoge, apoyando la espalda contra la barandilla, e Inés suelta un bufido, pero no se mueve.

—Helena se ahogó esa noche, hija. Murió comiendo sal de mar hasta reventar por dentro y hundirse entre las olas como una pobre alimaña, rota y azul. Y tú no estabas allí para ayudarla. Probablemente te llamara a gritos mientras se ahogaba, pidiendo tu ayuda, la de su madre. Y tú no la oías. No podías, Lía. Ni tú ni nadie. Helena murió sola en el mar. No podía ser de otro modo. Llamándote. Despidiéndose, sufriendo como no podrás llegar a imaginar ni en tus peores pesadillas.

De repente el silencio es tan grueso, tan denso que, sin pensarlo, miro al cielo a la espera de encontrarme con un manto de nubarrones negros de tormenta. La electricidad que nos recorre es una corriente de gesto huraño, tartamudo. Ahora una pequeña brecha se abre paso entre la solidez rocosa de la calma de la tarde, una brecha como un rugido, como un pequeño temblor que parece emerger del mismo mar, seco y rígido, casi espumoso. Bajo el visón de mamá, veo a Lía sacudirse ligeramente, quizá intentando recolocarse bien el abrigo sobre la espalda. Mamá me mira por encima del hombro de Lía con cara de alarma y me indica con la cabeza que me acerque. En seguida me levanto, cojo las muletas y hago ademán de ir hacia ellas, pero en ese instante Lía empieza a agitarse como una hoja debajo del visón al tiempo que esa brecha de aire mal ventilado, ese chasquido sordo que creía haber oído desaparecer segundos antes, arranca de nuevo desde abajo como el rugido torcido de una fiera, hasta que me doy cuenta de que el crepitar rasposo procede también de debajo del visón, de Lía y de sus pulmones rotos, crujiendo contra la brisa de la tarde cada vez con más fuerza mientras el perfil aterrado de mamá me lanza miradas de socorro que no tengo la valentía de atender.

Y entonces un aullido rasga el día, un aullido de bestia herida que remonta el vuelo y que rebota contra el dedo acusador del faro como un globo lleno de mierda, estallándonos encima a las cinco y cubriéndonos de doce meses de sequía, de bronquios rotos, de noches de insomnio, de silencio sordo, de la espera inconfesada de una madre no entregada, incrédula, apostada contra lo injusto, contra lo inexplicable. Y tras el aullido, un grito de odio, de no querer, de no es verdad. La voz renqueante de Lía:

—No.

El «no» de Lía es un «no» largo y quejumbroso como la pena infinita de una viuda joven, una arcada derrumbada que poco a poco va transformándose en llanto, un llanto tropezado, desacostumbrado, pero llanto al fin. Y en ese «no» nos encontramos todas gritando con ella, arropándola a cinco manos, inmóviles hermana e hijas, atrapadas en nuestros propios «noes» mal nacidos, mal resueltos. Y con el llanto llega también el balanceo, el reajuste del ritmo más físico, ese acunarse adelante y atrás, volviendo a lo más inocente, abrazándose sobre sí misma como una anémona retraída, herida, toda mocos y babas intentando encontrar aire donde no lo hay, no queriendo estar ni parecer. Lía se balancea como un barco en la tormenta, reviviendo el dolor de la ausencia, queriendo a Helena por última vez, despidiéndose quizá, o quizá no.

Desde la barandilla oxidada, veo sólo un enorme abrigo de visón que se balancea como una bestia extraña, un oso torpe que se mece en el aire pesado que ahora parece soplar con más fuerza. Lía está apoyada en mamá, que le ha pasado el brazo sano por el hombro y que por fin ha conseguido que llore contra ella, contra algo físico y vivo, agarrándola con la poca fuerza que le queda para que no se le vuelva a ir, para que no salga volando desde la isla y se zambulla en el agua como esa gaviota absurda que no ha vuelto a aparecer desde hace ya demasiados segundos.

—No va a volver, hija —oigo decir a mamá con más cariño que voz—. Helena no va a volver.

Lía apoya la cabeza en el hueco del cuello de mamá. No le veo la cara. La oigo, sí.

—¿Por qué estamos todas tan solas, mamá?

Solas.

Nos miramos. Madres a hijas, hermana a hermana, tía a sobrinas, nietas a abuela. Solas. Extraña palabra. Tan circular, tan cerrada en curva peligrosa y de mala visión. Cinco letras que jugamos a repartir entre nosotras. A suertes. La *s* incrustada en los huesos sin músculo de Inés, flanqueada por sus sueños y su escasa realidad. La *o* para el infinito valor de Mencía y sus cartas siempre marcadas. La *l* para que Lía se desborde por fin, arrollándonos a todas con la vida que le queda. La *a* para Bea y sus falsos desamparos, y la última *s* para que serpentee entre todos los plurales que me conforman y pueda aprender de una puta vez a imaginar en singular, a imaginarme entera. Para que pueda dejar de soñar con los que ya no están. Para que pueda empezar a soñar también despierta.

Mamá echa la cabeza atrás y clava los ojos en el cielo, que ahora empieza a apagarse por el oeste. Un manojo de cirros blancos avanza desde el sur. Va a cambiar el tiempo.

—¿Solas? —pregunta a nadie.

Pasan unos segundos. El mar rompe ahora con más fuerza contra las rocas, más abajo. Mamá habla de nuevo sin girarse. Al mar. A Helena.

—Enfermas sí. Desquiciadas también. Y rotas.

Los cirros se deslizan sobre el sol poniente. La luz es naranja, granate, preciosa.

—Solas no. Al menos hasta que yo muera, niñas. No quiero volver a oíros decir eso nunca más. A ninguna. Nunca —termina con firmeza.

No nos movemos. Empieza a oscurecer. Un destello ilumina durante un instante un nubarrón solitario que ninguna de las cinco ha visto formarse justo delante de nosotras. Luego otro. Un parpadeo.

—Es el faro —dice Mencía, apoyándose en Lía para ponerse en pie—. Hora de irnos, chicas.

Bea hace ademán de ir a recoger las cosas de la merienda, que siguen intactas en el suelo húmedo de la plataforma, pero Mencía chasquea la lengua y le indica con un gesto que se olvide.

—Déjalo ahí. Se lo comerán las gaviotas. Sólo coge los termos y los girasoles. El resto, a la mierda.

Bajamos las cinco cogidas del brazo por el camino de roca que desciende en curva hasta el embarcadero, donde la *Aurora* y Jacinto nos esperan como dos perros viejos, cada uno a lo suyo, en silencio, respirando juntas aunque no a la vez. Solas no. Quizá un poco más vivas.

Al llegar al embarcadero, mamá se coloca delante de la *Aurora* y nos da un girasol a cada una cuando saltamos a la lancha, y nos vamos sentando en los bancos oxidados, una junto a otra. Por fin sube Mencía, Jacinto suelta el amarre y, después de dejar su girasol a un lado sobre cubierta, se coloca delante de nosotras, dándonos de nuevo su espalda entera de barquero tranquilo y pidiéndole velocidad a la *Aurora*.

Mamá termina de acomodarse en el banco junto a Lía, que en seguida apoya la cabeza en su hombro, cierra los ojos y se arrebuja contra ella con el girasol en las rodillas. Bea empieza a preguntar algo, pero Mencía la mira con cara de fastidio y suelta:

—Si vas a preguntarme qué es lo que tenéis que hacer con los girasoles o por qué os he dado uno a cada una, te puedes ahorrar la pregunta porque no lo sé.

Bea cierra la boca y yo contengo una sonrisa. Sé que mamá no ha terminado de hablar.

—Porque me gustan los girasoles, por eso —escupe entre dientes—. Y porque me recuerdan a Helena, siempre buscando la maldita luz de sus faros.

Y, con gesto firme, se abrocha bien el cuello del visón, y la oímos refunfuñar:

—La muy cabrona.

MENCÍA

Ésa es la diferencia: la barca rebota y te jode la espalda, y Lía cabecea contra mi hombro. Es decir, que los barcos no cabecean y las mujeres somos unas cabezotas.

Y Helena, una cabrona que nos ha dejado cojas a todas, mierda.

—¿No tienes frío, mamá? —me llega la voz frágil y agotada de Lía desde mi hombro.

Niego con la cabeza. Ya no.

La verdad es que, a pesar de todo, reconozco que siempre me he sentido segura en la *Aurora*. Después de todos estos años, la espalda del bueno de Jacinto sigue intacta, gruesa y pesada como una vida aburrida o una mala noticia de las de antes. Y es que me gusta esta brisa, este mar. Sentir el pelo al viento sin tener que imaginar que vuelvo a tener veinte años y la vida por delante. Me gusta ser vieja, oler a vieja y tener la sensación de que no tengo nada mejor que hacer que no hacer nada y cuidar de que estas pobres no se me rompan en los próximos años. Esto es vida. Y me gusta el olor a óxido de esta barandilla que la muy cerda de la mujer de Jacinto no ha vuelto a pintar desde quién sabe cuándo. Y mi visón, también me gusta mi visón, porque me hace sentir protegida... y digna, aunque me sobre abrigo y visón por todas partes. Aunque lo arrastre. Aunque cuelgue. Qué más me da a mí a estas alturas.

Porque a estas alturas sobra casi todo. Y lo que no sobra, cuelga.

Si no es así, es que algo ha fallado.

Y yo puedo haber metido mucho la pata, es cierto. Pero fallar, lo que se dice fallar, ni hablar.

Tengo noventa años, un brazo roto y a todas mis niñas conmigo, navegando juntas de vuelta a casa. Tengo el mar y hace tiempo que dejé de tener prisa. Y no tengo ninguna fe en el futuro.

Sólo alegría. Sólo compañía.

Hoy es un gran día.

LIBRO SEGUNDO

Ojos de invierno

Uno

MENCÍA

Noventa y dos años. Treinta y tres mil quinientos ochenta días. La abuela voladora. En un avión. Yo. No pensaba que fuera a salir ya de Menorca. A mi edad pocas cosas consiguen hacer que una se mueva. Muy pocas.

Casi dos años ya desde nuestro último abordaje a la isla y al faro a bordo de la *Aurora*. Largos meses los que han ido llegando desde que Lía le gritó al mar la muerte de Helena, cerrándonos la voz a todas. A mi lado, mirándome de reojo mientras finge echar un vistazo al azul blanqueado que tapiza la ventanilla, Flavia suelta un suspiro. Tanto tiempo de madre con ella. Cierro los ojos y dejo que juegue a adivinar.

Adivinar. Ayer sonó el teléfono. Como cada día.

Entonces Flavia se encerró en la cocina. Susurraba.

Media hora más tarde salió con la cara enrojecida y una falsa sonrisa en los labios, una de esas que desde niña se le han dado mal.

—Nos vamos mañana a Barcelona, mamá.

No pregunté.

—Era Lía. Nos ha hecho reservas en el vuelo de la una y media. Tristán quiere verte.

No, no pregunté. Me gusta oír a Flavia pronunciar así el nombre de su hermana, sin pensar.

—Dice que está estable. Siguen a la espera de ver cómo reacciona a la medicación.

Pasaron unos segundos. Vi una mosca perseguirse la sombra en el ventanal. Zumbaba.

—Bea llegará también mañana directamente desde Madrid. Seguro que a Tristán le encanta vernos a todas juntas.

La mosca tropezó contra una mancha y cayó al suelo, atontada.

—Ya verás. Nos ha encontrado habitación en un hotel maravilloso. Es nuevo. Tiene poquísimas habitaciones y una biblioteca fantástica. Pero no me preguntes dónde está. Es una sorpresa.

Los dientes. Me pregunté dónde había puesto los dientes. No quería devolverle la sonrisa así, roja entre encía y encía.

Eso fue ayer. Ayer fue hace mucho. En el último año ha habido muchos ayeres, aunque la edad me dice que nunca son demasiados. Flavia vuelve a mirarme de reojo desde su asiento. No me gustan los aviones. Así no.

—¿Por qué me miras, Flavia?

Se retuerce las manos y llama a la azafata con la mano, que se acerca con cara de aburrida.

—¿Sí? —pregunta con voz de funcionaria.

—Un poco de agua para la señora, por favor —le pide mi niña vieja con su mejor tono.

La azafata me mira y veo en sus ojos la misma pregunta que llevo viendo en los de mucha gente estos últimos años: «¿Agua para la señora? ¿Para qué, si le quedan dos días? ¿Para qué tanto viejo moviéndose por el mundo, quitándonos sitio, viviendo de más?».

—Y una pajita, por favor —remata Flavia, bajando la mirada.

Brigitte, que, por lo que alcanzo a leer en la placa que lleva en el pecho, así se llama la ya no tan jovencita, mira a Flavia como si acabaran de despedirla.

—También para ella —se excusa Flavia, señalándome con la cabeza.

Brigitte vuelve los ojos hacia mí y está a punto de decir algo, pero, como todavía me manejo bien en las distancias cortas, la saludo con una sonrisa sin dientes por la que dejo escapar un pequeño reguero de saliva.

—Aghh —suelta, dando un paso atrás.

—Mejor que sean dos —le dice Flavia con gesto cansado.

Brigitte corretea pasillo arriba como una conejilla asustada, tapándose la boca con la mano. Flavia me pone la mano en el brazo y me da un ligero apretón.

—Tiene uñas de guacamaya —digo, levantando la cabeza.

—Mamá, por favor.

—Es verdad.

—Ya, bueno… falta poco. Estaremos en Barcelona dentro de veinte minutos. Lía vendrá a recogernos al aeropuerto.

Lía. A veces no me acuerdo de cosas. Otras, recuerdo imágenes que no identifico como mías. Flavia y Lía fingen no darse cuenta, hermanas ellas en su ignorancia benévola. Lo cierto es que las hago reír y ellas lo agradecen. Pero hay cosas que no olvido, que no olvidaré nunca. Son mi vida, lo grande y lo pequeño, lo más y menos mío. Y lo que duele. Listas de cosas que no se acaban nunca, que se dividen como colas de lagartija, siempre vivas. Listas.

1. La cara de Inés cuando salió a la sala de espera del hospital horas después de haber ingresado por urgencias al pequeño Tristán. Y su voz. Y su cuerpo encogido como un rompecabezas de pena. Recuerdo esa tarde como si estuviera pasando en todo momento, a deshora. Y lo que siguió. Todo. Las voces. El miedo. Lo repito todo a diario, desde que me levanto hasta que me quedo dormida entre los nombres de los míos, de los que están y de los que se fueron. Desde entonces, Flavia me ve murmurar por la casa y aparta la mirada, creyendo que rezo, la pobre. Flavia sí reza. Y miente.
2. Los ojos de Tristán al otro lado de la ventana de la cámara de aislamiento horas antes del primer trasplante. Ojos crudos, poco hechos. Enormes. De invierno. Sonreían.

   Entre tubos y cables, mi pequeño miraba al cristal con esos dos pozos velados. En el pasillo, Inés y Jorge se paseaban de un lado a otro, a veces abrazándose como buenos amigos, juntos en el miedo, también en el cansancio.
3. Las petequias. Extraña palabra. La primera vez que se la oí a Inés me hizo pensar en un atajo de tías solteronas de pueblo manchego.

   Petequia: mancha pequeña en la piel, debida a efusión interna de sangre.

   Señales.

   Leucemia.

El avión se zarandea y la azafata se agarra con las uñas a un respaldo cualquiera.

—Se muere, ¿verdad?

Flavia tensa la espalda.

—¿Cómo dices?

Turbulencias. Una tormenta sacude la costa de Barcelona.

—Tristán. Se muere, ¿verdad? Por eso venimos.

—Mamá, no empieces...

—Mientes tan mal como tu padre, niña.

Flavia no dice nada. Aprieta la mandíbula y fija la mirada en el respaldo del asiento que tiene delante.

—Aquí no se muere nadie, mamá —suelta entre dientes.

Me pongo los míos antes de hablar.

—Aquí nos morimos todos, hija. —Dejo pasar un par de segundos y espero a que trague saliva—. Se nos va, ¿verdad?

Flavia cierra los ojos, baja la cabeza, me coge la mano y la aprieta como si quisiera rompérmela.

Ojalá.

LÍA

Los aviones se cuelan en el aire y Tristán se va. Seis años de vida e Inés agarrándose a la poca que le queda a su niño. Menuda mierda.

—Menuda mierda. —Mamá me mira con cara de dolor. Noto su mano en la mía, pequeña y apretujada como un pájaro roto—. Perdona, mamá.

Ella suspira y me acaricia la cara, pillándome por sorpresa.

—¿Qué quieres que te perdone? ¿Que mientas tan mal?

No sabría decir. Son demasiadas las cosas que una piensa ante la muerte de un niño.

—¿... o que no puedas dejar de pensar que por qué no yo en vez de Tristán?

Tantas cosas.

—Tantas cosas.

Pasan unos segundos mientras el avión se zarandea, arrasando los nubarrones espesos que ahora nos envuelven como una copa de cristal entre algodones. Mamá me pone la mano en el brazo, tan ligera que apenas la siento.

—¿Y acaso crees que yo no me lo pregunto?

No sé qué contestar. Las preguntas de mamá siguen dándome miedo. Le gustan las trampas.

—Claro, mamá. Como todos.

Me aprieta el brazo con su mano de pájaro.

—Y una mierda.

Sonrío sin querer. Cómo me gusta oírla hablar así. Que no cambie, aunque a veces quisiera matarla.

—Todas os preguntáis por qué sigo viva a mis noventa y dos años y ese angelito se nos muere a los seis, pero, por mucho que digáis, ninguna de vosotras daría la vida por él.

Sabía que llegaría una respuesta así. Tan a bocajarro. Tan mamá.

—Puede que tengas razón.

Suspira y se gira hacia la ventanilla.

—Y puede que no me guste tenerla.

La azafata viene hacia nosotras con una bandeja de plástico azul entre sus uñas naranjas. Mamá tiene razón. Son uñas de guacamaya.

—Pero lo peor es que tampoco yo daría mi vida por Tristán —la oigo farfullar—. Ni por él ni por nadie. Aunque me queden cinco días. O cinco minutos. Ni siquiera por ti.

BEA

Desde lo alto de la escalera mecánica, la abuela y Flavia son fácilmente confundibles por un ciego y su lazarillo, aunque no sabría decir quién es quién. Hace sólo quince días que estuve aquí, acompañando a Inés y a Jorge —sí, también a Jorge— en la ansiedad. Cuando llegué al hospital y vi a Tristán a punto estuve de derrumbarme. Tan poco niño ya.

—Te he reservado asiento para el vuelo de mañana —me dijo ayer mamá con un hilo de voz cascada—. La abuela y Flavia llegarán casi a la misma hora que tú. Iré a buscaros al aeropuerto.

Intenté no pensar, pero mamá me adivinó la huida.

—Se muere, Bea.

Se muere, Bea. La voz de mamá se me ancló al oído como una ola de agua sucia. No hablamos mucho más, yo, por no echarme a llorar allí mismo y ella, porque tenía poco tiempo. Inés la esperaba en la cafetería del hospital. Jorge acababa de llegar para sustituirla y mamá y ella querían aprovechar la tarde para hacer algunas compras e ir a la peluquería.

—¿A la peluquería? —No logré disimular un chispazo de sorpresa que mamá saludó con una risa apenas audible.

—Sí, hija. Me llevo a Inés a la peluquería. No quiero que siga abandonándose así.

No supe qué decir.

—Necesito que me ayudes con tu hermana, cariño. Está hecha un saco de huesos. No come nada, y lo que come lo vomita. Ayer me dijo que hace cuatro meses que se le ha retirado la regla.

Levanté la mirada y me topé con la monstruosidad redondeada del Bernabéu al otro lado de la ventana. Sentí una arcada paseándose por mi estómago.

—Claro, mamá. No te preocupes.

Eso fue todo. Cuando colgué, corrí al cuarto de baño y vomité. Era la tercera vez en lo que iba de mañana.

Desde lo alto de la escalera mecánica vuelven las náuseas, que intento controlar respirando hondo. La abuela y tía Flavia están de espaldas a mí junto a una de las cintas de equipajes. Cuando llego a ellas, espero unos segundos antes de saludar. Me gusta verlas así, tan una sola después de años de cuentas mal saldadas, de cortocircuitos reparados a la carrera, de tan poco cariño. Al ver el abrigo de piel de Mencía recuerdo de pronto la excursión a la isla del Aire. ¿Cuánto tiempo ha pasado ya? Vuelvo a ver a la abuela con los pelos al viento y esa risa de gitana rencorosa enfrentada a la sal del aire, agarrada a su bastón, felizmente meada.

—Cariño —me saluda tía Flavia de pronto, estrechándome entre sus brazos. No recuerdo haber estado entre sus brazos antes. Estos últimos meses han cambiado muchas cosas—. Qué alegría verte —me dice al oído con un susurro quebrado.

Nos quedamos abrazadas unos segundos, desacostumbradas al abrazo común, descubriéndonos latir. Luego ella se separa y me mira de arriba abajo.

—Qué bien te sienta Madrid, niña —dice con una sonrisa orgullosa.

Noto entonces la manita de la abuela en el brazo y giro la cabeza para mirarla. Sus ojos brillan más que nunca, entre la vejez y la confianza. Incombustible. Incombustible Mencía y sus ojos, retorciéndonos a todas con su color a mar.

—Mentirosa —le escupe a Flavia con un ademán de mala actriz.

Ni Flavia ni yo tenemos tiempo de decir nada.

—Estás horrible, niña. Mírate. Hinchada como una mona. Y ese color. ¿Pero tú te has visto? ¿No te había dicho yo que lo de vivir sola no te iba a resultar? Si no hay más que verte.

Flavia suelta un suspiro de fastidio.

—Mamá, por favor.

—No, Flavia —digo, antes de que la abuela siga disparando—. Tiene razón. Llevo unos días con una gastritis terrible. El estómago me está matando.

—Ahí está —chilla Mencía, sobresaltándonos a las dos al tiempo que señala con el bastón un maletón enorme de piel que avanza a trompicones por la cinta como una ballena varada en una acera.

—Pero, abuela —me oigo decir—. ¿Dónde vas con esa maleta? ¿Si sólo son dos días?

Flavia pone los ojos en blanco.

—Dos días, dos días... —refunfuña Mencía sin perder de vista el maletón—. Cómo se nota que tienes la edad que tienes, Bea. Nunca dirías la de cosas que una vieja puede necesitar en dos días. Además... —empieza, dándole con el bastón en el tobillo a la chica que tiene delante para que la deje ponerse en primera fila— qué sabes tú si luego resulta que dos días se convierten en dos semanas, ¿eh?

Miro a Flavia cuando la abuela da media vuelta, interrogándola con la mirada. Según palabras de mamá, Mencía no sabe que Tristán se va.

—Prefiero que no lo sepa —me dijo ayer al teléfono—. No quiero que sufra de más. A su edad quizá no lo aguante.

Antes de que Flavia me devuelva la mirada, la voz de la abuela me acogota desde sus hombros huesudos cubiertos de piel.

—Tristán se nos muere, Bea. Mejor será que no te vea con esa cara cuando lleguemos al hospital.

LÍA

Tanto calor. No se me dan bien los aeropuertos. Me recuerdan a Helena y a sus llamadas apresuradas columpiándose entre el murmullo de los altavoces anunciando vuelos, embarques y retrasos desde cualquier rincón del mundo.

—La verdad es que si pudiera elegir, me gustaría morirme en un aeropuerto y a primera hora de la mañana —me dijo una de esas tardes de té a dos. Entre risas. Siempre atacaba entre risas—. Creerían que me he quedado dormida y nadie me molestaría. Es el único sitio donde la partida es la única certeza.

Las palabras de Helena me llegan a retazos. Todavía. Los matices de su voz. Su entusiasmo por la vida. Creí que perder a una hija era lo más duro, lo insuperable. Ayer entendí que no. Cuando el médico nos dijo que Tristán ya no puede seguir luchando, que se nos va, y vi a Inés alejarse por el pasillo como un velero por un río seco, así, sola, tensa como una vela de piedra, supe que no, que mi hija mediana no tiene cota de dolor, que sufre lo que yo sufrí multiplicado por mil, por un millón, porque Tristán es lo único que tiene, su única Helena, y porque sólo ha podido quererle seis años. El resto, los años de vida que Tristán hubiera podido tener, tendrá que imaginarlos. Lo que pudo ser y no ser. Lo que pudo hacer y no hacer. Tristán se apaga con seis años. Lo demás no existe.

Creí que la muerte de Helena lo había apagado todo hasta aquella tarde en la isla del Aire. Creí que ya no había más vida. Huérfana de hija. Huérfana ahora de nieto. Pronto se irá también mamá.

Entonces me volveré loca.

Flavia se detiene junto a la puerta del taxi con cara de espanto, intentando tomar aire. El bochorno es casi sólido, aunque a mamá parece no afectarle. Mira a su alrededor con cara de prisa.

—Exageradas —farfulla con cara de fastidio al ver a Flavia—. Os quejáis por todo.

Bea me mira de reojo, con una sonrisa triste que reconozco en seguida. Así sonríe cuando duda en silencio. Tiene mala cara.

—Es el estómago, mamá. Me está matando —me ha dicho en cuanto nos hemos abrazado frente a la salida de vuelos nacionales—. Llevo un par de días fatal.

Duda. Bea duda y no quiere decirlo. Siempre ha sido así.

—La azafata tenía uñas de guacamaya —dice mamá de pronto—. ¿Verdad, Flavia?

Suelto una risilla cómplice. Mamá no tiene arreglo.

—Casi todas, mamá.

—Huy, menudas son las azafatas —suelta el taxista—. Si usted supiera las elementas que llevo yo a veces en el taxi, alucinaba.

Mamá lo mira con cara de estar viendo una orca en la bañera.

—Aquí hace un frío que pela —farfulla con cara de víctima segundos después de que arranque el taxi. Va sentada delante. No se ha quitado el abrigo. El taxista la mira como si viera al fantasma de su suegra y chasquea la lengua. Luego se echa a reír.

—Manda huevos —murmura con el palillo entre los dientes. Mamá se arregla el pelo en el espejo que saca del bolso—. Pero, señora, ¿cómo anda por ahí con un abrigo de piel con este calor? ¿Usted sabe a cuántos grados estamos ahí fuera?

Mamá termina de atusarse el pelo y cierra el espejo. Abre de nuevo el bolso, saca los dientes y se los pone, ante la mirada atónita del taxista. Entonces se vuelve hacia nosotras y, con voz de fastidio, pregunta:

—¿A este tarado le pagan por palabra o por kilómetro?

Se hace el silencio. El taxista apaga el aire acondicionado y pone la radio. Vamos directas al hospital.

MENCÍA

Si Helena estuviera aquí, no habría parado hasta conseguir que cambiaran a Tristán de habitación. La trece. ¿A quién se le ocurre? El trece anuncia cambios radicales, diría. El catorce, mala salud. Cuando acecha la enfermedad, hay que saltar al diecisiete. La muerte ronda.

Nos hemos encontrado con el médico en la cafetería. Teníamos que comer algo antes de subir, aunque Lía ha sido la única que ha podido probar bocado, un sándwich de queso. Las demás sólo hemos podido beber una taza de té. Tenemos miedo. Miedo a ver. Cuando entremos a la habitación de Tristán no habrá marcha atrás.

El doctor Arenal se ha levantado a saludarnos con cara de alegría. Es un buen hombre, se le ve en las manos y en los ojos. Dice Lía que navega y que se ha casado tres veces. Su actual esposa es radióloga. Las anteriores también eran médicos, también de este hospital. Creo que era Helena la que decía que los hospitales son como El Corte Inglés, que la mayoría de médicos y de enfermeras se casan entre ellos, como las dependientas y los vendedores de planta. La que está con él en la mesa debe de ser su esposa. No me gusta. Lleva perlas y un reloj de oro macizo que seguro que no se quita cuando pasa consulta. También ella viene a saludar. Que se vaya.

—Me alegro de volver a verlas, señoras —dice el médico—. A pesar de todo. Hace un par de días que Tristán no para de preguntar por ustedes.

No sonreímos. Lía traga saliva y Bea baja la mirada.

—¿Cuánto tiempo le queda, doctor? —pregunta Flavia. Le tiembla la barbilla.

Arenal suspira y mira a la de las perlas.

—Es difícil decirlo. Dos días consciente, quizá tres. Luego caerá en coma. Aunque con los niños uno nunca sabe.

Pasan unos segundos. En la barra, dos camareras se ríen de un chiste que acaba de contarles un enfermero que espera su café. Hijas de puta.

—¿Por qué? ¿Por qué no puede hacerse nada?

El doctor se mete las manos en los bolsillos de la bata y se encoge un poco. Le calculo unos cuarenta y largos. ¿Cuántos niños se le habrán muerto ya?

—Tristán no responde a los antibióticos. No hay forma de atajar la neumonía. Si fuera bacteriana o vírica, ya la tendríamos controlada, pero la suya es fúngica. Es imposible saber cuál es el hongo que la causa, y, a pesar de las transfusiones de plaquetas, no genera defensas suficientes para combatirla. Ha perdido un pulmón y la mitad del otro. Sigue respirando por puro milagro.

—Por lo menos no sufre —dice la de las perlas—. Tiene puesto un nivel tres de morfina. No hay dolor.

Ya. Y tú qué sabrás, perra.

Se hace un silencio denso. Las camareras estallan de nuevo en carcajadas y Bea, cada vez más pálida, se lleva disimuladamente la mano al estómago.

—Bueno —dice el doctor con cara de compromiso—, tengo que dejarlas. Subo a planta. Si me necesitan, por favor, no duden en llamarme. Inés tiene mi busca.

—Gracias, doctor —dice Lía sonriendo a la nada—. Gracias por todo.

El doctor y su tercera esposa dan media vuelta y se dirigen de regreso hacia su mesa. Bea apenas puede controlar las náuseas, y yo tengo demasiadas preguntas que me martillean las encías.

BEA

¿Doctor? —oigo decir a la abuela de pronto, cuando las décimas de segundo de silencio empezaban a amontonarse sobre la mesa como ladrillos de acero. He levantado los ojos y, por un instante, las náuseas han desaparecido. La voz de la abuela me ha dado miedo.

El médico se ha vuelto hacia nosotras. Su acompañante también.

—¿Sí?

—¿Cómo puede... cómo puede vivir con tanto niño muerto a sus espaldas? —ha preguntado Mencía con un susurro de pena.

Flavia ha escondido la cara entre las manos. Mamá ni siquiera escuchaba. Demasiado agotada la veo.

El doctor ha mirado a la abuela con expresión amable, esbozando una sonrisa tímida, casi avergonzada.

—Malvivo, señora..., malvivo.

La abuela asiente y frunce los labios, y en ese momento la compañera del doctor se adelanta y, con voz quizá un poco más aguda de lo que cabría esperar en una mujer de su porte, interviene con un poco afortunado:

—Comprenda, señora, que no podemos implicarnos emocionalmente con nuestros pacientes. Si lo hiciéramos, no aguantaríamos, créame.

La abuela la mira con unos ojos que conozco bien. Ay.
—Lo entiendo.
La doctora suspira y sonríe.
—¿Le gustan los niños? —pregunta Mencía.
La doctora se tensa un poco, pero no deja de sonreír.
—Me encantan.
—¿Tiene hijos?
—No. Todavía no es el momento —responde, mirando con expresión cómplice al doctor, que ahora parece haberse puesto alerta.
—Y dígame, ¿conoce a Tristán?
—Sí, claro. Conozco a casi todos los pacientes de mi esposo.

Lía parece volver en sí al oír el nombre de Tristán. Flavia se aparta un poco las manos de la cara. Vuelven las náuseas.

—Me alegro por usted. Si algún día se atreve a tener un hijo y la muerte se lo lleva, quiera Dios que encuentre a un médico capaz de no llamarle paciente cuando le hable de él.

La doctora se dobla un poco sobre sí misma como si acabaran de darle un puñetazo en el estómago. Mira a su marido buscando una ayuda que no encuentra.

—Y otra cosa —vuelve a la carga la abuela—. Miente usted peor que ella —dice, señalando a Flavia con el mentón—. A usted no le gustan los niños.

La doctora da un paso atrás, se lleva la mano al lóbulo de la oreja y se toca la perla con dedos nerviosos.

—Ahora váyase. Ocupa demasiado. Demasiado tiempo y demasiado espacio.

El doctor Arenal está inmóvil. Ella, boquiabierta. Mencía me mira y frunce el ceño al tiempo que le tiembla la barbilla. Rabia. Hace muchos, muchos años que no la veía así. Está rota.

—Y lávese la bata. Está sucia.

Flavia suelta un sollozo que suena como el ladrido ahogado de un perro viejo. Mamá pierde la mirada en los ventanales y en los árboles secos que aguantan milagrosamente detrás. A la sombra.

Entonces la abuela clava sus ojos en los míos, me acerca la boca a la oreja y su susurro me desnuda contra la blancura de las paredes húmedas de la cafetería, desatándome el estómago.

—Y tú estás embarazada.

FLAVIA

Tendrían que prohibir los hospitales, dice mamá. Y tiene razón. Tendrían que prohibir los hospitales, el dolor, las heridas abiertas y mal cerradas, la pérdida, los diagnósticos, las despedidas, el querer. En el ascensor, mamá murmura sus oraciones y Bea calla. Subimos más y más, a contrarreloj. Huele a frío.

Inés sale al pasillo en cuanto nos ve por la ventana de la habitación. Dios del cielo. Lía me aprieta el brazo y yo me recompongo entera, buscando la entereza a tientas.

Cuando la abrazo no la encuentro, aunque lo agradezco. Mirándola a los ojos, me doy cuenta de que si la encuentro será peor. No llora. Se me queda pegada al hombro como una postal antigua, ligera, rendida. Inés.

Bea y ella se abrazan instantes más tarde, bajo la mirada perdida de Lía. No quisiera ser madre en un momento así. Ni hermana. Desde el pasillo oigo la voz de Jorge, que cruje entre otras voces que llegan a trompicones apagados desde otras habitaciones. Mamá espera apoyada en la pared, mirándolo todo, hasta que Inés se deshace del abrazo de Bea y va hacia ella como una sonámbula. Se quedan la una frente a la otra, mirándose con ojos que dan miedo.

—Tristán no para de preguntar por ti, abuela. Menos mal que has venido. Ya no sabíamos qué decirle.

—Tristán sí que sabe lo que es bueno —dice mamá con una sonrisa de niña malcriada.

Inés suspira.

—Sí, abuela. Tristán ha tenido que aprender demasiado en muy poco tiempo.

Mamá traga saliva y se agarra al bastón con las dos manos. Si llora, será la primera vez que la vea hacerlo.

—¿Y qué piensa el niño de la esposa del doctor Ciénagas?

Inés sonríe.

—Probablemente lo mismo que tú.

Mencía deja el bastón contra la pared.

—Y que tú.

Esta vez Inés suelta una carcajada con la que nos sorprende a todas. Tan fuera de lugar. Tan incierta. Como una niña aprendiendo a reír.

—Te quiero mucho, pequeña.

El nudo que me acogota la garganta empieza a perder pie. Te quiero mucho. Pequeña. Nunca le había oído esas palabras a mamá. Nunca con esa dulzura.

La espalda de Inés se arruga como el celofán. Huesos, tendones, cartílagos, venas y arterias reordenándose segundo a segundo, siguiendo un patrón automático, milenario. El cuerpo regenerándose célula sobre célula, orbitándose, encontrándose.

—¿Me abrazas, abuela? —oigo preguntar a Inés con un hilo de voz.

Mamá la mira y pone los ojos en blanco en un arrebato de comicidad puntual.

—Con dientes o sin dientes.

Silencio. Lía me mira desde el marco de la puerta de la habitación con los ojos velados. Bea baja la cabeza. A lo lejos, alguien vomita fuego desde unas entrañas rotas y secas. Tristán.

—¿Me abrazas?

El gemido de Inés queda suspendido del techo del pasillo como un péndulo, hipnótico. Cientos de ecos resuenan contra las paredes, las puertas y ventanas que interrumpen el pasillo, ecos de abrazos dados durante tantos años, abrazos de padres, de madres, abuelos, tías…, de cariño. Ecos sencillos.

Mamá se adelanta un poco, tiende las manos y coge las de Inés entre las suyas.

—Si te abrazo, me derrumbaré —dice Mencía—. Y tú te derrumbarás conmigo. Todavía no es el momento, pequeña. Queda mucho por hacer.

Giro la cabeza y Bea se tapa la boca con la mano. Mamá trae hasta nosotras a Inés y juntas nos dirigimos hacia la puerta, donde Lía se abraza contra el frío del hospital.

Dentro, Tristán ha dejado de vomitar y Jorge está sentado en el borde de la cama. Las persianas están casi bajadas y una penumbra azulada lo envuelve todo. Se oye la respiración difícil de Tristán, un quejido monocorde que te encoge los pulmones cada dos segundos. Jorge levanta la mirada al oírnos y nos saluda con la mano. Tristán tiene la cara vuelta hacia la ventana, oculta tras la mascarilla de oxígeno. Mamá me da la mano y Bea me coge del brazo mientras vamos acercándonos despacio a la cama. Se oye gritar a alguien, una mujer, y segundos después dos enfermeras pasan corriendo por delante de la puerta, seguidas de un médico. Entre las sábanas de Tristán, tubos que quieren unirlo a la vida desde la ingle, la nariz, el reservorio del pecho y las dos muñecas como una marioneta olvidada en un desván. Jorge nos indica con un gesto que el pequeño descansa y que no hagamos ruido. Una a una le damos dos besos y un fuerte abrazo y, entre susurros, nos dice que va a bajar a comer algo a la cafetería. Se marcha como una ráfaga de pena. Tropezando contra lo que no quiere vivir.

INÉS

Empieza lo peor.

Mamá se sienta en el borde de la cama y pone la mano en el brazo de Tristán. Luego se inclina sobre él y le besa la cabeza. Bea se pega a mí.

—Cariño —dice mamá—. Ya hemos llegado. Ya tienes aquí a tu club de fans. ¿Cuándo nos firmas los autógrafos?

Durante unos instantes no ocurre nada. Luego, Tristán mueve un poco los pies y gira despacio la cabeza hasta envolvernos a todas con su mirada. Esos ojos.

Bea me aprieta la mano. Tanto, que estoy a punto de chillar.

—Bueno, te seré sincera —dice Mencía—. La verdad es que pasábamos por aquí y de repente hemos oído un rugido que nos ha dejado heladas. Le hemos preguntado al doctor Ciénagas si habían empezado a aceptar animales en planta y nos ha dicho que sí, que habían traído a un cachorrillo de hiena llamado Tristán.

Trago saliva. No puedo hacer más.

—Y entonces —continúa la abuela—, hemos visto a tu madre y nos ha dicho que el cachorrillo a veces se convierte en niño porque es mágico, y muy, pero que muy valiente, y que si no se convirtiera en niño no podría comer compota de manzana, que es lo que más le gusta en el mundo.

Silencio. Tristán la mira y, tras unos segundos de respiración asistida, levanta la mano y la pone en la suya.

—¿Y dónde está ahora el cachorrillo? —pregunta. No ha perdido la voz, ese timbre dulce que te redibuja los poros.

—Huy —dice mamá—. Eso es un secreto. Sólo viene cuando duermes. Y no siempre.

—¿Y conoce a Lara Croft?

Mamá suspira, pillada en falta. O eso creíamos.

—¿A la ordinaria esa de los morros feos?

Tristán se echa a reír entre jadeos. ¿De dónde sacan la risa los niños en los hospitales? ¿Dónde la encuentran?

—Te gusta, ¿eh, bicharraco? Agh, con la de chicas monas que hay por ahí y tienes que ir a fijarte en la más zorrona.

Más risas. Siento el corazón tan encogido que probablemente cabría en el puño de Tristán.

—Y por qué no te fijas en la cursi de la esposa del doctor Ciénagas, ¿eh, bicho? ¿No has visto lo flacuchenta que está? ¿Y esa cara de avestruza?

Tristán se retuerce de risa, una risa ronca que le sale a sarpullidos desde las profundidades de la mascarilla. De pronto se calma y se pone serio.

—Me duele la cabeza, tata.

—¿Ah, sí? ¿Cuánto? A ver, del uno al diez.

Se queda pensativo unos segundos.

—Hmmm, siete.

—¿Siete? ¿Sólo siete?

Sonríe.

—No, más, pero si lo digo, vendrá la enfermera y tendré que quedarme solo. Y no quiero.

—Pues entonces no diremos nada. Que se joda la enfermera.

Más risas.

—Pero si no dejas que la tía Flavia y la tía Bea te den un besazo como Dios manda, la llamo.

Duele la mano de Bea en la mía.

Tristán levanta los brazos hacia Bea y Flavia, que en seguida se acercan y lo cubren de besos. Él se deja hacer, encantado. Siempre se le han dado bien las mujeres.

—¿Te vas a quedar para siempre, tía? —le pregunta a Bea, que se lleva la mano al estómago.

Flavia se adelanta.

—Claro, cariño. Para siempre.

—Pero ¿para siempre de verdad o de fin de semana?

De verdad o de fin de semana. Si cierro los ojos oigo a Helena. Ella habría dicho lo mismo.

—Depende de cómo te portes —dice Bea por fin—. Si te portas bien, me quedo para siempre, siempre.

—Entonces pórtate mal, bicho. Así nos quedaremos tú y yo solos —dice Mencía soltando una risilla malvada con la que le hace sonreír de nuevo.

—Vale, tata.

Se hace un silencio extraño que sólo rompe el gemir cansado de Tristán. Mamá se gira y clava los ojos en Inés, que nos mira desde el fondo de la habitación con una semisonrisa que no sabría descifrar.

—Y ahora tienes que portarte bien y descansar un poco hasta que vuelva papá. Nosotras nos vamos con mamá al hotel para que se duche y duerma una siesta. Volveremos a verte antes de cenar para darte las buenas noches, ¿quieres?

Tristán asiente.

—¿Y quién dormirá conmigo esta noche, tata?

—Tu padre. Hoy le toca a él. Tu club de fans sale a divertirse.

Él no dice nada. Tarda unos segundos en volver a hablar.

—Bueno. ¿Pero seguro que vendréis?
Mamá le coge la mano.
—Te lo prometo.
Tristán la mira poco convencido.
—Por Lara Croft.
Él sonríe y vuelve a asentir.
—Vale.

LÍA

¿Alguna vez imaginaste que vivirías algo así, mamá? Por un instante, con los ojos cerrados, he vuelto a oír a Helena. Sus preguntas a contraluz. El mismo filo cortando el silencio a tajo fino. La voz no. Inés.

Abro los ojos y la exquisitez de la biblioteca del hotel Neri me pierde un poco. Inés está sentada a mi lado en el gran sillón de terciopelo carmesí. Esperamos a Flavia. Mamá ha insistido durante la cena en que Flavia viniera a dormir con nosotras al piso que Inés y Jorge comparten cerca del hospital, a pesar de que habíamos reservado habitación para tres.

—Pero, mamá, Lía nos ha reservado habitación para las tres —ha protestado Flavia, mientras mamá miraba la porción de tarta sacher que tenía en el plato con cara de extraterrestre.

—¿Esto es una sacher?

La camarera ha sonreído desde las alturas.

—Sí, señora.

—¿Y tú cuántos años tienes, pequeña? —le ha respondido Mencía.

La chica ha tardado unos segundos en responder.

—Diecinueve, señora.

—¿Y te llamas?

—Cora.

—Bonito nombre.

—Gracias.

Mamá ha vuelto a mirar al plato y ha soltado un suspiro de aburrimiento.

—Y dime, Cora, pequeña. ¿Esto es una sacher?

Bea se ha tapado la cara con la servilleta, fingiendo un resumido ataque de tos. Flavia ha decidido carraspear.

—Sí, señora, ya se lo he dicho —ha respondido la joven con cara de fastidio.

—Ya sé que me lo has dicho. Sólo quería darte una segunda oportunidad.

Silencio. Cora estaba incómoda.

—¿Sabes cuántas veces puede una ver una auténtica sacher en noventa y dos años, Cora?

—Mamá, por favor. No es el momento —le ha pedido Flavia con cara de resignación, mirando de reojo a Inés.

Mencía se ha encogido un poco y ha soltado un leve suspiro.

—Tienes razón, hija.

Luego ha levantado la mirada hacia la camarera y le ha sonreído.

—Perdona, pequeña. Tú no tienes la culpa.

Cora se ha relajado por fin, ha vuelto a sonreír y ha hecho ademán de dar media vuelta.

—Pero no deberías llevar esas uñas de lagartija si quieres vivir de las propinas, niña. Dan miedo.

Bea ha soltado un bufido desde detrás de la servilleta e Inés ha parpadeado como una liebre pillada en plena carretera. Risas en la mesa de al lado.

A pesar de mamá, ha sido una cena tranquila, entretejida de silencios y terrenos pantanosos que todas hemos evitado. Nada de hospitales, nada de Tristán, un poco de todo lo que no nos toca y un poco de lo que pretendemos esquivar. Ya en los cafés, cuando Flavia me ha preguntado si en el hotel han puesto algún problema para montarnos una cama adicional, mamá nos ha mirado con cara de póquer.

—¿Adicional? —ha preguntado con repentino recelo.

—Sí, mamá. Bea, tú y yo dormimos en una habitación. Lía e Inés se quedan en el piso.

Mencía la ha mirado apenas unos instantes.

—Tú estás demente.

Ay. Sabía yo que no iba a funcionar.

—Pero, mamá —ha empezado Flavia con tono cortante.

—Pero mamá nada. Esta noche tú te vas al piso con Lía e Inés. —Se ha vuelto hacia mí y me ha soltado una mirada afilada—. ¿Pero tú te crees que voy a pasar la noche con tu hermana? ¿Es que no sabes lo que ronca?

Veo sonreír a Inés. Por lo menos.

—Abuela.

Ésa ha sido Bea. Por su voz, algo me ha dicho que no le hace mucha gracia verse a solas con mamá.

—Abuela, sí. La tuya. Además, esta noche tú y yo tenemos que contarnos algunas cosillas, ¿no, cariño?

Bea ha apartado la mirada. Más secretos. Cuánto se parece a mí esta niña.

—Y nosotras ya nos lo hemos contado todo, hija —ha dicho mamá, volviéndose hacia Flavia—. Y tiempo, lo que se dice tiempo, no me queda mucho.

Mala frase. Mal momento. Inés ha tensado la sonrisa y Flavia ha aprovechado para asesinar a mamá con la mirada.

—Como quieras. Entonces será mejor que nos vayamos. Ya es muy tarde.

—¿Mamá?

La voz estrellada de Inés tropieza de pronto contra las lágrimas de la lamparilla que corona la gran mesa central de la biblioteca.

—Sí, hija. Dime.

—No puedo llorar, mamá.

No quiero oírlo. Esta noche no. Por favor.

—Es normal, cariño. No te preocupes.

—¿Normal?

—Yo tardé varios años en llorar la muerte de tu hermana.

—Ya, pero tú eres tú.

Las lágrimas de la lámpara dibujan sombras en el suelo. Cortinas de cuentas negras.

—Sí. Tuve que aprender a llorar a Helena para saberlo.

Inés se concentra en el baile de sombras que empantanan el suelo.

—¿Y yo, mamá? ¿Cómo soy? ¿En quién voy a convertirme después de esto? Sin Sandra, sin Tristán...

Los cálidos colores de la biblioteca del hotel giran como una gran ruleta. Inés y yo saltamos entre los números, intentando no tropezar. La ruleta por fin se para. El 13. Negro. Nos olvidamos de apostar.

—No puedo decírtelo, cariño, porque no lo sé. Lo de Sandra lo superarás. Todas lo hacemos. Los amores y los desamores como ése calan lo justo. El tiempo los reajusta y no hay herida interna. Sandra te ha querido mucho, hija, pero este último año ha podido con las dos. Y no creas que la justifico. Simplemente la entiendo. No todos estamos preparados para soportar la misma presión. Quizá la vida vuelva a encontraros, quién sabe.

—Quizá.

—En cuanto a Tristán...

Inés se arruga en el sillón. Pequeña, pequeña mi niña mediana como un árbol de ciudad.

—Después del primer trasplante, cuando todo salió bien y volvimos a casa —susurra desde su voz derrengada—, me juré que disfrutaría de él como no lo había hecho hasta entonces. Que lo que venía era un regalo. Y eso hice. Disfrutar de él olvidándome de todo lo demás: de Sandra, de mi trabajo, del mar, de ti... Estos últimos seis meses han sido más de una vida. He sido tan feliz, mamá.

De repente me doy cuenta de que prefiero la muerte de Helena al sufrimiento maduro de Inés. Intento respirar y no me sale. Alguien se acerca por el pasillo.

Es Flavia, que viene refunfuñando.

—Mamá.

—Dime.

—Quiero volver a la isla.

Flavia entra en la biblioteca echando pestes de mamá. Muy feo tiene que ser lo que le ha dicho Mencía para que llegue así. Muy feo todo esto. Muy fea la vida. No quiero que Tristán muera, ni volver a la isla con Inés. No quiero la vida después de mi nieto, ni las fuerzas que necesitaré para cuidar de la cordura de mi hija. ¿Dónde mierda se ha metido Dios?

—Quiero esparcir las cenizas de Tristán junto al faro. ¿Iremos?

¿Y dónde mierda voy a meterme yo?

—Claro, cariño. Iremos. Te lo prometo.

INÉS

Todavía me sorprende ver vivir a la abuela. La vida no. Ahora espero la mala sorpresa de la muerte. La mía. En vida.

Espero un milagro que no llega. Segundo a segundo, minuto a minuto, rezo lo que no sé, perdida en las mil dobleces y trampas de la espera, de la esperanza. Yo no sé perder, ni penar. Nadie me ha enseñado a morirme así por dentro, sacando fuerzas de donde no entiendo para dárselas a Tristán. Él no pregunta. No sé si sabe, aunque sus ojos ven más allá de los míos. A pesar del dolor, no se olvidan de sonreír. Castaños, castaños sus ojos como dos pinceladas de invierno en bonanza. Azul ahora la piel de mi niño que se va, llegando.

Mamá y tía Flavia hablan a mi lado. Encendida Flavia contra la abuela. Desde siempre. Flavia habla y mamá asiente con una sonrisa mientras Jorge me cuenta al teléfono lo que no cambia. Tristán está estable, dice. Se ha quedado dormido hablando del viaje que hará con Mencía cuando salga del hospital. Me recorre un ligero escalofrío. Ahora son ligeros, como pequeños calambres que no llagan. Un largo viaje con Mencía es, sin duda, el viaje.

Jorge tiene la voz roída, descalabrada por todos estos meses de infierno. Ya sin odio contra Sandra, tampoco contra mí. No le cabe. Ya buen amigo de quien soy ahora. Desde que Tristán se echó a navegar río arriba contra la muerte, Jorge se ha hecho hombre y padre, un padre innegable, indiscutible, descolgándose de la familia que nunca tuvo y reinventándose en familia para Tristán. Es extraño. Nunca nos unió la vida. Durante los años que estuvimos casados, tropezábamos entre nuestros vacíos sin pensar mucho más. Conformes, desestimados. Fue llegar la muerte con su sombra maldita y el vacío se llenó de planes a dos: horas, días, meses de urgencia junto a Tristán. El embalsamado mundo de los hospitales, esa micronada que todo lo enturbia, creando una falsa burbuja de realidad en la que ambos hemos aprendido a querernos en la necesidad. No más juicios, no más rencores. Quizá lleguen después, no lo sé. Aunque lo dudo. Llevamos ya demasiados abrazos, demasiados días rejoneando juntos. Demasiada pena la que nos une.

—Que pases una buena noche —le digo, despidiéndome de él.

Que pases una buena noche. Como todas las noches que le toca a él quedarse en el hospital. Y él me manda un beso como quien mete una carta en el buzón equivocado porque sabe que, antes o después, la carta llegará. Y entiende que mi «que pases una buena noche» no es más que un «que aguante hasta mañana, por Dios. Que no se muera estando yo fuera». Lo entiende, sí. Como Tristán, también él ha tenido que aprender demasiadas cosas en muy poco tiempo. Como Tristán, busca en Mencía el cariño y el calor que su familia nunca quiso darle, todos estos años de silencio que ni sus padres ni sus hermanos han sabido perdonarle. Ni siquiera por Tristán. Ni una llamada. Ni una visita. Nada. Extraño verlos a los dos. Él ahora tan suave, tan cristalino. Ella, furiosa con el mundo por no ser como lo imagina. Tan odiosa a veces, tan enorme otras. Jorge y Mencía.

Quién nos lo iba a decir. La abuela lo trata como a un hijo. Lo cuida, lo mima y lo abraza como nunca lo ha hecho con nosotras. Él se deja hacer, olvidado ya el odio que los arropó durante años, olvidadas las puñaladas certeras de la abuela desde que nos casamos, olvidado el recuerdo. Viéndolos juntos, respiro tranquila. Cuando Tristán se vaya y él se niegue a derrumbarse, Mencía sabrá romperle en mil pedazos hasta oírle llorar. Luego se lo llevará a su guarida y le mostrará el rompecabezas de dolor en que ha quedado sumida su vida y lo sacará adelante. Confío en ti, abuela. No me falles.

BEA

Cama de matrimonio en la suite del Neri. Una cama enorme como una balsa de algodón. La abuela está en el cuarto de baño. La oigo trajinar dentro, haciendo quién sabe qué. Desde la ventana, la fuente octogonal de la plaza resplandece bajo una luna apagada, y al fondo el pórtico de la iglesia se esconde entre las sombras de las piedras y de los cientos de agujeros de bala que lo tatúan. Me tumbo en la cama y apoyo la espalda contra el cabezal. Enciendo un cigarrillo, aprovechando que la abuela no está.

—Bueno —suelta Mencía por fin, abriendo la puerta del baño y asomando una cara embadurnada de una pasta azulona.

Mentiría si dijera que me alegra verla. Temo lo que vendrá.

Me mira durante unos segundos sin decir nada, clavando los ojos en el cigarrillo que me llevo a la boca. No puedo apartar la vista de la pasta azulada que la cubre y ella se da cuenta.

—¿Es que creías que este cutis es casualidad, pequeña? —me suelta, todavía sin abrir la puerta del todo.

Sonrío. Qué propio de ella.

—¿Y tú qué haces fumando en mi habitación?

—Nuestra habitación.
—Suite.

Hago ademán de darle una calada al cigarrillo, pero, al verla aparecer por la puerta, dejo la mano en el aire, incapaz de controlar el músculo del brazo. Lleva una especie de camisa de pijama de hombre de color morado por la que asoma un pañal blanco e hinchado que encierra unas patitas finas terminadas en unas pantuflas de cuadros con los dedos al aire. Nunca había visto algo semejante.

—Pero, abuela…

Me mira con cara de no entender, coge el bastón que ha dejado junto a la puerta y lo apoya en el suelo con las dos manos.

—Qué.

Me tapo la boca.

—Mucha suite y mucha mandanga, pero la taza del retrete es tan grande que por poco me caigo dentro.

Si encontrara a alguien que me hiciera reír como lo logra Mencía, recuperaría la fe en muchas cosas.

—Y la toalla rasca.

—¿No será que la que rascas eres tú, abuela?

Me mira arqueando una ceja.

—No más que tu lengua, ji, ji, ji.

No puedo evitar la risa, aunque sé por experiencia que está jugando a despistar. Espera a que baje la guardia.

—Dice Flavia que tengo patas de gallinácea. ¿A ti te lo parece?

—Sí, abuela. Tienes patas de gallinácea. Flavia tiene razón. Aunque la verdad es que creo que los pañales no ayudan mucho.

Mencía se aparta la camisa y se mira el pañal. Luego levanta una pierna y me enseña la pantufla, moviendo los dedos del pie.

—Ji, ji, ji.

—Estás guapísima. Seguro que Flavia también te lo ha dicho.

Pone entonces el pie en el suelo, se apoya en el bastón y me clava la mirada en el estómago con esos ojos pequeños y oscuros que nunca auguran nada bueno.

—¿Y tú de cuánto estás?

Ya llegó.

Me giro hacia la ventana.

—No voy a tenerlo, tata.

—No digas estupideces. Te he preguntado de cuánto estás, no qué vas a hacer con él.

Le doy una calada al cigarrillo, buscando tiempo. No me lo da.

—Con ella, quiero decir.

Con ella.

Rabia. De pronto me sacude una rabia que controlo a buena hora. Sabía que esto tenía que llegar. Sabía que no quería que llegara. Ahora entiendo por qué.

—Tú qué sabrás. Sólo estoy de dos meses y tres semanas. A punto de cumplir tres.

—He visto muchos embarazos, pequeña. Por tu forma de vomitar, es niña —sentencia, acercándose despacio a la cama y tumbándose a mi lado con un crujir de huesos que parece llenarlo todo.

—Tengo hora para pasado mañana. Ya he visto al psiquiatra y al anestesista.

Suspira.

—Muy bien. Así me gusta. Que hagas las cosas con la cabeza. Además, todavía eres joven y puedes tener más hijos cuando quieras. Gala puede llegar en cualquier otro momento.

Giro la cabeza sin apartarla del respaldo. Un calambre de asco se me retuerce en la tripa.

—¿Gala?

Dios mío. Lo que tiene que haber pasado mamá con una madre así.

—El padre no lo sabe —es lo único que se me ocurre decir—. No pienso decírselo.

Me mira. Silencio.

—Sólo hace seis meses que nos conocemos y... bueno, no creo que sea el momento.

Ella no habla. Sigue clavándome la mirada en la tripa, que ahora ruge como un batallón de tuercas.

—¿Alguien te ha preguntado por el padre?

Ay.

—No.

—Entonces no me cuentes estupideces. Si no quieres tener a Gala, no la tengas. Te vas a la clínica esa del demonio y que te la raspen. Y punto. Pero no empieces a soltarme el rollo del novio que no está preparado, o que hace demasiado poco que os conocéis, o que está casado, o cualquier otra bobada de esas que se nos ocurren a las mujeres en los momentos más cobardes. Si no quieres a tu hija, te la quitas de encima y ya. Me parece bien. Cuenta conmigo.

Respiro hondo. A veces la abuela es tan humana que no me fío. Ella me sonríe y pone su mano sobre la mía.

—¿Y por qué te da miedo tenerla?

La pregunta, claro.

—No lo sé, abuela.

—Mentirosa.

Vuelve el calambre. Una arcada se anuncia en algún rincón de lo que encierro.

—¿Qué hago yo con una niña, abuela?

—Quererla, ¿qué otra cosa se te ocurre?

—No sabría cómo.

—Mentirosa.

—Yo sola, no.

Me pone la mano en el vientre y se queda quieta.

—¿Y quién te dice a ti que ibas a cuidar de ella tú sola? ¿Y tu madre? ¿Y yo?

—Ya, abuela, pero no sería como criarla con un hombre al lado. Un niño necesita a un padre —respondo, casi automáticamente—. No sería lo mismo.

—A Dios gracias.

—No puedo.

—No quieres.

Silencio. De pronto se levanta con un gruñido. No me giro a mirarla. Siento la arcada cada vez más formada, más sólida. Veo pasar a la abuela por delante de mí como una garza arrugada y cierro los ojos, intentando respirar hondo, mientras la oigo abrir el armario y sacar algo de dentro. Cuando los abro, la veo enfundada en su abrigo de piel, con la cara azul y los dedos asomándole por las pantuflas. No me mira. Recorre el trecho que separa el armario de la puerta de la habitación apoyándose en el bastón, como un esquimal a la fuga.

—Pero ¿adónde vas?

—Aquí hace un frío que pela, niña. Quiero bajar.

—¿Bajar? ¿Adónde? ¿Así?

Apoya la mano en el pomo de la puerta y, sin volverse, suelta:

—A la plaza. Quiero sentarme al borde de la fuente.

Es un farol, uno de tantos con los que Mencía lleva mangoneándonos desde que tengo memoria.

—Como quieras.

Suspira. Abre la puerta y sale al pasillo. «Es un farol, es un farol, es un farol», me repito como quien se cuelga de un mantra de última hora para no caer a un precipicio.

—Ah, y si me caigo dentro, no vengas a ayudarme. Con lo que pesa este fardo de pellejos, seguro que no tardo nada en ahogarme. Avisa a recepción y que se encarguen ellos. No quiero poner mi vida en manos de una mentirosa cobarde como tú.

Cierro los ojos. Maldita sea. Entre el rugido que me ronronea en el vientre y el murmullo ahogado del agua de la fuente, oigo el paso tropezado de la abuela alejarse por el pasillo y sé que no, que Mencía ha vuelto a sacar todas sus armas y que la noche va a ser larga. Tardo unos segundos en levantarme, ponerme las sandalias y salir corriendo tras ella. Conociéndola, sé que unos segundos pueden ser fatales.

No me equivoco.

MENCÍA

A tomar el aire —le respondo a la jovencita de recepción cuando me pregunta que adónde voy con cara de no entender.

—Señora, no creo que...

Me agotan estas niñas.

—La señora no te paga por creer, créeme.

Por el rabillo del ojo, la veo ponerse roja y perderse tras la cortina que tiene a su espalda y que probablemente esconde a algún paleto de diseño con ganas de salir en alguna guía fina.

La plaza está tranquila y en silencio. Se oye el gorgoteo del agua en la fuente y huele a meado. En una de las esquinas, alguien duerme: uno de esos sin techo y sin vergüenza que en verano se duermen por los rincones para hacernos sentir mal a los demás. Bea tarda mucho. A ver si al final me va a hacer caso y se va a quedar mirándome por la ventana. Por lo menos ya no tengo frío. Calor tampoco. Sopla una brisa húmeda que me recuerda a algo o a alguien, aunque no tengo ganas de recordar qué. Por fin se abre la puerta del hotel y oigo los pasos de Bea. Ya tardaba la maldita. No me vuelvo a mirarla. Que me busque.

—No puedes salir así, abuela.

—¿Así, cómo? ¿Con este abrigo o con una nieta mentirosa como tú?

—En recepción me han llamado la atención.

—Pues ni un duro pienso dejarles de propina.

—La gente ya no deja propinas en los hoteles, Mencía.

Ah. Cómo me gusta que me llame por mi nombre. Hacía tiempo que no lo oía en boca de nadie.

—Así les va. Así nos va a todos, sin propinas. Dios ya no da más propinas, el desgraciado. Ya no más propinas. Si las diera, Tristán no se estaría muriendo.

Mierda.

—Y así te va a ti, pequeña.

—¿Así?

—De mal.

—Y tú tienes el secreto para que me vaya mejor, ¿verdad?

No me hace falta mirarla. Sé que ha bajado la guardia.

—No, pero sí sé lo que te da miedo, y Gala no tiene la culpa.

Si no responde antes de cinco segundos, está rendida.

Doce. Es mía.

—Ya lo sé.

—¿Entonces?

Suspira. Hace ademán de meter la mano en el agua.

—Ni se te ocurra. No es agua. Es pis.

Ahora sonríe. Qué dulce la sonrisa de Bea. Si pudiera verse.

—Quiero conocer a Gala, pequeña.

—Ojalá fueras tú el padre, abuela.

—¿Con esta pinta?

Se ríe. Bea se ríe y su risa se esparce por la plaza como una bendición. Preñada de buenos augurios.

—No tiene por qué pasarte también a ti, niña.

Se le congela la risa y se lleva la mano al vientre.

—La vida no puede ser tan perra como para repetir con vosotras lo que está haciendo con Inés y Tristán. No puede.

—Me da tanto miedo, abuela. No lo soportaría. No sé cómo puede Inés con tanto.

—Lo sabrás cuando seas madre. Yo estaré contigo. Todas estaremos. Inés también.

Silencio. Agua.

—Y deja de sentirte culpable, porque Gala no se lo merece. Tampoco Tristán. Esto es la vida, Bea, un pozo sin fondo de entradas y salidas, de llegadas y partidas. No puedes hacer nada por cambiarlo. No lo intentes. Deja ese trabajo a otros.

Baja la cabeza.

—Los viejos no somos más sabios que vosotros, ni estamos más curtidos, ni más cansados. Los viejos sabemos que el tiempo nunca da explicaciones, que las decisiones no son más que eso, decisiones, no errores ni aciertos, sabemos que nos vamos a morir y atentamos contra lo injusto porque nos aburrimos. Así de triste es la vejez. Y así de grande.

Poco a poco se acerca a mí y apoya la frente en mi hombro. Pesa la pena. Más pesa la duda.

—Yo me iré también pronto, Beatriz. Ya estoy cansada de tanto ajetreo y de tanto frío. Y no me fallan ni la memoria ni el corazón, cariño, sólo los esfínteres y las ganas. Ten a tu niña y reta al mundo, a ver qué tal te sale. Si no te va bien, nosotras te cubriremos, y si te las arreglas, os celebraremos a las dos, a ti y a ella. Inés la primera, ya lo verás.

De pronto, la figura que duerme en la esquina se levanta a trompicones y se acerca a nosotras a paso desmadejado. Es una mujer. Sucia, de pelo empantanado y con pinta de pocas esperanzas. Cuando llega a la fuente, mete las manos en el agua y se la echa en la cara. Bosteza, se rasca el brazo y entonces nos mira.

—¿Tienes un cigarro? —me dice con ojos perdidos.
—No, lo siento.

Sigue mirándonos, intentando enfocar. Sin éxito. Insiste.

—Venga, tía…

La vejez y el reto. Y a ganar.

—Mire, señorita, hace mucho, pero mucho, que dejé de fumar. Pero, si quiere, le diré lo que tengo.

Bea levanta la cabeza y mira a la chica, que no dice nada.

—Tengo este pañal meado, estas pantuflas que me compró mi hija hace un año y que he tenido que recortar porque me tienen los pies fritos y este abrigo de piel de bellota que no se lo dejo ni a Dios.

La chica da un par de pasos atrás, tambaleándose.

—Tengo una nieta con un hijo de seis años que se muere de leucemia no muy lejos de aquí. Esta otra que está embarazada y que quiere abortar porque se le ha metido en la sesera que si tiene a su niña estará traicionando a su hermana. Tengo un par de hijas que no atinan mucho, la verdad. Y frío, mucho frío, sobre todo en el maldito hotel de ahí, que no está preparado para las viejas con piernas de gallinácea como yo.

La sin techo va retirándose poco a poco, sin dejar de mirarme ni un solo instante. Debo de dar miedo, pero me da igual.

—Tengo ganas de matar, de destripar, de acuchillar a los médicos del mundo por inútiles, por ser capaces de lograr no implicarse, por dejar morir a un niño que tiene unos ojos como usted no ha visto en su desgraciada vida callejera.

Ahora la joven ha llegado a su esquina, se ha tumbado y se ha tapado entera con los harapos sobre los que dormía.

—Y tengo también ganas de morirme un rato para no tener que vivir los próximos días, para no ver sufrir a los míos, para descansar de tanta pena que no me cabe debajo de este abrigo inmundo. Eso tengo. Eso. ¿Puedo ayudarla en algo?

Bea me toca el hombro con la barbilla.

—Abuela…

—Y también tenemos a Gala, pequeña. Y sabremos cuidarla. A pesar de todo.

Por el movimiento de su barbilla la noto sonreír.

—No voy a poder decírselo a Inés.

Qué humedad hay en esta ciudad, demonios.

—Antes de que nos vayamos encontrarás el momento. Ya lo verás.

Silencio. El goteo del agua en la fuente. Poco más.

—¿Me ayudarás?

Me arrebujo en el abrigo y busco el bastón en la oscuridad en sombras de la plaza.

—Mientras siga viva, pequeña.

Volvemos despacio al hotel. Cuando pasamos por delante del mostrador de recepción, la jovencita de antes baja la mirada al vernos entrar. Me cambio el bastón de mano y seguimos escaleras arriba, rumbo al sueño y a lo que vendrá mañana.

Antes de llegar a la puerta de la habitación, Bea hace un alto. Parece pensativa.

—Por cierto. El padre es actor.

Un segundo. Dos. Falta algo.

—Y francés.

Ya sabía yo.

—No se lo digas.

Se echa a reír. Y yo con ella.

Dos

LÍA

El viaje hasta aquí ha sido un infierno gracias a mamá. Como siempre, estamos vivas de puro milagro. Al salir del hotel, nos hemos repartido en dos taxis. Bea y Flavia en uno; mamá, Inés y yo en el otro. En cuanto hemos subido al nuestro y he visto al taxista he sabido que nos la jugábamos. Mamá tenía frío y mal humor. Se ha sentado delante.

Al llegar a la Diagonal, el taxista ha empezado a tentar a la suerte, intentando darle conversación a mamá. Mencía le ha seguido un poco el hilo hasta que el pobre hombre ha cometido el error de llamarla «yaya». Mamá ha recorrido el salpicadero del coche con la mirada, estudiando cada detalle. Luego ha levantado los ojos y los ha clavado en el banderín de la legión que colgaba como una media longaniza del retrovisor.

—¿Yaya? —ha dicho Mencía con voz controlada sin apartar la vista del banderín.

El taxista ha soltado una carcajada de fumador.

—Tranquila, abuela. Si a su edad, hasta es un piropo. Además, es usted una yaya guapísima.

Inés, que tenía la mirada perdida en la ventanilla, me ha dado un codazo en las costillas.

—Cómo ha cambiado la ciudad, ¿verdad, mamá? —he soltado de pronto, intentando distraerla.

Error.

—Sí, cariño. Desde ayer está cambiadísima —me ha cortado con una voz que conozco demasiado bien.

El taxista la ha mirado y ha soltado otra risotada.

—Joer, menuda es la yaya.

Mencía se ha girado a mirarme.

—Cariño —empieza mientras embocamos la avenida del Hospital Militar a toda vela—, si una mujer de mi edad mata a alguien, no va a la cárcel, ¿verdad?

Ay.

—No, mamá.

—¿Seguro?

—Sí.

El taxista me ha mirado por el retrovisor. He apartado la mirada.

—¿Y qué le duele a la yaya guapetona para que la lleven al hospital? —ha soltado el hombre con ganas de chiste.

Mencía ha vuelto a girarse.

—Pásame la pistola del bolso, Lía.

Silencio. El taxista ha dejado de sonreír y ha apretado el acelerador, saltándose un semáforo en ámbar al salir a la ronda.

—Abuela, por favor —ha intervenido Inés con cara de poca broma.

—La pistola. Ahora.

El taxista se ha puesto nervioso y la abuela nos ha mirado a las dos con la ceja arqueada.

—La pequeña.

Estábamos cerca del hospital. Hemos tenido que recorrer andando el tramo que faltaba con un calor que desmadejaba las aceras. Gracias a mamá.

En el ascensor nos hemos encontrado con la esposa del doctor Arenal. Cuando ha entrado y se ha dado de morros con mamá, ha hecho el gesto de volver a salir, pero las puertas se han cerrado a su espalda.

—Buenos días.

Mamá la ha mirado con cara de póquer.

—El mensaje es el adecuado. El momento, no.

Se ha hecho el silencio en el ascensor.

—¿Cómo sigue Tristán?

No hemos tenido tiempo de pararla.

—Muriéndose. El paciente sigue muriéndose, gracias.

La doctora ha apretado los labios y se ha llevado la mano a la oreja, buscando un pendiente que hoy no estaba allí.

—Lo siento mucho.

Tercera planta. Cuarta...

—Me alegro por usted.

Quinta.

—Si necesitan cualquier cosa...

Sexta. Han bajado dos mujeres de negro. Gitanas con algún enfermo en planta.

—No la llamaremos, no se preocupe.

Por fin hemos llegado. Se han abierto las puertas y la doctora ha salido primero. Se ha despedido con una sonrisa truncada y ha dado media vuelta.

—Por cierto —le ha soltado Mencía por la espalda—. Así, sin las perlas...

La doctora se ha parado en mitad del pasillo, pero no se ha vuelto a mirarnos.

—¿Ha visto alguna vez una cerda tibetana?

La habitación de Tristán huele a él y eso me tranquiliza. Nos acercamos a la cama y nos saluda con los ojos y con la mano. Respira mal, peor que ayer. Inés se sienta a su lado y le besa la cabeza. Jorge nos saluda con un gesto agotado. La noche ha sido tranquila, a pesar de los controles, las enfermeras, los vómitos, las espeluznantes subidas y bajadas de tensión. Jorge se apaga de pronto. Necesita dormir. Y aire. Baja a desayunar a la cafetería antes de volver al piso hasta esta tarde. Mencía le acompaña.

—¿Volverás, tata? —le pregunta Tristán al ver que se marcha.

—Claro, bicho. Voy a darle de comer a tu padre, que lo tienes agotado.

—¿Seguro?

—Por Lara Croft.

Inés sigue sentada a su lado, acariciándole la cabeza y colocándole bien los almohadones para que apoye mejor la espalda. De pronto, Tristán la mira y sonríe.

—Estás muy guapa, mamá.

Bea vuelve la vista a la ventana. Inés sonríe.

—Tonto.

—Dice papá que estás muy delgada, pero a mí me gustas más así. Aunque ya no tienes tetas.

—¡Tristán!

Se ríe. Como un niño. La risa es lo único que le queda a sus seis años. Se gira hasta encontrarme.

—Tengo una cosa para ti, abuela —dice entre jadeos.

—¿Para mí?

—Sí.

Me acerco a la cama y me siento en el borde, frente a Inés. Hay tantos tubos y cables colgando por todas partes que temo moverme y desenchufar alguno. Apoyo la mano en su pierna, que apenas encuentro, y él saca de debajo de la sábana una hoja de papel. Me la da y sonríe. Es una sonrisa tímida. Ilusionada.

Un dibujo. Tristán me ha dibujado sentada en el sillón de la habitación, en rojos y naranjas. Encima de mí veo lo que parece un televisor y, a mi derecha, un gran ventanal lleno de mar. En el centro de la ventana hay un velero y unas olas como rizos de papel, negras. En el velero, una chica que nos mira de frente.

No sé qué decir. Tengo un nudo en la garganta que no me deja levantar la mirada del dibujo y noto que se me velan los ojos.

—¿Te gusta, abuela?

Intento hablar.

—¿Soy yo, cariño?

—Claro.

—¿Y este barco?

—El de la tía Helena.

Ay. Helena. Otra vez.

—Es… es precioso, cariño. Es el regalo más bonito que me han hecho nunca.

Respiro hondo un par de veces y espero a poder enfocar con claridad.

—Mamá dice que era tu preferida. Y que era muy valiente.

Levanto los ojos y me encuentro con el verde brillante de los de Inés.

—Era muy valiente, sí. Casi tanto como tú. Por eso eres mi preferido.

Tristán me mira con una sonrisa en calma. Me busca con la mano.

—Es tu regalo de cumpleaños, abuela.

Trago saliva. Me repliego sobre mí como una anémona. Que alguien diga algo y que no sea yo.

—Pero, cariño, mi cumpleaños no es hasta octubre.

Tristán me aprieta la mano.

—Ya lo sé.

Ya lo sé, dice nuestro pequeño. Y con ese «ya lo sé» lo dice todo, lo que no queremos que sepa, lo que no sabemos ocultar, lo que no viviremos juntos.

—¿Y yo? ¿A mí no me has dibujado nada? —dice Bea de pronto, inclinándose sobre él a los pies de la cama.

Tristán la mira como si la viera. Como si la viera de verdad. Repasándola entera. Descubriéndola.

—Es que no me sale, tía —dice, como disculpándose—. No sé cómo dibujarte.

Bea me mira con cara de no saber. Antes de poder decir nada más, Tristán se revuelca en un ataque de tos que levanta lo que queda de su cuerpo de la cama. Es una tos seca, arrancada, tan vacía que duele sólo oírla. La mascarilla se tiñe de gotitas de sangre e Inés se levanta y sale a toda prisa en busca de la enfermera. Entre Bea y yo, lo sujetamos mientras el remolino de aire enfermo y sangre sigue buscando una salida a trompicones, tropezando con todo el horror que ninguna de las dos podemos disimular. Bea y yo no nos miramos. Aquí llega la enfermera.

MENCÍA

Que se muera, Mencía. No puedo seguir viéndolo sufrir así.

Jorge no ha probado el bocadillo ni el zumo de naranja. Apoya los codos en la mesa y se pasa los dedos por el pelo. Cuántas canas de repente.

—Y que Dios me perdone.

—Antes tendremos que aprender a perdonarle nosotros a él.

Suspira y baja la cabeza. Su voz me llega aplacada, en espiral.

—Cuando salgo del hospital y veo a la gente riéndose por la calle, a los turistas en las terrazas, yendo o volviendo de la playa, a los padres paseando con sus hijos…, me colapso porque no lo entiendo, Mencía. No entiendo cómo pueden vivir así, tan ajenos a esto, a Tristán, a todos estos niños y padres que pasan aquí meses, años, luchando por salir adelante, jodidos día y noche porque no tenemos futuro, porque el futuro más benigno que nos queda es seguir aquí luchando contra esta mierda…

—Te quiero mucho, Jorge.

Levanta la cabeza y pone sus manos en las mías.

—Ya lo sé. Pero eso no va a salvar a Tristán.

Cuánto ha cambiado este hombre en tan poco tiempo.

—Quizá te ayude a salvarte a ti cuando todo haya terminado.

Suelta una carcajada seca, forzada, que me raspa por dentro.

—No lo entiendes. Nada habrá terminado, Mencía. Nada va a terminar nunca. Tanto Inés como yo nos llevamos esto puesto. Una vida no es tiempo suficiente para curarte de una pérdida así. Da igual lo que hagamos cuando Tristán ya no esté. Da igual cómo rehagamos el futuro. Ya no soy Jorge. Inés tampoco volverá a ser ella. Seremos restos, retales de recuerdos que nunca aprenderemos a encajar.

Hay que tener mucha entereza para hablar así. Mi vejez no encuentra consuelo para este hombre. Dejo que hable.

—Es curioso. Cuando Inés me dejó por Sandra, me sentí vivo por primera vez. Vivo en el odio, sí, pero vivo al fin y al cabo. Luego empecé a entender, a ver, a verla también a ella. Y a mí. Quise empezar a vivir. Sin mirar atrás, sin castigar. Tú lo sabes.

Asiento. Es cierto. Poco tiempo después de su separación, Jorge e Inés empezaron a conocerse. Quizá fue Tristán, quizá no. Entre los dos lograron inventar un cariño de amigos que nadie entendió. Helena diría que la vida los estaba preparando para esto. Qué sé yo.

—Y cuando todo empezaba a ir bien, llegó esa maldita tarde en urgencias y se nos acabó la vida.

Alguien estalla en carcajadas unas mesas más allá. Aprieto los puños.

—No sabes lo que te depara el futuro, Jorge. Ni tú ni nadie.

—No quiero ningún futuro. Sin Tristán, ya no.

Ay. Cómo convencerle de algo en lo que ni yo misma creo.

—No hay elección. Tu hijo se va. Así es la vida. Se te muere tu niño y te has ganado a la familia que no tienes, esta panda de desquiciadas que te quieren como a uno más. No es justo, ya lo sé, pero es lo que hay. Estamos todas contigo.
—Ya lo sé.
—No, todavía no lo sabes. Lo sabrás cuando te despidas de tu hijo y necesites revivirlo, aunque hayan pasado cien años. Los amigos, los de verdad, estarán, pero sólo un tiempo. Su compasión tiene fecha de caducidad, y está bien así. Olvidarán y, sin decirlo, esperarán que tú también olvides, que sigas adelante.

Ahora las lágrimas de Jorge van cayendo sobre la formica gris de la mesa. Un gota a gota que no sana, que no alimenta.

—Pero nosotras no olvidamos. Ninguna. No sabemos. Te estaremos esperando, Jorge. Siempre, pase el tiempo que pase. Ante todo eres un padre que ha perdido a su hijo, a mi niño. Mientras yo viva, recordaremos juntos. Y si hay que llorar, lloraremos. Y si hay que odiar, también.

Me aprieta las manos porque no puede hablar. Nos lo hemos dicho todo demasiadas veces. Ahora sólo queda esperar.

—Vete a casa y duerme un poco. Necesitas descansar.

LÍA

Bea pide una manzanilla y un sándwich de queso para ella y un té con leche para mí. Luego coge la bandeja y viene a sentarse a la mesa. Tiene mala cara. Está hinchada. Seguramente, la noche con mamá tampoco ha ayudado mucho.

Inés y mamá se han quedado en la habitación con Tristán, que duerme entre gemidos de dolor y algún vómito de aire y bilis. Se apaga a trompicones, cada vez más deprisa.

En cuanto Bea se sienta, enciende un cigarrillo.

—Fumas mucho, hija.

Me mira con una mueca de resignación.

—¿Cómo estás, mamá?

Siento un golpe en el pecho. Nunca me acostumbraré a que mis hijas me pregunten por mí.

—Aguanto.

Mordisquea el sándwich distraídamente y apenas le da un sorbo a la manzanilla.

—Mamá…

¿Por qué mierda nos costará tanto decir las cosas en esta familia?

—Ya lo sé, Bea.

Clava sus ojos en los míos e intenta sonreír. Le sale mal. Por un momento duda, como siempre. Entonces me ve asentir y relaja los hombros.

—¿Te lo ha dicho la abuela?
—No ha hecho falta. He sido madre tres veces.
—Ya.
—¿Y?
—Dice la abuela que es niña. La ha llamado Gala.

Qué propio de mamá. Me alegro de que siga con nosotras.

—¿Y?
—Voy a tenerla, mamá. Ya sé que no es el mejor momento, y que puede que Inés no me lo perdone nunca, pero... quiero tenerla.

No digo nada. Todavía no ha terminado de hablar.

—La abuela se ha ofrecido a hacerle de padre —dice con un atisbo de carcajada que ni ella misma se cree—. No sé, tengo tanto miedo.

Podría decir mucho. Podría hablar y hablar durante horas, intentando sacarle lo que no quiere oír. Pero la experiencia con ella me dice que todavía falta algo. Conozco bien a mi Bea. De repente, me acuerdo de Martín y sonrío por dentro. No es la primera vez desde su muerte que me alegro de su ausencia.

—Quiero volver a casa, mamá —suelta a bote pronto, entre arrepentida y tímida—. Contigo, con Inés... y con Gala —añade por fin—. Madrid se acabó. Allí no tengo nada.

Culpa. Fea esta culpa que me ronda durante unos segundos de felicidad tan plena. Bea en casa, otra vez. Bea y el mar. No puedo hablar. Tristán tira de mí desde hace meses con su presente de pena, demasiado como para celebrar el futuro con mi pequeña y su Gala. Mi silencio tiñe de duda los ojos de Bea.

—Pero si no te parece bien...

Fuerzas sí tengo. Todavía. Me levanto, apoyándome en los brazos de la silla, la aparto con el pie y rodeo la mesa hasta colocarme a su espalda. Me inclino sobre ella y la abrazo desde atrás, hundiéndole la cara en el cuello, como antes. Quisiera llorar porque me lo pide el cuerpo, pero sé que, en cuanto empiece, no podré parar. Nadie podrá pararme. Me aprieto bien fuerte contra sus hombros, aspirando su olor profundo a mujer preñada que me remonta a mí, a estos dos últimos años sin ella. Mi hija huele a madre.

—Que Tristán me perdone por sentirme tan feliz, Bea. Vuelve a casa cuanto antes. No creo que vaya a aguantar mucho más tiempo sola. Inés te necesitará.

Bea se agarra a mis brazos y me besa la mano.

—Y yo a ella, mamá. Y yo a ella.

FLAVIA

Inés ha salido al pasillo a respirar un poco. Tristán duerme entre gemidos, como un cachorro limpio, moviendo piernas y brazos en estertores de dolor que ya ni la morfina calma. Mamá sigue sentada en el borde de la cama, con la mirada clavada en él, a veces susurrándole cosas que no entiendo y acariciándole las piernas por encima de las sábanas, buscando calmarle sin conseguirlo. Desde atrás, mamá es una espalda enana coronada por una mata desordenada de pelo blanco y algunas calvas. Hace tanto calor en la habitación que cuesta respirar. Salgo yo también al pasillo, que sorprendentemente llena la simple ausencia de Inés. Camino despacio hasta los ascensores y me meto en el baño. Enciendo la luz, me acerco al lavatorio, abro el grifo del agua fría y me refresco la cara y el cuello. No hay toalla a la vista, así que entro en uno de los dos retretes y cojo un poco de papel para secarme. Cuando tiro el papel a la papelera, creo adivinar en el retrete contiguo un suspiro ahogado seguido de unos sollozos callados, amortiguados, como una escala de toses muertas que me recorren la espalda como una mala noticia. No sé qué hacer, pero hay algo, un resorte que no conocía en mí y que me lleva hasta la puerta del baño. La abro y dejo que se cierre sin salir. Durante unos segundos no pasa nada. Las paredes blancas reflejan la fría luz de los fluorescentes, multiplicándolos por mil en un nubarrón de silencio mientras los instantes corretean entre las junturas sucias de las baldosas, ayudándome a contener la respiración.

Cuando estoy a punto de respirar de nuevo, vuelve el suspiro y los sollozos, ahora más firmes, menos tensos, cada vez más enteros. Y entonces sé. Y quiero decir pero no alcanzo a ordenar todo lo que se me agolpa en el pecho, chapoteando en un charco de congoja que va llenándome la boca para que no hable, arrugándome la garganta, relegándome a la no voz. Y ahí está de nuevo. Un llanto tan atrofiado, tan retorcido y tan... físico que se me encrespan los dedos de los pies y las venas se me dilatan en las piernas. Es un resumen de llanto, un llanto robado. Inés.

—Inés —me oigo susurrar, viéndome desde la puerta reflejada en el espejo, articulando el nombre de mi sobrina como si me viera en la pantalla de un cajero automático, sin saber desde dónde miro, desde dónde me ven—. Inés —repito en voz alta, moviéndome como una autómata hasta la puerta del retrete y abriéndola despacio, muy despacio, intentando prolongar el momento para no ver, para no tocar. Inés.

Enroscada, destrenzada, arropada en un rincón del pequeño cubículo, Inés tiene la cara entre las manos y resopla como una parturienta dolorida. Los pies en posición imposible, las piernas dobladas sobre sí mismas. El pecho abriéndose y cerrándose entre salpicones de aire.

Me inclino sobre ella y la cojo de las manos.

—Pequeña.

Se resiste, encogiéndose aún más, tirando de mí hacia el suelo y clavándome esos dedos de hueso que con los meses han ido curvándose de tanto aferrarse a lo imposible.

—Pequeña —es lo único que se me ocurre. Pequeña, pequeña, pequeña. Sí, cada vez más.

Me pongo de rodillas y dejo que tire de mí hasta que toca con la cabeza en la pared. Siento en las manos el golpe seco de su cabeza contra las baldosas y nos quedamos así unos segundos hasta que despacio, muy despacio, logro desasirme del engranaje de sus dedos y tiro de sus manos hacia mí, retirándoselas de la cara y envolviéndolas entre las mías.

Levanta entonces la vista y me mira desde abajo.

Ojos crispados, unos ojos de loca que clava en los míos sin verme, desorbitada. De pronto tengo miedo. Inés se desgrana en una mueca de rabia y me enseña los dientes, resollando como un perro, y de un tirón retira las manos justo en el instante en que la luz del cuarto de baño se apaga y quedamos a oscuras.

Entonces llega todo.

Instintivamente, me cubro la cabeza con los brazos justo a tiempo de recibir la primera bofetada, la primera de una ristra de golpes que me llegan desde todas partes, multiplicados desde sus manos al rojo vivo que me azotan como las palas de un ventilador, fuerte, muy fuerte, a veces en puño cerrado, a tientas, empujándome contra el marco de la puerta y ensañándose contra todo lo que encuentra. Más y más, siento sus nudillos en las orejas, en el cuello, tirando a matar. A matar.

—Hijos de puta —la oigo murmurar en un extraño instante de calma que no anuncia nada bueno. Vuelven los golpes, esta vez más pesados, menos certeros, entre resoplidos sin aire y sollozos secos que van formulando un paisaje cada vez más reconocible en la oscuridad del baño—. Hijos de la gran puta —repite entre manotazos, ahora una y otra vez entre el chorro de bofetadas que sigue ahí, que sigo oyendo, pero que ya no siento—. Hijos de puta, hijos de puta, hijos de puta...

Grita. Inés grita y sigue repartiendo rabia en la oscuridad a bofetadas, respirando entre grito y grito sin apenas encontrar aire con el que alimentarse la voz. De pronto me recorre un escalofrío sordo, un restallido de vértebras que me acongoja hasta lo más recóndito de la médula cuando me doy cuenta de que el grito ha cambiado, no el tono, no la voz. Las palabras son otras, acompañadas ahora por los chasquidos que levantan sus manos al caer sobre ella misma. Un mantra espeluznante llena la noche artificial del cubículo, apagándonos a las dos.

—Hija de puta, hija de puta, hija de puta —repite entre bofetadas, castigándose por dentro y por fuera, odiándose en la impotencia de lo más culpable.

Me abalanzo sobre ella y la cubro con el cuerpo hasta que por fin logro inmovilizarla, agarrándola de los antebrazos, que ahora parecen inertes como los de una muñeca mojada.

—Hija de puta —sigue murmurando, cada vez más despacio, cada vez menos voz, hasta que por fin se hunde en un silencio manso y agotado en el que vadeamos a la par, yo sobre ella como una náufraga sobre su madero; ella, flotando en su mar de rabia, tirando de mí para que la tape porque tiene frío de vida, porque no quiere seguir, mi pequeña, porque quiere quedarse así, a oscuras, detenida en el presente sin ver nada más, chupándome ahora el puño como un bebé en el cómodo vaivén de la primera cuna, volviendo atrás en el tiempo, muy atrás, borrando todo lo vivido, lo errado, lo que no tiene cura. Inés me mordisquea la mano entre bufidos, tensa como un cable, buscando humedad para poder generar alguna lágrima, una sola, con la que poder dar de mamar a la niña herida que lleva dentro.

Así seguimos durante unos minutos que se dibujan como toda una vida, desmañadas contra el frío del suelo, hasta que poco a poco su cuerpo se relaja y deja que tire de ella hasta quedar las dos sentadas y perderla en un abrazo perdedor. Hay silencio. El grifo gotea en el lavamanos. Se oyen murmullos que nos llegan desde el pasillo. El hospital sigue intentando seguir.

Cae la calma. Desde algún rincón de mi pecho, las palabras quebradas de Inés me tatúan el esternón. Mi vida no volverá a ser la misma. Nunca.

—Si hubiera sabido que iba a sufrir tanto, lo habría ahogado con mis propias manos hace semanas.

No volverá a hacerse la luz.

BEA

Tanto calor. Pasa un soplo de aire húmedo que la abuela celebra con un suspiro de fastidio, arrebujándose en su abrigo de piel. Hemos cenado en una tortillería de la parte alta de la ciudad y Mencía ha vuelto a ponernos en la lista negra. No volveremos.

—¿Y aquí sólo hay tortillas? —le ha preguntado al camarero en cuanto nos ha acompañado a la mesa y nos ha dejado bien sentadas. La abuela se había olvidado de ponerse los dientes y el chico no ha entendido ni una sola palabra de lo que le ha dicho.

Mencía lo ha mirado con ojos de niña mala.

—Los dientes, mamá —le ha dicho tía Flavia—. Otra vez has olvidado ponértelos.

Mencía ha soltado un suspiro.

—Me hacen daño.

—Mentirosa —le ha soltado Flavia. El camarero esperaba.

—¿Desean algún aperitivo antes de cenar? ¿Un cóctel, algún refresco, champán…?

La abuela estaba enfadada.

—Sí. Aceitunas. Sin hueso.

El camarero la ha mirado como quien ve una cucaracha en una bañera.

—Y berberechos.

Silencio.

—Picantes.

Mamá ha puesto los ojos en blanco y le ha dedicado al camarero una resignada mirada de disculpa. Él le ha sonreído, paternal.

—No se preocupe, señora —le ha dicho con un gesto de gran profesional—. Yo también tengo madre.

Mencía se ha puesto tiesa. No le ha gustado el comentario. Mientras el camarero tomaba nota de las bebidas, ella se ha retocado el pelo con gesto distraído, y, cuando él ha terminado de apuntar el pedido y ha levantado la mirada, la abuela ha erguido la cabeza y le ha sonreído, dejando a la vista sus únicos cuatro dientes de propiedad y una lengua rosada como la de una yegua.

El camarero ha dado un paso atrás.

—Mariquita.

Mamá ha bajado la cabeza e Inés ha pestañeado, volviendo de golpe a la realidad de la mesa. Eso ha sido sólo el principio.

—No pienso volver a sacarte a cenar nunca más —suelta de pronto Flavia, furiosa, mientras la camarera de la terraza llega con las horchatas y los granizados.

—Bueno —contesta la abuela—, todo eso que me ahorro.

Sin dientes se le entiende poco, aunque la costumbre y la intuición ayudan.

—Me gustaría saber dónde has dejado esta vez los dientes.

La abuela abre el bolso, saca un pañuelo de papel que deja encima de la mesa, lo abre y deja a la vista una hilera de dientes como una sonrisa de muerto.

—¡Mamá!
—Ji, ji, ji.

Bajo la cabeza. No puedo disimular la risa. Tía Flavia me lanza una mirada asesina.

—Has dejado la mesa del restaurante llena de escupitajos de melón. Debería darte vergüenza.

La abuela la mira como una niña a punto de echarse a llorar.

—No, no me mires así.
—Estaba asqueroso.
—No es verdad.

Mencía aparta la mirada y, aprovechando que la camarera está poniendo los vasos en la mesa, suelta un eructo que resuena entre la gente como un trueno de tormenta de verano.

La camarera la mira y se echa a reír.

—Salud, señora.
—Ji, ji, ji.
—Hace tanto calor —dice Inés de pronto, callándonos a todas. Lo ha dicho como si acabara de salir de un largo sueño, casi sorprendida—. ¿Qué día es hoy, mamá?

Mamá vacila, cogida por sorpresa.

—Doce, hija.
—¿Qué decía Helena del doce?

Ay. Helena y sus números. Y sus aciertos.

Mamá lo piensa.

—Mal día para tomar decisiones. Mal día para actuar, para accionar. Un peregrinaje.

Inés sonríe, una sonrisa tersa en diagonal a la ciudad.

—Decía también que, después del dieciocho, se repliega el peligro. Queda sólo la amenaza —añade mamá, casi sin querer.

—El dieciocho —repite Inés en un susurro—. Ya sólo faltan seis días.

He sacado el paquete de cigarrillos del bolso. Cuando iba a encender uno, la abuela me lo ha quitado de la boca de un manotazo.

—Ni lo sueñes.

Tía Flavia me ha mirado sin entender. Mamá ha sonreído.

Horchatas, granizados y humedad. La ciudad se contonea entre el mar y la montaña, remachada de noche. Qué hermoso lugar para olvidar. Para morir no.

Mamá le da un largo trago a su vaso de horchata y vuelve a dejarlo en el plato. Apoya la espalda en el respaldo metálico de la silla y se pierde mente adentro durante unos segundos. Calle arriba, un grupo de alemanes canta en otra terraza.

—Hoy hace dos años que murió papá —dice de pronto, volviéndose a mirarme.

Mencía suelta otro eructo. Flavia ni pestañea. Risas en la mesa vecina.

—Ojalá pudiera echarlo de menos —suelta Inés, volviendo a perder la mirada Rambla abajo.

Mamá sonríe.

—No se lo merece.

—Ji, ji, ji —suelta la abuela, encajándose la pajita de la horchata entre diente y diente.

—A veces sueño con él —digo de pronto, sin levantar demasiado la voz. Casi me siento culpable.

—¿Y a que siempre lo sueñas bueno? —pregunta Inés con ojos de piedra.

—Sí, la verdad.

—Eso pasa con la gente que no lo fue en vida —interviene la abuela, intentando contener un reguero de horchata que se le desliza barbilla abajo.

Flavia coge una servilleta de papel y le seca la cara.

—Cochina.

—Deberíamos volver al hospital —dice mamá—. Ya son casi las diez.

La abuela saluda la iniciativa dándole un último sorbo a la horchata y llenando la noche de un gorjeo lechoso.

Inés se levanta de golpe.

—Voy a pagar.

—¿A qué hora es vuestro vuelo mañana? —le pregunta mamá a Flavia, que por un momento parece dudar.

—A las doce menos cuarto.

—¿Y el tuyo? —vuelve a preguntar mamá, esta vez girándose a mirarme.

—A menos cinco.

—Os llevaré al aeropuerto.

La abuela deja el vaso vacío sobre la mesa.

—Ni se te ocurra. Flavia y Bea me pasarán a buscar al hospital y nos iremos desde allí en taxi.

Tía Flavia mira a la abuela como si no hubiera entendido bien.

—Duermes en el hotel esta noche con Flavia y con Bea, Lía —suelta Mencía con gesto resuelto—. He pedido una cama extra para ti.

Mamá me mira, buscando una explicación que yo no puedo darle.

—Pero, mamá —empieza Flavia—, ¿no estarás pensando en pasar la noche en el hospital? Sabes perfectamente que sólo permiten que se quede un acompañante con Tristán, e Inés no va a dejar que te quedes sola...

Mencía arruga la boca en un arrebato de fastidio.

—¿Y quién ha dicho que voy a quedarme sola?

—No puedes —suelta mamá con la lengua adormecida por el hielo del granizado.

—Callaos las dos. ¿Pero es que creéis que voy a pasar mi última noche en ese antro con vosotras pudiendo quedarme con mi nieta y su pequeño?

No decimos nada. Flavia se cruza de brazos. Empieza a hartarse.

—Da igual lo que creamos nosotras, mamá. Son las reglas del hospital.

Mencía suelta una risotada áspera como una tos de búfalo y se toca el pelo.

—Las reglas del hospital me las paso yo por el c... —dice de pronto, como si hablara consigo misma—. Además, tengo una amiga en el hospital que me ha conseguido un plegatín para esta noche.

Inés acaba de llegar. Tiene cara de prisa. Siempre es así cuando le toca volver.

—¿Un plegatín para esta noche? —pregunta, mirando su reloj—. ¿Para quién?

La abuela pone los ojos en blanco.

—Para Katharine Hepburn, no te jode.

—¡Mamá!

Ésa es Flavia, que está al borde de perder la paciencia y las formas.

Inés nos mira, frunciendo el ceño y sin apartar los ojos del móvil.

—Cariño —empieza mamá—, la abuela está empeñada en dormir contigo esta noche.

Inés se gira hacia Mencía y va a decir algo, pero mamá se le adelanta.

—Empeñada, hija —dice con gesto cansado.

Inés aprieta los labios, pero no dice nada. Clava los ojos en los de la abuela, que le aguanta la mirada, desafiante.

—La cerda tibetana de las perlas me ha dado permiso —dice—. Van a ponerme un plegatín.

Inés relaja los hombros y aprieta aún más la boca, pero no puede evitar una sonrisa entregada.

—Como quieras, abuela.

Mencía nos recorre con la mirada y coge el bolso con las dos manos.

—Ésa es mi niña —dice por fin, levantándose entre gruñidos de vieja sin soltar el bolso, ese bolso enorme de patchwork y asas de madera que parece el botiquín de Mary Poppins—. Y ahora vámonos de una vez. Tengo ganas de ver a Tristán. Me espera una larga noche.

Bajamos en lenta procesión un par de calles hasta que, en una esquina, dos taxis se detienen, uno tras otro, a descargar pasajeros que buscan noche. Mientras nos repartimos en dos grupos, a la espera de que queden libres, la abuela me alcanza desde atrás.

—Ah, Bea, cariño. Si cuando pases por recepción ves a la niñata esa de ayer, le das esto de mi parte —dice, dándome una pequeña postal que no alcanzo a ver en la oscuridad.

—Claro, abuela.

Segundos después, mamá, tía Flavia y yo nos perdemos calle abajo en dirección al mar.

INÉS

Tristán se ilumina en cuanto ve a la abuela. Tristán se ilumina y yo con él. Mencía tenía razón. Cuando entramos a la habitación, Jorge y ella se abrazan y él le señala con la cabeza el plegatín que no sé quién ha conseguido encajar a los pies de la cama de Tristán.

—Eres la leche, Mencía —le ha dicho Jorge con un susurro. La abuela ha sonreído, satisfecha.

—Es que tengo amigos.

Jorge la mira a los ojos.

—Querrás decir «amiga».

Me vuelvo a mirarla. No puedo evitar unas cuantas arrugas en la frente. A veces, tanta complicidad entre la abuela y Jorge me desarma.

—La cerda tibetana —dice Mencía con una cara de falsa resignación que desata la risa triste de Jorge—. Le he regalado unos pendientes que tenía por ahí. Agh, hay que ver con qué poco nos conformamos.

Sigo sin acabar de entender. Ella pone los ojos en blanco y va hacia la cama de Tristán, que duerme oculto bajo la mascarilla.

—Un par de perlas. Falsas.

Jorge menea la cabeza y coge sus cosas. Se acerca a la cama y se despide de Tristán con una caricia. Luego le da un beso a la abuela y se acerca a mí de camino a la puerta.

—Debería ser una noche tranquila. Ya lo ha vomitado todo. Le mantienen la morfina al tres.

Asiento. Me besa en la mejilla, me da un apretón cariñoso en el hombro y se marcha, desapareciendo como una sombra tardía al otro lado de la ventana de la habitación.

Como cada noche que paso en el hospital desde hace meses, me cambio en el baño sin mirarme al espejo. Hace calor en la habitación, pero ya no nos quejamos. Al salir, después de haberme puesto el camisón, la abuela está sentada en el plegatín con cara de espera. Sigue con el abrigo puesto. Me indica que me siente a su lado con un par de palmaditas en el colchón.

—Con cuidado. Si te dejas caer, voy a salir disparada por la ventana como un pañal con alas.

Me siento con cuidado sobre el armazón endeble del plegatín y dejo que ponga su mano en la mía.

—Soy una vieja metomentodo, pequeña, ya lo sé. Pero no podía volver a casa sin haber pasado mi última noche con él.

No sé qué decir. Ella sí. Siempre. De pronto me doy cuenta de que estoy sentada junto a una mujer de noventa y dos años que todavía no descansa. Son noventa y dos años, me digo, como intentando entender.

—Entre él y yo casi sumamos cien —dice, volviéndose a mirar a Tristán.

Se me cierra el estómago y la abuela me aprieta la mano. Tristán suelta un gemido en sueños y patalea un poco. Hago ademán de levantarme para ir hasta él, pero Mencía me retiene a su lado y me acaricia la cara.

—Esta noche no, pequeña. Estoy yo.

Estoy yo. Y cuándo no.

—Acuéstate aquí, en el plegatín. No quiero verte dormir arrugada en ese sillón piojoso. Yo no lo voy a usar.

No es una alternativa. Es una orden. Tristán vuelve a gemir, esta vez más fuerte. La abuela se levanta, se arrebuja en el abrigo y va hacia la cama tenuemente iluminada de mi niño mientras yo me tumbo en el esqueleto de muelles del plegatín y clavo la mirada en el techo.

Poco a poco, los susurros almidonados de Mencía van mezclándose con el aturdimiento nebuloso de los Trankimazines. Entro a oscuras en el único entorno que no temo. A lo lejos, susurros. Tristán y Mencía.

MENCÍA

¿Duele?

Tristán me mira con ojos de sueño. O son de dolor. No recordaba ya cómo mira un niño cuando le mengua la vida.

—Sí.
—¿Del uno al diez?

No dice nada. Mucho tiene que doler.

—Depende.
—¿Llamo a la enfermera?

Sigue sin decir nada.

—Hoy está la bigotuda.

Sonríe. Mejor así.

—Siete y medio.

Y aun así sonríe.

—¿Sabes una cosa?

Me mira, expectante. Desde que cayó enfermo no he aprendido a aguantarle mucho rato la mirada. Es como si se le hubieran abierto los ojos. Como si lo viera todo, hasta dentro.

—Tengo un regalo para ti.

Reprime un gemido, que encuentra eco en sus piernas. Patalea. Gira la cabeza hacia la ventana. Está enfadado. Y cansado.

Suelto un suspiro y abro el bolso.

—Bueno, si no quieres saber lo que la morritos sucios esa que tanto te gusta me ha enviado para ti...

Esos ojos. Hay seis inviernos recogidos en cada una de sus pupilas castañas. Finge no mirarme y yo sigo buscando en el bolso, como si no encontrara lo que le he traído.

—Se lo daré a la niña de la habitación de al lado. ¿Cómo se llama? ¿Sara?

Se gira entonces y me coge el brazo con la mano.

—¿De Lara?

—Ya te lo he dicho. Pero si prefieres que llame a la bigotuda...

—No.

No cedo. Queda mucha noche por delante.

—Vale. Pero primero tienes que contestarme una pregunta. Si me das la respuesta correcta, te lo doy. Si no, ya sabes...

Pone cara de enfadado, pero los dos sabemos que no es más que parte del juego.

—Bueno.

—Muy bien. Veamos. ¿Hasta dónde te quiere papá?

Se rasca como puede una mano con la otra. Demasiados tubos. Finge pensarlo.

—Hasta el infinito.

—Ése es mi chico.

Tiende la mano.

—No. Falta la otra parte.

Deja la mano en alto, como cualquier niño en cualquier clase de cualquier colegio. Hay una pregunta en el aire y él sabe la respuesta.

—¿Y hasta dónde le quieres tú a él?

No baja la mano. Ladea la cabeza, recorre el techo con la mirada y por fin clava sus ojos en los míos. Qué valiente mi pequeño.

—Hasta el infinito y el inframundo.
—¿Tanto?
—Sí.
—No sé yo si eso le va a gustar a Lara Croft cuando se lo diga. Yo creo que se va a poner un poquito celosa.

Se ríe. Su risa no me coge por sorpresa. Hay que estar preparada para la risa ancha de un niño que se muere. Ya es lo único que puede matarme. Inés murmura en sueños.

Saco el regalo del bolso y se lo doy.

—Pero no se lo enseñes a nadie, ¿eh? Es nuestro secreto.

Asiente con los ojos encendidos. Entre tubos y cables, deshace el paquete y saca el DVD con la imagen de Angelina Jolie en la carátula, en la que además hay una tarjeta pegada con celo. Me mira con cara de fastidio.

—Ya lo tengo.
—Éste seguro que no.

Arruga la frente, intentando descubrir qué tiene éste que no tenga el que le regaló Jorge hace menos de un mes.

—Éste te lo envía Lara.

Contiene el aliento.

—¿Cómo lo sabes?
—Mira la tarjeta.

Con manos temblorosas, intenta arrancar el sobrecito blanco de la carátula. Al final lo consigue y lo rasga de un tirón. Saca la tarjeta del sobre y se la queda mirando con cara de extrañeza.

—Está en inglés.
—Pues claro, ¿y qué esperabas? Lara es americana.
—Ah.

Clava de nuevo los ojos en la tarjeta.

—Pero no entiendo lo que dice.

Me hago la remolona y empiezo a alisarle las sábanas que le cubren las piernas.

—Tata...
—Qué.
—¿Tú hablas inglés?
Sigo alisándole las sábanas.
—Claro.
Me tiende la tarjeta.
—¿Me la lees?
Finjo un suspiro de fastidio.
—Bueno, pero sólo porque te lo ha enviado ella, ¿eh?
—Vale.

Me siento de nuevo en la cama, me pongo las gafas y dejo pasar unos segundos antes de leérsela. Juego un poco más y le leo lo que he podido inventarme para él en un inglés de menú turístico con acento de quién sabe dónde.

—My uncle is a Taylor in the morning for Barcelona and Tristán of Vall d'Hebrón. Together forever of course your tata and tomorrow very nice too. I love you very very much. Angelina Jolie.

—Uau —dice con los ojos abiertos como platos—. Qué bien hablas inglés, tata.

—¿Verdad, cariño?
—¿Y qué dice?

Me hago la sorprendida.

—Huy, y yo que creía que en el colegio estudiabas idiomas.

—Sí, pero todavía no sé tanto.
—¿Ah, no?
—No.
—Vaya. Pero los números sí los sabrás, ¿no?

Se le ilumina de nuevo la cara.

—Sí, hasta el veinte.
—A ver. Del uno al veinte. Si me los dices bien, te la traduzco.

Cierra los ojos y se concentra. Pasan uno, dos segundos. Cuando empiezo a pensar que quizá haya caído en uno de esos sueños repentinos que lo dejan colgado sobre el tiempo, se lanza a recitar.

—Uan, tu, zri, for, faif, six, seven, eit, nain, ten, eleven, fiftin, zirtin, seventiuan y tuenty —termina, abriendo los ojos y dedicándome una sonrisa triunfal con la que me abre un nudo en la garganta que logro ocultar bajo las arrugas.

—Muy bien, bicho. Así me gusta.

—¿Me la traduces?

—Sí. Dice así: «Para mi fan número uno, de su gran admiradora. Dentro de poco viajaré a Barcelona y te prometo que pasaré por el Vall d'Hebrón a conocerte porque tu tata me ha hablado mucho de ti. Espero verte muy pronto y que para entonces ya estés bueno. Un beso muy, muy fuerte. Angelina Jolie».

Se queda callado unos segundos, totalmente extasiado.

—¿Cuánto tardará, tata?

—Eso no lo dice, pequeño.

Vuelve a naufragar en un silencio extraño y fija los ojos en el techo. Cada silencio de Tristán es una bomba de relojería.

—¿Y si no llega a tiempo?

Noventa y dos años y la vida sigue jugando a herirme así, tan a destajo. Hija de puta. Trago saliva un par de veces. Me falta el aire.

—Lara Croft siempre llega a tiempo, cariño —digo, encontrando una voz de anuncio que creo recordar haber oído en alguna parte de lo vivido. En el presente ya no.

—Es verdad.

Ojalá la verdad fuera ésa, Tristán.

—Tata...

No sé si quiero seguir aquí. Quizá tendría que haberme quedado en el hotel. Quizá esta noche sea un error. Otro. Mi pequeño me queda grande.

—Espera. La tata tiene que cambiarse los pañales —digo, levantándome y volviéndome hacia la pared para que no me vea lo que no estoy segura de saber ocultar.

Doy un par de pasos a ciegas hacia el cuarto de baño. Sólo un par. Tristán me corta la huida con su voz de niño de vida regalada.

—Tata...

Inés vuelve a murmurar en sueños y cambia de postura en el plegatín, que rechina contra el silencio como un barco viejo mal amarrado a un muelle seco.

—Me estoy muriendo, ¿verdad?

BEA

Tía Flavia aparece en la biblioteca con cara de sueño roto. Mamá sigue sonriendo con la postal que la abuela me ha dado antes de subir al taxi en las manos. Es una estampa de santa Inés, a la que Mencía ha emborronado la última ese, cambiándola por una eme enorme que ocupa gran parte del cuadrante inferior derecho de la estampita. Flavia se queda de pie frente a nosotras y mamá se la da.

—¿Santa Inem? —dice con una mueca cansada.

—Mamá —responde mamá—. Para la recepcionista.

Flavia sonríe.

—No cambiará nunca.

Nos mira, a mamá y a mí, sentadas una junto a la otra en el sofá rojo caramelo que abre la entrada a la biblioteca del Neri. Desde sus ojos veo lo que ve. Retrato de madre e hija sobre sofá rojo con voz de Norah Jones al fondo. De repente tengo tantas ganas de llorar que me agarro a la rodilla de mamá como si fuera a caerme al suelo. No quiero volver a Madrid, ni a mi ventana al Bernabéu. No quiero esperar los mails de Stefan anunciando su visita desde Toulouse como quien anuncia neblinas matinales en el último telediario del día. Quiero quedarme aquí, con mamá, en este sofá, y que no pase el tiempo, que no llegue mañana, ni pasado. Y dejar de buscar donde no me reconozco. Y tener el valor que tienen todas ellas. Papá no era un buen hombre. Inés tiene razón. Inés siempre ha tenido razón porque se ha atrevido a ver. Y a decir. Ya nada la para.

—No, mamá. Papá no era un buen hombre. No quiero volver a soñar con él.

Mamá gira la cabeza y pone su mano sobre la mía. Intuyo su mirada, pero sigo con los ojos clavados en las sandalias de tía Flavia. Tiene unos pies pequeños y blancos. Las uñas como pequeños cristales rotos enrojecidos por el reflejo del sofá.

—Se llama Stefan —me oigo decir de repente. Los pies de Flavia se mueven por el suelo reluciente de la biblioteca. Los sigo, hipnotizada. Quizá descubran alguna salida. En el vestíbulo, un cliente de última hora habla entre susurros con la recepcionista. Quiere que lo despierten.

Yo también.

—Nos conocimos hace unos meses en casa de una amiga.

Los pies de tía Flavia se detienen, giran sobre sí mismos y me miran. Acaba de sentarse.

—Pasamos dos semanas juntos, él disfrutando de Madrid y de mí. Yo, imaginando lo que podría llegar a ser, olvidándome de vivirlo.

—Hija…

Mamá está cansada.

—Volvía de vez en cuando, a veces una semana entera, a veces sólo dos días. Tenía un papel secundario en una película. Era la primera vez que trabajaba en España y estaba encantado. Yo también. Encantada con mi papel en su vida. Mi primera relación después de Arturo. Me gustaba cómo olían las sábanas cuando se marchaba. Me gustaba su cepillo de dientes en el baño. Cuando me levantaba, después de que se iba al rodaje, me quedaba sentada en el retrete y lo miraba hipnotizada, como cuando de pequeña me quedaba sentada en el suelo mirando el péndulo del reloj de casa de los abuelos. Un día no vino a dormir. Había habido problemas con la iluminación y tenían que rodar de noche. Me pidió que le llevara algunas cosas. Una muda, la agenda, el cargador del móvil y la maquinilla de afeitar. En el neceser encontré tres cepillos de dientes más. Iguales al que guardaba en mi cuarto de baño.

Tía Flavia carraspea. El sofá cruje cuando mamá se inclina sobre mí y me pasa la mano por los hombros, atrayéndome hacia ella.

—Esa vez estuvo en Madrid casi dos semanas. El rodaje se alargaba hasta la madrugada algunas noches. Volvía por la mañana. A veces no volvía. El día que regresó a Toulouse, no le quedaban cepillos de dientes en el neceser. Viajaba ligero. De mí.

»Días después tuve mi primera falta. Me dio igual. Creí que también a mí Tristán me había secado de pena. Como a Inés.

Oigo el silencio en la biblioteca. Subo y bajo sobre el pecho de mamá como una medusa en alta mar, líquida, suelta. Quisiera poder dormir así, acunada en ella, entre lo que vivió con Helena y lo que muere ahora con Inés. Dormir en mi rincón, como un gato en su cesta, a salvo.

—¿Para cuándo lo esperas? —suena la voz extrañamente dulce de Flavia.

—Febrero, puede que finales de enero.

Oigo sonreír a mamá.

—Como Helena —me susurra al oído mientras Norah Jones sigue rondando desde lo alto como una cometa rota.

La escuchamos durante unos segundos, antes de que Flavia surque en perpendicular su propio mar de recuerdos.

—Y como Cristian.

Frío en las manos. Flavia no olvida. Cristian. La sombra de su único hombre desaparecido por orden de la abuela hace ya una eternidad sobrevuela la habitación, agarrado con uñas y dientes a la cometa de Norah Jones. Flavia no perdona.

—Inés me ha pedido que volvamos a la isla cuando muera Tristán. Las cinco. Quiere esparcir sus cenizas al pie del faro —dice mamá—. Le he dicho que sí. Que iremos.

Hundo la cara entre sus pechos y me abrazo a ella, pegando la oreja a los latidos cada vez más ligeros que la recorren.

—Iremos —dice Flavia, poniéndose en pie. Oigo sus pasos acercarse a nosotras y siento su mano cuando me acaricia el pelo.

—Iremos —repite mamá. Su voz me llega desde alguna grieta de piel que todavía no ha conseguido cerrar. Aprieto los ojos.

INÉS

No es un sueño. Es Mencía, la abuela volcada en un abismo de dudas que resume su vida entera, un ser humano enfrentado de golpe a la verdad última, rescatando refuerzos de lo aprendido para encontrar un hilo de voz. Son Mencía y Tristán, en un mano a mano que jamás saldrá de aquí. Desde el plegatín, veo a la abuela suspendida en el aire de la habitación como un holograma, desfragmentándose, los ojos abiertos hasta las orillas de su edad. Y la voz de mi pequeño queriendo saber, preguntándole a ella ahora que nadie existe para no hacernos daño a los demás. Tristán desde su mascarilla, buceando en dolor.

—Me estoy muriendo, ¿verdad?

Me acurruco entre las sábanas. No, cariño. Somos nosotros los que nos morimos. Nosotros y todo lo demás. Se nos muere la vida porque no sabemos agarrarnos a la tuya. Se nos muere lo imaginado, lo proyectado, se mueren contigo la Inés y el Jorge que no te verán mayor, grande, absoluto, que no verán completarse el rompecabezas porque de pronto se abrió la ventana y las piezas salieron volando por la habitación, tapizando en desorden las paredes. No, Tristán, me muero yo y se muere tu padre desde hace meses. Tú te vas, nosotros seguiremos muriéndonos hasta que el tiempo y la vida que no te hemos podido dar logre alcanzarnos y podamos verla cara a cara, escupirle sangre a la muerte, maldecirla.

Entrecierro los ojos. Habla Mencía.

—¿Tú qué crees? —responde la abuela sin darse la vuelta.

Tristán suelta un gemido y tose. Prefiero oírlo toser. Cuando habla es peor.

—Que sí.

Mencía se encoge y apoya la mano en la pared.

—¿Por qué, pequeño?

—Porque me duele mucho.

A la abuela le tiembla la barbilla. Cierra los ojos.

—Cuando me muera no dolerá, ¿verdad, tata?

También yo cierro los ojos. Cuando te mueras, hijo, dolerá tanto que querré arrancarme los dientes con los dedos.

Mencía suspira, se da la vuelta y va hacia la cama de Tristán. Se sienta a su lado y le coge la mano. Él vuelve a soltar un gemido. Cada vez más débil. Menos aquí.

—No, cariño. No dolerá.

Silencio. Pasos en el pasillo. Empieza la ronda de enfermeras.

—¿Y tú estarás, tata?

Mencía suelta una risa forzada.

—No, pero llegaré muy pronto, así que tienes que prometerme que me esperarás en la puerta, ¿vale?

Tristán no dice nada. Quizá asienta, no lo sé.

—¿Muy pronto, cuándo?

—Muy pronto. No te darás ni cuenta y ya me tendrás allí contigo.

—¿Y papá? ¿Y mamá? ¿Y la abuela Lía? ¿Y las tías?

De nuevo una risa seca.

—Bueno..., tardarán un poco más. Ya sabes que siempre han sido un poco lentos para todo.

Oigo reír a Tristán. Risa que muere en tos.

—Lentejas —dice mi niño.

—Sí, un poco lentejas todos.

Pasan unos segundos. Vuelve el sueño a amortajarme contra el esqueleto del plegatín. Intento hundirme en él.

—Lara no llegará a tiempo, ¿verdad, tata?

Me vencen los somníferos y la pena. Meses de pérdida a cuentagotas.

—No, cariño. No llegará.

En la penumbra del primer sueño oigo un hilo de voz que suena a Tristán. Tan frágil.

—Cuando la veas... —empieza, volviendo a soltar un gemido de cachorro castigado.

—Dime, bicho.

—¿Le dirás que me habría gustado casarme con ella?

Me hundo ya en el cascarón de este barco mal amarrado a la noche. Me hundo y Tristán se me va con la corriente. Lejos.

—Claro, aunque seguro que ya lo sabe. Lara lo sabe todo.

Entonces mi niño suspira hondo, muy hondo, llevándonos con él.

Cuando vuelvo a abrir los ojos, la luz del día resquebraja las persianas que mantienen en penumbra constante la habitación. Miro mi reloj. Las nueve y media. Me incorporo en el plegatín y veo la figura encorvada de la abuela sentada en la cama de Tristán. Están cogidos de la mano. Me acerco a Mencía, y al ver que no se mueve, rodeo la cama hasta quedar de pie frente a ella. Duerme. La abuela duerme sentada, agarrada a la mano de Tristán como un cabo de cuerda vieja. Duermen los dos. Casi cien años de la mano.

Se oyen pasos en el pasillo. Pasos que no cesan.

Tres

FLAVIA

No dice nada. El taxista no dice nada y mamá está tranquila, perdida en ese rosario perenne y ahora sin dientes que empezó el día en que Tristán ingresó por primera vez en urgencias. Bea está sentada a su izquierda, junto a la ventanilla. Tampoco ella habla. Han vuelto las náuseas.

No hemos podido despedirnos de Tristán cuando hemos pasado a recoger a mamá al hospital. Dormía y hemos preferido no despertarlo. Con los ojos cerrados, nuestro pequeño no tiene vida. Lo hemos hecho breve. Un té rápido en la cafetería con Inés, besos, abrazos atragantados en la puerta, mamá y Lía, mamá y Jorge, y Lía, y Bea... Mamá le ha prometido a Inés que volveremos el fin de semana que viene e Inés le ha sonreído con esfuerzo pero sin ganas. Sus ojos apenas ven ya lo que tiene delante. Se extingue, encendiéndose sólo cuando Tristán la necesita. Los demás no estamos, formamos parte de un conjunto de cariño que no le llega y con el que no sabe maniobrar. Jorge, en cambio, sigue en la brecha, entero en esa orfandad que nos agradece la presencia, pidiéndonos más sin atreverse a pedir. Jorge habla por los ojos, como Tristán. Castaños los dos como remolinos de invierno limpio.

Nos hemos marchado casi a hurtadillas, como tres hadas torpes y aficionadas que no han sabido conjurar el milagro. De espaldas a lo evidente, tragando saliva por falta de aire. Inés y Lía se han quedado de pie en la acera, cogidas del brazo. Madre e hija. Desde el taxi, ha sido difícil adivinar cuál era cuál. Encogidas bajo este bochorno de agosto que rompe las hojas de los plátanos como una plaga de rabia.

Las persianas de la habitación de Tristán estaban echadas. No aguantará mucho más.

—Ciudad del demonio —suelta mamá por lo bajo, dándose un manotazo en la rodilla.

No decimos nada. Está en su derecho. Como todas.

El taxista la mira por el retrovisor y suspira. Después de la despedida frente a la puerta del hospital, prefiere la cautela. Se lo agradezco.

—Tristán lo sabe —vuelve a hablar mamá, esta vez en voz alta.

Bea me mira por detrás de su espalda con ojos de alarma. Le devuelvo la mirada y pongo mi mano sobre la de mamá, que la retira como si acabara de darle un calambre.

—Sabe que se muere.

La miro a los ojos. Ella me aguanta la mirada.

—Lo sabía antes de que yo se lo dijera.

Bea gira la cara hacia la ventanilla. A nuestra izquierda, la torre calva del hospital de Bellvitge asoma como un tubo de espanto.

—¿Salidas nacionales o internacionales? —pregunta el taxista con voz tranquila.

—¿Desde cuál salen los vuelos al infierno? —pregunta mamá con un suspiro.

Silencio.

—Nacionales —dice Bea, todavía con la cara clavada en la ventanilla.

—¿A qué hora tienen el vuelo?
Mamá yergue la espalda.
—A la que nos dé la gana.
Ya estamos.
—Mamá, por favor...
—¿Por qué? ¿Va a venir a despedirnos a la puerta de embarque? —ataca de nuevo, apretándome la mano con furia.

El taxista acelera.
—Perdone, no quería... —se excusa el hombre.
—Haberlo pensado antes, coño.

El taxista pone la radio. La voz apaciguada de Norah Jones se cuela por los altavoces a nuestra espalda con un suave *Come away with me* que nos suspende en un halo de falsa tranquilidad. El edificio de la terminal asoma ya en la distancia y mamá se remueve en su asiento.

—Todos tendríamos que haberlo pensado antes, coño.
Se vuelve entonces hacia Bea.
—¿Se lo has dicho ya a Inés?
Bea niega con la cabeza.
—No.

Mamá chasquea la lengua y vuelve a darse con la mano en la rodilla. Ha vuelto la Mencía niña. La castigadora.
—Cobarde.

Bea se encoge sobre sí misma como si acabaran de darle un tiro por la espalda.
—No he podido.
—¿Y a qué esperas? ¿A decírselo en el tanatorio?
Ay. Mamá. Eso no.
—Cállate, mamá.
—Cállate tú —me suelta a bocajarro, enseñándome los dientes. Me repliego un poco. Hacía mucho que no la veía así. Al otro lado de ella, a Bea le tiembla la barbilla. El

edificio de la terminal se refleja en la humedad de sus ojos. Mamá se gira hacia ella y no dice nada. Pasan unos segundos hasta que el taxi se detiene delante de una de las bocas de cristal del aeropuerto. Cuando salimos, la humedad da ganas de llorar. Desde el mar, unos nubarrones negros como pañales sucios avanzan veloces tierra adentro, cubriéndolo todo. El calor se roza con los labios.

BEA

Sentadas en silencio como tres conchas en una pecera sin nada que decirnos, cada una esperando a que anuncien el embarque de su vuelo. Al otro lado de las paredes de cristal que dan a las pistas, las primeras gotas manchan los cristales negros de la terminal. Los truenos sacuden el horizonte, anticipando rayos que descalabran la vista, iluminando la mañana con una luz fantasmagórica, irreal. La abuela tiene la mirada clavada en el suelo. Farfulla entre dientes desde que hemos bajado del taxi. Tía Flavia calla. Hemos facturado el equipaje como tres extrañas, sin mirarnos. Tanta es la tensión que, a pesar de que la sala está llena a rebosar, los asientos a nuestro alrededor están vacíos. La gente prefiere estar de pie. Un chico con corbata y americana prestados viene a ofrecernos una tarjeta de crédito que no utilizaremos nunca y que a él seguramente no le dará de comer. Flavia lo mira acercarse y él se desvía hacia otra fila. Chico listo. La tormenta estalla de pronto, cayéndonos encima como una tromba de calor líquido, repicando contra el techo de la terminal y cegando el más allá. Los pasajeros se miran, algunos angustiados, otros con gestos de fastidio.

De pronto, por los altavoces de la sala se cuela un carraspeo y una voz de gata aburrida anuncia el retraso del vuelo número 8466 con destino a Menorca hasta nuevo aviso debido al mal tiempo. A partir de ese momento, se suceden anuncios idénticos con números y destinos distintos. El agua lo cubre todo, anegándonos la salida.

Enciendo un cigarrillo y la abuela levanta la mirada. No lo tiro. Espero oír su voz rasposa o un manotazo a tientas que no llega, hasta que por fin me atrevo a mirarla.

Mencía tiene la mirada clavada en los cuadrados de cristal que nos separan del exterior. No pestañea. En el marrón de sus ojos veo el reflejo de la lluvia negra deslizándose sobre el aeropuerto como una cascada borrosa, alucinante. Flavia se gira también. Pasan uno, dos segundos, y de repente me doy cuenta de que los ojos de la abuela encierran cosas que quiero saber, ocres y marrones de una vida parida desde atrás, también pena y cansancio. En sus ojos de invierno llora la mañana desde fuera, desde el cielo cubierto de negro, y llora también la mujer desde dentro, resistiendo todavía, anclándose en lo que sabe imaginar, invocar. Llora Mencía como una niña muda, en silencio, tragándose la pena contra la tormenta.

Pero en sus labios me tropiezo con una sonrisa. Todavía queda algo de luz en esos noventa y dos años.

—Somos unas cobardes de mierda —dice de pronto, sin apartar los ojos de los cristales al tiempo que estalla un trueno que hace temblar el suelo. Flavia me mira sin entender—. Las tres. Y yo la peor, por ser la más vieja.

Ahora me mira, aunque no sé si me ve.

—Puede que Dios nos perdone —sigue—. Y más nos vale. Porque en cuanto Inés recupere algo de lo que le queda, no nos perdonará nunca. Y con razón.

—Mamá —empieza Flavia, sin saber muy bien qué decir.

No tiene tiempo de más.

—Vosotras haced lo que queráis —anuncia, levantándose con la ayuda del bastón—. Yo me quedo. Tengo a una hija agotada que lucha porque su hija no pierda la cordura mientras se le muere su niño. Y la tengo aquí, en el maldito hospital ese de esta maldita ciudad. ¿Adónde demonios te crees que me estás llevando? —le suelta a Flavia de pronto—. ¿Pero qué clase de hermana eres tú, dejando a Lía así, otra vez, sola y rota como la dejaste cuando perdió a Helena?

Un rayo cruza lo que queda de cielo como una grieta en el asfalto.

—¿Y tú? —dice, girándose hacia mí—. ¿Es esto lo que quieres enseñarle a tu hija? ¿Es esto lo que le contarás? ¿Que dejaste a tu hermana en un hospital viendo morir a Tristán porque tenías que volver corriendo a cerrar esa mierda de vida que ni siquiera has sabido inventarte en Madrid? ¿Eso?

Bajo la cabeza. Faltaba la tormenta.

—Si es así, te aconsejo que cojas tu jodido avión y que vayas mañana a la clínica esa para que te vacíen más de lo que debes de estarlo ya. Si no fueras la hija de mi hija, te diría lo que eres.

No tengo fuerzas ni tiempo para reaccionar.

—Hijas de puta —suelta, fulminante—. Las dos.

Flavia abre la boca, pero no logra decir nada. Piedras. Caen piedras sobre la terminal como la arena sobre un ataúd, sepultándonos en un silencio eléctrico, mortal. La abuela nos da la espalda y avanza un par de pasos. Luego se detiene, da media vuelta y nos clava la mirada. Ahora sonríe y arruga la boca en una mueca de fastidio infantil.

—De camino al hospital tenemos que parar en alguna farmacia a comprar pañales, niñas. Los tengo todos en la maleta.

El taxista es el mismo. El trayecto también. El aire frío entra por la ventanilla, entre restos de nube y gotas gruesas como dedos que me bañan los párpados. Huele a limpio por primera vez desde que llegamos y el aire fresco me renueva, a mí y a lo que contengo. Oigo hablar a la abuela con el taxista, al que, vete tú a saber por qué, está apedreando a preguntas sobre su familia. Él le responde con monosílabos hasta que por fin se rinde y les oigo reírse juntos, a pesar de las rachas de viento que entran por la ventana y que me aíslan de todo lo dicho y lo entredicho. Flavia se ríe también de vez en cuando.

—Por cierto —me dice Mencía, devolviéndome a la realidad del taxi con un codazo afilado en las costillas.

Vuelvo la cabeza y me encuentro con sus ojos de visón. Enormes ojos como los de Tristán.

—Dime.

—No hace falta que se lo digas a Inés, pequeña. Ya se lo he dicho yo. Esta noche.

Vuelve el miedo. Un último resquicio de relámpago recorre el cielo delante de nosotras, fundiéndose en la distancia. También la náusea. Mencía pierde los ojos en la claridad cristalina del parabrisas y le habla al vacío, un vacío que ella llena con todo lo recorrido.

—Quédate tranquila. Es la primera vez en estos últimos meses que he visto llorar a tu hermana de alegría.

En la distancia, las torres mojadas del hospital brillan ahora bajo el nuevo sol de agosto como los muros acaramelados de un castillo de cuento. Siento en la mía la mano acurrucada de la abuela. Manos ínfimas, duras. Huesos de roca. Allá en lo alto, las persianas de la habitación de Tristán rayando luz contra la penumbra, tamizando el día. Más arriba, apenas una sombra de nube desgranándose sobre la ciudad. Anclándolo a nosotras. Tristán sigue anclado a nosotras, que no sabemos dejarlo morir.

Pero ya no está. Duerme y boquea como un pez sin agua.

Dice el doctor que no sufre.
Él quizá no.

Cuatro

MENCÍA

Sopla levante, un levante seco y arenoso, extraño en esta tierra. Sopla el día, que llega derrengado de buenas nuevas. Flavia saldrá del baño de un momento a otro. La oigo llorar. Lía, Inés, Jorge y Bea están por llegar. Quizá hayan podido dormir esta noche. En cuanto pasen a recogernos bajaremos al muelle. Volvemos al mar.

Helena diría con su retintín de sabionda que es mal día para navegar, pero Helena no está. O quizá sí, ya no sé. Helena se me mezcla con lo demás. Tantos nombres, unos aquí, otros también. A veces todos a la vez, como un coro de sapos.

La urna de Tristán es pequeña. Un barco de papel en cenizas. Poco hueso para esos ojos tan enormes. Y tan castaños. Tan de invierno. Poca vida para tanto cariño. Pasa el tiempo como lo ha hecho siempre, olvidándose de nosotros, pidiéndonos más y más. Tiempo de mierda.

Hace tres días se hizo una doble noche sobre Barcelona. Yo lo vi. Jorge e Inés agarrados al dolor para no dejar de sentir. Lía, mansa como una risa muda. Hay fechas que jamás olvidaremos. Hay fechas que se caen del calendario para siempre, asentando el presente de nuestras vidas. Luego están los días, las horas, los minutos, qué sé yo. Nuestro pequeño se tropezó en el dieciocho y cayó de bruces, llevándose con él todo lo que no pudimos imaginar para él.

Hay pena. Aquí hay pena. Yo la siento, la veo como se ve el vaho en una noche fría de invierno peninsular. Más pena que tiempo vivido, la mía. Al otro lado de la ventana, la isla del Aire levanta su dedo de luz a Dios, advirtiéndole como lo hizo con Helena. No sirvió de nada entonces. Tampoco ahora. Se nos ha llevado lo innombrable, lo que no tiene nombre. Se nos ha llevado el odio, la rabia…, la fe. Maldito.

No se nos volverá a llevar a nadie más.

Y si es así, yo no lo veré.

Tristán me espera junto a una puerta. Quiero imaginarlo maravillado ante lo nuevo, atesorando preguntas, hibernando desde esos ojos enteros de niño partido en dos. Quiero entender que la aventura empieza ahora para él, que se fue porque él sí supo recordar del todo lo que yo llevo noventa y dos años intentando descifrar, recuperar. Quiero abarcarlo entre las voces que siguen llegándome. Tardará, lo sé, pero seguiré escuchando.

Quizá Dios le haya fallado.

Yo no.

En el ventanal, se abre el azul dorado del mar recortado por el faro. Esta noche volverá la luz a parpadear contra el cristal. Esta noche es una más. Y en el mundo hay un hueco de ausencia que la muerte le ha abierto al tiempo entre los seis años de un pequeño y los noventa y dos de una vieja cansada que ya sólo espera lo mejor.

Vuelve a girar la ruleta.

Hay que seguir jugando.

LIBRO TERCERO

Navegando juntas

Uno

MENCÍA

A veces me abandono al pasado más reciente de estos casi noventa y tres años de pérdidas en vida: pérdidas de seres queridos, de enemigos que no lo fueron tanto, de lugares entrañables, de nombres, amistades, pérdidas de memoria, de ganas. Ya sólo me quedan las de vergüenza y las de orina. A veces me pierdo en el pasado, es cierto, pero no es que me vaya del ahora porque vuelva a ser una niña. No es cierto eso de que los viejos volvemos a la infancia, que recordamos sólo lo primero, lo más lejano. Mentira. Los viejos regresamos una y otra vez al momento de nuestra vida en que fuimos realmente felices y allí nos refugiamos porque estamos cansados de buscar algo mejor. Quien llega a mi edad y sigue anclada al presente es porque no tiene un momento de felicidad pasado al que regresar. Y eso es muy triste. El infierno. Ser una desgraciada.

A veces decido navegar aún más atrás, más lejos. Entonces oigo voces, recupero escenas de mi vida que no creía tener o que invento, aunque no lo sabré nunca porque nadie queda ya. Pero tengo tiempo. O quizá más recuerdos que tiempo. Me veo aquí sentada de cara al ventanal y me pregunto qué es lo que me empuja a seguir, qué más espero vivir. Entonces la respuesta me llega encerrada en los momentos. Y es que todavía a ratos me gusta este salón. Son ratos en que me siento entera aquí dentro, cara a cara contra este sol de agosto, ahora tropezado por las nubes de tormenta que surcan el cielo sin prisa. Duermo mucho, largas horas entre comidas, entre vías, diría yo, como un perro bien alimentado. Flavia dice que si duermo tanto es porque estoy cómoda con lo que vivo. Aunque lo que diga Flavia no importa mucho, porque de cada tres cosas que se le ocurren, dos son proyecciones y una, chochez. ¿Cómoda con lo que vivo? No, no es cierto. Estoy cómoda con lo vivido, sí, con lo ya hecho. Aunque la vida, la mía, no haya sido justa. Nadie me dijo nunca que lo sería.

—Ya tendrían que estar aquí.

Hoy es 19 de agosto, esto es Menorca y la que me llega es la voz difusa de Lía hablándome desde el ventanal, o quizá debería decir «susurrándome» desde el ventanal. Desde que murió Helena, Lía habla poco, y cuando habla, susurra. No la culpo. Haber perdido a su hija mayor engullida por el mar justifica su voz rota. La resume, aunque no la explica. La muerte de un hijo lo resume todo y no explica nada. Cuando Helena se nos fue, a Lía se le entumeció la mirada y se le cortó la voz. Luego llegó la muerte del pequeño Tristán y entonces aprendió el doble dolor al que condena la pérdida de una hija primero y de un nieto después. Desde entonces navega entre esas dos ausencias como un bimotor mal pilotado, alimentándose de la añoranza, planeando sobre una vida que no entiende.

Ahora está de espaldas, recortada contra el gris de la tormenta que asoma tras ella sobre el mar. Encorvada. No me acostumbro a ver así a mi hija, así de vieja, con sus sesenta y cuatro años de niña no mayor, no crecida… Mi Lía. Y mañana yo. Noventa y tres. Tengo que repetírmelo despacio para que ese número signifique algo, para encontrarle el peso que no le descubro. N-o-v-e-n-t-a-y-t-r-e-s. Despacio. Desde algún lugar de la memoria me llega la voz de Helena, mi pequeña pintora de ojos azules, repitiéndome la frase con la que la revivo desde que ya no está. Recuerdo la escena, también el frío de octubre. Faltaban pocos meses para que se la tragara el mar. Caminábamos por el paseo, calladas las dos, ella reconcentrada como siempre en sus cosas, yo sintiéndola cercana, más mujer que nieta, tomadas del brazo como las siluetas de una postal antigua. Cuando llegamos a la pequeña ensenada frente al hotel, se detuvo en seco y me apretó contra ella.

—¿A ti cómo te gustaría morir, abuela? —me preguntó, clavándome esos ojos enteros de los que tanto costaba ocultarse. Sentí un escalofrío que no me gustó y salí del paso como pude. No medí mis palabras ni lo mucho que me arrepentiría de ellas en los años por venir.

—Me gustaría morir antes que tú, niña. Antes que todas vosotras. La primera.

Ella ladeó la cabeza y me apretó el brazo. Luego bajó la mirada y apenas la oí.

—A mí me gustaría morirme cansada.

Cansada. Nuestra Helena y sus azules. Nunca supimos cuánto tiempo estuvo flotando a la deriva en alta mar, cuánto tardó en rendirse a las olas de esa noche de naufragio. Estoy segura de que el destino nos escuchaba aquella tarde en el paseo, de que lo pillamos con los dados en la mano, con ganas de jugárnosla. Maldito.

Lía se mueve junto a la ventana y yo me pregunto de pronto cuántas vidas, cuántas muertes, caben en noventa y tres años. Muchas. Demasiadas. Sí, demasiadas Mencías caben en estos años de vidas y de muertes a trompicones.

Lía suspira y sus hombros se encogen un poco, arrugándole la espalda mientras el rugido apagado de un coche se abre camino entre el silencio que, a ráfagas, me une y me desune a ella.

—Ya vienen.

Vienen, sí. Ellos. Los que no somos nosotras dos, los que quedan. Viene Bea con su pequeña vida a cuestas, vida que cada día cuesta más renovar: tocada ella hasta lo más hondo, tocada con su Gala sobre las rodillas, esa hija recién parida a la que no quiso darle padre y que le ha salido con ojos de gato. Al volante llega también Jorge, mi querido Jorge. Ya ex marido de Inés, ya ex padre de Tristán. Ya ex feliz. Existente sin derecho propio. Un éxodo de dientes blancos, blanquísimos de tan poco sonreír. Junto a él, llenando espacio, mirándolo todo como una turista enferma de curiosidad, llega esa extraña que viene no sé a qué. Esa mujer. Esa que no somos nosotros.

Mañana celebraremos mi cumpleaños. Cumplimos años como quien cumple órdenes sin rechistar. Somos mujeres obedientes.

Hace exactamente un año, en un día como hoy, esparcimos las cenizas de los seis escuetos años de Tristán, apoyados todos contra el faro de la isla del Aire. Flavia, Lía, Bea, Inés y Jorge. Desde entonces, todo ha ido amontonándose en el tiempo sobre este mar, sobre este verano que no nos ha traído nada nuevo. Desde entonces estamos tristes. No hace bien la muerte de un niño. No es cosa buena.

Hoy faltan Flavia e Inés, que decidieron hace unos meses dejar de estar. Cuando se nos murió Tristán, Flavia empezó a viajar. Va y viene en el aire, esforzándose por convencerse de que es una feliz jubilada enamorada de la vida. Montevideo, Quito, Oaxaca... Voluntaria. Voluntaria en lucha por los derechos de las menos favorecidas, dice. Envía postales y cartas de exploradora. Ha salido a ver, a buscar. Traidora. Mi hija mayor lucha por las mujeres que sufren, por las que no saben sobrevivir. Como si ella pudiera enseñarles algo. Ella, claro. Quién si no. Menuda mentirosa. En cuanto a Inés...

—Mamá... —dice Lía, volviéndose a mirarme desde el ventanal.

No respondo. Sé que volverá a suspirar y que me preguntará con voz paciente si la he oído.

—¿Me has oído? —Se pasa la mano por el pelo y la apoya en el cristal con suavidad. ¿Cómo sigue esta mujer conservando tanta suavidad en las manos teniendo el alma tan despellejada?—. Te decía que ya vienen.

«Y yo te diría que no me gustan las visitas. Ni los cumpleaños. Ni que me repitan las cosas como si fuera lerda». Se vuelve de nuevo hacia la ventana y se queda inmóvil mientras el rugido del coche va llenándolo todo hasta detenerse y apagarse con un ronquido. Silencio. El mar murmura vida hasta que las voces de mi nieta y de Jorge trepan por la pared de la casa como una hiedra buscando el fresco de la tarde.

En cuanto a Inés, fue despedirse de Tristán en el faro de la isla y empezar a preparar su despegue. El destino también echó los dados en su mesa y la lanzó hasta Copenhague tres semanas más tarde. Enviada especial del periódico al frío. Una sustitución por embarazo. Un embarazo mal resuelto. Una baja por maternidad abriéndole las puertas de su huida, enraizándola a una ciudad de cúpulas verdes con cola de pez. Quiso dejarnos atrás. Vadear el dolor sola, congelarse por dentro para no seguir llorando lo imposible. No ha vuelto a Menorca desde entonces. Nunca. Dice que quizá el mes que viene. Es lo que dice siempre. Luego llegará Navidad y seguirá quedándose hasta que dejemos de esperarla. Encontrará a alguien que la quiera, algún danés o una de esas vikingas con olor a mantequilla que confunda su dolor cerrado por carácter mediterráneo y que la ayudará a hacer las paces con ella misma. Inés sufre como sufren todas las hermanas medianas. Necesita estar lejos para que no la vean y penar a su manera. Sin Tristán es la mitad de quien fue y no quiere que veamos que no tiene ganas de recuperar la mitad que se dejó por el camino.

Está bien así. Cualquiera que sea su decisión, tiene las puertas abiertas de esta casa.

De pronto suenan pasos sobre la grava del camino que lleva a la puerta de entrada. Todavía, a veces, esta vieja se descubre curiosa.

—¿Cómo es?

Lía no dice nada durante unos segundos.

—¿Cómo es quién?

—No te hagas la tonta.

Sonríe con cara de cansada.

—No la veo. Todavía no ha bajado del coche.

—Igual lo ha pensado mejor y no ha venido.

Un suspiro más.

—No seas así, mamá. Y, recuerda, se llama Irene.

—Y a mí qué me importa.

Silencio. Algunos pasos en la grava.

—No entiendo por qué Jorge ha tenido que traerla con él.

Más suspiros. A veces esta hija mía respira como si tuviera dentro un saco de paciencia.

—Porque es su novia y quiere que la conozcas.

—Su novia. Qué novia ni qué novia. Pero si no hace ni seis meses que se conocen. Eso no es una novia ni es nada. Además, yo no quiero conocerla. Yo ya no quiero conocer a nadie más, mierda.

Lía se acerca a mí, me coge del brazo y me ayuda a levantarme. Luego me da el bastón y me acaricia la cara con esa mano transparente y suave tan poco humana.

—Deja ya de refunfuñar, mamá. Y compórtate, por lo que más quieras.

—Lo que más quería en la vida ya no está, pequeña.

—Es la novia de Jorge, mamá, y para él es importante que la conozcas. Hazlo por él.

Oigo carraspear un refunfuño que tardo unos segundos en reconocer como mío. Suena un trueno. No digo nada.

Ella sí dice, aunque no a mí. Le habla a la pared que tiene delante. A lo que se anuncia hoy, mañana..., este fin de semana.

—No van a ser días fáciles.

Se me encoge el corazón en el pecho. Hoy hace un año que se fue mi pequeño Tristán. Negro aniversario este, acurrucado contra mi cumpleaños. Negro presente continuo este retrato de familia rota con sombra de niño al fondo. Tristán. Yo sé que él me espera. Se lo pedí y él me lo prometió pocos días antes de marcharse, y los niños son los únicos que prometen las cosas sin pensarlas, son lo único fiable. Pero es que desde su muerte esta vieja gruñona no sabe llorar. Sólo sé mearme encima, decir cosas que suenan a redichas y esperar una señal que no llega.

Aunque de momento hay que seguir. Lía espera una respuesta que la saque de su estupor de pared en blanco.

—No es una vida fácil, cariño —me oigo decir a regañadientes. Este último año todo lo que digo me suena a frases de película barata.

—No, no lo es —murmura al aire, tendiéndome el brazo doblado para que me coja a ella y avanzando las dos muy despacio hacia la puerta que da al vestíbulo. Está cada vez más flaca esta niña vieja que sigue mirando las cosas como si pidiera disculpas por haber aprendido a ver. Tanta culpa arrugada en esa cara.

—¿Y sabes una cosa?

Es mi voz. Raspposa. De abuela jodida. De vieja preguntona. Lía se detiene pero no se gira a mirarme. Cierra los ojos y contiene el aire en los pulmones durante unos segundos, dándome espacio para hablar. Generosa mi pequeña con su madre. Siempre ha sido así.

—Que me alegro de que no lo sea.

Más aire contenido. Me conoce bien. Y no es amor de hija. Es la costumbre. Labor de años. Suelta aire y pregunta.

—¿Por qué, mamá?

No es la primera vez en estos últimos meses que me hace esta pregunta. La respuesta, la mía, es la de siempre. Ella la recibe sin un simple parpadeo. A veces creo que ya no me escucha.

—Porque el día en que esto empiece a ponerse fácil, me moriré, Lía. Te lo juro.

—Ya lo sé, mamá. Ya lo sé.

IRENE

Es una casa extraña. Extraña esta luz, entre blanca y violácea. No sabía que Menorca tuviera esta luz, no me imaginaba así aquí, suspendida sobre el mar y bajo los nubarrones de tormenta que me anclan a este suelo desconocido. Los cielos de Madrid son más rotundos, menos frágiles. Más cómodos. O quizá, como todo lo que se recuerda a destiempo, lo sean desde la distancia.

—¿Así que tú eres Eliana? Vaya, vaya...

Unos segundos de silencio. La voz me llega desde atrás y algo me sacude por la espalda. Jorge me la había descrito así, exactamente así: menuda, flaca, afilada y con ese moño blanco casi perfecto coronándola entera. Apoyada en un bastón de puño de plata, viendo lo que mira, recorriéndome de arriba abajo con la boca torcida. «Mencía es una segunda madre para mí», me ha vuelto a contar Jorge en el avión mientras perdíamos presión y altura sobre la isla. «Cuando Inés y yo nos separamos, fue un demonio conmigo, como lo ha sido siempre que alguien de la familia necesita su ayuda. Separarme de su nieta fue para ella el peor insulto, aunque fuera Inés la que decidiera dejarme. No sabes hasta qué punto me lo hizo pagar. Aunque, con el tiempo, y a pesar de todo, reconozco que nunca sentí que dejara de respetarme. Luego pasó lo de Tristán y todo cambió. Sin ella, mi vida no habría sido lo mismo. No habría podido seguir adelante».

Nada más. En las veces que Jorge me ha hablado de Mencía nunca he podido sacarle más.

—Irene, sí. Soy yo. —Es mi voz y no la reconozco. Es mi voz y parece mentira lo que dice. Lo que digo. «Pero no soy esta voz», estoy a punto de añadir—. Y usted debe de ser Mencía —digo con una sonrisa cuadrada de encías secas—. Jorge me ha hablado mucho de...

—No, hija, yo soy lo que dejó la ola —me interrumpe con una especie de graznido, mirándome y repicando con el bastón en el suelo. Luego se acerca y me tiende una mano tapizada de venas azules, pequeña y escuálida, en la que se columpia una inmensa sortija de brillantes y esmeraldas. Por un segundo, creo que me está invitando a que se la bese—. ¿Sabes que hoy hace un año de la muerte de Tristán?

El aire se corta desde la sonrisa desmenuzada de Bea, que, con la pequeña Gala en brazos, me mira y traga saliva.

—Sí. Me lo ha dicho Jorge. —Intento que no me tiemble la voz y me esfuerzo por recordar los consejos que Jorge me ha repetido durante el vuelo: «No le des cuartelillo. La vieja es tremenda hasta que deja de serlo. Entonces llega lo mejor, ya lo verás»—. Lo siento mucho.

Mencía me mira y sigue con la mano tendida sobre el vacío de aire que nos separa como una corriente cálida entre dos costas cubiertas de arrecifes. Se me ocurre que en algún momento de su vida debió de ser guapa, una de esas bellezas frías que dan miedo a los maridos infieles. A su lado, una mujer más joven, de piel blanca y ojos claros que, por lo que supongo, debe de ser Lía, se retoca el pelo en un gesto distraído. Gala babea en brazos de Bea.

—¿Cuánto?

—Mamá, por favor —murmura Lía, adelantándose con un vago ademán, como si espantara una mosca que ninguno vemos. No entiendo la pregunta, que queda suspendida de nuevo en el vacío.

—¿Cómo dice?

Aprieta la mano, que se cierra como una garra alrededor del puño de plata del bastón, y me enseña los dientes, blancos y falsos.

—Que cuánto. ¿Cuánto lo sientes? Del uno al diez.

Jorge me pone la mano en el hombro. Noto su mano pesada sobre la espalda como un ladrillo. Sé lo que sus dedos me dicen y lo que avisan. Sé lo que intentan. Respiro hondo.

—No lo sé.

Mencía se arruga como una lechuga seca. Me doy cuenta de que sonríe. Es una sonrisa fea y acusadora, llena de rabia.

—Ya.

El vacío se abre desde sus ojos. La mano de Jorge se cierra sobre mi clavícula y se oye un crujido más allá de los cristales de la casa que, décimas de segundo después, reconozco como el quejido de un trueno. Lía se acerca a Bea y la abraza, abarcando también a Gala en su abrazo, obviándonos a los demás. De pronto recuerdo que no tengo padre desde hace poco menos de cinco meses y que echo en falta sus abrazos. Sus manos también.

Mencía llega renqueante hasta mí, me señala con el índice y arquea una ceja.

—Ji, ji, ji —suelta en un amago de carcajada, volviendo a enseñarme los dientes. Adivino que no es una risilla de buena voluntad, que de pronto interrumpe con un sonoro eructo al que no evito responder con un parpadeo—. Por lo menos eres sincera. —La mano de Jorge se relaja sobre mi hombro y respiro un poco mejor—. ¿Y qué más, Esmeralda? —pregunta con una mueca de muñeca traviesa y una mirada de reojo a Jorge.

—Irene, mamá —la corrige Lía con un suspiro. Mencía ni siquiera finge haberla oído.

—¿Que qué más? —Una carcajada contenida me llega desde mi derecha. Es Bea. En sus brazos, Gala deja escapar un gemido.

—Sí. ¿Qué más eres, aparte de sincera y de tener esa mirada de coneja triste?

No me da tiempo a responder.

—Hoy, en este momento y en esta casa, eres una intrusa, niña, y yo un bicho, o, lo que es peor, Irene querida o como demonios te llames: una abuela aburrida, desdentada y rabiosa que le tiene ganas a la vida.

No sé si preguntar. No importa. Mencía no ha terminado.

—Y las abuelas aburridas son las malas del cuento porque, a no ser que sean unas taradas o unas bingueras como lo fue mi hermana, que por fin descansa de tanto número y de tanta línea, ya no les importa morirse y se vuelven unas cabronas incontinentes.

Silencio. Apenas unos segundos. Gala suelta un gemido como el de un gato.

—Yo me aburro desde que murió Tristán. Mucho, me aburro mucho. Un veinte, del uno al diez. Me aburro porque mi nieta mayor se ahogó en el mar y porque mi bisnieto se me murió en un asqueroso hospital de una asquerosa ciudad después de meses sufriendo como un perro porque la neumonía se le comió los pulmones hasta dejarle sin aire. Me aburro de rabia, pequeña. Y encima no sé quién eres, ni por qué Jorge te ha traído con él a celebrar mi cumpleaños, ni por qué tienes un nombre tan difícil, un nombre que suena a colonia de bebés. No entiendo qué haces tú aquí si Tristán no está. Si Helena no está. Si Inés no está. Si mi hija Flavia no está. Estar, estar, estar. ¿Acaso sabes tú lo que significa saber estar, señorita ojos de coneja? ¿Eh?

El silencio navega por la casa como un esquiador náutico sobre la estela de una lancha. En zigzag. Flotando sobre el mar hondo en el que nos mecemos como boyas rodeadas de tiburones. El silencio es la falta de la voz rasposa de Mencía y el rápido farfullar de sus pulmones pequeños, que ahora apenas parecen funcionarle entre las costillas.

Cuando el silencio se asienta sobre la luz de la tarde, Mencía apoya las dos manos en el bastón y, con un guiño poco afortunado, me apunta con su barbilla marchita.

—Dime, ¿tú sabes cómo divertir a una vieja aburrida, monina? Porque si no... —Levanta el bastón y señala con él a la puerta de entrada.

«Vieja de mierda», me oigo pensar antes de soltar lo primero que me viene a la cabeza y que bebe del eco que encuentro en las palabras con las que Jorge ha terminado de resumir la figura de Mencía mientras, hace menos de una hora, recogíamos el coche en el aparcamiento del aeropuerto: «Os vais a llevar estupendamente, ya lo verás. Quizá la entrada sea una lluvia de chispas. O puede que te abrume a desplantes. No lo sé, ni me preocupa. Te aseguro que, en el fondo, sois tal para cual».

—Pues no, lo siento. No sé cómo divertir a una vieja aburrida —me oigo decir con la voz contenida.

El brillo de triunfo en su mirada me anima a seguir.

—Aunque sí sabría cómo matarla.

Me mira con ojos entrecerrados y ladea la cabeza. Luego chasquea la lengua y carraspea un tropezón de flemas desde esa expresión de avestruz malhumorada que casi puedo palpar.

—Y no sería la primera —remato apretando puños y dientes, antes de dejar que me interrumpa.

Hay curiosidad en el ángulo de su cabeza. Es una curiosidad de niña antigua, una curiosidad preguntona y reconcentrada, casi calculadora. Hay también un asomo de dentadura entrecortado por una risilla maliciosa, satisfecha.

—¿Ah, no? —pregunta con voz de niña ilusionada.

Hay una Lía alarmada mirando a una puerta abierta que, por lo que intuyo, debe de dar acceso al comedor. Hay estos últimos cinco meses con Jorge, intentando comprender la muerte de su Tristán, un hijo al que no conocí, un niño que nació, vivió y desapareció de la vida antes de que yo me anunciara. Cinco meses viviendo a la vez la muerte de mi padre, viviéndola bien, sí. Callada. Jorge sin hablar de Tristán, yo sin hablar de papá, intentando construir el enamoramiento desde el no recordar el dolor de las pérdidas, perdidos los dos en lo no dicho, en el miedo a decir.

De pronto me doy cuenta de que sólo he visto sonreír a Jorge en las contadas ocasiones en que me ha hablado de Mencía, cuya mano se posa sin aviso sobre mi antebrazo con la mansa ligereza de una libélula. Ahora su voz también.

A punto estoy de mentirle, pero sé que el peligro ha pasado ya. No la tormenta.

—No.

Sus deditos me aprietan el codo con una ligereza casi adolescente. Demasiado íntima y demasiado pronto. Me estremecen porque saben pedir. También porque yo apenas sé decir que no.

—Entonces quédate. Quizá te necesite.

No sé callarme a tiempo. Nunca se me ha dado bien. Tampoco el contacto físico con desconocidos. No me gusta que me toquen. Siempre que alguien me toca tengo la sensación de que me piden algo a lo que no voy a poder negarme. Le cojo los dedos que me ahorcan el codo y me los arranco de la piel como arrancaría la mala hierba de una jardinera.

—Lo pensaré.

Suspira y repica dos veces con el bastón en el suelo, dispuesta ya a dar media vuelta. Al oír mi voz se detiene. Su perfil se recorta contra la silueta de Lía, dibujando un asomo de muñeca rusa.

—De momento, y del uno al diez, le doy un dos.

—Tutéame, niña, tutéame —dice, volviéndose de nuevo hacia mí—. Ya no tengo edad para que me hablen de usted.

Mencía quiere jugar. De pronto veo una brecha abierta en el brillo de sus ojos y me lanzo por ella sin paracaídas. Es la primera vez que tuteo a una mujer de más de noventa años. Es un poco como tutear mi pasado desde arriba. Extraña sensación. Amenazadoramente liberadora. Doy un paso atrás.

—Le doy un dos.

—De tú.

—Te doy un dos.

—¿Sólo?

—Yo diría que demasiado.

—¿Por qué tan poco?

—Un punto porque mañana es su… tu cumpleaños.

—¿El otro?

—Dos porque a mi padre le habrías caído bien.

—Eso suman tres.

—Resto uno porque tienes nombre de pasta de dientes de todo a cien. Y por eructarle a una visita.

—Yo no eructo.

—Eructas. Y mientes.

—Yo no eructo y tú no eres una visita. Eres una intrusa con ojos de coneja. Y, además, creo que tienes un secreto feo y a las viejas aburridas nos encantan los secretos.

—Todos tenemos secretos.

—Pero el tuyo es feo.

Vuelve a ponerme la mano en el codo y levanta la barbilla. Ahora es una niña con ganas de jugar. No puedo evitar una sonrisa.

—Yo sólo tengo secretos para quien no quiere saber.

—Mmm. —Suelta una carcajada rasposa. Me llegan unas cuantas babas que ella saluda con más risas—. Y yo soy una vieja muy curiosa.

—Ya lo veo.

—¿De verdad has matado a alguien, niña?

Tardo unos segundos en responder. El aire del vestíbulo es casi naranja. Me siento como en casa y sigo cayendo en vuelo libre entre las cumbres afiladas de Mencía.

—¿Ayudar a morir es lo mismo que matar?

—No sé si es lo mismo —responde, aguantándome la mirada—. Pero estoy convencida de que es más duro. Y más difícil. Quizá eso te honre.

—Depende.

—Sí, depende.

Estamos solas. Mencía y yo nos hemos quedado solas de pronto. Jorge, Lía, Bea y la pequeña Gala no cuentan. Se han desdibujado contra las paredes de piedra del vestíbulo. Las nubes van desapareciendo de las ventanas y la luz crece, inmensa, blanqueándolo todo.

—¿Por qué has venido, Irene?

—Porque Jorge me lo ha pedido.

Suelta un farfulleo entre dientes.

—Eso ya lo sé. Pero ¿por qué? ¿Por qué has venido?

No lo sé. No sé por qué navego a la deriva en ese vestíbulo ni por qué desde hace meses la vida se me ha quedado grande. No sé por qué no me acuerdo de cómo me las he ingeniado hasta ahora para decir cosas cuando hablo. Noto, sí, un nudo en la garganta que me acogota al suelo y siento sobre mis manos las de mi padre, queriéndose ir, respirando como un fuelle cansado, mirándome desde la cama.

—A veces pierdo los dientes —dice Mencía con una risilla—. Lía me los esconde.

Lía suspira y mira a su madre con una mueca de fingida molestia, pero me habla a mí.

—No la creas.

—Me tiene secuestrada —vuelve a la carga Mencía—. Para que no rehaga el testamento. Para que no se lo deje todo a cabronas sin fronteras.

Risa. El nudo se disuelve en risa y la mía se trenza a la suya, que llega segundos después.

—¿Lo ves? —dice, torciendo la boca y girando sobre sus talones—. A pesar de mis noventa mil años, yo sí sé hacer reír a una coneja con secreto feo a cuestas. A ver si aprendes. Vamos. Me muero de hambre.

Definitivamente, a papá le habría gustado Mencía. Mucho.

BEA

Ayer hablé con tu hermana.

Mamá se retuerce las manos y no aparta la mirada de Gala, que duerme con cara de no ser de este mundo.

—¿Cómo está? Llevo toda la semana pensando en llamarla, pero la verdad es que no he encontrado el momento.

Me mira y sonríe. Verla sonreír así me mata.

—Es difícil, cariño, ya lo sé.

Mamá va colocando los platos de la cena en el lavavajillas, ahora dándome la espalda. Las ventanas de la cocina están abiertas, semicubiertas por las dos glicinas enormes que tapizan la cara norte de la casa. Todavía hay luz fuera y desde el jardín llega el olor a cloro de la piscina.

—Cada vez me cuesta más hablar con ella, mamá. No puedo seguir llamándola para hablar de tonterías, como si no hubiera pasado nada. Hace un año de lo de Tristán y no ha vuelto a pronunciar su nombre una sola vez. No es normal.

Mamá tensa la espalda. No le gusta hablar de lo que no sabe cómo evitar.

—Y cuando me pregunta por Gala, se me parte el alma. —Empieza a fallarme la voz y dudo entre callarme y cambiar de tema o apuntalarme contra la tranquilidad de los movimientos de la espalda de Lía y seguir cuesta abajo—. Yo necesito a mi hermana, mamá. ¿Dónde demonios está? ¿Dónde la he perdido?

Se vuelve hacia mí y se apoya contra la encimera, pasándose el paño húmedo por el antebrazo.

—No la has perdido, Bea. Inés sigue siendo tu hermana, pero ya no es la misma. Tenemos que darle tiempo.

No estoy segura de querer seguir con esta política de dar tiempo y seguir escondiendo la cabeza, esta política que tan mal nos ha ido a las mujeres de la familia. Estoy sola con mi pequeña. Me siento sola y necesito que alguien me diga que no lo estoy.

—¿Tiempo para qué?

Mamá se acerca a la mesa, se sienta delante de mí y tiende los brazos, pidiéndome a Gala. En ella es un gesto tan natural, tan fluido, que casi me da envidia. Cuando se la paso, la abraza, apretándola suavemente contra su pecho, abarcándola entera. Gala abre y cierra las manos, que apenas lo son todavía, pidiendo calor.

—Para que deje de ser madre —dice de pronto Lía, apretando los labios contra la minúscula cabeza de su nieta—. El mismo que necesitas tú para convencerte de que ya lo eres, cariño.

Vaya con mamá. Siempre tan aérea, siempre planeando sobre nosotras como si no estuviera, y de repente sacudiéndonos así, con esas bofetadas que nadie esperaría recibir de unas manos como las suyas. Convencerme de que lo soy, dice.

—¿Lo soy, mamá?

Levanta la mirada y me acaricia con los ojos. Luego me tiende una mano que apoya sobre mi rodilla.

—Claro, niña.

¿Por qué entonces me siento tan pequeña en esta cocina? ¿Por qué me siento tan minúscula con esta enorme mujer sentada delante de mí? Pequeña en esta casa con tantas ausencias, tantas habitaciones vacías, tanto silencio de agosto. Cuando decidí tener a Gala, la abuela, Flavia, mamá e Inés se cerraron sobre mí como un abanico de helechos, encubriéndome, anidándome los miedos para que pudiera parir en calma. Bea embarazada. La pequeña Bea. Sí, reconozco que en gran medida decidí ser madre porque las mujeres de esta familia me prometieron ayuda. Madre porque, mientras Tristán se nos moría, mi niña sería la nueva vida que todas necesitábamos. Madre, sí. Yo. Volví a Menorca, a casa de mamá, dejando en Madrid lo poco que tenía. Ni siquiera le dije adiós a Stefan. Me fui. Parí. Dolió. Valió la pena.

Pero la llegada de Gala no nos curó la tristeza. Calculamos mal, hicimos mal las cuentas y, poco a poco, con el paso de las semanas, mi pequeña y yo fuimos haciéndonos espacio a codazos, cortando cordones umbilicales que no nos alimentaban como habían prometido. Solas. Solas las dos. Tía Flavia e Inés ya no estaban. En cuanto esparcimos las cenizas de Tristán en la isla, cada una salió despedida en un dudoso intento por recobrar la cordura, marchándose, empeñadas las dos en empezar de nuevo lejos de las que nos quedábamos. Ni siquiera volvieron para el parto. Mamá bajó durante unos días de su nubarrón de pena y se instaló a mi lado, iluminándose con una luz tan tenue y tan frágil que a veces ni siquiera sabíamos si estaba en casa. Y la abuela..., la abuela apenas ha tocado a Gala. Dos, tres veces, en estos seis meses de vida de mi niña. La mira desde lejos, como si viera a un pez en su pecera, pero la evita con excusas que ni ella ni yo nos creemos.

Mamá me aprieta la rodilla, sobresaltándome, y Gala se balancea un poco contra su cuello.

—¿Qué te pasa, Bea?

«Qué mala pregunta», me oigo pensar sin querer. «Qué mala pregunta y qué poco sabemos ver lo que no queremos».

—Nada, mamá.

Me mira con esos ojos claros como los de Helena. Los ojos de mamá brillan siempre tanto a la luz que dan ganas de llorar.

—¿Estás segura, hija?

No me gusta mentir. Es algo que no hacemos bien en esta familia. Ocultar sí. Somos expertas en secretos. Pero la mentira nos queda grande. Por eso preguntamos poco y pocas veces. Cuando lo hacemos, es señal de que estamos preparadas para cualquier respuesta. Es una señal, sí. Reconocible. A veces bienvenida.

—No, mamá, no estoy segura.

—Ya.

Nos miramos. Gala levanta un poco la mano y babea en sueños mientras por la ventana se cuela una brisa casi fresca cargada del denso aroma a jazmín que se reparte por el jardín. Huele extraño el jazmín en esta isla. A flor grande, mayor. Inspiro hondo, relajando los hombros, y cierro los ojos durante un segundo.

—¿Entonces?

Pienso en una respuesta que lo englobe todo, que no abra la puerta a más preguntas. Imagino a Helena y vuelvo a oír su voz rotunda y ese gesto desafiante con que lo acompañaba todo y no puedo evitar una sonrisa. Ella siempre sabía responder.

—No puedo sacar adelante a Gala yo sola, mamá. No sé hacerlo. No tengo fuerzas.

Pasan los segundos en la cocina mientras las siluetas de Jorge y de la abuela cruzan una de las ventanas y dejan a su paso un vacío de hiedra en verde. No hablan. Siguen sumidos en ese silencio tranquilo en el que se han dejado mecer durante toda la cena, plácidos y cómodos, respetuosos. Mamá me devuelve a Gala y se levanta despacio, dirigiéndose hacia el lavavajillas, que ahora cierra y programa con gesto automático.

—Claro que puedes, Bea —murmura, dándome la espalda—. Tienes que poder. —Y antes de darme tiempo a decir nada, antes de darme un respiro para que encaje lo que acaba de decirme, añade—: ¿O es que crees que yo no lo hice sola? ¿Y la abuela? ¿Crees que tuvo ayuda para sacarnos adelante a mí y a Flavia? ¿E Inés? ¿Cómo te parece a ti que sacó tu hermana adelante a Tristán?

Hablo a deshora, y, al hacerlo, crujo por dentro como un barco viejo. Hablo arrepentida. Dolida. Con rabia.

—Inés no sacó adelante a Tristán, mamá. Tristán está muerto.

Y no sé arreglarlo. Hablo por la herida. Sueno fea y mezquina.

—Gala está viva. Y yo también.

Apoya las dos manos en la encimera y se agacha un poco sobre sí misma. Conozco bien ese gesto. Conozco bien las arrugas que se dibujan alrededor de los ojos de mamá cuando dobla así la espalda. La adivino apretando los párpados y aquietando los músculos de los pómulos para evitar la mueca fea de un retortijón. Me anticipo a su voz agrietada que suena como el agua subterránea. No a sus palabras.

—No, hija, Tristán ya no está, es cierto.

Como lo es que nunca he sabido anticiparme a las palabras de mi madre. A su voz.

—Y a veces creo que yo tampoco.

JORGE

Y cómo te trata Madrid, hijo?
Madrid. Mencía no me mira al hablar. Tiene los ojos clavados en el cielo oscuro que se cierne sobre la costa iluminada. Me gusta hablar con ella así, los dos solos, como en los mejores y en los peores momentos. Me gusta que me llame hijo. Que me pregunte por mí.

—No me quejo. La verdad es que el trabajo me compensa y ya me he acostumbrado al ritmo de la ciudad. Al principio costó, no creas. Es la lacra del isleño.

Silencio. Sonríe. Tranquiliza este silencio.

—¿La lacra?

Le devuelvo la sonrisa.

—Sí. La falta de mar.

—Ah.

Un trueno lejano susurra mar adentro. Dan ganas de acurrucarse en la tumbona y dormir aquí fuera.

—¿Y tú? ¿Cómo te tratas tú? —pregunta de nuevo con voz distraída, todavía sin mirarme.

No sé qué contestar y se lo digo. Ella suelta una risilla cómplice y me pone una mano que casi no percibo en el antebrazo. Tan ligeras estas manos de anciana.

—¿Lloras mucho? —dice, como si hablara sola—. ¿Le echas mucho de menos?

Trago saliva. Sigo sin responder.

—¿Has llamado de una maldita vez a la psicóloga que te recomendó Flavia?

—No.

—¿Sigues sin poder hablar con nadie de él?

—Sí.

—¿Piensas volver algún día a Menorca o todavía te emperras en seguir evitándonos?

Sonrío, pero el nudo que tengo en la garganta no desaparece. Su mano tampoco. Ahora trenza la mía.

—Parece mentira que haya pasado un año, hijo.

Sopla la brisa. Hay jazmín en el aire y las luces de la costa empiezan a nublarse contra mis pupilas, esbozando borrones naranjas y amarillos que aparto con un parpadeo mecánico. Son borrones feos que se empeñan en quedarse. Hijo, dice Mencía. Pero dice más cosas:

—Le prometí a Tristán que no tardaría en reunirme con él y estoy empezando a faltar a mi promesa. Me preocupa. Peor aún: esta vieja se siente culpable.

Cierro los ojos. Fundo a negro y me reconcentro una vez más en el luto particular que desde hace doce meses le reservo a mi hijo. Me agarro a la mano de Mencía y se la aprieto, pidiéndole en silencio muchas cosas: que deje de hablar, que no me suelte, que siga ahí sentada, que me ayude a seguir y que me obligue a quedarme aquí, en la isla, en esta casa, mirando al mar, sin pensar. Sólo recordando. Reviviendo.

—Helena decía que prefería estar equivocada a sentirse culpable —susurra—. La muy cabrona tenía razón en muchas cosas.

—Sí, en muchas —repito sin saber muy bien por qué.

—¿Te has parado a pensar alguna vez en la cantidad de emes que hay en tu vida, Jorge? —pregunta de pronto con la voz rasposa, pillándome totalmente por sorpresa y acompañándose de una risilla de niña al acecho.

Abro los ojos. ¿Emes? ¿Dónde demonios se me ha ido Mencía?

—Emes, Jorge, emes —me repite, como si hablara con un niño lento—. Eme de Menorca, de Madrid, de Mencía...

No ha terminado. Conozco bien ese tono. Mencía nunca acaba las frases en suspenso.

—... de Menuda Mierda...

Con ella, cuando me llega la risa, lo hace siempre como un coletazo. Consigue restallar la lengua contra mis terminaciones nerviosas hasta que me oye reír. Me río, sí, y sé que lo hago sólo porque estoy en buenas manos. Ella deja que me ría unos segundos mientras en sus labios se adivina una sonrisa satisfecha. Entonces habla. Hace tiempo aprendí que hay que estar prevenido contra sus años.

—... de Me voy a ir pronto. Yo aquí ya no hago nada.

Hay que cambiarle de tema. Cuando empieza con eso, hay que despistarla como se despista a un perro con un palo más grande que el que lleva en la boca.

—¿Cómo está Inés?

Estruja el palo entre los dientes y en seguida lo escupe.

—Lejos.

—Sí, eso ya lo sé. Pero ¿cómo está?

Suelta un suspiro de fastidio.

—Lejos. Está lejos —repite—. Y sola. Se marchó de sí misma y no sabe cómo volver. Y encima tampoco sabe pedir ayuda, la muy idiota. No ha vuelto a mencionar a Tristán ni una sola vez.

—Si te digo la verdad, yo puedo contarlas con los dedos de una mano —respondo casi sin pensar—. Y no estoy lejos.

—Pero estás igual de solo.

—Estoy sin él, Mencía. No es lo mismo.

—No, no es lo mismo. Perdona.

Después de su disculpa, volvemos al silencio, esta vez breve. Lo interrumpe ella.

—¿Te cuida?

—¿Quién?

—Irene.

—Sí.

—Me alegro.

—Yo también.

—¿Y tú a ella?

No me cuesta responder.

—No lo necesita. Irene sabe cuidarse muy bien sola.

Mencía se vuelve a mirarme y noto sus ojos brillantes clavándoseme en la sien.

—Nadie sabe cuidarse solo, hijo, no seas bobo. Por eso nos juntamos con lo que nos juntamos. Si no, de qué.

—Entonces, ¿no te gusta?

—¿Irene?

—Sí.

—¿De verdad te importa?

—Sí.

Vuelve a clavar los ojos en la oscuridad y retira la mano, que ahora reposa sobre el brazo de la tumbona.

—¿Es verdad que se ha cargado a alguien? —pregunta de pronto, como a regañadientes.

Sonrío. Qué propio de ella.

—No lo creo.

—No lo sabes.

—No, no lo sé.

Respiramos los dos durante unos instantes, meciéndonos con la brisa negra de la noche. La casa está en silencio.

Es hora de acostarnos. Cuando hago ademán de levantarme, su voz me llega amortiguada, pequeña.

—Me gusta, sí. Me gustan sus ojos azules.

—Son verdes.

—Y una mierda.

—Azules, pues.

—Son ojos de buena amiga.

—Lo es.

—Seguro que sí.

—Sabía que te gustaría.

—¿Por qué?

—Porque sois iguales.

Se gira. Las luces del puerto le salpican las pupilas negras.

—¿Ah, sí? —pregunta, enseñándome los dientes con ganas de broma—. ¿Iguales en qué?

Preguntas. Respuestas. Jugando todos a despistar.

—En que las dos sois capaces de dar y de quitar la vida si hace falta.

—Eso no tiene ningún mérito, Jorge —responde al instante—. En eso nos parecemos casi todas las mujeres.

Vuelvo a sentarme en la tumbona. Encima de nosotros se enciende una luz en una de las ventanas de la casa. Se oye la voz de Bea, aunque no alcanzo a entender lo que dice. Al cabo de unos segundos, me doy cuenta de que canta. Probablemente una nana. A su niña. Desde que murió Tristán, cualquier muestra de afecto de un padre o una madre con sus hijos se me cruza en la garganta como un mal trago. Desde que Tristán no está, tengo la garganta seca y no siempre me sale la voz. Bea canta sobre nosotros. Es una canción triste.

—Es una canción triste —digo sin pensarlo, apenas dándome cuenta de que lo hago en voz alta, desacostumbrado como estoy a rodearme de un silencio como el que ahora me une a Mencía.

Ella se remueve en la tumbona.

—Sí. Es una canción triste. Como siga cantándole así, esta niña le va a salir bipolar.

No me río. Ella tampoco.

—Bea siempre ha sido una niña triste. Sobre todo desde la muerte de Helena.

—Pero ahora tiene a Gala.

—No creas que le sirve de mucho. Desde que la tuvo nos culpa a todas por no ayudarla a ser madre, aunque en realidad nos culpe por no ayudarla a seguir siendo la pequeña. Le toca hacerse mayor.

Me cae bien Bea, aunque nunca hayamos conectado demasiado. Hay algo en ella que me recuerda a la vida que tuve.

—Es que hacerse mayor duele.

—Y la tierra suda, no te fastidia —suelta, levantando un pie y mirándoselo, moviendo los dedos.

—Quizá podrías echarle una mano —le digo, tanteándola.

Me mira y suelta un suspiro. Vuelve a depositar el pie en la lona de la tumbona.

—Quizá podrías echársela tú. Yo tengo otros planes.

Se me escapa una carcajada poco convencida que ella saluda con una sonrisa seca.

—¿Ayudarla yo? ¿Cómo?

—¿De verdad quieres saberlo?

—Claro.

Se aclara la garganta y se incorpora en la tumbona hasta quedar sentada de cara a mí.

—Mañana por la mañana, Bea encontrará en la mesa del desayuno un sobre blanco con su nombre. Dentro hay un billete de avión a Copenhague. Sólo ida. Para ella y para su Gala. También encontrará una nota. Está firmada por ti.

Aunque por un segundo me parece no haber entendido bien, no caigo en la trampa y evito el engaño. Sí, he oído bien. Es difícil no oír bien a Mencía. Un billete de avión y una nota firmada por mí, dice.

—¿Qué dice la nota?

—Eso da igual. Lo que importa es que está firmada por ti. Si la nota fuera mía o de Lía, no serviría de nada. Bea tiene demasiada rabia, se siente demasiado traicionada por nosotras. No —farfulla, esta vez más para sí misma que para mí—, no saldría bien.

—No funcionará.

Suelta una carcajada rasposa, vuelve a apoyar la espalda contra el fondo azulado de la tumbona y levanta ahora la pierna con una agilidad que me sorprende.

—¿Quieres apostarte algo?

Trampa. Mencía está haciendo trampa, pero hace tiempo que no me muevo con agilidad ante ella y lo sabe.

—No lo sé.

—Muy bien. Yo sí. Si funciona y Bea y Gala cogen ese vuelo, en cuanto llegues a Madrid llamas a la psicóloga.

Lo dicho. Falto de reflejos ante la mente retorcida y a la deriva de esta vieja.

—¿Y si pierdes tú?

—¿Qué te gustaría?

—No lo sé.

—Yo te lo digo. Si pierdo yo, te vas tú a Copenhague y te traes de vuelta a Inés.

—Estás loca.

—No, estoy vieja y no tengo vergüenza, sólo eso.

—No me convence.

—No me preocupa.

—Ya lo sé.

Me giro a mirar al mar, que durante unos segundos confundo con la espesa oscuridad del cielo.

—¿Sabes una cosa?

Levanta la otra pierna. Lleva calcetines de lana y le asoma el pulgar por un agujero enorme. Evito mirarlo para no reírme.

—No.

—No esperaba encontrarte tan lúcida.

—¿Quién te ha dicho que lo estoy?

No contesto.

—Menos lúcida que esto sería estar muerta, hijo.

Pienso en Bea y en Inés. Intento imaginármelas juntas en Copenhague y no me sale bien. En estos últimos meses se me ha desdibujado la cara de Inés. Recuerdo su voz y sus gestos. El olor. Su cara no. Sé que se me aparece en sueños y que son sueños poco plácidos, nada más. Sus correos electrónicos son cada vez más espaciados. Los míos también. Ella no está bien y yo tampoco. No puede hacer nada por mí porque no sabe hacerlo por ella. En cuanto a Bea y mi supuesta nota...

—Me pedirá una explicación y yo no sabré qué decirle. No se me dan bien estas cosas.

Un suspiro cansado.

—No te pedirá nada porque no te encontrará. Cuando quiera preguntar, no estarás en casa.

—Si tú lo dices...

—Entonces me buscará. Déjamela a mí.

—Muy bien.

—De momento, quiero que mañana por la mañana te levantes temprano, que bajes al pueblo con Lía y que entre los dos hagáis la maleta de Bea y de la pequeña. Llevaos a Irene si os apetece. Sí, mejor que se vaya con vosotros. Lía ya está al corriente y te ayudará. Quiero quedarme sola con Bea. El billete es para pasado mañana, para el vuelo de las seis y media. ¿Las llevarás tú al aeropuerto?

—Claro.

—Gracias.

Me levanto, ahora sí, y me desperezo, todavía un poco confundido por el encargo de Mencía. Tengo preguntas en el aire, remolinos de dudas que se me escapan como murciélagos asustados, pero sé que Mencía no me dará ninguna respuesta. Después de unos momentos esperando oír su «buenas noches» que no llega, hay una, una sola pregunta, que sí logra desenredarse de la nube de alarmada desconfianza que desde hace unos segundos me palpita las venas.

—¿Lo sabe Inés?

Ni siquiera parpadea. Se arrebuja en el albornoz de algodón blanco como si estuviera sentada delante de la chimenea y, con la voz entumecida, la oigo decir:

—¿Estás loco?

Dos

MENCÍA

Soy una abuela mentirosa. Embustera, diría Flavia. Qué hermosa palabra. Flavia conoce palabras que además usa, y eso es un arte que le reconozco. Las usa en su lugar y en su momento, a diferencia de lo que hace con su vida. Flavia lleva conmigo 67 años, aunque ahora le haya dado por el voluntariado y esas mandangas. Bea siempre fue su sobrina favorita. Bea siempre ha sido la favorita de todos. La pequeña. La más tierna. Tan frágil. No quiere hacerse mayor y a mí casi no me queda tiempo ni fuerzas para empujarla. Cree que necesita ayuda para criar a Gala y se arrepiente de haber confiado en nosotras, de haberse apoyado en quien no debía cuando decidió tenerla. Mi Bea. Mi nieta pequeña buscando dos manos más para que la ayuden a sacar adelante a su niña mientras tengo a la mediana huida a los hielos para que nada le recuerde que la vida le regaló sólo seis años de su Tristán. Menuda mierda. ¿Por qué demonios darán tanto trabajo las mujeres de esta familia?

La oigo desde aquí, en el porche, retirando la silla de hierro blanco para sentarse a la mesa y servirse el café que ya está frío. Le gusta así, a mí también. Frío y fuerte, como los pocos hombres que nos han tocado en la vida. Luego echa dos terrones de azúcar y un poco de leche. Revuelve.

Pocas vueltas. Clinc, clinc, clinc. Silencio. Clinc. Ha vuelto a dejar la taza en el plato y levanta la servilleta para colocársela sobre las rodillas. Ahora ha visto el sobre. Lo abre. Saca el billete. Qué dice. Qué es esto. Copenhague. Su nombre. Ida. Mañana. La nota de Jorge, tan breve como sus ganas de vivir. Pum, pum. Bea sólo se oye el corazón, que parece palpitarle en los oídos. Pum, pum. Son tantas las cosas que se le agolpan en la cabeza que sigue con la nota y el billete colgando de una mano y la servilleta de la otra como las dos últimas hojas de un árbol muerto. Pum, pum. No es verdad. Esto no es verdad. «Ayúdala, Bea. Inés está demasiado sola», termina la nota. La servilleta cae al suelo, el sobre no. Bea fuma poco, a veces nada. «Es que se me olvida», dice como disculpándose cuando alguna de nosotras nos reímos de ella porque lleva días sin verla con un cigarrillo en los labios. ¿Cómo se le puede olvidar a alguien fumar? Hay cosas que no entiendo, cada vez más, y tendría que ser al contrario. Hay otras que me duele entender y que aparco en el desván de la memoria porque ya no, porque estoy cansada de bregar con tanto.

Por fin la silla de Bea rechina contra el suelo y su silueta se recorta en parte contra una de las ventanas de la cocina durante un instante. Entrará en casa a buscar un cigarrillo. Quizá suba a su cuarto o quizá se acuerde de que Lía le guarda siempre un paquete en la bandeja abarrotada de espantosas frutas de madera que se empeña en tener encima de la mesa de la cocina y que yo le escondo en cuanto puedo. Quizá se quede en el vestíbulo, sobre en mano, intentando decidir hacia dónde ir, reparando de pronto en el silencio que inunda la casa y oliendo la anormalidad de la mañana como un perro desconfiado. Aquí viene. Asoma la cabeza por la puerta y se me queda mirando como si hubiera visto a un ladrón, con una especie de mueca extraña que no sé leer. Ahí de pie, contra la puerta y recién levantada, mi Bea es una niña, con toda la infancia y toda la inocencia que un cuerpo puede abarcar. Tenso la espalda al verla así, porque de repente, durante una décima de segundo, me asalta la duda y se me ocurre que posiblemente me equivoqué al animarla a ser madre, que cuando lo hice estaba viendo a la Bea que quería ver y no a la que era. Calculé mal. Hay mujeres que están hechas para ser sólo hijas.

Bea parpadea y se queda inmóvil en el marco de la puerta, esperando no sé a qué.

—Buenos días, pequeña.

Sonríe. Hay palabras y expresiones clave en el vocabulario de cualquier diccionario bilingüe abuela-nieta. «Pequeña» es una de ellas. «¿Te sirvo un poco más?» es otra. Hacen milagros.

—Hola, abuela —responde con los ojos llenos de luz, viniendo hacia la mesa con el sobre colgándole entre los dedos e inclinándose sobre mí para darme un beso. Huele bien mi niña. A sábanas limpias. Huele así desde que tuvo a Gala.

—¿Qué quieres tomar? ¿Café?

—Nada, acabo de desayunar. Buscaba...

—¿Un cigarrillo?

—Sí.

—Busca entre las papayas y los tomates de madera de tu madre. Creo haberlos visto ahí.

Se inclina ahora sobre la frutera y hurga entre la fruta falsa como una lotera antigua. Por fin, saca un paquete por estrenar. Lo abre, coge un cigarrillo, se acerca a la cocina y lo enciende en uno de los fogones automáticos. Luego se gira y se frota el ojo. Le ha entrado humo.

—¿De verdad no te apetece otro café?

Espira. Se encoge. Pum, pum, pum. Casi le oigo el corazón. Sonríe. Viene hacia mí. Me evita la mirada. Se sienta.

—Vale.

Me levanto, le sirvo una taza de café frío y me vuelvo a sentar a su lado. Aferrada mi niña a su sobre como un náufrago a su madero. Agarrada a sus miedos como una novia la noche antes de la boda.

—¿Y Gala? ¿Duerme?

Se encoge de nuevo. No le gusta oír el nombre de su hija de mis labios. Le recuerda a todo lo que no me ha dicho, a la rabia que acumula y a la que no quiere hacer frente. Asiente. Inspira. Espira. Hay humo y unos cuantos cientos de dudas.

—¿Dónde están todos?

No me mira. Clava los ojos en el café.

—Se han ido al pueblo. Jorge quería dar una vuelta con Irene y se han llevado también a tu madre.

—¿Y tú? ¿Por qué no te has ido con ellos?

Reprimo la sonrisa. Esto no va a ser fácil.

—Me he quedado haciendo guardia.

Parpadea de nuevo. Así es el resentimiento. Con cada palabra, con cada gesto, vamos poniendo un nuevo ladrillo en el muro de réplicas contenidas que se acumulan en el resentido. Sin embargo, llega un día en que el muro, demasiado frágil o demasiado torcido, se derrumba como un hotel abandonado en una playa, dejando a la vista el nido de gaviotas asustadas que se ocultaban en su interior.

—Mírame, Bea.

Tensión. Tensas las manos, una alrededor de la taza, destilando humo y nicotina, la otra pegada al sobre como un enorme sello de cinco dedos. Tensa la mandíbula. También la clavícula. Una vena bombea en rojo, palpitándole el cuello. Los labios finos. Respira por la nariz. Por fin levanta los ojos y me mira, obediente. Tiene los ojos de su padre. Oscuros. Rasgados. Gracias a Dios que es eso lo único que le queda de él.

—¿Qué te pasa, niña?

No aparta la mirada. De pronto la descubro mayor. Aunque no es madurez lo que hay en sus ojos. Son preguntas.

—¿Te refieres a ahora mismo, a este momento en particular, o a mi vida en general?

Sonrío. Pongo una mano sobre la suya, que ella no despega del sobre cerrado. Intento parecer sorprendida, tiernamente sorprendida.

—No sabía que te pasaran tantas cosas.

Llega el primer latigazo.

—Será que en algún momento dejaste de mirar.

Vaya.

—Puede ser.

—¿Por qué?

—¿Por qué qué?

—¿Por qué dejaste de mirar?

Buena pregunta. Hay un momento en la vida en que dejamos de mirar y nos dedicamos a ver. Ya no buscamos con los ojos. Fijamos la mirada en un punto del presente o del pasado y las imágenes llegan solas, repetidas, escuchadas. Es la vejez. Bendita sea.

—Dejé de mirar, de escuchar, de decir…

—Y de estar.

—Puede. A veces bastante trabajo tenemos intentando ser. Sobre todo a mi edad.

—Desde que nació Gala no sé dónde estás, abuela.

Llegó. Por fin llegó. Cayó la verdad como un chasquido de mierda. Pero mi pequeña es una niña fácil.

—Lo importante no es dónde esté yo, cariño. Lo importante es saber dónde estás tú.

Me pasa el índice sobre el pulgar, acariciándomelo a regañadientes. No quiere acariciar Bea. Quiere arañar, pero nadie le enseñó a hacerlo y ahora ya es tarde. Sigo hablándole a los ojos, pasando de puntillas sobre sus silencios de aire comprimido.

—Si te pregunto dónde estás, me responderás que sola, y yo no quiero oírte decir eso porque me dolerá.

Baja la mirada para que no vea el color arrugado de sus pupilas. Está perdida y duda entre querer encontrar el camino de vuelta a casa o sentarse en la espesura y dejarse morir.

—¿Por qué no quieres a Gala, abuela? —suelta de pronto en un hilo de voz sin espacios, una sola y larga palabra que se expande y se encoge como un gusano feo: porquenoquieresaGalaabuela. Le duele hacer daño con sus preguntas, pero tiene demasiadas—. ¿Por qué no la tocas, ni la coges en brazos, ni la besas?

Ay. Con la nieta puedo. Con la madre asustada menos. No tengo fuerzas para mentir.

—Porque no es mía, Bea.

Me mira con ojos asustados y no evito una sonrisa.

—Mírame, niña. ¿Tan poco es lo que ves?

Parpadea, deslumbrada en plena noche cerrada. La suya.

—Tu Gala no me conocerá nunca y yo no tengo amor que dar a los que llegan ahora. La abuela está demasiado cansada. De todo.

—Pero tú me dijiste que me ayudarías a tenerla…, que estarías a mi lado…

—¿Y no lo estoy?

—Sí, pero…

—Calculé mal, Bea.

Fuma. Inspira hondo. Le tiembla la mano.

—Helena se me llevó un trozo de cariño que nunca recuperé, pero estabais Inés y tú, y con vosotras la herida fue cerrándose poco a poco, encauzándome hacia vosotras.

Sin embargo, cuando murió Tristán, las cosas no fueron igual. Entre su muerte y tu Gala hubo seis meses, seis meses de silencio, de conjunto vacío, de niño muerto. Con las semanas tuve que coserme la herida como pude, cosiendo y recosiendo una piel y una carne que a esta edad casi no cicatriza. La cosí al vacío, sin otra criatura en la que volcarme. Cuando pariste y vi a tu niña en el hospital supe que no, que ya no tenía más reservas de amor para desconocidos. Mencía se apaga desde entonces, niña. Me apago.

Me aprieta la mano y traga saliva. El sobre cruje entre las dos como una viga de casa vieja.

—No digas eso, abuela.

—He llegado tarde a tu Gala, Bea querida. Perdóname por eso. Tendría que haberme muerto antes.

Niega con la cabeza y cierra los ojos. No le gusta oír lo que a nadie le gusta oír.

—Cuando tenga edad para entender, háblale de mí. Ella no me recordará porque habrá tenido la bendición de no haberme conocido. Y hazla reír. ¿Me lo prometes?

Sigue negando con la cabeza. No, no, no, no. Me suelta la mano y busca otro cigarrillo. No mueve la cabeza. Aprovecho entonces para levantarme a coger la caja que guardo en el pequeño armario que está junto al horno y que ya nunca utilizamos. Vuelvo a la mesa y se la pongo delante. Bea saca el humo por la nariz y me mira con los ojos húmedos.

—Ábrela.

Deja el cigarrillo en el cenicero y por fin suelta el sobre. Tira suavemente de la caja hacia ella y la abre. Entonces llega lo mejor. Siempre me gustaron sus ojos de sorpresa.

—Pero... ¿qué es esto? —pregunta con voz incrédula mientras saca el amasijo de pelo reluciente y negro y lo sostiene en alto entre el pulgar y el índice como si fuera una cucaracha muerta.

—¿Cómo que qué es? ¿A ti qué te parece?

Sigue con los ojos clavados en la oscuridad de su hallazgo. Tarda en responder.

—¿Una... peluca?

—¡No! No es una peluca. ¡Es *la* peluca!

—¿La peluca?

—¡La auténtica trenza de Lara Croft! —replico, arrebatándosela de golpe con un mal gesto y sintiendo un tirón a traición en algún rincón de esta maldita espalda.

Bea da un respingo. No puede apartar los ojos de la peluca.

—Pero... ¿para qué demonios quieres tú la trenza de Lara Croft, abuela?

Esta niña hace demasiadas preguntas. En esta casa todo el mundo hace demasiadas preguntas.

—Para presentarme a Miss Menorca, ¿no te fastidia?

Se lleva las manos a la boca. No quiere reírse.

—Abuela, hablo en serio.

—Yo no.

—¿Para qué quieres esa peluca?

—¿Quieres que me la ponga?

—¡No!

—Mira —le digo con un guiño. Me la pongo sin prestar demasiada atención a lo que hago, embutiéndome el moño dentro, pasándome la trenza por encima del hombro y acariciándola luego, pestañeando como una jirafa coqueta. Si la realidad es lo que ven sus ojos, más que Lara Croft, debo de ser una especie de versión oriental de Bette Davis en *¿Qué fue de Baby Jane?* Si la realidad es la risa abierta y sana de mi nieta menor, bendita sea Lara Croft y sus pistolas. Bea se ríe. Hacía tanto que no la oía reír que en un primer momento me alarmo un poco, la verdad. Se ríe desacompasada, desacostumbrada, oxidadas sus carcajadas. Contagiosa la risa de mi nieta, contagiosa la alegría entre mujeres, me río con ella y al hacerlo me doy cuenta también yo de que hace muchos meses que nadie se reía en esta casa. Casi me parece oír también reír a Tristán.

Seguimos bamboleándonos unos minutos más en la barcaza rechoncha del buen humor compartido hasta que por fin volvemos a la cocina, al café frío y al diccionario bilingüe abuela-nieta en el que las dos seguimos consultando palabras y expresiones no dichas, ahora más relajadas.

—Dime, abuela. ¿Para qué es la peluca?
—Es para él.
—¿Para él?
—Se lo prometí.
—No te entiendo.
—Tristán. Es para Tristán.

Se agarra de nuevo al sobre y tensa la espalda. Espera a que siga hablando.

—Me prometió que me esperaría, y yo, que le llevaría algo de Lara Croft. Así que me la llevaré puesta.

Ahora me mira con cara de no estar segura de querer tomarme en serio. La saco de dudas.

—Con toda la gente que tiene que haber ahí arriba, buscándose los unos a los otros, si llego con la peluca, seguro que en seguida me reconoce.

Me cree. Ahora sí.

—¿La ha visto mamá?
—¿Estás loca?
—No te dejarán entrar con ella —murmura de pronto con una sonrisa traviesa—. Debe de ser casi tan difícil como entrar en los Estados Unidos.
—Qué va. Eso es para entrar al infierno.

Suelta primero una carcajada y me mira después como si viera en mí algo nuevo.

—Para entrar al infierno no hace falta morirse, abuela.

—No seas redicha, pequeña —farfullo entre dientes—. Además, tú qué sabrás.

IRENE

Más que guapa, era muy… especial —responde Lía, aceptando la foto que le devuelvo y pasando la uña por el cristal que la cubre. No es un gesto cariñoso. Es algo automático, como un tic.

—¿Dónde fue?

No responde de inmediato. Me mira con ojos perdidos durante unos segundos hasta que por fin comprende. Señala con la barbilla a la ventana. Al otro lado, el vacío azul de un mar claro, casi verde, se expande como un hechizo.

—Ahí… ahí delante. Suponemos que no muy lejos de la costa, aunque no lo sabremos nunca. Encontraron los restos del velero junto a la isla. A ella no. Nunca.

Enmarcado en el cristal se perfila un islote de roca coronado por un faro fino como un dedo de bruja.

—¿Así que ésa es la isla? ¿La del Aire?

Sigue mirándome con esos ojos. Ojos transparentes que parecen no tener fondo.

—Ésa es.

—Jorge me ha hablado de ella algunas veces. Dice que era una mujer excepcional.

Lía se vuelve de espaldas y sigue seleccionando algunas prendas que va colocando momentáneamente en una repisa vacía del armario con un ritmo ahora pausado.

—Helena era... —Sigue ordenando. Ahora son bragas y camisetas, tres blancas y tres negras—. Mi mejor amiga. —Se detiene y posa las manos en la repisa, relajando durante un instante los hombros. Tiene un pelo tan rubio que a la luz del mediodía parece blanco, a veces rosado y a veces casi celeste—. ¿Y sabes una cosa? ¿Sabes qué era lo mejor de ella, lo que la hacía distinta del resto de nosotras?

No respondo. Agacha la cabeza, se gira hacia mí y me envuelve en una sonrisa tan liviana, tan frágil, que por un momento tengo que contener el aliento por miedo a desbaratarla.

—Que era feliz. Mi niña era tan enteramente feliz que no podía durar. No había sitio para ella.

Me acerco una vez más a la foto y estudio con atención esos ojos enormes y azules enmarcados por una mata de rizos rubios, enclavados en una tez morena, llena de vida.

—Se parecía a ti.

Suelta una especie de ronroneo que no alcanzo a explicarme y luego corta el aire con su respuesta.

—No. Se parecía a su padre. Era igual a él.

Y luego, quizá acordándose de algo que no está en el guión, como dejándose llevar repentinamente por un hilo de memoria hacia las profundidades del armario:

—Era la única que le quería.

Sigue ordenando el armario, ahora con la espalda más encogida, quizá arrepentida por haber desvelado algo que yo no esperaba oír. Sus hombros se curvan un poco bajo el peso de una confesión que abre una brecha fea, malvenida.

—¿Por qué? —pregunto desde la cama, donde voy poniendo en una maleta la ropa de bebé que antes ella ha dispuesto ordenadamente sobre el edredón.

Se vuelve a mirarme con una camiseta en la mano. Sonríe, pero no a mí. Sonríe hacia atrás, hacia lo vivido. Jorge está en la terraza, de espaldas a nosotras.

—Supongo que porque, en el fondo, Helena era incapaz de no querer. Comprendía demasiado bien a la gente. Por eso se pasó la vida huyendo de todo el mundo.

No entiendo muy bien dónde quiere llevarme Lía y ella se da cuenta en cuanto se fija durante unos segundos en mi mirada.

—Empatizaba con todo..., lo justificaba todo... —Y, con una carcajada seca y cansada—: Y es que, para querer a su padre, había que justificar mucho, créeme.

No sé si es una invitación a la intimidad y dejo pasar unos segundos antes de hablar. Lía no es una mujer fría, pero tampoco desprende ningún calor. Se mueve como por encanto, metálica, inverosímil en sus movimientos, inverosímil también su voz. El mensaje está por ver. Ahí delante, clasificando la ropa de Bea y de Gala como si ordenara el armario de una cocina de casa de vacaciones, la siento tan lejos que no entiendo sus gestos suaves y cómplices. No me fío. Sus hombros, sus brazos, su forma pausada de articular las palabras me recuerdan a mi madre, a su sonrisa de mujer amarga volviendo de la frutería a mediodía con olor a dulce, buscándome desde que tengo memoria para hacerme suya, propiedad privada, mi niña, mi Irene, no la de papá, papá no está, papá duerme, papá no quiere, no sabe, papá no... Queriéndome desde la matriz, con la matriz, arrepentida de haberme dejado salir de ahí dentro: «¿Qué haces, Irene? Qué bien te portas, Irene. Qué orgullosa está tu madre de ti, niña. No me des disgustos, niña, que sólo te tengo a ti. Nos tenemos». Mamá. Tenía el genio encerrado en el sótano de sus ojos, congelado. Envejeceríamos juntas, decía. «Estudia, Irene, estudia. Tienes que ser la mejor. Mi niña no puede ser menos. Cuéntame, cariño, ¿qué has hecho hoy? ¿Dónde has ido? ¿Has dormido bien? ¿Has soñado? ¿Con quién? ¿No conmigo? ¿Con quién? ¿Con quién? ¿Con quién? Siempre tan callada mi niña, tan dispuesta. No como tu padre».

Mamá calculó mal. Nos creyó eternas y se alimentó del odio que conjugaba todas las mañanas contra papá. Envejeció poco. No le dio tiempo a más. Primero un cáncer de mama que logró sanar a medias. Luego tropezó con sus propias dudas y se cayó por las escaleras del almacén una tarde como otra cualquiera, a una hora cualquiera. Desnucada. Envuelta en una nube de melocotones, pomelos, papayas y kiwis como una borrasca de color. Dulce muerte la de mamá.

Lía me pasa unas cuantas camisetas de color.

—¿Y tú? —pregunta en un arranque de curiosidad que parece empezar a extinguirse desde el primer instante y que parece también sorprenderla incluso a ella—. ¿Tienes buena relación con tus padres?

Sostengo las camisetas en alto mientras intento encontrar un hueco en la maleta donde embutirlas para que ocupen el menor espacio posible. Sostengo la pregunta en el aire hasta que encuentro una respuesta en firme que resuma algo.

—No tengo padres. Mi madre murió hace dos años. Mi padre, hace poco más de cinco meses.

Lía parpadea, protegiéndose contra una luz que no existe.

—Vaya —susurra.

Eso. Sólo eso. Vaya. No hay preguntas. Ni un «cómo», ni un «por qué», ni siquiera un socorrido «les echas de menos». No. Vaya. A mí no me basta. A ella sí.

—Papá murió de un cáncer de pulmón. En casa. Fue muy lento. Un año de hospital, de quimio. Tuvimos tiempo de despedirnos.

No dice nada. Cierra el armario y se sienta con la mirada clavada en la pared.

—Empecé a conocerle cuando murió mamá. De hecho, pienso que sólo he tenido padre un par de años. Con mamá viva, a papá le era imposible ser alguien.

Lía se gira a mirarme. Es la primera vez que juraría que me ve del todo. Entera.

—Flavia, mi hermana, siempre dice que mi padre se dejó devorar por la demencia para librarse de mi madre —suelta con una mueca de labios finos y los ojos ahora de un gris plomizo—. Es cierto. Mi padre se apagó como una cerilla sacudida por una corriente de aire. Fue cuestión de meses. Se quedó sin luz.

Al otro lado del ventanal, la figura recortada de Jorge cambia de postura y se apoya contra la barandilla, relajando el cuello. De pronto tengo unas ganas terribles de abrazarle por detrás, cerrar los ojos y hundir la cara en ese cuello. De contarle cosas. De sentirme enamorada y de sentirle cómodo con mi abrazo, a gusto.

—Bea no volverá —decide Lía, pasando la mano por un suéter verde con gesto distraído—. Inés tampoco. —Pasa de nuevo la mano por el algodón liso del suéter—. No, no volverán.

Se hace un silencio que se instala entre las dos como un convidado inesperado.

—Pero así es mejor. Esta isla no es sitio para ellas. Las prefiero lejos. Iré a verlas de vez en cuando. Luego mamá morirá y… bueno… —Se encoge de hombros y sus ojos sonríen a la nada misma—. Quizá Flavia se haya cansado de viajar y quiera vivir conmigo en la casa grande. No me importaría.

Se levanta y cierra las puertas del armario. Luego se pasa las manos por los pantalones, como si quisiera limpiárselas. Repite el gesto varias veces hasta que percibe mi mirada y se desdibuja en una tímida semisonrisa de disculpa.

—Aunque tampoco me importaría quedarme aquí sola. A veces estoy tan cansada de ser hija, y madre, y abuela… y hermana… —confiesa entre titubeos. Hay culpa en su voz. Hay también falta de ella misma, ganas de tenerse, de saberse viva. Hay un timbre que reconozco y que me provoca un calambrazo en la columna. Y una pregunta: «¿Y yo cuándo?», una pregunta que lleva gestándose años, que suena a arena en boca de Lía y que resuena en mis oídos con mi propia voz. Recupero a mi madre en el hospital, recién operada, con la mirada clavada en la ventana y las manos aferradas a la sábana como dos garras nervudas. La mandíbula apretada contra la almohada y sus palabras como clavos de punta fina, acusándome de lo inexplicable: «Ya lo ves, hija. Por algún lado tenían que salirme todos los disgustos que me has dado estos meses. Si no te hubieras ido a vivir sola, esto no habría pasado». Pensé que bromeaba, pero en seguida me acordé de que jamás bromeaba. Ni se reía. Sólo sonreía en silencio cuando estábamos las dos en la cocina y oía toser a papá en el salón. Entonces sí. Se le iluminaban los ojos, calculando, intentando leer en esa tos los meses, semanas y días que le faltaban para poder ser quien, en algún oscuro rincón de su cerebro, imaginaba que llegaría a convertirse. Me miraba y me acariciaba la cara. Durante un segundo, había un futuro elegido. Luego el cielo oscurecía y volvía la lluvia mortecina a caer desde el techo de la cocina, remojándonos la vida.

—Con Helena aprendí a echar de menos a una hija y a una amiga —prosigue Lía, llevándose la mano al cuello de nuevo en un gesto automático—. Luego perdimos a Tristán, dejé de creer en la bondad de la vida y eché de menos poder volver a llorar.

Lía habla, pero vuelve a hacerlo sin importarle a quién. Habla sin continente, toda contenido. Dice cosas pensadas, masticadas. Se hace daño y diría que así se siente viva.

—Mañana empezaré a echar de menos a Bea y a su pequeña, y pronto echaré de menos a mi madre.

Una ráfaga de viento golpea contra el ventanal, que cruje de pronto, sobresaltándonos a las dos.

—A mí nadie va a echarme nunca de menos, Irene.

Trago saliva. No llevo bien las confesiones en clave de derrota. Y menos las que me suenan tan próximas.

—¿Y sabes por qué? —prosigue, inspirando hondo—. Porque siempre decidí quedarme. Decía Helena que en esta parte de Menorca hay dos faros: uno es el de la isla del Aire; el otro soy yo. —Sonríe y suelta una carcajada ínfima de niña tímida—. No te permitas llegar a vieja sin haber vivido la aventura de saber que alguien te echa de menos, hija. Es tan triste. —Su mano se posa en la mía como una hoja tierna sobre el césped. Es una mano suave y sorprendentemente cálida—. Qué curioso. Ahora que entiendo la vida como nunca, no tengo ganas de contarla, de contármela. Sólo quiero navegar por ella tranquila, en paz, recordando y acordándome. Eligiendo mis recuerdos.

Otro golpe de viento. En la terraza, Jorge se ha vuelto de espaldas al mar y nos mira desde fuera, aunque el reflejo del sol en el cristal no le deje vernos.

—Mi hija se hundió en el mar porque decidió navegar sola. La he maldecido desde el día en que desapareció. Por traidora. Por dejarme aquí sin haberme dado a elegir. Ahora me doy cuenta de que no fue ella quien me dejó. Fui yo la que no la seguí. Elegí y me quedé. Condenada, convertida en faro, como en los cuentos que no acaban bien. Aprendiendo que la medida del cariño es la añoranza. Aprendiendo a saber estar. Yo. Conmigo. Estando.

Fuera, recortado contra el faro y el mar, Jorge nos mira con los ojos entrecerrados, quizá por fin viéndonos. Entre él y nosotras hay un cristal que nos une, separándonos lo justo: su dolor a un lado, sus pérdidas a un lado, su Tristán a un lado.

Todo lo mío al otro.

BEA

Tú qué sabrás —farfulla Mencía entre dientes. Está sentada delante de mí al otro lado de la mesa de la cocina, con una peluca negra azabache terminada en trenza que, según anuncia, es el pelo oficial de Lara Croft. Hablamos del infierno, de Tristán, de lo que ella no puede darle a Gala. Vista así, desde este lado de la mesa, la quiero tanto que podría llorar.

—A veces te quiero tanto que podría llorar, abuela.

Tensa la espalda y me mira con cara de actriz de reparto.

—Pues ya podrías ponerte un poco las pilas, niña.

—¿Las pilas?

Arquea una ceja y vuelve a levantar el pie, moviendo distraída el pulgar que le asoma por el agujero del calcetín.

—¿Tienes idea de cuántas niñatas de tu edad tienen el privilegio de poder sentarse a la mesa con un tiranosaurio de noventa y tres años, cabeza de chorlito? —pregunta al aire, rascándose la nuca con la uña del dedo índice en un gesto que conozco bien.

La miro intentando entenderla. ¿Por qué estará tan espesa por las mañanas? De pronto se vuelve del todo y da un palmetazo en la mesa, haciendo saltar las cucharillas y los platos y, al verme dar un respingo en la silla, se echa a reír, llevándose la mano a la peluca. «Qué gusto verla así», alcanzo a pensar en los segundos de tiempo muerto que enmarca su risa aguda de niña mala. «Qué envidia».

Un nuevo palmetazo. Un nuevo sobresalto. Se inclina hacia mí por encima de la mesa y sisea:

—Tengo dos noticias que darte, pequeña, y una es noticia repetida. La primera es que hoy es mi cumpleaños. Noventa y tres añitos tiene esta guacamaya vieja que tienes delante. Casi tanto como estos leotardos —añade, abriéndose el albornoz y enseñándome unos leotardos negros que le llegan muy por encima de la cintura y que sujeta con una especie de goma naranja. No puedo disimular un parpadeo de incomodidad que ella saluda con una nueva carcajada de dientes torcidos y una lluvia de babas que caen sobre la mesa. Cuando vuelve a calmarse, y mientras se recoloca el albornoz, se gira a mirarme y me suelta—: La segunda es que acabo de desheredarte por desmemoriada, nietucha de pacotilla.

Risa. Esta vez es la mía. La suya vuelve a sonar desde su lado de la cocina, trenzándose en arrebato abierto con la que reconozco en mí. ¿Cuánto hacía que no nos reíamos Mencía y yo? ¿Cuánto que no nos abandonábamos así? ¿Que no navegábamos juntas, las dos solas? De pronto me sorprendo pensando que verla así me da la vida y me arrepiento de estos últimos meses de resentimiento, de estos meses perdidos. Risa, sí. La abuela se ríe sin perderme de vista, animándome a seguir, llevando ella el timón de este velero largo y generoso de labios ancianos que nos acoge sobre el mar de la mañana como una gran sonrisa sobre un manto azul. Ver reír a una anciana es un milagro.

—¿Qué es eso que llevas ahí?

La pregunta es a deshora. En seco y por la espalda. Mi respuesta tarda un poco en llegar. No tengo preparada una mala mentira y a la abuela hay que mentirle bien. Mencía señala con la barbilla el sobre que aprieto en la mano y me sostiene la mirada, todavía húmeda de buen humor. Pienso. Ordeno. Acelero la mente y despliego velas buscando el viento de la excusa convencida, pero la mano de la abuela se posa sobre la mía y la calma chicha me desinfla el velamen, envasándome al vacío. Su mano se cierra sobre mis dedos y se desliza hasta el sobre. Un último intento por despistarla, mientras procuro tirar del sobre hacia mí.

—Felicidades, abuela. ¡Felices noventa y tres!

Me sonríe con la boca, pero no aparta los ojos del sobre que de pronto, y de un tirón, es suyo.

—Zorrita —me escupe, acompañándose de una risilla triunfal al tiempo que lo abre, sacando el billete y la nota y examinándolo todo como si acabara de entregarle la cartilla con mis notas de fin de curso.

—Me lo he encontrado en la mesa del desayuno.

Sigue con la mirada clavada en la nota.

—Ajá.

Silencio. Vuelve a examinar el billete mientras se tira suavemente de la trenza, que a su vez va arrastrando suavemente con ella el resto de la peluca, dejando a la vista medio moño de pelo blanco. Por fin levanta los ojos, vuelve a meterlo todo en el sobre y lo deja encima de la mesa.

—Maldito Jorge —murmura con una mueca torcida de mala leche.

—Lo ha hecho con toda su buena intención, abuela. No creo que debas culparle de nada.

Vuelve a recolocarse la peluca. Me cuesta mirarla.

—Qué buena intención ni qué buena intención —suelta, arrugando la frente—. Qué demonios hace ese idiota regalándote a ti un billete de avión a Copenhague, ¿eh? ¿Será maldito?

—Tranquila, mujer... Si no es más que un billete. No significa que vaya a irme.

De repente me mira como si estuviera viendo un extraterrestre y vuelve a dar un manotazo en la mesa, haciendo saltar la cafetera.

—¿Y a mí qué cojones me importa si te vas a Copenhague o al purgatorio, pedazo de muérgana? —estalla entre salpicones de babas y meneos de trenza. Alarmada. Me alarma enfrentarme a un ataque de ira así en ella. Hacía mucho que los creíamos dormidos—. ¿Pero es que en esta casa nadie se ha enterado todavía de que hoy es mi cumpleaños? —ataca—. ¿Mi cumpleaños, el mío? ¿Y yo? ¿Dónde están mis regalos y mis notas? ¿Es que las viejas no viajamos? ¿Por qué no puedo irme yo a Copenhague? ¿Acaso creéis que no tengo derecho a ir a ver a mi nieta? Espera a que vuelva Jorge. Me va a oír. Y la ojos de coneja esa también. Seguro que ha sido idea suya para conquistarte, la muy zorrita. Aghhh..., soy toda odio y rencor...

Es la última frase. Son sus ojos viejos que siguen mintiendo como siempre, pero a los que ahora les falla el largo plazo. Mencía ha vuelto a engañarme una vez más. Buena comediante la abuela. Es la última frase la que no cuadra en la breve puesta en escena de actriz desmaquillada con la que acaba de regalarme la vista. No, no me cuadra y ella se da cuenta. Suelta una risilla de disculpa llena de flemas.

Luego suspira. Se mira el pie en silencio y arruga el morro.

—¿Qué vas a hacer? —pregunta de pronto, sin levantar los ojos.

Ah, la pregunta.

—No lo sé, abuela.

Se retoca el pelo antes de hablar.

—¿Quieres un consejo? —pregunta con una voz de anciana tímida en la que no la reconozco.

Lo pienso bien antes de darle una respuesta, aunque las respuestas que se le dan a esta mujer nunca están bien pensadas. Sus preguntas han sido y serán siempre un campo de minas y hoy está de celebración.

—No lo sé.

—Pues tienes poco más de veinticuatro horas para decidirte.

—Quizá podría irme más adelante. Gala todavía es muy pequeña. Me da miedo viajar con ella.

—Mentirosa.

—No, hablo en serio.

—Bueno. Puede que tengas razón.

—¿Lo dices de verdad?

—He dicho «puede».

—O sea, que crees que no.

—Creo que sería fantástico que fueras a ver a Inés a Dinamarca cuando Gala haga la comunión. Total, seis o siete años pasan volando.

Suelto aire por la nariz. A veces Mencía me cansa.

—Gala no va a hacer la comunión, abuela. Ni siquiera pienso bautizarla.

—Por eso lo digo, cariño —refunfuña entre dientes.

Ya. Mencía no está de humor.

—Y de paso, igual tienes suerte y para entonces ya no tienes hermana, porque seguramente a esas alturas ya se habrá muerto de pena. O peor aún: de tanto callar, se habrá quedado muda por dentro.

Golpe bajo. Lo sabe. Por eso no me mira.

—¿Por qué crees tú que Jorge me ha regalado este billete?

Ahora sí me mira. Dos cejas arqueadas como un puente abierto para dejar pasar un gran carguero.

—Porque quiere mucho a tu hermana.

Rabia. Ahora soy yo la que habla por la herida.

—¿Entonces por qué no va él?

Suspira con cara de fastidio. El carguero está lleno de artillería pesada y se desliza sin ganas.

—Porque no tiene ningún niño con el que devolver a Inés una pequeña sombra de la madre que todavía se empeña en no dejar de ser.

Ay. Cuesta abajo. Las conversaciones con la abuela son siempre en pendiente, colgadas las dos de un par de ramas sobre un abismo cubierto de niebla.

—Y porque no necesita ayuda para criar a su pequeño. Porque no va por ahí lloriqueando como una niñata egoísta, quejándose de que se siente solo y de que no tiene a nadie que se eche a la espalda por él la responsabilidad de sacar adelante a su hijo, la responsabilidad que tú tendrías que saber asumir sola. No, niña. Jorge no se va porque tuvo un hijo y se le murió hace un año y porque todavía no se ve con fuerzas para hablar de él, porque se le torció la vida y porque vive de una ausencia, con una ausencia, estrujándola porque es esa ausencia la que explica ahora su existencia. Y porque sabe que Inés sufre tanto o más que él. Sabe que ella comparte la misma culpa, la misma tristeza, y también que tú y tu niña sois, en este momento, lo mejor que le puede pasar a nuestra Inés.

Trago saliva, pero en la garganta no encuentro más que un reguero de sequía. Arena de mar.

—Y porque tú eres la única que no lo ves, empeñada como estás en lamentarte de tu suerte, de tu debilidad…, de tu pequeñez.

No sé qué decir. No importa. Mencía lleva rumiando desde hace semanas. Me habla desde abajo y su voz rebota sin trabas contra las paredes de la mañana.

—Coge ese avión y a tu hija y hazme el favor de devolverle un poco de vida a la vida, niña.

Alarga la mano hasta la mía y la deja a escasos milímetros sobre la mesa, como una concha vieja.

—¿De qué tienes miedo?

No contesto. Sé que no me toca hablar a mí. Mencía rueda cuesta abajo.

—Yo te lo diré. Tienes miedo a hacerte mayor. A ver a una mujer que sufre, y que sufre por la pérdida de lo que tú no sabes tener. Es eso lo que te da miedo.

Yo no quiero estar en esta cocina. No me gusta el silencio de esta casa. Agranda las palabras.

—Pero es que te olvidas de algo, pequeña.

Y al agrandar las palabras, me pesa la espalda. Me hundo. Necesito aire.

—Esa mujer es tu hermana. Y está sola. Y está embozada de amor muerto. Y te necesita, Bea.

O quizá necesito otro cigarrillo. Alargo la mano para coger el paquete, y al hacerlo rozo la de la abuela, que se cierra sobre la mía como un cepo en la pata de un oso.

—Tú necesitas ayuda, cariño, e Inés también, y ni tu madre ni yo podemos dárosla. Tu madre, porque está rota y vive del aire que no respira, y yo, porque estoy pelleja y porque tengo otros planes para lo que me queda de tiempo. Si tuviera diez años menos, cogería ese billete y mañana mismo me plantaba en casa de tu hermana con lo puesto —declara, volviendo a arrebujarse en el albornoz blanco—. Pero se me pasó el arroz.

—No digas eso.

—Digo lo que me da la gana. Y, sobre todo, digo la verdad. Vete, Bea. Pruébate un poco. Aquí no te necesitamos. Sólo quedamos los muertos y las viejas.

Más arena en la garganta. Agua en los ojos. Mala combinación. Oigo llorar a Gala y, como siempre, se me eriza el espinazo. Hago ademán de levantarme, pero la mano escuálida de Mencía mantiene la mía pegada a la mesa con una fuerza que jamás le habría imaginado. La miro y ella me aguanta la mirada, que en seguida suaviza.

—Prométemelo.

Seguimos colgadas de nuestras miradas unos segundos mientras el llanto de Gala se vuelve cada vez más urgido, más apremiante, obligándome a apretar los dientes.

—¿Y si no sale bien?

—No saldrá como imaginas, pequeña, pero saldrá bien. Además, siempre puedes volver. Nosotras no nos moveremos de aquí. Ni nosotras ni la isla.

¿Por qué cuando oigo llorar a Gala no puedo quitarme de la cabeza este miedo a que se me muera?

—Tengo que subir a ver a Gala, abuela.

—No. Antes prométemelo —insiste, sin soltarme—. Será mi regalo de cumpleaños..., por favor.

Oír un «por favor» de labios de Mencía es una condena a la que ningún ser humano debe ni puede estar preparado. Son noventa y tres años de súplica, envueltos en unos ojos de niña mayor a los que no me han enseñado a resistirme. Ella lo sabe. Parece que Gala también, que ahora berrea entre sollozos.

—Está bien. Será tu regalo de cumpleaños.

La mano se abre y recupero su sonrisa complacida de ojos pardos. Giro en redondo y me dirijo hacia la puerta, intentando no pensar en lo que acabo de prometer, confusa, envuelta en la niebla más densa del barranco sobre el que hasta ahora he estado columpiándome con Mencía. Su voz me llega por la espalda.

—Bea...

Me paro al llegar a la puerta y en ese instante Gala cae en un silencio hondo que se alarga durante unos segundos y en el que casi puedo oír lo que no ocurre en cada uno de los rincones de la casa. La abuela habla. La abuela dice. Pone las cartas sobre la mesa y se confiesa tramposa. Jugadora. Mencía hace sus apuestas con cuidado. A tiro hecho.

—No te preocupes por nada. Todo saldrá bien.

Y en ese mismo arco de silencio, en el momento en que cruzo el umbral que da al pasillo y doy los primeros pasos hacia la escalera que me llevará a mi niña, ahora extrañamente silenciosa, la voz rasposa y cargada de flemas de Mencía se expande como un pulmón cargado de oxígeno, revelándose, golpeando por detrás.

—Mañana Jorge y tu madre os llevarán al aeropuerto. No necesitas pasar antes por casa. Dentro de un rato volverán con tu maleta y la de la niña.

Hay dos segundos más de silencio que se me atornillan contra las sienes como dos pinzas de un dispositivo de electroshock. Llega primero el terror de saberme presa de un dolor anticipado y décimas de segundo más tarde llega la descarga. Esta vez es de claridad, una descarga de luz bajo la que se recompone de pronto todo lo dicho y lo no dicho en la conversación mantenida con la abuela. Se disipa la niebla y las piezas del rompecabezas ocupan su lugar, fluidas, en volandas, revelando una mano que mece este barco, una mano vieja, seca, abarrotada de venas como las raíces de un árbol centenario. Vuelvo a leer en la mente la nota de Jorge y entiendo entre líneas las escritas por Mencía con su puño y letra, con su propia firma imitando la de Jorge; entiendo también la estudiada ausencia de mamá, de Jorge e Irene, esta mañana a solas en la cocina…, y de pronto me cuelgo de estos dos segundos entre la ira y el cariño, balanceándome de nuevo sobre el vacío desde lo alto, desde la vida misma, cansada de repente de verme siempre manejada por la mano caprichosa de la abuela, por la eterna ausencia de Helena, por el triste rastro de Tristán, por la bondad acusadora de mamá… siempre a merced del cariño ajeno, ajena a mí, a lo que no quiero ver, siempre decidida, no decisiva, no dimensionada. Y me veo como un trapajo al viento, olvidado en un alambre sucio de una casa abandonada, y no me gusto. ¿Cuánto tiempo hace que mido mi vida en clave de reacciones a las acciones de los que me rodean, a sus no acciones, dejando que sean ellos quienes tiren mis dados sobre un tablero que no reconozco? ¿Cuánto hace que respiro sin apenas abrir los pulmones para que no pase nada? ¿Cuánto que vivo refugiada entre estas mujeres para no tener que empezar a vivir de nuevo? Desde que tengo a Gala conmigo una parte de mí necesita hacer, ser..., ver. Necesito oírme entender, dejar de temer la muerte de mi niña en cada tos, en cada sollozo, en cada respiración pesada o ligera, en cada recodo del día. Necesito aire. Tristán ya pasó y no se repetirá. No en mi Gala. Necesito aire, sí, pero no el de la isla. No el de mis muertos. Copenhague servirá como serviría cualquier destino que no sea éste, cualquier destino elegido, el purgatorio o el mismísimo cielo. Servirá la distancia. Servirá Inés, mi Inés. También mi Gala. La nuestra.

Me vuelvo a mirar a Mencía, que ahora se ha quitado la trenza falsa y va dándole vueltas en las manos con la mirada perdida en la ventana. Mueve los labios como si rezara, como si hablara sola.

—Hay veces en que quererte tanto duele, abuela.

Ella sigue sin mirarme, la espalda un poco encorvada, perdida en sus cálculos de buena jugadora.

—Entonces es que quieres torcido, pequeña —responde de pronto con voz cansada.

Sonrío. Ella también.

—Como puedo. Quiero como puedo.

Levanta la vista y me mira con ojos húmedos, unos ojos enteros de mujer de noventa y tres años.

—Yo también, cariño. Yo también.

JORGE

Qué monada —susurra Mencía llevándose las manos a la cara y bajando la mirada—. Gracias. Muchas gracias a todos. Estoy... muy emocionada, de verdad.

En la mesa del salón, los platos de postre sucios y las copas de champán semivacías dibujan un circuito sobre un fondo en blanco. En el centro, lo que queda de la tarta sacher y el nueve y el tres de cera roja que han llegado a lomos de la tarta, iluminando la oscuridad del comedor, y, delante de Mencía, los regalos sobre un lecho de papeles de colores, en un desorden alegre: dos juegos de la Play, un DVD portátil, una pequeña maleta roja de ruedas y una baguette de Chanel como un arca de Noé en miniatura. Mencía nos mira con una mueca de niña abrumada y de repente suelta un eructo que le desordena la horizontalidad de la dentadura. A mi derecha, Irene se lleva la servilleta a la cara y evita mirarme.

—No te escondas —le suelta Mencía, volviéndose hacia ella—. Vergüenza debería darte reírte de esta vieja incontinente.

Irene vuelve a dejar la servilleta en el plato y la mira con cara de pocos amigos.

—Yo no veo ninguna vieja incontinente —replica con un ademán desganado.

—¿Ah, no? —Mencía arquea una ceja y Lía apoya la cara en las manos y me mira con expresión de madre paciente—. ¿Y se puede saber qué es lo que ves, bonita?

«Qué valiente es la vieja», me oigo pensar de repente con un escalofrío de cariño. «Y qué poco conoce a Irene».

—No creo que le interese saberlo.
—De tú, niña. De tú.
—Pues eso.
—No te he pedido que me digas lo que crees, sino lo que ves.

Le doy una patada a Irene por debajo de la mesa. Bea la recibe con una mueca de dolor.

—Veo una vieja cochina que eructa en la mesa la noche de su cumpleaños.

Mencía levanta la mirada, retadora.

—¿Qué más?

Irene toma aire y carrerilla. Sin duda, son tal para cual. Tendrían que haberse conocido antes.

—¿Que qué más?
—Sí.
—Una vieja con los dientes mal puestos.

Mencía parpadea y se lleva la mano a la boca, recolocándose la dentadura con un rápido gruñido.

—¿Algo más?
—Sí.
—Adelante.
—Qué regalos tan raros te han hecho —suelta Irene.

Mencía suspira y vuelve a escapársele un pequeño eructo que esta vez hace ademán de disimular, llevándose la mano a la boca.

—Los que había pedido. —Irene me mira primero a mí y luego se vuelve hacia Mencía—. ¿O es que te crees que a mi edad una deja que los demás le regalen lo que quieran para su cumpleaños?

Irene no dice nada.

—Será boba la coneja —farfulla Mencía, sacudiendo la cabeza con fingida incredulidad.

Durante un par de segundos reina el silencio en esta noche de agosto. Desde el jardín delantero llega el olor del jazmín y de la madreselva, columpiándonos en flor y en blanco. Desde más allá, el olor a sal y a pino joven. A mar abierto.

—Además, vergüenza tendría que darte a ti haber venido a mi cumpleaños sin un miserable regalo, ratona.

Ahora soy yo el que se lleva la servilleta a la boca. Mencía tira de la cuerda. De la suya. Infinita su energía. Irene se levanta y desaparece por la puerta que comunica el comedor con el vestíbulo para regresar segundos más tarde con un paquete envuelto en papel de charol rojo que deposita en el plato manchado de chocolate de Mencía antes de volver a su sitio, acompañándose con un:

—Vergüenza debería darte ser tan impaciente a tu edad.

Mencía se queda mirando el paquete como si acabara de ver una cucaracha de tamaño monumental en el plato. Sigue mirándolo durante unos segundos con las manos quietas sobre las rodillas hasta que por fin puede más la curiosidad y coge el paquete, que en seguida se coloca sobre las piernas, ocultándolo de nuestras miradas y concentrándose en la complicada tarea de romper el lazo y el papel, que al parecer se le resisten.

—Mphhh, mphhh —resuella con la cabeza baja, totalmente ajena a nosotros—. Rshhhs, rshhhs...

Nos miramos sin saber qué decir. Irene pone su mano sobre la mía y yo saludo su gesto con un suave apretón. De repente se hace el silencio. En la cabecera de la mesa, Mencía sigue con la cabeza gacha, ahora presa de una ristra de sacudidas minúsculas que poco a poco van transformándose en una sucesión de estertores que nos llegan acompañados por un extraño sonido. Lía yergue la espalda, alarmada, y Bea alarga la mano hacia su abuela con cara de preocupación mal contenida, pero no hay tiempo para más. Carcajadas. Mencía está desbocada en un ataque de risa que ninguno de los presentes esperábamos.

—Ji, ji, ji, ji —se ríe sin levantar la cabeza, apoyando ahora una mano en el borde de la mesa en un aparente intento por mantener el equilibrio—. Ji, ji, ji, ji...

Risa, sí. Risa de hiena mayor, risa hacia adentro, gastada pero tan plena y tan entera que abarrota la mesa al instante, rociándonos a todos en cuestión de segundos, relajando de un plumazo el ceño de Lía y los dedos de Bea. Noventa y tres años de risa la que nos salpica esta noche de verano en Menorca. Cuánta.

Sin dejar de sacudirse entera, Mencía levanta por fin la cabeza y da una palmada sobre la mesa. Roja, encendida, con la cara bañada en lágrimas.

—Zorrita..., ji, ji, ji —suelta de pronto, señalando a Irene con un dedo flacucho como un hueso de pollo—. Zorriji, ji, ji, ji... —Lo intenta de nuevo, levantando por fin el paquete de sus rodillas y dejándolo de nuevo sobre el plato—. Es un..., un..., ji, ji, ji, ji...

No puede hablar. Se la lleva la risa pendiente abajo hasta que por fin mete la mano en la caja y saca una especie de red dura y enmarañada que sostiene en alto sobre la cabeza, sacudiéndola en círculos como una gaucha enloquecida.

—¡Un bozal! Ji, ji, ji... —suelta por fin entre risas y babas—. ¡La coneja me ha regalado un bozal!

Y tanto es lo que se ríe Mencía, es tanta la profundidad de sus carcajadas, que el estupor deja gradualmente paso a la preocupación y Lía reacciona, poniendo fin a tanta risa levantándose de pronto y empezando a recoger la mesa. Poco a poco, Mencía va calmándose hasta que termina por secarse la cara con la servilleta, que además usa también para sonarse. Luego suspira, deja despacio el bozal en la caja y sonríe con cara de ángel de papel maché mientras todos aprovechamos para levantarnos y ayudar a Lía a recoger.

Cuando Irene pasa junto a ella, cargada de copas y tazas, Mencía la toma del brazo y la obliga a inclinarse sobre ella.

—Gracias, preciosa. Me ha encantado —susurra con una sonrisa de oreja a oreja.

—Sabía que te gustaría.

—Me caes bien. ¿También sabías eso?

—Sí.

—¿Sí?

—Es mutuo.

—¿Por qué?

—Porque le habrías gustado a mi padre.

—Eso se lo dirás a todas.

—A las que saben reírse.

—Te creo.

—Mal hecho.

—¿Te puedo hacer una pregunta? —susurra Mencía, esta vez tirando aún más de Irene, que me lanza desde la cabecera de la mesa una mirada divertida.

—Me haces daño.

—Mentirosa.

—La pregunta, abuela.

—¿Sabes conducir?

Irene sigue mirándome y esta vez parpadea en un gesto de sorpresa que conozco bien.

—Sí.

—Me alegro.

—¿Por qué?

—Porque mañana me acompañarás a dar un paseo en coche.

—Ya veremos.

Mencía suelta a Irene, que se tambalea durante una décima de segundo con la bandeja llena de cristal y porcelana y que recupera el equilibrio al instante para alejarse hacia la cocina. Al llegar a la puerta se detiene y, sin volverse, la oigo decir, no a mí:

—Pero llévate el bozal. Si no, no hay paseo. No quiero que me multe la guardia urbana por ir por ahí con un animal peligroso.

Mencía me mira desde la cabecera de la mesa, se arruga sobre la caja del regalo en un amasijo de huesos y dientes y estalla en una carcajada babosa que Bea saluda con un respingo y que desde mi sitio bendigo con risa propia. En algún lugar de la casa, Gala llora ahora, mezclando sus sollozos recién despiertos con la risa de su bisabuela, cortando el tiempo y el espacio que trenzan los lazos de esta familia, acercándonos en esta noche de calor templado como sólo saben acercar los niños y los ancianos. Desde la risa y el llanto.

LÍA

Quiero que me hagas un favor.

La voz de mamá me llega desde la tumbona de al lado, amortiguada por el pequeño chal de algodón con el que se tapa el cuello y la boca. Como todas las noches desde que empezó el verano, salimos a tumbarnos al porche después de recoger la mesa de la cena y poner el lavavajillas. A veces hablamos. Otras no. Aunque no nos queda mucho por decirnos y las dos lo sabemos, disfrutamos de la compañía de la otra, del silencio de la otra. De los recuerdos compartidos. Hay noches en que jugamos a cosas. Ésta no. Flavia no ha llamado y mamá está dolida.

—Claro.

Carraspea y vuelve a colocarse el chal sobre la boca. Apenas la distingo en la oscuridad.

—¿Podrías acompañar a Jorge mañana a llevar a las dos niñas al aeropuerto?

Si la conociera menos, pensaría que es un favor cualquiera.

—¿No vendrás con nosotros?

Suspira. El cielo está tan estrellado que da envidia.

—No. Ya sabes cuánto odio los aeropuertos. Además, quiero que le dejes el coche a Irene. Le he pedido que me lleve a dar un paseo mientras vosotros estáis fuera. Necesito salir un poco. Que me dé el aire.

Mantenemos el silencio durante unos segundos. No es un silencio vacío.

—Mamá.
—Dime, hija.
—¿Tú crees que yo te creo cuando me mientes?

Se vuelve a mirarme y suelta un carcajada que suena como un bufido de yegua.

—No.
—Entonces, ¿por qué lo haces?
—Porque me aburro.
—¿Y por eso me mientes?
—No.
—¿Entonces?
—Te miento para protegerte.

El mar no se mueve en el horizonte. Tanta paz.

—¿Para protegerme de qué?

Mencía no contesta en seguida. Inspira y espira, inflando y desinflando el algodón del chal como un corazón de tela. Por fin responde.

—De mí.

Casi prefiero que siga mintiéndome.

—¿Por qué quieres que vaya mañana al aeropuerto, mamá?

Se cruza de brazos, no como una niña enfurruñada esta vez. Hay algo maduro en esos brazos cruzados, casi maternal.

—Porque no quiero que sepas lo que voy a hacer.
—¿Y puedo saber por qué?
—¿Quieres?
—Sí.
—Porque dolerá.

Claro. Como si todo lo no dicho entre nosotras hasta ahora no hubiera dolido. Como si las cosas sólo dolieran cuando se dicen o porque se dicen. De pronto me envuelve un escalofrío de rabia.

—Tengo sesenta y cuatro años, mamá —le escupo, como si ella tuviera la culpa.

Levanta la cabeza y me mira con los ojos brillantes.

—Y pensar que cualquiera nos tomaría por hermanas... Es más, el otro día, Laura, la hija de Lourdes...

Pasa la rabia. Con mamá no suele durar.

—Mamá.

Abre los ojos un poco, fingiendo sorpresa.

—¿Sí?

—No necesito que sigas protegiéndome de ti, créeme.

Vuelve a recostar la cabeza sobre el almohadón e inspira hondo, llenando de aire sus frágiles pulmones.

—Eso es lo que tú te crees.

—¿Tan débil te parezco?

El parpadeo de un avión recorre el cielo en línea recta hacia mar abierto, alejándose de nosotras. Tanta gente moviéndose de día y de noche en el aire.

—Nunca he dicho que lo fueras.

—No te me escapes.

—¿Sabes una cosa, Lía?

—Dímela tú.

—Después de los noventa, a los viejos no nos da miedo la muerte.

Silencio. Mencía se sienta sobre la tumbona, pone los pies en el suelo, se levanta y llega hasta mí, sentándose a mi lado.

—¿Ah, no?

—No, hija. A los viejos nos da miedo el abandono. Perder la cabeza no. Eso nos da igual. Lo que nos aterra es perder las emociones, la incontinencia emocional. Abandonarnos a todo lo sentido y dejarnos ir.

No la entiendo. Se lo digo.

—No sé explicarme mejor, niña —responde con un murmullo brusco.

—Inténtalo.

—No tengo ganas.

—No te creo. Tú siempre tienes ganas.

—Es que no soy la de siempre, Lía. Eso es lo que intento decirte.

—Nadie somos los de siempre.

—¿Sabes una cosa?

—¿Otra?

—Te quiero mucho, niña.

—Ya lo sé, mamá.

—Pero no te sirvo.

No digo nada. De repente no me gusta oírla hablar así. Quizá tenga razón. Quizá sea mejor que no duela. Le da igual.

—He visto morir a tu hija y a tu nieto, y las dos veces les he visto a ellos, me he quedado pegada en su ausencia, olvidándome de ti, de tu presencia, de lo que perdías. Te has hecho fuerte a base de ausencias, niña. Mi compañía apenas te ha ayudado porque no te miraba.

—Mamá…

—No, Lía. Mamá, no. Tengo noventa y tres años y he perdido la oportunidad de disfrutar de ti porque desde muy pronto tuve que elegir entre gozar de mi niña o sufrir por ella. Elegí mal. Me inventé a una Flavia fuerte y entera y a una Lía frágil y turbia. Lo quise fácil. Nunca me ha gustado rectificar. No lo hice.

Cierto. A mamá nunca le ha gustado corregirse. Corregir sí.

—¿Sabes por qué has sido tan poco querida, Lía? ¿Tienes la menor idea de por qué tu padre, tu hermana y tu marido te han querido tan poco?

En el horizonte flota una línea más negra que el cielo y que el mar, más oscura que el mismo negro. Cuando perdemos la mirada en ella, todo se ordena porque todo cabe, caben los años de una vida, las historias queridas, las verdades que nunca quisimos oír. Cuando perdemos ahí la mirada, la vida habla y la noche escucha. La voz de mamá cruje sobre mí desde arriba. Su mano en mi antebrazo apenas pesa.

—Porque eres demasiado fuerte, pequeña. Porque me saliste entera, de una pieza, y reflejas mal la debilidad ajena. No te quisieron porque devuelves lo mejor de cada uno y, en su caso, lo mejor es su ausencia. Es difícil querer a alguien como tú, cariño. Es demasiado compromiso con uno mismo.

Trago saliva y con ella la línea del horizonte. Mamá no se mueve de mi lado. De pronto me sorprendo pensando que no recuerdo haberla tenido sentada en mi cama, cuidándome cuando estaba enferma. También me sorprendo consciente de no haber enfermado nunca para no tener que ver a nadie sentado en mi cama cuidándome.

—He aprendido a quererte siendo ya muy mayor, niña —prosigue con la voz agrietada. Siento el estómago duro, pertrechado contra el resto del cuerpo, conteniendo lo que no sabe manejar. Siento los pulmones hinchados de gas ácido y amargo. La mano de mamá plantada sobre mi piel como una araña muerta—. Y... —Duda. Mamá duda y yo no quiero seguir aquí. Ver dudar a mamá es ver combarse la línea del horizonte bajo el peso del cielo. Verle el fin al infinito— ... tengo que darte las gracias por haber estado conmigo hasta aquí, cariño. Sin ti, no habría podido seguir sola. No después de Helena. Mucho menos después de Tristán.

Ay.

—Y te diré más. Sólo una cosa, porque a esta vieja meona ya le cansan las palabras, sobre todo las propias.

Ay.

—Si tengo una certeza en esta vida, es que somos el reflejo de lo que dejamos al irnos. Eso me ayuda a respirar tranquila al pensar en mi marcha. Cuando yo ya no esté, estarás tú, mi Lía. Grande. Blanca. Cuando yo me haya ido, estarás en paz porque podrás verte del todo y serás capaz de ver lo que yo veo cuando te miro. Envejecerás bien acompañada contigo. Envejecerás bien.

Me recoloco el almohadón bajo la cabeza y tiendo las piernas sobre la tumbona. Ella se levanta con un ligero suspiro de esfuerzo, yergue la espalda, coge el bastón que ha dejado apoyado contra la ventana y clava la mirada en el firmamento. Sonríe. Mamá sonríe a la noche con sus dientes falsos e inmaculados como una pirata en alta mar avistando tierra firme. En la oscuridad de la noche, una luz parpadea en algún rincón de la distancia a ritmo de faro. Como todas las noches, mamá y la isla se miran antes de apagarse, cada una desde su orilla. Como todas las noches, mamá chasquea la lengua y murmura con voz ronca:

—Si es que yo tendría que haber sido farera, mierda.

No tengo fuerzas para sonreír. Esta noche no. Ella se vuelve y se dirige hacia el ventanal que da al salón con paso poco seguro. Al llegar a la pared, apoya la mano contra el cristal de la ventana para cerciorarse de que ha llegado a territorio conocido, y me sorprende, todavía de espaldas.

—¿Te gusta la novia de Jorge?

—¿Irene?

Un suspiro de fastidio.

—¿Tiene más?

Sonrío. Ahora sí.

—Sí, mamá. Claro que me gusta.

—¿Seguro?
—Sí.
—Me alegro. A mí también.
—Ya lo sé.
—¿Pero sabes por qué?
—¿Crees que estoy preparada para saberlo? —pregunto con un tono de niña caprichosa que anticipo mal recibido.
—No seas mema. ¿Quieres saberlo o no?

Ahora relaja los hombros y gira la cabeza, pero no le veo la cara. La tiene en sombra.

—Sí, mamá. Claro.
—Porque si Tristán hubiera sido mujer y tuviera su edad, tendría sus mismos ojos.

Es la respuesta de mamá. La mitad. La otra mitad me llega a contragolpe, cayéndome encima como un rayo de luz.

—Y porque tiene la misma lengua que Helena, la muy cabrona.

Tres

BEA

Gala duerme sobre mi pecho desde el despegue. Es la primera vez que volamos juntas y a ella le gusta, como casi todo lo que signifique compañía. Babea sobre mi camiseta, húmeda y diminuta. A pesar de la hora y media de retraso, según el piloto por un pequeño fallo en un motor, viajamos tranquilas porque no vamos lanzadas a la sorpresa. Mientras esperábamos en la cafetería, he dejado a Gala con mamá y he corrido a una de las cabinas que están escondidas junto a la zona de los lavabos para llamar a Inés.

Se lo he dicho. Todo. Que estábamos en el aeropuerto, esperando para embarcar el vuelo a Barcelona y que llegamos esta noche. Que no lo he elegido yo. Que ha sido idea de Jorge, un regalo, y que tenía que saberlo, a pesar de que la abuela ha insistido en que mejor callarse, mejor la sorpresa. Serena Inés y su voz quieta. Me ha dejado hablar hasta que me he topado con su falta de palabras y con un silencio espeso que manchaba mi mente al imaginarla al otro lado de la línea. He oído el crepitar de la distancia hasta que me ha llegado su voz, limpia y cansada.

—Ya lo sabía, Bea. De hecho, me pillas saliendo de casa. Pensaba hacer una compra antes de ir a buscarte al aeropuerto.

Ha vuelto el silencio y me ha cogido por el cogote, estampándome contra el azul metálico del teléfono.

—¿Ya lo sabías?

—Sí.

No he sabido si preguntar. No ha hecho falta.

—Ayer me llamó mamá para decírmelo.

Mamá. Claro. Cómo no.

—¿Entonces?

La he oído sonreír. Es algo que sólo puede hacerse con alguien de tu propia sangre.

—¿Entonces qué, niña?

Inés siempre fue la más parca de las tres, la mediana. Helena decía que era un poco obtusa. Con los años resultó ser la más perfilada, la más sincera. Luego llegó la muerte de Tristán y esa sinceridad, esa entereza, siguieron conformándola, llenándola, abrigándola en una capa de tristeza tan densa que desde un principio supimos que no podríamos hacer nada por entrar ahí, por tenderle una mano.

—Sólo tengo billete de ida, Inés.

La sonrisa se ha desgranado en una risa tan lenta y cerrada de mujer mayor que he tenido que apretar los dientes para no llorar. Y es que, desde que soy madre, lloro con facilidad, soy más líquida, menos cuerpo. La abuela diría que soy más yo.

—Tengo muchas ganas de verte, boba —ha sido su única respuesta. Luego ha seguido esperando unos segundos y ha añadido—: A las dos.

A las dos.

—Pero ¿estás segura de que no te molestaremos? Dímelo sin problema, Inés, porque si crees que...

—Bea.

La voz de la mediana. La de la paciencia limitada.

—Dime.

—Estaré esperándote en el aeropuerto.
—Vale.
—Vale.

Eso ha sido lo último que nos hemos dicho. Vale. No «adiós», no «hasta luego», no «todo irá bien». Era lo último que nos decíamos por la noche antes de dormirnos cuando mamá apagaba la luz y nos cerraba la puerta. Esperábamos unos minutos a que la casa quedara en silencio y luego, durante años, yo reunía todo el valor que era capaz de encontrar en la oscuridad de la habitación y preguntaba al aire en un susurro:

—Inés, hasta mañana, ¿vale?

Ella respondía siempre. A veces, si nos habíamos acostado enfadadas o si estaba de humor torcido, alargaba el silencio entre mi pregunta y su respuesta, atornillándome contra el colchón y mis fantasmas desde su cama. Pero nunca me fallaba.

—Vale.

Su «vale» decía todo lo que yo quería escuchar. Era el salvoconducto a una noche más a salvo, la garantía de que volvería a despertar por la mañana y empezaría todo de nuevo. Inés era todo lo que no sabía encontrar en mamá ni en papá. Tan fuerte. Tan hermana.

Después de colgar, he vuelto a la mesa de la cafetería y mamá me ha saludado con un gesto tranquilo. Su mirada ha encontrado la mía y no nos ha hecho falta contarnos.

—¿Todo bien, pequeña? —me ha preguntado con una sonrisa.
—Sí, mamá. Estupendamente.
—¿Te vas tranquila?
—Mucho. Ahora sí.

No he sabido darle las gracias por su llamada. No he sabido encontrar el momento y ella tampoco me ha facilitado la labor. A mamá no le gusta que le agradezcan las cosas. El agradecimiento no es un gesto que reciba bien. En eso somos todas iguales, aunque Helena era la peor. A veces, ya de mayores, si le dabas las gracias por algo que había hecho por ti, te insultaba. También maldecía. La abuela decía que como un taxista. Como ella.

No, no he sabido darle las gracias y ahora creo que tampoco he sabido despedirme de ella como me hubiera gustado. De las dos. También de la abuela. Otra de las cosas que no hacemos bien las mujeres de esta familia: despedirnos. Sabemos decir adiós a nuestros muertos, sí. Pero entre los vivos, entre las vivas, se nos retuerce la lengua y nos volvemos torpes. Como esta tarde en el aeropuerto. Comparados con el tremendo abrazo de Jorge, los dos besos de mamá han sido como dos sellos mal pegados en una carta a provincias. Casi avergonzados. Luego, antes de dejarme pasar por el control de policía, me ha tomado las manos entre las suyas y nos hemos quedado las dos así, la una frente a la otra, mirándonos. He notado sus palmas suaves sobre las mías y me ha costado tragar porque una vez más me he reconocido en esa suavidad, me ha gustado sentir a mi madre en ella, casi como dos pequeños espejos en los que he estado mirándome desde niña, benevolentes, siempre mostrándome lo mejor de mí.

—¿Cómo puedes tener las manos tan suaves, mamá?

No se lo había preguntado nunca y oírme hacerlo me ha dejado sin aliento. Ella ha seguido mirándome a los ojos, sin pestañear, sin dejar de sonreír.

—Es lo único suave que me queda, cariño.
—No es verdad.
—¿No?
—No. Te queda la mirada. Y la voz. También te queda la voz.

Ha pestañeado, esta vez sí, y se le han humedecido los ojos. No está acostumbrada a que le hablen de ella.

—Me quedáis vosotras, Bea. Inés, tú, Gala...

—Y la abuela, mamá. No te olvides de la abuela —digo, con cara de fingido fastidio.

Ha sonreído.

—No, hija, no me olvido. Es difícil olvidarse de ella.

—Ya lo sé.

—Cuídate, hija. Y sobre todo cuídame a Inés. Ojalá puedas traerla de vuelta contigo.

—Costará, mamá.

Ha soltado una pequeña carcajada que se ha quedado en nada.

—Con Inés siempre ha costado. No quiero que siga allí sola.

«Allí sola», ha dicho antes de llevarse mis manos a la boca y darles un beso tan ligero, tan frágil, que me he tenido que cerrar como una anémona asustada para no romperme. Ahora Gala se contrae sobre mi pecho y aprieta las manos al aire, buscándome hasta que le pongo un dedo entre los suyos y ella se relaja al instante. Me gusta estar sola con mi niña así, en el aire, entre el rugido de estos motores que hoy tengo la certeza de que no fallarán porque volamos a lomos del último «vale» de Inés, hacia ella, directas hacia esa vida que hace meses que no comparte con nadie para no tener que hablar y oírse decir lo que no quiere que haya ocurrido. Sobre mí, contra mí, mi niña navega en sueños agarrada a mi dedo con una mano. Sonrío al pensar que ha dejado la otra libre para agarrarse con ella a la tristeza de Inés y tirar de ella hasta vaciarla del todo. Hasta que la oigamos pronunciar en voz alta las siete benditas letras que durante años dieron vida al nombre de su Tristán. Allá vamos.

IRENE

A la derecha, niña. Sí, por ahí. Luego, al final de la calle, gira a la izquierda y sigue recto hasta llegar al mar.

Mencía me dirige como un capitán de zapadores al último de sus subordinados. Tiene prisa y, desde que hemos salido de casa en el coche de Lía, está crispada, agarrada al cinturón de seguridad como un loro en el alambre y resoplando maldiciones cada vez que titubeo o que tengo que reducir la velocidad.

—Cabrones —suelta de pronto cuando freno al llegar a un paso de cebra para que pase una pareja de ancianos que, agarrados del brazo, se toman su tiempo—. Eso es lo que pasa con los viejos, que se creen que tienen toda la vida por delante, mecagüen...

Me muerdo el labio e intento no reírme, pero a Mencía se le escapan pocas cosas cuando no está de humor.

—¿Y tú de qué te ríes, conejona?

No pienso pasarle ni una.

—De lo que me da la gana.

Suelta un murmullo, se santigua, carraspea, baja la ventanilla y escupe a la calle.

—¡Malditos viejos! —le grita de pronto a la pareja de ancianos, que se giran sobresaltados y la miran como si estuvieran viendo el retrato robot de una asesina en serie.

No me ha dicho adónde vamos. Diez minutos después de que los demás se han marchado al aeropuerto, se ha presentado en el salón peinada, perfumada y arrastrando tras de sí la pequeña maleta roja de ruedas que ayer le regalaron por su cumpleaños y me ha ladrado:

—Lista, niña. Ya podemos irnos.

En cuanto me ha visto mirar la maleta con cara de no entender, ha torcido la boca.

—Siempre que salgo a dar un paseo me llevo las joyas. No me fío de estas fieras —me ha dicho, abarcando el salón con la mirada.

Y aquí estamos, metidas las dos en este monovolumen de última generación como dos personajes secundarios de algún planeta perdido de *La guerra de las galaxias*, ella rabiosa como una mona y yo intentando saber cómo demonios me he metido en esta pesadilla, rezando para que termine pronto. Por fin, salimos a un amplio descampado de arena que en su momento debió de ser un edificio y que ahora aparece convertido en aparcamiento provisional. Mencía aplaude como una niña y se echa a gritar:

—¡Aquí es! ¡Aquí es! ¡Para, para!

Delante del aparcamiento, al otro lado de un pequeño paseo, hay una estrecha ensenada llena de barcas de pescadores tumbadas sobre la arena como elefantes marinos al sol. También hay un pequeño muelle. Junto a él, una barca con el motor en marcha y un hombre de pie, de espaldas a nosotras. Apenas apago el motor, Mencía salta al suelo con un resoplido, abre la puerta de atrás, saca su maleta roja y empieza a alejarse por la arena del aparcamiento hacia la ensenada con la maleta en una mano y el bastón en la otra. Vista así, por detrás, parece una turista cuarentona con algún problema de huesos llegando tarde a su puerta de embarque. Vista así, me siento vieja.

—¡Yuhuuu! —me grita cuando alcanza por fin el muelle y agita la mano para darme prisa—. ¡Vamos, monina!

La alcanzo justo en el momento en que llega al pequeño muelle de madera y la agarro del brazo.

—¿Se puede saber adónde vas?

Me mira con una mueca de fastidio, me da un manotazo en la muñeca y reemprende la marcha, maleta en mano.

—Vamos. Querrás decir dónde vamos. Las dos.

Sigo donde estoy y me cruzo de brazos. Un par de segundos después, responde sin mirarme.

—A la isla.

No me muevo. La veo subir al barco con la ayuda del hombretón, un tipo ya mayor que la coge en brazos como a una niña y que la sienta en un pequeño banco lateral sobre la borda descascarillada de la embarcación. Luego vuelve al muelle y recoge la maleta, que coloca junto a Mencía. El motor ronronea, perezoso. El resto es silencio.

—¿No irás a decirme que te da miedo el agua? —me suelta con una mueca de impaciencia.

—No —le grito.

—¿Entonces?

—Tú —me oigo replicarle con rabia—. Eres tú la que me da miedo.

—Vamos, sube. No tenemos toda la tarde.

No sé si me da miedo el mar. Tampoco quiero que ella lo sepa. El hombretón me mira con ojos tranquilos. Nos esperaba. Me pregunto qué más nos espera, qué hay en esa isla de la que tan poco he oído hablar a Jorge en estos meses.

—¿Qué hay en la isla?

Mencía se lleva la mano al moño y sonríe.

—Un faro.

No me fío.
—¿Qué más?
—Muertos —susurra. Y luego—: Los míos.

Me acerco despacio, colgada de su mirada. Una pequeña ola muerta balancea la barca, que durante un escaso segundo me muestra su nombre en verde. *Aurora*. Así que ésta es la *Aurora*. Y el hombretón que me espera con la mirada cerrada como una rama doblada sobre el agua debe de ser Jacinto, el barquero, el mismo que ha estado llevando a estas mujeres a la isla a despedirse de Helena y de Tristán. No sé qué decir. No sé, ahora menos que nunca, qué demonios hago aquí, en este muelle medio podrido, acompañando a una vieja cascarrabias que ahora me mira con cara de bruja desde el banquito de madera que orilla la barca, repicando con el bastón en las tablas de cubierta.

—¿Estás segura de que has ayudado a morir a alguien, niña? —la oigo rascar el aire con su voz de pajarraca—. Pero si ni siquiera te atreves a subirte a un barcucho conmigo, conejilla —añade con una risilla traviesa, casi triunfal.

Salto a cubierta y me siento a su lado sin pensarlo más. Segundos más tarde, la *Aurora* ronronea con más fuerza y empezamos a alejarnos despacio de la playa, saliendo enseguida a mar abierto. Al fondo, no muy lejos, la isla se anuncia bajo su faro como un puño de piedra. A mi lado, Mencía se pasa la mano por el pelo y se agarra de mi brazo. Apenas sopla la brisa. Huele a sal, a sol. Huele bien y su mano me aprieta el antebrazo ahora con tan poca fuerza que de pronto caigo en la cuenta de sus angulosos noventa y tres años de hueso y tendón y reprimo el impulso de pasarle el brazo por la espalda y estrecharla contra mí. En el cielo, un avión corta el azul, dividiendo nada. Al verlo pienso en Jorge, en Bea y en Lía, y automáticamente una verdad me cruza la lengua, estallándome tras los ojos y obligándome a hablar.

—¿Saben ellos que vamos a la isla?

Mencía me mira y frunce el ceño, acercándome la cara como si no me hubiera oído.

—Que si saben que...

Tuerce la boca y pone los ojos en blanco.

—¿Pero tú te crees que a mi edad tengo que ir por ahí dando explicaciones de adónde voy? —escupe, haciéndose oír por encima del rugido tropezado del motor.

—O sea, que no lo saben.

Abre el bolso, saca un pañuelo y se lo anuda al cuello.

—He dejado una nota.

—No lo entiendo.

—Ni falta que hace.

—¿Siempre eres tan cascarrabias?

—¿Y tú tan preguntona?

—Sí.

Me mira con una sonrisa y tira de mi brazo hacia ella, estrechándome contra su pecho escuálido. Pasan unos segundos de brisa y sol mientras la isla va acercándose a nosotros sobre el vaivén dormido del oleaje. Ahora el faro se ve del todo, como un puñal clavado en una espalda encogida. No augura nada bueno.

Diez minutos más tarde rodeamos por fin la isla, circulando a su alrededor como lo ha estado haciendo Mencía alrededor de la pregunta que de pronto escupe al aire como una flema amarga y que la espalda de Jacinto saluda con una sacudida. Su voz suena casi tímida y repetida, entre asustada y esperanzada. A mí me llega como un golpe seco en la clavícula. Por detrás. Feo.

—¿De verdad has ayudado alguna vez a morir a alguien?

A la vista aparece una pequeña ensenada de roca en la que se adivina un diminuto embarcadero semioculto entre los recovecos de piedra gris. El motor ruge con otro tono y la *Aurora* traquetea hacia allí en línea recta, recortando el horizonte en diagonal. El bastón de Mencía vuelve a repicar contra los tablones semipodridos de la barca, marcando los segundos de silencio entre su pregunta y mi no respuesta.

—Habla, niña.

A veces no sé hablar. No me encuentro la voz. Habla, me pide Mencía, meciéndonos las dos sobre este mar indeciso. Las muertes no se hablan. A mí nadie me enseñó y tengo las palabras oxidadas. A veces me miro al espejo y vocalizo en silencio frases que expliquen esta paz, este haber sabido poner fin al dolor de lo incurable. Vuelvo a esa última semana con papá en casa, con todo ya dicho, mamá en la memoria y los dos libres para volver a acercarnos como dos ciegos, con las manos abiertas, los brazos extendidos, palpándonos, olisqueándonos para reconocernos. Vuelvo a esos últimos días con él, sí, y no es su muerte la que me acogota la culpa. Es esta paz, esta tímida alegría por haberlo hecho bien. Es la culpa de imaginarme vista desde fuera, desde arriba, por ojos que no lo hayan visto todo, por ojos que no sean los de papá ni los míos. Ayudar a morir, dice Mencía, pregunta Mencía, curiosea Mencía. No lo sé. Ayudé a papá a no seguir sufriendo, a no seguir respirando mal, a cerrar los pulmones en los que el aire entraba muerto.

—Niña... —insiste Mencía a mi lado, apretándome ahora el brazo con un amago que entiendo dulce—. Niña...

No fui niña con papá. Mamá nunca nos dejó. No reconozco esas cuatro letras en mi pasado y eso duele. El «niña» de mamá era áspero, duro, esquivo. Venía cargado de trampas. La voz de Mencía abre estrías donde no las había. No quiero estar aquí y se lo digo.

—No quiero estar aquí.

—Te hará bien. A las dos.

Me vuelvo a mirarla. En sus ojos viejos hay atisbos de mar. Y un mundo tranquilo que parece apagarse. Sonríe, conciliadora.

—Confía en esta vieja. Será sólo un paseo. Necesitas que te dé un poco el aire, pequeña.

El aire. La isla. Desde el muelle, un pequeño sendero rocoso asciende hacia la cima, ahora invisible, del lomo de piedra del islote. El motor de la *Aurora* calla de pronto y el silencio calmo del mar nos arrulla a los tres, calándonos desde adentro. Tanta paz.

—Vamos, niña. Ayúdame —susurra Mencía, intentando levantarse y tirando de mí hacia el borde de la barca, que ahora golpea suavemente contra la madera del muelle.

Y es ese «ayúdame» de Mencía el que nos empuja a las dos desde atrás, cuesta arriba hacia el faro, ella caminando casi de puntillas, apoyada en mí y en su bastón, la cabeza gacha, sumida ahora en algún recuerdo. Yo, tirando de su enjuta carcasa y arrastrando su maleta roja, que rebota sobre las rocas entre chasquidos malsonantes. Hacia arriba sobre su «ayúdame». Solas.

MENCÍA

No me responde. Irene no responde porque no se oye. Tiene miedo, como lo tendría yo. Y es que no es fácil hacer hablar a quien no se encuentra la voz. Subimos la cuesta, colgadas la una de la otra como dos aguiluchos cojos, trepando sobre nuestros pasos mientras ella sigue perdida en su lentitud, descubriendo cosas feas y no tan feas en lo vivido. Sopla la brisa, una brisa fresca que, a pesar del verano, irá enfriándose a medida que el sol vaya dejándonos. Siempre es así en la isla, en todas partes: llega el viento y se va el sol, llega una vida en el crepúsculo de la anterior. Así fue con Tristán y Gala. Muerto uno, nacida la otra. Con Helena no. Helena se marchó y con su ausencia lo vació todo, quemándolo todo. Sopla la brisa, sí, y pronto tendré que abrigarme. En cuanto lleguemos al faro, que ya se anuncia cercano, finito. Último. Camino entre las piedras como una iguana torpe, desentendida, suspendida de la tensión del brazo de esta niña mayor que habla consigo misma, debatiéndose entre el secreto y el silencio cerrado de esta isla. Irene respira como Helena, calla como Helena. Mira como Tristán.

De pronto se detiene y tira de mí hacia abajo, hacia el suelo, hacia el fondo del mar. Se oye el chirrido carnívoro de una gaviota romper la tarde. Irene no me mira al hablar. Sólo dice:

—A mi padre.

No me da tiempo a preguntar. A nada.

—Ayudé a morir a mi padre.

Reemprendemos la marcha y, ahora con paso más firme, recorremos los escasos treinta metros que nos separan de la base del faro, que rodeamos hasta tomar asiento en un pequeño banco de roca situado en la amplia cornisa de piedra que sale al mar como la estrecha pasarela de un barco pirata. La brisa empieza a ser viento, un viento salpicado de agua salada que me llena estos pulmones de vieja con un chasquido. La voz de Irene suena ahora más clara, más mayor.

—Quería irse. Apenas le quedaba pulmón. Me lo pidió con los ojos porque no tenía aire para poder hablar. Fue de noche. Se fue apagando sin dolor, en una nube de morfina. Tres dosis en una. Fácil, muy fácil, como todo desde que mamá no estaba. Le hice compañía hasta que salió el sol. Cuando notó que llegaba el día, sonrió, me apretó la mano y se marchó.

Chillan las gaviotas. Han encontrado algo.

—Helena me dijo una vez que le gustaría morirse cansada —me oigo decir con una voz que quisiera cambiar. Irene sigue con la mirada fija al frente. Desconozco si me escucha—. Y así murió. El mar la agotó. No sé si murió feliz, pero sí que murió entera, como ella quería.

Una ráfaga de viento nos azota a las dos. Sonrío por dentro. A Helena no le gustaba que habláramos de ella.

—Yo, en cambio, siempre quise morirme la primera, antes que todos los demás. No lo conseguí. He vivido tantas muertes que he tenido que estar muy atenta para no perder de vista mi propia vida.

Se vuelve despacio hacia mí y me mira como si acabara de despertar de un sueño incómodo. El viento le revuelve el pelo. Me gustan esos ojos. Me recuerdan tantas cosas.

—¿Por qué me has traído?

Ah, la pregunta. Creía que tardaría más.

—¿Por qué has venido?

Se aparta el pelo de la cara, pero una nueva ráfaga vuelve a esconderle los ojos.

—No lo sé.

—¿Cuántas cosas más no sabes?

Frunce el ceño y suelta un suspiro de impaciencia que yo no oigo y que se hunde en el balanceo de las olas más abajo.

—No lo sé.

—¿Estás enamorada de Jorge?

—No lo sé.

—Mentirosa.

Agacha la cabeza y el pelo le cubre la cara, dejando a la vista unos hombros anchos y flacos. ¿Por qué comemos siempre tan poco cuando nos mentimos y cuando nos hacemos viejas?

—¿Quieres un consejo?

Sonríe, ahora sí.

—¿Puedo elegir? —pregunta en un vacío de viento que nos acoge como una bolsa de silencio.

—No.

Yergue la espalda. El sol empieza a querer no estar.

—Jorge no te necesita. Ni a ti, ni a mí, ni a nadie. El problema no es que no estés enamorada de él. Al fin y al cabo, cuántas de nosotras no lo hemos estado de nuestros hombres. El problema es que él tampoco lo está de ti.

Ahora se toca los dedos de la mano, masajeándose con los nudillos. Tiene unas manos duras como hojas de palmera seca.

—¿Te lo ha dicho él?

Ay, niña.

—No. Desde que Tristán enfermó, Jorge apenas habla, y menos de él. No, pequeña, no me lo ha dicho. No hace falta.

—¿Entonces?

—¿De verdad quieres saberlo?

—Claro.

Claro, dice. Si no fuera porque estamos aquí arriba y porque hemos venido a lo que hemos venido, le pediría que me abrazara.

—Si Tristán hubiera sido mujer y tuviera tu edad, serías tú, Irene. Cuando te mira, Jorge ve en los tuyos los ojos de Tristán, su sonrisa, sus manos. Tus respuestas son las de su niño, tu risa también. Tenerte a ti es no perderle del todo. No tenerte, enfrentarse a la vida y empezar de nuevo.

La veo tragar saliva a mi lado. Está sentada con las piernas estiradas. Las encoge. También la espalda.

—Hace unos meses ayudaste a morir a tu padre. Ahora quizá deberías ayudar a vivir a nuestro Jorge.

No dice nada durante unos segundos.

—No puedo.

—Y una mierda.

Parpadea, sorprendida. Las palabras feas suenan peor en boca de una vieja. Se arruga un poco antes de murmurar.

—Lo pensaré.

Bien. Así sí.

—Eso espero.

Pasan uno, dos minutos de silencio renovado hasta que llegan más preguntas. Repetidas. El cielo empieza a teñirse de violeta. Bea debe de estar ya en el aire y Lía y Jorge quizá hayan llegado a casa. Partidas, llegadas. Todo en orden.

—Quería enseñarte esto. La isla, el faro... —digo, poniéndole la mano en la rodilla. Irene tensa la pierna durante un segundo—. Además, no podía venir sola. Ya no tengo fuerzas para subir hasta aquí. Y menos cargada como vengo.

Sonríe. Echa una mirada a la maleta roja y la sonrisa le adorna la cara durante un par de instantes más y enseguida se desvanece. Vuelve el ceño y, con él, vuelve también Helena.

—Creo que deberíamos volver —dice con voz un poco frágil—. Está empezando a ponerse el sol. Además, te vas a enfriar.

Todavía no hay alarma en su voz, sólo una ligera sombra de inquietud, algo que hasta ahora dormía en su mente y que de pronto está empezando a chispear. Es apenas un rescoldo, una llama casi muerta. Son algunos datos que flotan en el aire, anunciando un rompecabezas que ha estado ahí desde el principio, circulando a nuestro alrededor como un enjambre de mosquitos hasta ahora invisibles.

—Y seguro que Lía se preocupa si tardamos demasiado —remata con una risilla nerviosa. El rompecabezas acumula fichas contra el azul cada vez más oscuro del cielo. Empieza a pesar.

—Ya te he dicho que le he dejado una nota —la tranquilizo—. No te preocupes.

Busca. Irene busca cosas en el aire sin apartar los ojos del suelo de roca que nos mantiene colgadas sobre el agua. Está perdida en un bosque cerrado en una noche de verano, con una linterna y un mapa en la mano. Sabe que hay que encontrar algo pero no sabe qué. Acerca la luz de la linterna al mapa y susurra:

—En serio. Creo que deberíamos volver.

El mapa se quema. El bosque también. Cuando llega el fuego, hay que correr. ¿Hacia dónde? Tranquila, niña. Yo te guío.

—¿Me acercas la maleta?

Irene me mira con cara de sorpresa. La maleta. Una pieza más que busca su sitio en esa frente blanca hasta ahora despejada. El bosque se quema y un árbol enorme cae a pocos metros de ella, cerrándole el estómago. Cuando me pone la maleta junto a los pies, no me agacho sobre ella. Irene espera y yo acudo.

—Ábrela.

LÍA

Confieso que he vivido.

Son cuatro palabras como cuatro rocas sobre un mar en calma, cuatro combinaciones de letras, aire, tonos, pulmones, voz y años. Mamá confiesa. Mencía confiesa. Cuatro palabras envueltas en el blanco de una nota con la letra afilada de mamá esperando sobre la encimera como una bomba callada. En el jardín, al otro lado de la ventana, Jorge está de espaldas, de pie junto a la piscina. La suya es una espalda llena de pérdidas, de ángulos suaves por los que cualquier mirada disfruta resbalando, una espalda joven que el tiempo regenerará. De pronto necesito aire, acostarme en una de las tumbonas del porche y perder la mirada en este cielo que ya se apaga para entenderme la respiración y no dejarme vomitar. Confieso que he vivido, dice mamá en su nota. Y yo sé que sí, que no miente, que nos ha vivido a todos como quizá nosotros mismos no hemos sabido hacerlo, que ha podido con todos, con todo. Hace apenas una semana, aquí, en este mismo porche, una de estas tardes de cielo claro de agosto, me preguntó algo que no me había vuelto a preguntar desde hacía muchos, muchísimos años.

—¿A ti cómo te gustaría morirte, hija? —me soltó de pronto sin mirarme. Habíamos estado hablando de Helena y de Tristán, revisitando a nuestros muertos en una nube de intimidad y de recuerdos como una isla de aire.

No lo pensé.

—Sola —respondí—. Y callada.

No dijo nada. Esperaba que le devolviera la pregunta, pero la intuición me obligó a pensarlo mejor. No hizo falta.

—Cuando me muera, quiero que bajes a la playa y escribas en la arena, con las letras más grandes que seas capaz de escribir: «Confieso que he vivido». Quiero que se vean desde el aire. Desde arriba. Quiero verlas.

Sonreí. Tan propio de ella.

Ahora la rejilla de la tumbona se me clava en la piel, tatuándome una red de pequeñas trenzas en los muslos y en los gemelos. Tengo un nudo en la garganta y en el futuro más próximo, un nudo corredizo que los minutos cierran sobre el nombre de mamá, de estos sesenta y cuatro años juntas, un nudo sobre todo lo vivido a dos. Tengo también silencio, un crujido de dolor que no sé por dónde empezar a oír. Jorge se sienta de cara a mi perfil en la tumbona que está junto a la mía. Me mira sin decir nada. Casi le oigo respirar.

—¿Te encuentras bien? —pregunta desde sus treinta y tantos años de padre sin niño. Quisiera decirle que no lo sé. Que no sé si «bien» es la palabra a elegir. Quisiera pedirle que me diera más opciones, quizá también un poco de tiempo.

—Mamá se ha ido a la isla con Irene.

Suelta una risa tímida por la nariz.

—Sí. Me ha dicho que quería enseñarle el faro, y que no te dijera nada porque no la dejarías ir.

No. No la habría dejado ir.

—De todos modos, tienen que estar al llegar —se excusa, cogiéndose de las manos y apoyando los codos en las rodillas—. A Irene no le gusta conducir de noche.

Quiero oír hablar a Jorge. Quiero compañía hoy, ahora. Tengo una nota en la mano con cuatro palabras como los cuatro puntos cardinales de toda una vida. Al oeste, la Mencía viuda de papá, cubierta de resignación por un matrimonio al que le rompía las costuras a voces. Al este, la madre, seca y blanda como el papel de estraza. Al norte, la abuela, ese collar de tres vueltas al cuello de Bea, de Inés y de Helena, a veces lazo y a veces soga. Y al sur, la niña, la amiga de Tristán, la pequeña Mencía torcida de pena con la muerte de su pequeño, la mujer quebrada, el alma desfondada. Mamá tiene esqueleto de veleta. Siempre lo tuvo. Y, como siempre, sus cuatro palabras circulan tras mis ojos como un tiovivo de posibilidades. Desde la muerte de Tristán, sus bromas son verdades a medias, y sus sorpresas, pistas de un juego que ya no comparte conmigo ni con nadie, sólo con su memoria, que la remonta, a ella y sólo a ella, a momentos del pasado que no me incluyen. Mamá juega de nuevo, avisándome, haciéndome pensar. La imagino en la cocina momentos antes de marcharse a la isla con Irene, intentando acordarse de la frase que me dijo esa tarde en el porche, maldiciéndose por vieja y por desmemoriada y por fin, con una risa ronca, recuperando palabra por palabra y anotando su frase en cualquier papel, olvidándolo después. Sin importancia.

—Lía... —insiste Jorge, que ha vuelto a levantar la cabeza para mirarme y que ahora me ha puesto una mano en el brazo.

Sonrío. Mamá tiene razón. ¿Por qué demonios me preocuparé siempre tanto por lo que no ha ocurrido? ¿Por qué este nudo difícil en la garganta así, tan de repente? ¿Por qué esta tumbona desde la cocina? ¿La cocina desde el pasillo? ¿El pasillo desde el vestíbulo?

—Estoy bien, sí. Sólo un poco cansada. —No es mentira. Hace mucho tiempo que estoy un poco cansada. Jorge no dice nada durante unos segundos y el silencio lo llena todo, despintando el crepúsculo. Y de pronto el nudo se desgaja como una trenza mal hecha y el atardecer gira como una moneda al aire, arqueándome el estómago. Enfoco. Capturo. Recorro con la memoria los metros que llevan desde la puerta de entrada a la casa hasta la cocina y desde arriba me falta un color y con él el aliento. La imagen está coja de rojo. Y ese vacío tiene la forma de la maleta nueva de mamá. La que ya no está. La carente. La que me dice desde su no estar que las cuatro palabras que guardo en la mano son mamá en estado puro, en despedida.

IRENE

Qué te parece?
No sé qué decir. Mencía está de pie a mi lado, embutida en un abrigo de visón despellejado que le llega a los pies con cara de pocos amigos, en pose de modelo antigua.

—No sé qué decir.

Suelta una carcajada ronca y se agacha sobre la maleta, de la que ahora saca la baguette de Chanel que Lía le regaló ayer por su cumpleaños. Se la cuelga al hombro y se ladea un poco, casi coqueta.

—Qué lerdas sois las jóvenes, niña —escupe al aire, sacudiendo la cabeza.

Todavía no es de noche. Una luz dorada y cálida lo cubre todo. A nosotras también. El viento llega y pasa, caprichoso, aunque nunca tanto como Mencía. En la maleta vacía distingo también los juegos de la Playstation, una consola, y un montón de DVD y de pequeños juguetes, y, en un rincón, una especie de pelambrera oscura que ahora saca de la maleta y que, con gesto torpe, convierte en una peluca negra terminada en trenza que se encasqueta en la cabeza con una mano entre resoplidos, sin dejar de apoyarse con la otra en el bastón.

—Mphh, mphhh —resopla al tiempo que la peluca navega sobre su moño como una rata envenenada. Por fin se asegura la peluca a la barbilla con un elástico negro y se gira para mirarme.

No sé si es miedo. Es, eso sí, una sensación extraña, hasta ahora desconocida. Tengo la risa atragantada porque no quiere salir. Mencía vuelve a sentarse, se agacha sobre la maleta, la cierra, tira de ella hasta colocarla junto a sus pies y yergue la espalda sobre el asiento de piedra, al tiempo que se saca el bolso del hombro y lo deposita casi con primor sobre sus rodillas. Luego sonríe y clava sus ojos en los míos como si acabara de verme.

—¿Qué miras? —suelta, llevándose la mano al pelo en un gesto de sospecha.

No sé mentir y ella lo sabe.

—Todo. Lo miro todo —respondo, fijando por puro azar los ojos en el bolso que descansa como un pescado muerto sobre el visón raído.

Ella baja la mirada y suelta una carcajada.

—Ah, ¿esto? —dice, poniendo los ojos en blanco—. Es para guardar los dientes. Siempre los pierdo.

No sale, no. No sale la risa porque tengo la garganta abarrotada de preguntas que no deberían estar ahí. No sale porque se ha quedado atrás, pisoteada por una sombra que ha empezado a cubrirnos a las dos desde nuestra llegada a este islote y que ahora se ha vuelto densa, casi sólida. Veo a Mencía a mi lado y percibo en ella un mensaje que no descifro, pero que intuyo. No hay risa porque hay miedo. Y no me gusta. Dos mujeres solas colgadas sobre un abismo de agua, una de ellas vieja, envuelta en un visón raído, con una trenza falsa en la coronilla y una maleta roja a los pies y la otra yo, prendida en esta falsa quietud, cerca de nada.

—Y ésta es la trenza de Lara Croft —aclara, llevándose la mano a la coronilla.

No quiero seguir escuchando.

—Creo que deberíamos irnos, Mencía. Empieza a oscurecer.

No dice nada. Tampoco se mueve.

—Le prometí que no le fallaría, que no tardaría —dice de pronto sin mirarme—, y ya llevo unos cuantos meses de retraso.

—No me gusta lo que veo —le respondo, sin saber muy bien por qué.

Me lanza una mirada incrédula.

—Y a mí qué me importa.

Un segundo. Dos.

—No me he vestido así para ti, niña —replica con un siseo—. De todas formas, gracias por venir.

No entiendo. La miro y ella tuerce el morro.

—Ya puedes marcharte, pequeña. Estoy lista.

Entonces la verdad me estalla tras los ojos como un chasquido de luz y las piezas de un rompecabezas de fichas oscuras se reordenan de pronto sobre mis pulmones, cortándome el aire. Entiendo de pronto la excursión, las preguntas repetidas, las confesiones a media vela. Entiendo las tretas de vieja y me veo como una más de las fichas de este ajedrez que Mencía lleva dibujado desde hace tiempo en la palma de la mano. Entiendo la maleta, los regalos de niña anciana en un cumpleaños de teatro mudo. Entiendo el viaje, no a la isla, no al faro…; a Tristán. Noto las venas como canalones llenos de cemento líquido y al cerrar los ojos veo de nuevo a papá pidiendo con la mirada, bebiendo su propia muerte de mis manos con sorbos de gratitud. Me veo dejando a Jorge para que se enfrente con lo que ya no queda de lo que quiso tener, poniendo fin. Yo no soy así, me digo. No puedo saltar de este barco así, ahora, dejando hundirse al capitán en su carcasa vieja y roída sin tenderle un cabo, sin tirar de él para llevármelo conmigo de vuelta a la vida. No quiero esa responsabilidad. No puedo.

La voz de Mencía me llega tan dulce que por un segundo dudo haberla imaginado.

—No, pequeña —empieza—. No pienses ni por un momento que te estoy pidiendo que me ayudes a morir. Sólo te estoy pidiendo que te marches. Me has acompañado hasta aquí y yo te lo agradezco, pero no eres tú quien me deja morir. Vete tranquila.

Tranquila de muerte. Eso pide.

—¿Entonces?

Me da la mano y en la aspereza de la piel de su palma reconozco lo que conocí en su día en la de papá. Dicen que la muerte llega primero a los pulmones o a los ojos, que se adivina próxima en la respiración y en la mirada del moribundo. No es cierto. La muerte deshace la piel y empieza por los dedos porque hay que pedirla con las manos. Hay que arañársela a la vida y al tiempo, línea a línea, poro a poro. Tanta es la suavidad que me roza desde la palma de Mencía que por un momento no siento la roca que tengo bajo los pies. No está. Mencía ya no está.

—No, pequeña —susurra—. La muerte es algo hereditario. Tú ayudaste a tu padre en su momento. Mi niña lo hará conmigo.

Está segura, sí. Lo dice su voz. Me suelta la mano y la posa en mi hombro, dándome un pequeño empujón que apenas siento.

—Vamos. Ahora tienes que irte.

—¿Y Jacinto? ¿Qué va a decir Jacinto? —pregunto a bote pronto, intentando ganar tiempo, anticipando mil preguntas, mil miradas, mil excusas para las que no me siento preparada.

Sonríe.

—Ya lo sabe.

—¿Y Lía? ¿Y Jorge? ¿Qué voy a decirles?

Se vuelve de espaldas y, sin girarse, me saluda con la mano al tiempo que una ráfaga de viento le sacude la trenza contra la cara.

—Adiós, Irene.

Adiós, Irene. No hay más que decir. No hay más que vivir. Aquí ya no. No en esta isla. No en este faro. No desde Mencía. Las piedras ruedan cuesta abajo por el pequeño camino que lleva a la cala donde espera la *Aurora* y yo bajo con ellas a trompicones, primero despacio, vacilante, integrada en la roca del suelo hasta descuidar rodillas y tobillos, dándoles autonomía, pidiéndoles velocidad, buscando el antes del aquí para no haber pasado por esto, deseosa de pisar tierra firme contra tanto vacío, contra tanto suspenso. En el agua, Jacinto me espera con el motor encendido y, en cuanto salto a cubierta, me da la espalda y la *Aurora* emprende rumbo a la orilla contraria, en diagonal al sol que ya casi ha dejado de existir, rodeando despacio el pequeño islote en el que nunca debí recalar. Sobre nosotros, junto al cuello arrugado de Jacinto, Mencía asoma durante un par de segundos en lo alto, sentada ahora con la espalda tiesa en una nube de visón viejo y trenza al viento sobre el hombro de Jacinto, cuya espalda cubre isla y roca. Desde ese banco de hombro, agita la mano como una muñeca antigua, automática, lenta. Algo brilla contra el último sol de la tarde desde arriba como un haz de luz. No es el faro. Es su sonrisa de dientes falsos atrapando lo que queda del día, una sonrisa breve que desaparece y reaparece tras la espalda de Jacinto, una y otra vez, como una imagen parpadeada. A Jacinto le llora la espalda, me oigo pensar con la garganta cerrada mientras la sonrisa blanca de Mencía se diluye ahora contra la pared blanca del faro hasta perderse a nuestra izquierda. Su sonrisa se pierde, sí, estelando la espuma de la *Aurora* desde su trampolín de roca, esperando el momento de su cita con Tristán como espera una madre joven a su niño a la salida del colegio. Esperando una bienvenida que llegará. La *Aurora* se aleja bajo las sacudidas de la espalda de su timonel y el dolor cada vez más ligero de su única pasajera. Hacia tierra. Hay que seguir.

Cuatro

LÍA

No, no hay maleta en el vestíbulo ni visón en el armario de mamá. Hay, sí, el poco tiempo que falta para que caiga la noche y la sangre que me palpita en la cabeza como un tesoro de vida, la misma que ahora entronca con su ausencia. Corro por dentro. Todo me corre por dentro: la urgencia, la alarma, el miedo a saber, a haber entendido el mensaje. A no estar equivocada. Mamá se ha ido a hurtadillas del brazo de Irene con todo calculado. Lleva yéndose de nosotros desde que murió Tristán, queriendo llegar, temiendo no cumplir con su palabra de vieja. Cumplida mamá. Su nota en mi mano no quema ni pesa. Es un reto y sabe que yo sé. El último. No un acto de amor, no de generosidad, no de cariño. Mamá me reta a la vida sin ella, sin su dolor. Mamá contra Lía o para Lía, contra mí o conmigo. Se va con su maleta a la isla que nos ha visto formarnos a todas, a la roca a la que vamos a llorar nuestras ausencias para que nadie nos vea, a solas con nosotras. Se va a esperar a que vengan a buscarla. Mamá actúa, emprende, acciona. Tenía que ser así. Su veleta sobre mi soporte, como siempre. Apoyada su decisión sobre mi base, apoyada en quien está, en quien aprendió desde pequeña a dejar marchar, a quedarse, a que nadie la echara de menos.

Salgo de nuevo al porche y Jorge levanta despacio los ojos desde la tumbona. Nos quedamos así un rato, mirándonos como dos niños perdidos en un bosque de invierno, él leyendo en las lágrimas que yo no noto lo que no puedo decirle y yo acariciando con mis ojos al único hombre que me ha visto llorar en vida y que, a partir de ahora, deberá empezar a verme sin el techo de mamá sobre mi sombra. Confieso que he vivido, escribe mamá, riéndose de todo, riéndose con la verdad, y con sus palabras vuelve a escribir en el aire lo que los que seguimos aquí no hemos hecho todavía. A nosotros esas cuatro palabras nos quedan grandes, demasiado. Yo no soy capaz de pronunciarlas en alto, y sé que ni Flavia ni ninguna de mis dos hijas vivas tampoco. No tengo voz para esas cuatro palabras.

—Tenemos que bajar a la playa, Jorge —me oigo decir con una voz ínfima que él saluda con un parpadeo.

—¿Ahora?

—Sí, ahora.

Sigue mirándome durante unos segundos más y luego se levanta, viene hasta donde estoy y me pone la mano en el hombro. Cuando su mano se cierra sobre mi piel, mi garganta se encoge alrededor del poco aire que me mantiene entera por dentro.

—¿Pasa algo, Lía?

No respondo porque no sé la respuesta. Simplemente, bajo la mirada hasta prenderla de uno de los bastones de mamá que llevo en la mano y que debo de haber cogido del paragüero del vestíbulo antes de salir al porche. No respondo porque no es el momento de hacerlo. Tampoco el de quedarse.

—¿Vamos? —es lo único que alcanzo a decir.

A nuestra espalda cuatro palabras enormes grabadas sobre la arena húmeda y apelmazada de la playa crepuscular.

Sopla una brisa fresca que llega desde el sur, acariciándonos la cara, humedeciéndonos la piel. El sol apenas existe ya. A mis pies, el bastón de mamá con la punta cubierta de arena descansa sobre lo que mañana será fondo de mar. Jorge respira a mi lado, con la mirada perdida en un horizonte oscuro que ahora interrumpe la silueta de un pequeño barco sobre el que se adivinan dos perfiles difusos, el de un hombre al timón y el de una mujer sentada en cubierta. La barca se acerca procedente de algún rincón de roca que desde aquí no vemos. A nuestra espalda, las letras en abanico que le he arañado a la arena con el bastón de mamá forman un mensaje claro que yo leo en silencio una y otra vez con la voz de ella. Confieso que he vivido. Jorge me pasa el brazo por la espalda y me estrecha contra su pecho en un gesto que yo tenía demasiado olvidado y que por un instante rechazo, enroscándome sobre mí misma. Hay un abrazo, sí, y una barca que se acerca a lo lejos y cuyo motor ya reconozco, familiar, casi querido. Hay partidas y hay llegadas. Y hay también cuatro palabras a nuestra espalda con sus letras, sus voces y sus ritmos.

    Sé que mamá las verá al pasar. Las verá como lo ha visto siempre todo: desde arriba, desde lo más inmenso. Las verá como quien ve lo bien hecho, rumbo a lo más esencial de sí misma. Sólo entonces podré levantarme, volver a casa y empezar a vivir lo que quede. Desde mí y hasta mí. Con mis nortes y mis sures.

    Y con todos estos silencios que ella deja ahora al irse y que son yo misma.

    Sí. Yo misma.

    Tanta vida.

El cielo que nos queda

*Gracias a la vida
que me ha dado tanto...*
VIOLETA PARRA

LIBRO CUARTO

Volver al aire

INÉS

Bea lee a mi lado con Gala dormida en brazos, plácidas las dos. De vez en cuando un mástil se desliza sin prisa por las cristaleras abiertas de la galería. Son veleros que van y vienen en el laberinto de la ciudad mientras desde el salón una música lenta calma el mediodía con los acordes de un laúd medieval.

Es Copenhague y es diciembre. Desde que, hace un par de días, una inesperada primavera ha cubierto la ciudad, todo el mundo se ha echado a las calles, bañándose en su luz. Aquí, en el norte, el sol es un bien escaso y, en cuanto asoma, el cielo promete cosas que ayudan a seguir. Entonces la vida parece más vida.

Ahora, en la galería, la música abre un paréntesis de silencio. Bea se mueve en su sillón, deja el libro en el suelo y se despereza con la niña sobre el pecho.

—Desde luego, lo de este sol es un milagro —dice—. Si hace una semana alguien me hubiera jurado que a estas alturas de año íbamos a estar aquí tumbadas en mangas de camisa, no me lo creo.

Tiene razón. Me vuelvo a mirarla y le sonrío. En la calle, unos niños con sus monopatines aprovechan el domingo, rayando las aceras entre gritos y risas. Dejamos que pasen y nos regalen una nueva estela de silencio, pero mientras espero vuelve la ráfaga de mareos y el vértigo balancea a Bea directamente delante de mí. Con ella se inclinan también el salón y la cristalera.

—Parece mentira que ya hayan pasado casi cuatro meses, ¿verdad? —vuelve ella con una sonrisa suave que se le tuerce de preocupación un segundo después—. ¿Estás bien?

Cierro los ojos y me agarro a los brazos del sillón. Desde esta mañana, los vértigos van y vienen. El dolor, no. «Tardará en pasar, pero pasará», ha dicho el médico. Me duele tanto la cabeza y estoy tan mareada que la cara de Bea se difumina de repente contra el fondo oscuro del sillón. En el hospital, el residente de turno, un tal Sven no sé qué, me ha enseñado una radiografía de mis cervicales. Ya me había visto otra vez, el mes pasado. También en domingo, aunque el diagnóstico fue otro. Ese día fue un desprendimiento del vítreo. Visión borrosa. Me di un golpe contra el falso techo del cobertizo de las bicicletas y se me llenó de moscas la vista. Hoy, en cambio, el doctor ha colgado la radiografía sobre la pantalla de luz y me ha señalado los huesos con cara de médico de urgencias. Hablaba un inglés duro. Le faltaban horas de sueño.

—Esto tendría que tener forma de S —ha dicho, reprimiendo un bostezo y señalando la silueta de mis vértebras en la imagen—. Y lo que yo veo es una I.

Desde la camilla, yo no veía ni la I ni la S, sólo el techo amarillo del box y su figura blanca junto a la pantalla luminosa.

—¿A qué se dedica? —me ha preguntado entonces, volviéndose a mirar hacia la puerta abierta por la que asomaba la cabeza de una enfermera. Se han dicho un par de cosas en danés que yo no he entendido y luego ella ha desaparecido.

—Soy periodista —he podido responderle a pesar del dolor.

Le he oído chasquear la lengua y ha negado con la cabeza.

—Claro, eso lo explica. Demasiadas horas delante del ordenador —ha sentenciado—. Es una lesión postural.

Casi he sonreído. Sven ha apagado la pantalla y se ha acercado a la camilla. Cuando me ha puesto la mano en la rodilla, no he podido reprimir un calambrazo que me ha disparado la pierna hacia el techo y él se ha echado hacia atrás como si le hubiera pasado la corriente.

—¿Le duele?

—No.

Me ha mirado sin entender. Cómo decirle a un médico de urgencias que no te gusta que te toquen.

Eso ha sido hace unas horas. He salido del hospital colgada del brazo de Bea y con un sobre lleno de radiografías, informes y recetas: Diazepam, reposo, fisioterapia. Desde entonces, los mismos vértigos, náuseas, cefalea y la espalda como una plancha de acero.

—¿Más tranquila? —me ha preguntado Bea en el taxi de vuelta, acariciándome la pierna mientras Gala babeaba sobre su chaqueta.

—Sí.

—¿Ves como eran las cervicales, tonta? ¿Qué te había dicho?

Es verdad. No un tumor. No una meningitis. Ninguno de los fantasmas mortales que yo no he dejado de barajar hasta que el doctor Sven ha entrado en el box con cara de aburrimiento y el retrato de mis cervicales pinzadas en la mano. Sólo una cervicalgia aguda. Sí, me he quedado más tranquila, pero me ha dado vergüenza mirar a Bea cuando se lo he dicho. Vergüenza de que me haya visto tan fuera de mí esta mañana. Tan descompuesta.

—¿Quieres un té? —pregunta ahora desde el sillón—. ¿Un zumo?

—No.

Abro los ojos y fijo la mirada en el cielo que llena la cristalera. Sin otra referencia que el azul, el mareo remite y respiro mejor. Como en los barcos. Tiene razón, Bea. Parece mentira que haya pasado tanto tiempo y que haya pasado así, tan sin darnos cuenta. Cuatro meses juntas aquí las tres. Ella, su niña y yo. Quién nos lo iba a decir.

Y mañana, mamá y la abuela. Las cinco juntas de nuevo. Bea irá a buscarlas al aeropuerto. Yo así no puedo.

—¿Te apetece comer algo, cariño? ¿Un sándwich? ¿Una tortilla?

Es Bea otra vez. A veces, cuando la oigo hablar así, cierro los ojos y oigo a mamá. Las dos se ofrecen igual, se preocupan igual. Lía y Bea. Las dos tan madres. Ellas sí y yo ya no. Debe de ser eso.

—No. —Sigo con la mirada en el azul, un azul idéntico al que tenía el cielo de la ciudad la tarde que me trajo a Bea y a Gala, aunque entonces era agosto y todo olía a verano. Bea apareció por la puerta de «llegadas» del aeropuerto con su maletón lleno de cosas, Gala en brazos y esa cara de disculpa tan suya, tan mamá, que después de un año sin vernos me costó reencajar. Recuerdo el abrazo torpe que nos dimos y también que, en cuanto la tuve entre mis brazos, clavé la mirada en el cartel luminoso abarrotado de números de vuelos, horarios y nombres de compañías aéreas del vestíbulo. «Ésta es mi hermana pequeña y está aquí, conmigo. Es Bea y no dolerá», pensé sin apartar los ojos del cartel. Luego, cuando nos separamos y volvimos a mirarnos, entendí que no venía de visita. «Viene a quedarse», pensé, y el pánico fue tal que tuve que tragar saliva y tensarme entera para no dar media vuelta, salir corriendo por el vestíbulo como una loca y anular el error de nuestro encuentro. Pero no pude. No tuve valor. En vez de eso, le cogí la maleta, ella entrelazó su brazo en el mío y nos alejamos juntas en dirección al aparcamiento.

Eso fue ese día, el primero. Luego, poco a poco, ha ido llegando todo lo demás: la convivencia, la compañía, aprender a no molestarnos, a respetar espacios, silencios, el humor, el mal humor. Y la sorpresa. Sorpresa esta Bea tan fácil de llevar, tan hermana. Con ella llegó el aire a Copenhague y también la inocencia, la suya en todo. Y la risa. Cosas buenas que al principio me costó situar en casa después de un año viviendo sola, lejos de Menorca, de mamá y de la abuela.

Cosa buena mi hermana pequeña. No la recordaba así. No, no era así nuestra Bea.

Hablamos poco, es cierto. O mejor, yo cuento poco y ella acepta mis silencios como lo ha hecho siempre: desde la pequeña hacia la mediana mientras vivió Helena. Luego, cuando Helena murió, Bea siguió siendo la pequeña y a mí me tocó llenar un vacío que desde entonces me queda grande. «Las medianas sois todas raras», decía Helena cuando quería zanjar una discusión que yo alargaba con estos silencios que ella no soportaba y que aún utilizo. «No tenéis vuestro lugar en el mundo. Como los hombres», decía. Tenía razón. En eso y en muchas otras cosas que he ido descubriendo desde que desapareció en el mar con su maldito velero y cada una tuvo que aprender a buscarse la vida.

Helena se fue y entonces descubrí que el dolor que provoca la pérdida de una hermana como ella es algo que nadie puede imaginar porque nadie nace preparado para eso. Luego ese dolor quedó solapado por la muerte de Tristán. Una hermana y un hijo perdidos. Por separado son dolores distintos, llenos de espanto. Juntos, son la no vida. Lo entendí cuando murió Tristán. Hasta que él se fue, yo no sabía que respiraba sólo con un pulmón porque el otro se me había cerrado con la ausencia de Helena. Años más tarde, mi niño se me llevó el que me quedaba y desde entonces respiro de prestado.

Es así. La vida es así, así de todo. Y con Bea aquí es más fácil. Más fácil sentir que la vida sigue ahí, que a pesar de mis pérdidas nada se ha parado. Con Bea me ha llegado la compañía, lo cotidiano. Convivimos y hablamos: del día a día, de mi trabajo, del suyo en la academia, de su adaptación a la ciudad, de Morris. Ella nunca me pregunta por Tristán y yo se lo agradezco. Ésa es una herida que, de momento, no sé tocar.

Ahora, viéndola así, tumbada al sol en la galería con Gala dormida encima, estoy a punto de decirle que sí, que parece mentira que hayamos tenido que reencontrarnos en este rincón del mundo para conocernos como lo hemos hecho estos últimos meses. Ha sido un pequeño milagro, quiero decirle.

—¿Sabes una cosa? —pregunta, acariciando la cabeza de Gala.

La pregunta me devuelve de golpe a la galería y a su compañía. A veces, demasiado a menudo, me olvido de que no estoy sola.

—Dime.

—Esta mañana, cuando esperaba a que salieras de urgencias, pensaba que... —Se interrumpe y baja la mirada. Es algo que suele hacer con frecuencia y que de nuevo me recuerda a mamá. No me gusta pero es difícil corregirla—. Bueno, la verdad es que ya lo había pensado otras veces. Pero no te lo tomes a mal, ¿eh?

Vuelve el vértigo. Es como si mi cabeza tuviera muchas otras cabezas dentro. Trago saliva. Me fastidia que Bea empiece siempre pidiendo disculpas cuando quiere decir algo que le importa. Que tenga miedo a que quien la escucha reaccione mal. A que la castiguen.

—Bea, no empieces, anda...

La oigo suspirar.

—Vale, vale..., es sólo que..., bueno, que de repente he pensado que..., que no sé cómo me atreví a venir.

La miro de reojo. Ella no.

—Quiero decir así, de un día para otro, sin pensarlo ni nada. Y encima sin preguntarte ni... —Vuelve a sonreír—. No sé. Creo que debería haberlo hecho de otra manera... Mejor.

—¿Mejor?

—Sí.

—No te entiendo.

—¿No? —pregunta con una sonrisa forzada.

—No.

Suspira. Le cuesta trabajo decir. Y es que si hay algo que a Bea se le da mal es hacer daño. Curiosamente, es también lo que más miedo le da.

—Cuando aterricé y me abrazaste en el aeropuerto —arranca por fin con la voz un poco temblorosa—, pensé: «Dios mío, me he vuelto a equivocar. Esto no va a funcionar».

Disimulo una sonrisa. Siempre que Bea habla y mira así, vuelvo a ver en ella a mamá. Las dos son tan de corazón que no perdonarlas te hace peor persona.

—Pues a mí me parece que fuiste muy valiente —le suelto sin pensarlo.

Se vuelve a mirarme con cara de sorpresa.

—¿Valiente? ¿Yo?

—Sí.

—¿Por qué?

—Porque hay que tener mucho valor para dejarlo todo y marcharte así, a la aventura, como lo hiciste tú. Y más con una niña recién parida.

Baja la mirada y suelta un pequeño suspiro. Gala abre las manos y las cierra sobre el jersey de su madre.

—No me marché a la aventura, Inés. Vine aquí, contigo —dice, sin levantar la cabeza.

—¿Y eso no te parece suficiente aventura?

Sonríe y me mira. Yo también.

—No tenía nada, Inés. Tú lo sabes.

No me gusta oírla hablar así. Eso es lo que sé y también lo que le digo.

—No digas eso.

—Es la verdad. ¿Qué tenía yo en Menorca? —pregunta, bajando la mirada—. ¿Qué podía perder?

Se me ocurren cosas que no digo porque nos tocan a las dos. Las dos teníamos lo mismo en la isla y las dos nos marchamos, una antes y la otra después. Teníamos y tenemos recuerdos, algunos comunes y otros no tanto. Y a mamá. Y a la abuela, claro. Aunque ellas siguen tan presentes y tan cercanas como si estuvieran aquí ahora.

—¿Pues sabes qué? —le digo, reacomodando el almohadón sobre el que tengo apoyado el cuello—. Yo tampoco creí que fuera a funcionar —suelto de pronto—. Y mira. Míranos.

Me tiende la mano. Yo se la tomo y ella la aprieta. Luego nos quedamos así unos minutos, disfrutando de la música y de la luz que nos da calor desde fuera, hasta que de repente lo más inmediato me cierra el estómago y vuelve la náusea. Lo inmediato es que mañana esta quietud se llenará de cosas y de emociones para las que no sé si estoy preparada y que tengo miedo, miedo de cómo me verán los ojos de mamá y los de la abuela cuando las tengamos aquí. Terror me da esta Navidad programada desde Menorca.

Bea me estrecha la mano en la suya.

—No sabes la ilusión que me hace pasar la Navidad juntas las cinco —dice con una chispa de luz en los ojos mientras un nuevo mástil se desliza por el cristal de la galería y yo lo sigo con la mirada—. Mamá me ha dicho que la abuela se ha comprado un gorro de piel y que va por ahí diciendo que se va a pasar las Navidades al polo norte.

Se me cierra la garganta al imaginar a la vieja Mencía paseándose por la isla y presumiendo de nietas y de Navidades en la nieve. A sus noventa y tres años, nadie la calla ya.

—Miedo me da la abuela, Bea —me oigo murmurar.

Ella suelta una risilla tímida y me acaricia la mano.

—No seas boba —dice con suavidad—. Todo irá bien, ya lo verás. Además, se ha calmado mucho. Ya no está para mucha guerra.

Para mucha guerra, dice. El recuerdo que yo conservo de la abuela es el de una mujer que ocupa todo el espacio y el oxígeno del mundo y que no tiene nada que perder porque ha perdido tantas cosas en la vida que ya sólo juega a ganar. Mencía es todas nosotras en una y no descansa, y nos quiere tanto que nos hace pequeñas porque ni mamá, ni tía Flavia, ni Bea ni yo sabemos querer así. ¿Cómo lo hace la abuela para seguir viva con todo lo que ha pasado? ¿Qué es lo que la empuja? De repente estoy a punto de decirle a Bea que no quiero que vengan. Ni mamá, ni la abuela, ni nadie. Que me ayude a inventarme algo, cualquier cosa, para que podamos pasar la Navidad solas: ella, Gala y yo. «No estoy preparada, Bea», quiero decirle. «No estoy preparada porque, por mucho que yo finja, en cuanto llegue y me vea, la abuela sabrá que sigo donde me quedé. Sigo siendo la Inés que perdió a su hijo en ese maldito hospital de Barcelona y que no perdona a la vida por haberme roto por dentro. Sigo rota, Bea. Estoy rota porque me quedé sin Tristán y la abuela viene a por mí. Y algo me dice que mañana las cosas cambiarán y yo no sé si quiero que cambien. Aún no. Necesito tiempo. Más».

El silencio de Bea pesa sobre mí como su mirada y salvo la pregunta que veo en sus ojos con un cambio de tercio que ella no espera y que la pilla a contrapié.

—¿Sabe mamá que hemos invitado a Morris a la cena de Nochebuena?

Morris es el chico con el que sale Bea. Se conocieron en la academia al poco de llegar ella. Tiene sus cosas, pero de momento Bea está contenta con él. Como tampoco es de aquí, y se ha quedado a pasar las Navidades en la ciudad, hemos decidido invitarle.

Bea parpadea, sorprendida.

—Sí.

—¿Y la abuela? ¿Se lo has dicho?

Más parpadeos. Silencio.

—Ya. O sea que no —le digo—. No sé por qué, pero me lo imaginaba.

Baja la mirada. No dice nada. Insisto.

—¿Pero sabe que existe?

—Bueno..., más o menos.

Vaya.

—¿Más o menos? —le pregunto con una voz cascada que me cuesta reconocer como mía—. ¿Eso qué quiere decir exactamente?

Bea coge las manos de Gala, se lleva sus deditos a la boca y los chupetea varias veces, encantada al verla sonreír.

—Pues que sabe que tengo un amigo especial que se llama Morris y que es americano.

Siento un nuevo pinchazo en el cuello y tengo que tragar saliva antes de hablar.

—¿Americano?

Se quita los dedos de Gala de la boca y se encoge de hombros.

—Ay, Inés —me suelta con una mueca de fastidio—. Es americano, ¿no?

De pronto, una pequeña nube se interpone en lo alto entre el sol y nosotras, oscureciendo la galería durante unos instantes como un pequeño eclipse. Bea levanta los ojos y parpadea, evitando mi mirada.

También mi mensaje.

—Sí, Bea. Entre otras cosas.

LÍA

Y ese chico, el tal Manguis... ¿qué más cosas te ha contado Bea de él? —suelta mamá de pronto—. Porque a mí, contar, lo que se dice contar, esta niña no me ha contado nada.

Mamá está sentada a la mesa con una taza de té en la mano. Desde aquí veo su maleta y la mía aparcadas junto a la puerta de la calle esperando a mañana.

—¿Más té, mamá?

—Ese Mauris, Lía... —refunfuña, arrugando la boca y quedándose con la taza en el aire.

—Morris, mamá. Se llama Morris.

Arquea la ceja y pone cara de asco.

—Qué nombre más feo.

Aunque paso el comentario por alto con la esperanza de que también ella lo haga, en seguida me doy cuenta de que mamá quiere que le cuente. Cuando está así, se pone difícil.

—Morris, Morris... —insiste—. ¿Qué nombre es ése, si se puede saber?

—Ay, mamá. Y yo qué sé.

Me mira con cara de fastidio. Hace tiempo que mamá está rabiosa, prácticamente desde que nos pasó lo que nos pasó en el faro el día que Bea se marchó y ella se atrincheró contra mí. A partir de entonces, entre las dos levantó una barrera que no me ha dejado cruzar en ningún momento. Me mira en el día a día como si me estudiara, mascullando por lo bajo cuando cree que no la veo. Las veces que he querido hablar de lo que pasó esa noche, ella ha cambiado de tema sin molestarse en disimular su fastidio. Y, cuando intento acercarme, me clava una mirada herida antes de encerrarse en su silencio de vieja tozuda.

Lejos. Hace meses que estamos lejos mamá y yo, y a mí me duele estar así porque la echo de menos. Echo de menos a la Mencía amiga y muchas de las cosas que teníamos antes de esa noche en la isla del Aire. Eran cosas nuestras, muchos años juntas, muchas vidas y muchas muertes en este tiempo. Quisiera decirle que echo de menos reírnos como antes y sentirla cómplice. Quisiera decirle eso y más cosas, pero también sé que, cuando cierra puertas, mamá no da opción. Está enfadada. Le fallé y no me lo perdona. La desobedecí y desde entonces me castiga.

—¿Y a qué se dedica, si no es mucho preguntar?

Por un instante no sé a qué se refiere. Morris, pregunta por Morris.

—Es profesor de idiomas, mamá. Ya te lo he dicho.
—Mentirosa.

Cuando está así, así de pesada, cuesta tanto pararla que a veces le gritaría.

—A ver. ¿Qué quieres saber?

Pone cara de niña enfurruñada y ladea la cabeza.

—¿Qué sabes?
—Ay, mamá. Lo que me ha dicho Bea. Que es americano y que trabaja en la misma escuela de idiomas que ella. Ya te lo contará mañana cuando la veas. No seas pesada.

—Pesada, pesada... —farfulla, soltando un pequeño reguero de té que salpica de manchurrones el mantel y el plato de galletas—. ¿No será divorciado? ¿O mormón? Porque con el ojo que tiene esta niña para los hombres...

Me muerdo el labio para que no me vea sonreír.

—¿O negro?

—Es blanco, mamá.

De pronto se lleva la servilleta a la boca y suelta un eructo que resuena por el salón como un portazo.

—Mrbrbrbrllrlrl —farfulla.

—Cochina.

—Mrhnkdjkjkllllbrbr.

—Mamá, los dientes. Póntelos bien.

Me mira con la frente arrugada y vuelve a llevarse la servilleta a la boca.

—¿Ya?

—Sí.

Coge una galleta y la moja en el té. Luego levanta la mirada y recorre el salón con los ojos hasta detenerlos en el ventanal. No necesito volverme para saber lo que está mirando. Desde aquí, a lo lejos, más allá del cristal, se levanta el faro. A esta hora, en la isla del Aire, su luz debe de haber empezado ya a girar y muy pronto, como todas las noches, barrerá la costa. Desde el mar los cientos de barcos que desfilan entre el este y el oeste verán parpadear de nuevo este sur, el de Menorca.

—No creí que volvería a volar más, hija —dice de pronto, sin apartar la mirada del ventanal.

—Ya lo sé. Yo tampoco.

Pasea la mirada sobre mí y por un momento veo una sombra de sonrisa en sus labios. Luego la sonrisa se apaga y queda la sombra.

—Cuando una vieja de noventa y tres años tiene que coger dos aviones para pasar la Navidad con su familia es que algo no se ha hecho bien.

—No digas eso.

—No, hija. Algo no hemos hecho bien.

No lo dice contra mí. Lo piensa en alto, como muchas otras veces.

—Puede ser.

Ahora llega la luz desde fuera para barrer el salón durante un segundo antes de volver a desaparecer. El faro y su luz acompañándonos desde hace años. Mamá pestañea.

—Y te digo otra cosa —anuncia, levantando en el aire un dedo acusador. Es un gesto típico de ella, un gesto que la define y que Helena imitaba a la perfección. De repente, al acordarme de ella, vuelvo a verla aquí sentada, riéndonos las dos de mamá y también con ella, y la echo tanto de menos que la voz de mamá se difumina en un segundo plano. Es sólo un segundo. Cuando regreso a la mesa, mamá vuelve ya a lo suyo.

—¿Te he dicho alguna vez que cuando era joven estuve en Copenhague con tu padre?

—Sí, me lo habías dicho.

—Aunque de eso hace tantos años...

—Ya.

—Me acuerdo que hacía tanto frío que se nos congelaron los mocos en cuanto salimos del aeropuerto.

Es un recuerdo que ya he oído varias veces de labios de mamá, pero la dejo seguir porque no es la primera vez que se repite. Últimamente cada vez más.

—¿Sabías que los daneses huelen a mantequilla?

No digo nada.

—Y además no se lavan.

—Ay, mamá.

—Es verdad. Y no tienen cortinas en las ventanas, como los holandeses.

—Ajá.

—¿Sabes por qué?

—¿Para que entre más luz?

Tuerce la boca y pone los ojos en blanco. Luego se encoge de hombros y suelta una risilla.

—No, boba. Para ver cómo se suicidan los vecinos.

—No digas tonterías, anda.

—Y los que no se suicidan hacen cochinadas. Sobre todo ellas. Se ponen en la ventana y enseñan las tetas.

—Mamá, por favor.

—Tu padre estaba encantado. Menudo guarro. Iba por la calle con las babas colgando como un sabueso de esos que tienen los ojos caídos.

Ay. Mamá ha cogido carrerilla y cuando acelera es difícil pararla.

—Unas sucias, las danesas. Como te lo digo —sentencia, dando un manotazo en la mesa sin soltar la galleta mojada—. Y, si en esa época ya lo hacían, imagínate ahora.

—Mamá...

De repente me mira con ojos de espanto.

—Oye, ¡a ver si a Inés y a Bea les ha dado también por ahí!

Me río. Ella no.

—No te rías.

—Suelta la galleta, mamá.

—¿Se lo has preguntado?

—¿El qué?

—Pues qué va a ser. Si han puesto cortinas en casa.

—No.

—¿No se lo has preguntado o no tienen?

Dios mío. A veces mamá es demasiado insoportable para ser verdad. Me levanto y doy la conversación por terminada. Ella me mira con cara de niña pillada en falta, se lleva la mano a la cabeza y se retoca el pelo con gesto dramático, manchándoselo de galleta y de té.

—Vale, vale..., ya me callo.

Mejor así.

Empiezo a colocar los platos del té en la bandeja sintiendo su mirada sobre mí. Fuera, la oscuridad es casi total y las ráfagas de luz del faro barren el cielo como manos sobre un enorme retal de terciopelo viejo. Mamá levanta su taza vacía y me la da. Cuando la cojo, ella no la suelta.

—¿Sabes lo que más echo de menos de Helena?

No la miro. Seguimos las dos enganchadas a la taza sucia durante un segundo, tirando ella y tirando yo. Su pregunta me ha pillado desprevenida y lo sabe.

—No, mamá. No lo sé.

Suelta la taza y la cucharilla cae sobre la mesa, estampándose contra el mantel. «Tendré que ponerlo a lavar esta noche», me oigo pensar. Luego recojo la cucharilla y la pongo en la bandeja, evitando los ojos que acompañan mi gesto desde el otro lado de la mesa.

De repente se me ocurre que hacía mucho que mamá no nombraba a Helena y no entiendo por qué lo hace precisamente ahora. No me fío.

—Su risa —dice bajando la voz. Luego suelta un suspiro y vuelve a clavar la mirada en la ventana—. ¿Te acuerdas de cómo se reía?

Trago saliva. Cómo no voy a acordarme. De eso y de muchas otras cosas. Helena tenía una de esas risas que anulan todo lo que las rodea. «Tengo risa de gorda feliz», decía cuando nos veía contagiadas a las demás. Helena se reía y nosotras terminábamos riéndonos también con ella, aunque muchas veces no sabíamos de qué. Risa de gorda feliz en un cuerpo flaco y fibrado de niña primero y de mujer joven después. Luego, cuando el mar se la llevó, nos quedamos sin ella. Sin su risa y también sin todo lo que era Helena.

—Claro, mamá. Claro que me acuerdo.

La bandeja está llena. La cojo y empiezo a alejarme hacia la puerta.

—Entonces, ¿por qué nunca hablas de ella? —me suelta desde atrás. Me paro en seco con la bandeja en alto. Hoy mamá tira a dar. Se ha levantado torcida y tiene ganas de guerra. La verdad es que después de estos últimos meses de silencio enfurruñado, esto era lo último que esperaba. Pero son muchos años juntas y algo me dice que me busca para algo y por algo. Mamá nunca pregunta porque sí. Me vuelvo a mirarla y me acerco a la mesa.

—¿Qué pasa, mamá?

Abre los ojos, fingiéndose sorprendida, y se lleva la mano a la dentadura.

—Pasa que me duelen los dientes.

—Ya. ¿Y qué más?

—Que es Navidad.

—No me digas.

—Y que estamos solas tú y yo. Que nos han dejado solas tu hermana y ese par de ingratas hijas tuyas.

Vaya.

—Sí, mamá —le digo, intentando suavizar la voz—. Pero mañana estaremos con ellas. Ten un poco de paciencia.

—Ya. Pero son ellas las que tendrían que haber venido, no nosotras. A casa por Navidad. Como Dios manda. Como el anuncio ese del turrón venenoso y de la hija que vuelve al pueblo en ruinas.

Ah. Así que es eso.

—Hace más de un año y medio que Inés se fue, y desde entonces nada, ni una miserable visita —reniega entre dientes—. Ni siquiera un triste fin de semana. Y eso no es sano, hija.

—Inés necesita su tiempo, mamá. Ya lo hemos hablado muchas veces.

—Pues lo hablaremos las que haga falta, coño —suelta, arrugando la frente.

—Esa lengua, hazme el favor.

Pasa el comentario por alto con un taconeo crispado sobre el parqué.

—Esta lengua se me va a caer a trozos como siga callando todas las cosas que pienso decirle a tu hija mediana cuando la tenga delante. —«Tu hija», dice. Cuando se enfada, Inés y Bea son «tus hijas» y Gala, «tu nieta»—. Lo que necesita Inés es volver a Menorca y dejarse de mandangas. A casa, con su madre y con su abuela. ¿Dónde va a estar mejor que aquí esa niña?

—Tú sabes muy bien por qué no vuelve.

—Sí, claro que lo sé. Pero mira por dónde a la abuela se le ha acabado la paciencia y está cansada de esperar a que alguien haga algo. ¿O es que no te das cuenta de que hasta que Inés no vuelva a casa no va a empezar a salir adelante?

No digo nada.

—Dime la verdad, Lía. ¿Tú crees que desde que se marchó está mejor? ¿Que irse le ha servido de algo?

Ésta es una conversación que se ha repetido entre nosotras con una frecuencia más o menos ordenada durante los últimos meses, sobre todo desde que Bea y Gala se marcharon, dejándonos a las dos aquí, solas. Desde hace un tiempo, mamá me echa en cara que no haga nada por recuperar a Inés, aunque hasta ahora nunca lo había hecho de forma tan explícita.

—La verdad, no lo sé.

—Mentirosa.

Tiene razón. La verdad es que sí lo sé y que la respuesta es No. A juzgar por lo que he visto las dos veces que he estado con ella en Copenhague y por lo que la oigo callar durante nuestras conversaciones al teléfono, Inés sigue siendo la misma que se fue. Está encallada en un silencio opaco, mi niña. En todo este tiempo ni una sola referencia a Tristán. Yo le pregunté «¿Cómo estás?», y ella siempre me responde un «Bien» neutro con el que me sigue manteniendo apartada, al otro lado del muro. Luego hablamos de lo cotidiano: de Bea, de mí, de la abuela. De todo lo que no se acerque a Tristán ni a su ausencia.

Lo que Inés no sabe es que cuando la oigo así, así de cerrada, me falta el aire porque desde este rincón del mundo, desde esta isla que también es la suya, me acuerdo de lo que yo era cuando perdí a Helena y entiendo que es tanto lo que debe de sufrir que me paralizo entera. Lo que ella no sabe es que, cuando se marchó a vivir sola su duelo de madre, aquí se paró el tiempo y dejamos de vivir para esperarla. Si ella no está, no puedo llorar a mi nieto porque eso es algo que tengo que hacer con ella y su ausencia me hace madre a medias.

—¡Lía!

Rabiosa. Mamá está rabiosa y no le gusta que me pierda en cosas que no son ella. Hoy busca algo que no sé si es pelea, desahogo o simplemente arrinconarme contra ella para llevarme a su terreno.

No puedo reprimir un suspiro. No ha sido un día fácil y estoy cansada. Preparar un viaje para una mujer como mamá es casi tan agotador como seguramente lo será el viaje mismo. Desde que se ha levantado, no ha dejado de perseguirme por toda la casa con la lista de cosas que quiere llevarse y con la de las que se ha empeñado en hacer antes de marcharnos: llamadas, encargos, últimas compras… Hemos tenido que hacer y deshacer su maleta tres veces. La de mano se ha empeñado en hacerla ella. «En privado», me ha dicho cuando hace un rato he entrado a su habitación para ayudarla. Lleva en ella sus regalos.

—Estoy cansada, mamá. Es tarde y mañana tenemos que madrugar —le digo—. Deberíamos irnos a la cama.

Arquea una ceja y pone cara de niña apesadumbrada.

—Ya. Y yo soy una vieja pesada y mandona, ya lo sé. Es eso, ¿no? —añade con una mueca compungida.

—Un poco pesada y un poco mandona sí que lo eres, la verdad.

Baja la mirada y suelta ella también un suspiro rasposo que le conozco bien. Luego carraspea sin taparse la boca, se lleva el pañuelo a los labios y escupe dentro un reguero de flemas salpicadas de galleta.

—No seas cochina, mamá.

Deja el pañuelo encima de la mesa con todo a la vista y se encoge de hombros.

—Ay, hija, sí. Vieja, cochina, pesada, mandona... —Estira el cuello e inclina la cabeza en un gesto que quiere ser coqueto—. Pero estupenda para mi edad. Y mira qué dientes —dice, tirándose de las comisuras de los labios con los dedos y dejando a la vista dientes, lengua y encías—. Pura dentadura de hiena albina. Mira, toca, toca —insiste, quitándose la dentadura y acercándomela por encima de la mesa—. Brkakslklkjkskskj —añade, entre babas.

—¡Mamá!

Se ríe. Se ríe como una abuela traviesa, toda huecos, y yo no puedo evitar sentir por ella lo que he sentido siempre: cientos de cosas entremezcladas que no distingo bien porque con los años se han fundido en un solo bloque llamado Mencía. La veo reír y sonrío como lo haría con una hija hasta que, de repente, mamá corta su risa en seco, vuelve a ponerse la dentadura y se lleva alarmada la mano al cuello.

—Oye, ¿los pañales pitan en los controles esos de los aeropuertos?

Descolocada otra vez. Así me tiene. Y es que mamá no descansa.

—No, mamá. ¿Por qué?

Sonríe, aliviada.

—Por nada, hija.

—Bueno.

Me acerco a ella, le tiendo el brazo para ayudarla a levantarse y se coge a mí, pero en vez de dejar que la levante, es ella la que tira hacia abajo, colgándose literalmente de mi muñeca. Por un segundo no entiendo el gesto ni la intención, pero en seguida cedo al tirón y me inclino lentamente sobre ella hasta que mi cabeza y la suya casi se tocan. Entonces se vuelve, acerca su boca a mi oreja y siento el calor de su aliento en el pelo.

—¿Y el miedo a volar? —susurra.

No la entiendo. Tira más y baja aún más la voz.

—¿Pitará?

Giro como puedo la cabeza y nos quedamos frente a frente, su nariz casi pegada a la mía y su mano cerrada alrededor de mi muñeca como un garfio. Tiembla un poco. Me hace daño.

—¿Desde cuándo tienes tú miedo a volar, mamá?

—Yo no he dicho eso —susurra, separando un poco la cara de la mía y mirándome a los ojos. No puedo disimular una sonrisa que ella recibe sin pestañear—. Era sólo curiosidad de vieja, hija. Nada más.

—Ya.

Su mano se destensa y tiro de ella hasta ponerla de pie. Luego se apoya en mí y coge el bastón.

—Buenas noches, hija —masculla mientras se aleja renqueando hacia la puerta y yo me vuelvo de espaldas para recoger la bandeja con los restos del té. Un par de segundos más tarde, su voz ronca llena el salón desde la puerta, apuntando directa a mi espalda.

—Como se lo digas a las niñas, te rocío las Tena con el salfumán de la piscina, que lo sepas. Y luego te incapacito por suicida.

Mi risa le llega desde aquí. Casi puedo oírla sonreír en la puerta.

—Te creo, mamá.

Cuando me vuelvo hacia la puerta y la veo sonreír en la penumbra del pasillo, sé que yo tenía razón. Por primera vez desde hace semanas, hay un destello de ternura en su sonrisa.

—Mal hecho, hija —dice—. Mal hecho.

INÉS

Duerme, la ciudad duerme ahí afuera esta noche de invierno. Desde que nos hemos acostado, intento encontrar la postura cambiando los almohadones de sitio, tumbada primero y ahora sentada con la espalda apoyada contra el cabezal de madera. Si abro los ojos, vértigo. Si los cierro, se hace oscuro y se me dispara la cabeza, que desde hace unos días piensa mal. Y a todo eso hay que sumarle este dolor en el cuello y en los hombros, que no se dejan tocar. No rotan.

El campanario de la iglesia de la esquina da las tres y luego vuelve el silencio. Hace un rato he oído llorar a Gala en la habitación de Bea y después la luz encendida del pasillo, la puerta del baño al cerrarse, agua corriente. Unos minutos y hemos retomado la noche, cada una desde su extremo del pasillo. Luego me he dejado acunar por un sueño ligero del que me ha arrancado la dulzura de una voz cercana.

—¿Duermes, Inés?

Es Bea. Está en camisón, apoyada contra el marco de la puerta. Con el pelo suelto, tan negro y tan rizado, parece una niña. «Qué guapa es mi hermana pequeña», pienso.

—A ratos —le contesto en un susurro—. Lo que puedo.

Sonríe con la boca, con los ojos no. Cuando giro la cabeza sobre los almohadones, todo se tambalea durante un instante hasta que las cosas recuperan su sitio.

—¿Necesitas algo? —pregunta desde la puerta.
—No.

Sigue sin moverse con su sonrisa caída mientras se retuerce las manos y recorre la habitación con la mirada.

—¿Seguro?
—Sí, tranquila.
—No has comido nada en todo el día.

Es verdad. Intento sonreír yo también.

—Ya sabes que soy de poco comer.
—Bueno —dice, separándose de la puerta—, si necesitas algo, lo que sea, despiértame, ¿vale? —insiste, sin dejar de retorcerse las manos.
—Vale.
—Bueno...

No se mueve. Se queda ahí de pie, encogida de hombros contra la luz suave del pasillo y evitándome la mirada. Luego empieza a volverse de espaldas, pero no completa el movimiento.

—¿Pasa algo, Bea?

Sus manos no paran.

—No, nada —contesta en un susurro.
—¿Seguro?

Baja la mirada y se pasa una mano distraída por el cuello. Es un gesto que le conozco bien. Desde siempre, cuando Bea oculta cosas, sus gestos hablan por ella. Y tiene pocos: la mano en el cuello, la mirada huidiza, un dedo enrollándose distraídamente en uno de sus largos rizos negros. Se empequeñece para no estar. No le gustan según qué verdades porque le cuestan.

—Bea...

Por fin levanta los ojos y el amago de sonrisa se le tuerce en una mueca incómoda.

—Ay, Inés.

«Ay, Inés», dice. Así que sí pasa algo. Y, por la hora que es y por lo que veo en sus ojos, intuyo que lleva pasando desde hace tiempo.

Doy una palmada sobre la cama, invitándola a venir, pero ella no se mueve en seguida. Luego avanza descalza hacia mí sobre la alfombra y, en los segundos que tarda en llegar, hago un rápido inventario de lo que puede tenerla así. Conociéndola, la lista no puede ser muy larga: Morris, Gala, la academia. Novio, hija o trabajo. Otra cosa sería una sorpresa.

Se sienta con cuidado y se lo agradezco. Sé que lo hace por mí, para evitarme dolor y mareo. Es tan ella Bea en todo, tan coherente en lo que es, que a veces me da envidia.

—Cuéntame, anda.

No despega los ojos de la alfombra. Las manos sobre las rodillas.

—Es que... —empieza, pero en seguida se le apaga la voz y se vuelve a mirarme. De repente tengo ganas de cogerla por los hombros y zarandearla para que hable y se deje ya de tanto dudar. Para que no me tenga miedo. «Habla, Bea. No voy a comerte», tengo ganas de gritarle.

—Es que qué, Bea.

Se encoge un poco sobre sí misma. Al verla así, tan poco acostumbrada a hablar, me pregunto como muchas otras veces por qué nos costará tanto decir las cosas en esta familia y si en todas será igual, si todas lo hacen tan mal.

—Si te digo una cosa, ¿me prometes que no te enfadarás? —dice por fin.

Ya empezamos.

—Ya empezamos.

—¿Lo ves? Ya estás enfadada.

A pesar de la oleada de mareo que me clava contra el cabezal, no puedo reprimir la risa. Me sale ronca, impaciente.

—No, Bea. No estoy enfadada. Pero como no empieces a hablar ahora mismo, no creo que tarde mucho.

—Vale, vale —dice con un suspiro.

Vuelve el silencio y una campanada desde la calle. Las tres y cuarto.

—Es que tengo que decirte una cosa y no sé cómo.

Ay, Dios. «Y hay veces en que me pones tan nerviosa que te daría un par de bofetadas», me oigo pensar. En seguida me arrepiento. No se lo digo. Ni una cosa ni la otra.

—Eso ya lo he entendido.

—Ya —dice, inspirando hondo y cerrando los ojos—. Pero no te enfades, ¿eh?

—¡Joder, Bea!

Aprieta los ojos, baja un poco la cabeza y cierra las manos sobre el camisón.

—Es que yo... —empieza con voz temblorosa—. Yo no lo decidí —suelta por fin.

No digo nada porque no sé qué decir. Cuando ve que pasan los segundos y no hablo, abre los ojos y se vuelve a mirarme.

—No fui yo, Inés.

Espero a que siga hablando, pero al ver que sigue pasando el tiempo y que aquí no pasa nada más, decido empujarla un poco.

—No te entiendo, Bea.

Suelta un suspiro. Angustiada, está angustiada, y al verla así entiendo que en mi inventario de posibilidades hay algo con lo que no había contado. Ni hija, ni novio, ni trabajo. Es algo que viene de atrás, que arrastra con ella y que le duele.

—Cuando esta tarde estábamos en el salón y te he dicho que tendría que haber venido de otra manera, que tendría que haberlo hecho mejor y que no sé cómo me decidí. ¿Te acuerdas?

—Sí, claro.

—Pues no es verdad —susurra.

Sigo sin entender, pero ahora que ha empezado, sé que terminará. Le costará, pero terminará.

—No fui yo —suelta con un hilo de voz—. Yo no decidí venir.

Una punzada de dolor me atraviesa la espalda de hombro a hombro, encontrando un eco feo en el cuello que me aplasta contra el almohadón. El pinchazo me envuelve la cabeza desde atrás hasta la cuenca del ojo, rodeándome la cabeza por la izquierda. Aprieto los dientes y me agarro al edredón. Bea sigue hablando.

—Pensé en decírtelo en seguida, pero no encontré el momento y luego…, bueno…, fui dejando pasar los días y… no sé…, esto ha sido tan fácil desde que llegué, y ha pasado todo tan deprisa que se me ha echado el tiempo encima y…

No sé qué debe de haber visto Bea en mis ojos para haberse callado de repente. Lo que sí sé es que me da vueltas la cabeza, pero no contra el espacio exterior. No es mareo, no. Es un aguacero de preguntas desordenadas que me martillean desde todos los rincones del cerebro. Es desconcierto. Literal. No sé si seguir preguntando porque no sé si quiero saber.

La veo a mi lado, tensa y encogida.

Sí, sí quiero saber.

—¿Entonces?

Me mira y traga saliva. Sé lo que voy a oír antes de que vuelva a hablar.

—Fue la abuela —dice, acariciando el edredón con gesto distraído mientras pasan los segundos entre el hueco que nos separa y desde el fondo del pasillo llegan los balbuceos en sueños de Gala seguidos de un amago de llanto. Luego algunos instantes más de silencio añadido—. Me envió ella, Inés.

Ahora soy yo la que traga, pero no saliva. Trago tierra. Y raspa.

—¿Podrías traerme un vaso de agua? —me oigo decir.

Bea se levanta casi al instante, aliviada de poder moverse y también de poder hacer algo.

—Claro —dice, desapareciendo por el pasillo. Instantes más tarde la oigo en la cocina. Armario. Vaso. Agua. Pasos.

—Toma.

—Gracias.

Agua fría que hace bien. El vaso entero. Cuando termino de beber se lo devuelvo y ella lo pone con cuidado sobre la mesita.

—¿Por qué, Bea?

Se sienta con un gesto de mujer mayor y pone las manos sobre sus rodillas.

—Ay, Inés.

Más campanas. Y media. Vamos camino de las cuatro en esta madrugada de diciembre. Poco sueño el que se anuncia aquí esta noche.

—Porque mañana llegarán mamá y la abuela y quería que lo supieras por mí —dice—. Ya conoces a la abuela. Seguro que en una de ésas lo suelta.

Giro el cuello para verla mejor y controlo una sonrisa.

—No, Bea. No te pregunto eso.

Parpadea, confundida.

—¿Ah, no?

—Ven —le digo, levantando el edredón a mi lado—. Acuéstate. Vas a coger frío.

Duda durante un instante. Luego se levanta, se mete en la cama junto a mí y apoya la cabeza contra el cabezal. Busco su mano y me la da.

—Lo que quiero saber es por qué te mandó la abuela, no por qué no me lo habías dicho hasta ahora.

—Ah —dice, tirando del edredón hasta taparse el pecho y quedándose así, con las manos asomando entre este pequeño mar blanco que nos cubre.

—¿Qué te dijo la abuela, Bea?

Nada. Silencio.

—Bea...

Cuando por fin habla, le tiembla la voz.

—Muchas cosas.

Muchas cosas, claro. Y eso quiere decir que unas se las dijo a ella y que las otras iban dirigidas a mí. Y también que, probablemente, tanto unas como otras son verdad y duelen.

—¿Cosas como qué?

Se vuelve a mirarme.

—Que viniera a cuidarte.

El mensaje puede que se acerque a la verdad, pero algo me dice que las cuatro palabras de Bea son sólo la punta del iceberg. Sé que si tiro de ella hacia arriba, dirá hasta donde yo le pida. Como mamá, tampoco ella ha nacido para mentir.

—¿Sólo eso?

—Y que... si te traía a Gala, quizá empezarías a... a curarte.

Ya nos vamos acercando. No es difícil oír a la abuela diciendo algo así. Es una frase cien por cien suya porque su cabeza funciona así: acción, reacción; problema, solución. De pronto, imagino su figura menuda y reconcentrada en la cocina de casa y también la escena. Bea y ella solas, sentadas a la mesa. Casi puedo oler los restos del desayuno: el café tibio, las naranjas maduras en el frutero de madera que Helena trajo de uno de sus viajes, el humo del primer cigarrillo de Bea..., y oigo a la abuela chasquear la lengua con cara de fastidio cuando la ve fumar mientras se prepara para convencerla de que su sitio en el mundo está aquí, en Copenhague, con su hermana. Es lista y sabe que Bea no es un blanco difícil, que no soy yo, ni tampoco Helena. «Tu hermana necesita que alguien vaya a buscarla, Bea», casi la oigo decir desde aquí. «Y ni tu madre ni yo podemos hacerlo. Yo, porque soy una vieja pelleja a la que le fallan las fuerzas, aunque te juro que si tuviera diez años menos cogía el primer avión, me plantaba en casa de Inés y la traía aquí de los pelos. Pero no es así», dice, bajando la mirada en un gesto compungido que todas le conocemos bien. «Y tu madre...», sigue, con un suspiro de pena contenida, «todavía lleva tan mal la muerte de Tristán y la sufre tanto, que poco puede hacer por tu hermana». Ahora levanta la cabeza y pone una mano en el hombro de Bea. «Así que te toca a ti, pequeña. Te toca porque te toca crecer. ¿O no eres tú la que se queja a todas horas de que no puedes con tu niña sola y de que te hemos dejado empantanada con ella?» Imagino a Bea fumando con la mirada clavada en las baldosas de la pared y a la abuela apretándola, empujándola. Se le da bien empujar a la vieja Mencía, empujarnos desde siempre a vivir, a no aflojar, como sea pero hacia delante. «Ve con tu hermana, niña. Coge ese avión y hazme el favor de devolverle un poco de vida a la suya». Y veo a Bea dudar mientras la abuela se levanta y se aleja arrastrando los pies hacia la entrada de la cocina sin perderla de vista. Cuando llega a la puerta, se apoya contra el marco, espera unos segundos y luego se vuelve despacio. «¿Sabes una cosa, hija?», dice. Desde la mesa una bocanada de humo se pierde hacia la lámpara del techo. «Si tú supieras el daño que me hace verte así..., si te pararas a pensar, aunque fuera un segundo, en la pena que me da sentirte tan poco generosa y te vieras como te veo yo en este momento, tan metida en ti, tan poco tú... Desde luego, mucho tenemos que habernos equivocado tu madre y yo en esta vida para haberlo hecho tan mal contigo». Luego gira la cabeza hacia la ventana que da al jardín y habla como si pensara en voz alta, borrando a Bea de su horizonte, tan dramática la abuela y tan inocente su nieta pequeña. «A miles de kilómetros de aquí hay una mujer que sufre porque desde hace un año llora la muerte de su niño, que también era el nuestro. Esa mujer es tu hermana y está sola. Y te necesita, pequeña. No voy a decirte nada más». Bea va deslizando la mirada hacia el suelo sobre las baldosas de la cocina mientras la oye hablar. Pasan tantas cosas por su cabeza, está tan aturullada de culpa, de miedo, de ternura, de ganas de ayudarme, de no fallarle a la abuela ni a mamá y de encontrar su sitio en el mundo con ellas pero sin ellas..., tan acongojada y tan atosigada por sus ganas de hacer bien las cosas y por ese poco amor que se tiene a sí misma, que su cabeza cede a la presión experta de la abuela y por ella empiezan a pasar cosas que suenan más o menos así: «Tiene razón, la abuela tiene razón. Inés sola en Copenhague, llorando todavía la muerte de Tristán, y yo aquí, quejándome de que nadie me ayuda con Gala, pensando sólo en mí. Soy una egoísta, es verdad. ¿Y qué tengo aquí, a fin de cuentas? Nada. ¿Qué pierdo si me voy?». De repente, durante un instante, se ve como ha aprendido a verse porque ése es el reflejo que le han devuelto quienes no la han ayudado a verse bien. Ve a una niña de poco más de treinta años que decidió ser madre sola mientras a mí se me moría mi hijo en la cama de un hospital. Y, como le pasó en el hospital mientras me acompañaba en la terrible agonía de Tristán, vuelve a sentirse sucia. «Yo pensando en si puedo o no sacar a Gala adelante mientras Inés vive sin su hijo, echándole de menos, muerta de dolor. No tengo perdón. Tiene razón la abuela».

Seguramente la escena termina segundos más tarde. La abuela espera en la puerta mientras Bea sigue dándole vueltas a todo lo que le ha dicho, confundida y perdida, hasta que por fin llegan las palabras que Mencía esperaba oír de labios de su nieta pequeña: «Sí, abuela. Voy». Entonces la abuela sale de la cocina con ese brillo en los ojos con el que unas veces lo ilumina todo y con el que otras nos deslumbra, oscureciendo lo que no es ella y no dejándonos ver.

Un nuevo balbuceo de Gala desde el otro extremo del pasillo me devuelve al aquí más inmediato. Bea espera. «Me enviaron a curarte», dice.

—¿A curarme?

Se vuelve a mirarme.

—La abuela dijo que hace un año que estás... huida. «Huida de ella misma y huida de su dolor». Eso dijo, Inés.

Trago saliva. Hay poca, pero hay. Y hay también mucha razón.

—¿Qué más?

Suspira y se acerca a mí. Ahora siento el calor de su cuerpo contra el brazo. Y su olor, también el olor. El de Bea es un olor que no he encontrado nunca en nadie más, único y particular. Helena lo definió un día como sólo ella sabía hacerlo, certera siempre en sus definiciones, dolieran o no. Recuerdo que estábamos en casa las tres. Yo debía de tener unos doce o trece años y Bea diez. Jugábamos a adivinar. Helena pintaba con sus acuarelas junto a la ventana abierta, concentrada en lo suyo, mientras silbaba algo, y Bea y yo adivinábamos personajes famosos, oficios, películas, qué sé yo. De repente, entre una adivinanza y la siguiente, Helena se llevó el papel a la cara, cerró los ojos e inspiró hondo. Luego se volvió a mirarnos con las pupilas llenas del mar que se reflejaba en ella desde fuera. «La abuela huele a azul», dijo como si acabara de descubrir algo que hubiera cambiado algo. Bea la miró, encandilada, olvidándose de su turno en el juego y esperando que Helena dijera algo más, aunque en vano. Helena volvió a su papel y Bea se quedó colgada de ese silencio tan de hermana mayor que Helena manejaba a destajo hasta que no pudo más y se dejó vencer por la curiosidad. «¿Y yo? ¿A qué color huelo yo, Helena?», preguntó por fin. Helena dejó suspendido el pincel sobre el papel, se volvió a mirarnos y, dedicando a Bea una de esas sonrisas con las que parecía difuminarlo todo a su alrededor, contestó: «A vela de barco cuando sopla viento del norte. Y a mar limpio. A eso hueles, cariño». Bea la miró, fascinada. Luego salió corriendo a contarle a mamá la noticia, dejándonos solas, cada una en lo suyo: a Helena con su pintura y a mí intercalada entre el silencio de la una y la ausencia de la otra.

«A mar limpio». Eso es. Ésa es Bea. Agua limpia que siempre deja ver el fondo. No hay mucha gente así.

A mi pregunta de «¿Qué más, Bea?», ella responde ahora confiada:

—Que tú me ayudarías.

Me alegro de que no pueda verme la cara porque intuyo que leería en mis ojos cosas que ni yo misma adivino. ¿Ayudarte?, quiero preguntar. ¿Yo? ¿A ti?

—A ser madre —dice con un hilo de voz—. Dice la abuela que sabes querer bien. —Trago algo que debe de ser saliva porque sabe salado y es líquido. Mientras genero más, ella termina su frase—. Y que Tristán no habría podido tener una madre mejor.

Ay. Ya no hay saliva. Aire casi tampoco. Es la primera vez desde que llegó que Bea me habla de Tristán así, directamente, pronunciando su nombre. Es la primera y oír su nombre en alguien que no soy yo me llena de cosas que hacen daño.

—No, Bea. Eso no es verdad.

No dice nada. Simplemente se arrima a mí y apoya la cabeza sobre mi pecho, acurrucándose contra este lado de la cama. Desde su pelo me llega su olor a champú de niño.

—Tristán sólo tuvo seis años de mí —me oigo decir con una voz tan fría que casi me cuesta entender que es la mía—. Y en el tiempo que pude disfrutar de él, fui tan poco madre, tan poco para él, que ni siquiera supe salvarle la vida.

Bea se apretuja aún más contra mí.

—No digas eso, Inés.

—Ésa es la buena madre a la que has venido a salvar, hermanita —le susurro—. ¿Estás segura de que es la misma que quieres que te enseñe algo?

—Inés...

—Y hay algo que no debes olvidar nunca, Bea.

No dice nada. Su respiración la hace subir y bajar sobre mi pecho, refugiada bajo el edredón y agarrada a mí como si aquí, en esta cama, hubiera tormenta y yo fuera lo único a flote que queda del barco. Le busco la mano y se la encuentro.

—Tú sí elegiste, cariño —le digo—. Puede que la abuela te empujara e hiciera lo imposible por traeros a ti y a Gala hasta aquí, pero la que subió a ese avión con su niña y se la jugó fuiste tú, no ella. Tú decidiste, Bea, así que deja de martirizarte por eso y por no habérmelo dicho hasta ahora porque no te hace bien, no nos hace bien, ni a ti, ni a Gala ni a mí.

Ella levanta de pronto la cabeza y me mira desde abajo, envuelta en su mar de rizos negros. La siento latir sobre mí.

—¿Y sabes una cosa?

Se aparta el pelo de la cara y vuelve a apoyarse sobre mi pecho, rodeándome con el brazo.

—Que eres una mujer valiente. Mucho. —Se aprieta un poco más contra mí y se encoge en algo que, en el silencio cargado de esta noche, podría ser un pequeño sollozo. Quizá una tos—. Y que bendito sea el día en que llegaste. Las dos. Benditas seáis las dos y estos meses que hemos pasado juntas.

LÍA

El vuelo de Menorca a Barcelona ha sido una auténtica pesadilla. Nos han tenido media hora encerradas en el avión antes del despegue y mamá no se lo ha tomado bien. Ya antes, en casa, hemos tenido la primera bronca del día. Cuando la he visto llegar al vestíbulo con el viejo visón despeluchado de siempre y el gorro de piel que, según ella, hace juego con el abrigo, he sabido que, después de estos meses de silencio y de cosas no dichas, mamá ha vuelto a ser la que era. El viejo visón dice mucho y las dos lo sabemos. Mamá me estaba lanzando una bengala y yo la he visto estallar en el cielo de la mañana. La bengala llevaba un mensaje: «Cuidado, Mencía ha vuelto».

—¿No preferirías llevarte el visón nuevo, mamá? —le he preguntado en un inútil intento por hacerle cambiar de idea.

Ella ha sacado los dientes del pañuelo y se los ha colocado.

—Sí, claro. Por eso me llevo éste. Porque prefiero el otro.

Eso ha sido lo primero de la mañana. Lo segundo ha sido el taxi. El taxista llevaba puesta la radio. Un programa de opinión, una tertulia. Hablaban de inmigrantes, de pateras y de muertes en el mar. Mamá iba sentada a mi lado sumergida en su gorro y en su visón milenario, agarrada a la maleta de mano como un dibujo animado. Hablaba entre dientes como hace a menudo, sobre todo desde que murió Tristán, aunque con más frecuencia desde que nos hemos quedado solas las dos. Va por ahí murmurando cosas como si rezara.

De repente, en la radio, un tertuliano ha dicho algo que ha hecho despertar al taxista de su silencio.

—Menudo soplapollas —ha soltado el tipo con un acento que a mí me ha sonado a gallego y que entiendo que a mamá también, acompañando el comentario con un pequeño golpe sobre el volante. Estábamos parados en un semáforo, el único que hay en el trayecto desde casa al aeropuerto. Mamá ha reaccionado al estallido del taxista con un parpadeo de sorpresa—. Mucho hablar, mucho hablar y poco hacer —ha seguido el hombre—. Lo que yo te diga. Menos talante y más talento es lo que hace falta en este país. A ver si encima va a resultar que tenemos que ponerles un crucero de esos con jacuzzi a los moros para que vengan aquí a robar. Nos ha jodido el tío. Panda de cabrones es lo que son. Ya les quisiera ver yo ocho horas metidos en un taxi, jugándose la vida con la de chusma que corre por ahí.

Mamá se ha llevado la mano al pelo y se ha retocado un mechón que le asomaba por debajo del gorro. Luego me ha mirado mientras el taxista volvía a la carga, cogiendo confianza.

—El otro día, cojo a una tía en el puerto. Alemana o inglesa. No sé, de por ahí arriba. Y ya mayorcita, no crean. Pues va la tía y me dice que si sé dónde puede pillar una papela, la muy jeta. Y yo me digo: ¿a ver si es que ahora resulta que tengo pinta de camello? Y luego se lo comento a los colegas en el bar de la parada y me dicen que es que ahora los colombianos y los *cuatorianos* que se meten en lo del taxi también trapichean. Pues eso, un dos por uno. Carrera y papela. Para que ahora venga esta panda de soplapollas a decirnos que les paguemos el viaje a los ladrones esos que nos llegan de todas partes, cagüen la leche —ha rematado, dando un acelerón contra el semáforo en verde.

—Disculpe, caballero —ha dicho de pronto mamá, dándole un golpecito en el hombro. Él la ha mirado por el retrovisor. Primero a ella. Luego a mí.

—Dígame, señora.

Mamá le ha sonreído por el retrovisor, se ha inclinado hacia delante, y le ha preguntado con voz inocente:

—¿Y Trankimazines, tiene?

El taxista ha tardado unos segundos en responder.

—¿Eso qué es?

Mamá se ha ajustado el gorro aún más sin dejar de mirarse en el retrovisor, haciéndolo girar sobre su cabeza de tal modo que las dos colas de marta que se ha hecho coser a la base le han quedado justo por detrás de la oreja.

—Es una pastilla que se toman las viejas rabiosas cuando tienen miedo a volar y se encuentran a las ocho y media de la mañana con un cretino que no para de soltar marranadas por la boca.

He vuelto la mirada hacia la ventana. En uno de esos cartelones que salpican las carreteras que llevan a los aeropuertos, una azafata de una compañía de bajo coste sonreía desde las alturas. El viento o la lluvia le habían arrancado la mitad de la cara. Mamá también la ha visto.

—Pues no, señora. De eso no tengo. Pero si quiere un Locatil, creo que algo hay —ha dicho el taxista con voz aburrida, como si las babas de mamá no le hubieran escupido a él. Luego hemos enfilado en silencio el carril que lleva a la puerta de salidas mientras en la radio alguien ha soltado un chiste sucio que el taxista ha recibido con una risotada y un nuevo golpe sobre el volante. Mamá me ha mirado con una ceja arqueada, se ha cerrado el cuello del abrigo con una mano y con la otra se ha puesto bien el pendiente. El taxi se ha parado delante de la puerta. Cuando el hombre nos ha dejado las maletas en el suelo y ya se iba, mamá se ha acercado a la ventanilla del pasajero y le ha dado unos golpecitos con el bastón. La ventanilla ha bajado.

—Perdone, caballero —le ha dicho con una voz dulce de ancianita que hacía tiempo que yo no le oía.

—Dígame, abuela —he oído contestar desde el interior del coche.

Mamá se ha agachado un poco más.

—La vieja rabiosa soy yo —ha dicho con una falsa sonrisa.

Silencio desde dentro.

—Y el cerdo de la boca sucia es usted —le ha soltado—. Soplapollas.

Sus noventa y tres años de vieja con pinta de loca y dos guardias de seguridad le han salvado el pellejo a mamá hace un rato. A ella y a mí. Luego ha llegado el embarque y el control de pasajeros. Entonces he estado a punto de matarla.

—¿Duermes? —pregunta ahora a mi lado. Faltan unos minutos para aterrizar en Barcelona. Va sentada en el asiento central. «No quiero ver desde arriba esa maldita ciudad», ha dicho en el mostrador de facturación cuando la azafata de tierra le ha preguntado si pasillo o ventana. Y es que desde que se nos murió Tristán y se acabaron los fines de semana en el hospital, cada vez que oye mencionar Barcelona, mamá aprieta los dientes y murmura cosas que no suenan bien. Costó Dios y ayuda convencerla para que aceptara hacer escala en El Prat.

—No, mamá —le respondo—. No duermo.
—¿Cuánto falta?
—Poco.
—¿Poco, cuánto?
—Nada. Diez minutos.
Suelta un bufido.
—Eso ya me lo has dicho antes, Flavia.
—Es que antes faltaban once. Y no soy Flavia, mamá.
Suelta un suspiro de fastidio. De repente la veo tan asustada que también yo me asusto por ella y me pregunto si habrá sido buena idea este viaje, si no estará demasiado mayor. Es que son noventa y tres años, me digo, observándola sin que se dé cuenta. Cuando ayer me dijo que le daba miedo volar no imaginé que el miedo era tanto. Tan real.
—Aquí dentro hace un calor horrible —dice.
No aparto los ojos del crucigrama del periódico.
—Haberte quitado el visón y el gorro.
Otro bufido.
—Sí, hombre. Con la de mangantas que hay aquí dentro. No hay más que ver a Marnie.
Marnie es el nuevo nombre que mamá le ha dado a Svetlana, la azafata rubia que lleva trayéndole vasos de zumo de melocotón desde que hemos embarcado. Cuando Marnie —de *Marnie, la ladrona*— le ha pedido que le diera el abrigo y el gorro para guardárselos en el portaequipajes, mamá se ha agarrado al cinturón de seguridad y le ha dicho:
—Tú estás chiflada, mona.
Gracias a Dios, Marnie debe de haberla entendido mal. Al poco ha llegado con un vaso de Coca-Cola que mamá se ha bebido de un trago. Después, tras media hora de espera, ha llegado el despegue y mamá por fin se ha quedado dormida. Tres minutos. Ni uno más. Luego ha abierto los ojos.

—¿Ya llegamos? —me ha preguntado.
—Acabamos de despegar, mamá.

El avión atravesaba en ese momento una capa de nubes y ella se ha cogido al asiento delantero con las dos manos, tirando de paso del pelo de la chica que iba sentada en él, que se ha vuelto a mirarla con cara de poca broma. Mamá ha tragado saliva. Se lo he visto en la nuez.

—Dame un Trankimazin, Flavia.

Ni siquiera le he contestado.

—Lía… —se corrige con un hilo de voz.

—Ya te has tomado medio.

—Y a mí que me importa. No me ha hecho efecto. ¿No lo ves?

—Ten un poco de paciencia, mamá.

—Por favor.

El señor que va sentado al otro lado de ella se remueve en su asiento, probablemente incómodo, o puede que harto. Con su visón y el gorro de piel, mamá ocupa sitio y el pobre hombre va encajonado en su asiento, con medio cuerpo asomándole al pasillo. Mamá gira la cabeza hacia él y la oigo decir:

—Voy a morir, caballero. Creo que tengo un ataque de ansiedad y esta que ve aquí es mi hija y no me da la medicación. Como usted habrá podido ver, soy una mujer rica, aunque viaje en turista porque ella es así. Es que es adoptada. La adoptamos ya de mayor y como en Ucrania pasó mucha hambre, nos llegó pesetitas, ya me entiende. O sea, rata. Y yo…, ay, perdone que le moleste, caballero, pero es que tengo una crisis. Ahora no puedo decirle de qué, pero es una crisis gorda, gorda.

No puedo apartar los ojos del crucigrama porque, si lo hago, tendré que mirarla y entonces entenderé que lo que estoy oyendo es real, que esto está pasando de verdad. Aquí, en el aire. Y que no hay salida. Creo que también me reiré y sé que no debo.

—Y dígame, caballero. ¿No tendrá usted por ahí un Trankimazin? Es que en seguida que le he visto me he dicho: este caballero tan elegante tiene pinta de llevar pastillas encima y además seguro que también es un hombre generoso. De hecho, ahora que lo pienso, se da usted un aire a mi marido, que en paz descanse.

Cuando levanto los ojos y los vuelvo hacia el pasillo, me encuentro con los del señor clavados en mí. Son unos ojos de hombre cansado, a medio camino entre el fastidio y la incredulidad. Acusadores.

Mamá capta su mirada y deja escapar una tos fingida. Luego suelta un suspiro y baja la voz lo suficiente para que pueda seguir oyéndola.

—Se llama Lía —le dice al señor, que no aparta la mirada de mí—. Y la llevo al médico a Barcelona porque…, en fin…, es muy penoso para una madre, a mi edad… —Se saca el pañuelo del bolsillo y se enjuga unas lágrimas que hace años que no tiene. Luego se inclina aún más sobre su vecino—. Es que hace unos meses me intenté suicidar. Sí, ya sé, ya sé. Y dirá usted: ¿cómo se le ocurre a una vieja de noventa y tantos suicidarse si total, para lo que le queda? Pues mire, sí, pero es que es un poco largo de explicar.

El señor ha desaparecido de mi campo de visión. Ahora sólo veo el gorro de mamá y una mano suya que revolotea en el aire mientras ella no calla. El avión empieza a perder altura hacia el aeropuerto de destino.

—Resumiendo —la oigo insistir—: resulta que me fui a morir a una isla muy pequeña que tenemos muy cerca de casa, la isla del Aire, ¿la conoce? ¿No? Bueno, no tiene por qué. Pues lo que le decía, que me fui a morir allí porque mi bisnieto se había muerto de leucemia hacía un año y yo le había prometido en el hospital que en seguida que pudiera me reuniría con él. Y, escúcheme una cosa, yo soy vieja, pero no faltona. Así que dejé a mis niñas bien arregladitas y me disfracé de Lara Croft porque Lara era el ídolo de Tristán; qué digo ídolo, si se quería casar con ella cuando fuera mayor. Y a la isla que me fui a esperar a que viniera a buscarme. Y entonces ¿sabe qué?

El crucigrama se difumina ante mis ojos mientras la verborrea de mamá sigue cayendo a chorro sobre su pobre vecino de asiento. Oyéndola hablar así, contar así, con su gorro enfundado hasta las cejas y su abrigo de visón raído, cualquiera la tomaría por una chiflada. Habla atropelladamente, respirando mal, como una niña que acabara de llegar de campamentos y quisiera contarlo todo a la vez: el río, las amigas, las excursiones, y ella me dijo, y yo le dije. Es buena en su papel porque conoce bien el personaje. Lo que cuenta suena tan increíble que si yo no hubiera vivido en primera persona lo que está diciendo, si no hubiera sido testigo de que todo lo que cuenta es cierto, la miraría como debe de estar mirándola el señor desde el asiento que ocupa junto al pasillo.

Como a una loca. Así debe de estar mirándola el pobre hombre. Pero es que sí es cierto. Todo. Muy resumido, sí, pero cierto. Y de pronto entiendo que mamá lo está contando para mí. Que aquí arriba, atrapada en su pánico a volar, desbocada de repente contra su miedo a morir así, sin haberlo elegido, después de estos cuatro meses de silencio amargo con los que me ha castigado por haberle torcido su plan de fuga, ha decidido hablar. Habla para mí mamá, y ahora yo absorbo cada palabra como una planta a la que su silencio ha dejado secar durante mucho tiempo. Sigo escuchándola mientras ella dice cosas que suenan así:

—Entonces —continúa, jadeante—, yo espera que te espera en la isla a que mi Tristán viniera a buscarme, y nada. Total, que se hizo de noche y allí no venía nadie. ¿Y quién cree usted que aparece de pronto por el camino que lleva al faro, dándome un susto de muerte? Pues ella —le dice al señor, bajando un poco la voz y señalándome con la cabeza—. Y así estuvimos las dos un buen rato, sentadas debajo del faro con los pies colgando como un par de muérganas, con un calor que ni le cuento. Yo que sí y ella que no, yo que me voy y ella que te quedas. No sabe usted la de cosas que me dijo. Ni se las imagina. —Se lleva la mano al cuello de visón y se lo acaricia con gesto turbado—. Cosas que yo no puedo repetir porque me moriría de vergüenza —dice, mirándome de reojo—. Y desde entonces vivimos así. Mi hija en su mundo, y yo en el mío. Mi niña convencida de que estoy enfadada con ella porque no le perdono que me haya salvado la vida y yo... yo con tanta vergüenza por haber hecho lo que hice y por haberla hecho sufrir tanto durante esas horas que todavía no me atrevo a mirarla a la cara.

Se calla. Mamá se calla de pronto y yo me encuentro con un silencio nuevo que no sé por dónde coger. Estoy tan pillada por sorpresa que siento un nudo en la garganta y siento también que duele. Y que me gustaría decirle alguna de las mil cosas que llevo callando durante estos meses. Y que no pare de hablar, aunque no lo haga conmigo directamente. Así, cerca las dos, como antes, cuando todo estaba bien.

A mi lado, mamá no ha terminado. Habla ahora como si pensara en voz alta, perdida en sí misma. En ella y en mí.

—No sé si algún día podrá perdonarme por haber sido una vieja torpe y loca, y me da tanto miedo y tanta vergüenza que me diga que no, que lo que hice no se le perdona a una madre, que no sé cómo pedírselo.

Mamá se vuelve a mirarme. Tiene los ojos cubiertos de un velo líquido que en este momento compartimos. Es el velo de la Mencía de los momentos más sólidos, más verdad. Y, mientras me fundo en esa mirada perdida, no dejo de decirme: «No es enfado lo suyo. Ni odio. Es sólo vergüenza. Mamá tiene vergüenza y miedo, no odio. Mamá no me odia», me repito por dentro mientras su mirada enfoca la mía y lo que trago son mocos, aire y alivio.

De pronto, el capitán anuncia por los altavoces que nos adentramos en un área de turbulencias y mamá parpadea. El pánico la devuelve a su asiento, dejando su confesión colgada sobre las dos y aplazada hasta nuevo aviso. En sus ojos ya no estoy yo, sólo hay alarma, y sus nervios le reclaman ayuda. Como sea.

Se vuelve hacia su vecino de asiento, al que desde hace unos minutos ha sumido en el olvido, y recupera al instante su pose de madre sufridora en compañía de hija demente.

—Así que ya lo ve. A mis noventa y ocho años —miente— y llevando a mi pobre niña a Barcelona para que alguien la ayude a salir adelante. —Chasquea la lengua y baja la mirada—. Y todo por mi culpa. No ha podido superar el susto y claro... —Pega la cabeza al asiento para que el hombre pueda verme bien—. Así la tengo.

El señor me estudia durante un par de segundos hasta que mamá se inclina hacia él y, bajando un poco la voz, le dice:

—Es tripolar.

Cierro el periódico y lo meto en el bolsillo del asiento delantero.

—Ya sabe: ahora bien, luego mal y mañana regular. Como un montacargas. Unas veces en el primero, otras en el segundo y las más ni en un piso ni en otro —explica, moviendo las manos en el aire como si llamara a un ascensor que no le responde.

—Mamá.

Yergue la espalda y se queda quieta en su asiento. A su lado, el señor también. La cojo de la manga despeluchada del visón y tiro de ella hacia mí hasta que los pelos del gorro me rozan la cara.

—No hay nada que perdonar, mamá —le susurro.

Ella se vuelve a mirar a su vecino y pone los ojos en blanco, inclinada como está hacia mí mientras el avión se mete de lleno en un nuevo nubarrón de turbulencias y todo se zarandea. Mamá abre unos ojos como platos y me escupe con voz ronca.

—El Trankimazin. Ahora.

Aunque estoy a punto, blanda por lo que acabo de oír, no cedo porque no sé el efecto que un Trankimazin y medio en poco más de una hora puede provocar en una anciana de la edad de mamá. Ella espera unos segundos. Al ver que no me muevo, me mira y parpadea a un centímetro de mí.

—Por favor, Lía.

—No.

—¿No?

—No, mamá. Todavía no.

Entonces se aparta de mí y se inclina sin contemplaciones hacia su vecino.

—A lo que íbamos. ¿Tiene o no tiene pastillas? Porque a mí no me haga perder más el tiempo —le suelta con voz de fastidio.

El señor se levanta de un brinco y se pierde por el pasillo en dirección al baño, aunque teniendo en cuenta los asientos libres que quedan en el avión desde aquí hasta la cola, algo me dice que no le veremos volver.

—Mariquita —suelta mamá entre dientes al tiempo que el avión da una sacudida y sobre nosotras se enciende la señal de cinturones acompañada de una pequeña campanilla. Entonces me agarra del brazo y tira de mí hacia ella—. Hija —balbucea.

—No pasa nada, mamá.

—Creo que me voy a hacer pis —me susurra con una especie de ronquido—. Encima.

Estamos envueltas en un mar de nubes y hace un rato que hemos iniciado el descenso hacia El Prat, o eso nos recuerda ahora Svetlana pasando junto a nosotras y rociándonos con su fría sonrisa del este.

—¡Marnie! —grita mamá, soltándome y agarrándola del brazo. Svetlana, que seguramente tiene nervios de acero, mira a mamá desde las alturas sin perder su sonrisa. Luego a mí.

—¿Está bien la señorrra? —pregunta con voz acerada.

—Está un poco nerviosa, nada más —le contesto con una sonrisa casi tan tensa como la suya.

—¿Tienes pastillas para los nervios, guapa? —balbucea mamá sin soltarle la manga.

Svetlana parpadea. El avión se inclina sobre sí mismo y mamá suelta un jadeo.

—¿Nervios? —dice Svetlana de pronto—. Sí, señorrra.

Mamá se ilumina entera.

—¿De verdad tienes? Ay, Marnie.

—Sí.

Mamá le suelta la manga y por un segundo Svetlana se ilumina también.

—Un momento. Vuelves mismo ahora.

—Sí, hija, vuelve pronto —susurra mamá.

Svetlana da un par de pasos hacia la parte delantera del avión, pero de pronto se detiene, da media vuelta y se acerca de nuevo a nuestra fila de asientos con expresión pensativa. Debajo de nosotras ya no hay nubes. Las pistas del aeropuerto se distinguen entre los campos y el mar, tan cerca ya que casi temo por Svetlana.

—¿Manzana o melocotón, señorrra?

Mamá parpadea un par de veces. Luego se vuelve a mirarme, traga saliva y, con una serenidad recuperada que no sé de dónde saca, se coloca bien el gorro, me pone la mano en el brazo y con su pequeño suspiro de resignación me dice:

—¿No hay nada que perdonar, has dicho, hija?

—Sí, mamá. Eso he dicho.

Suena el tren de aterrizaje a nuestros pies. Mamá traga saliva y se persigna.

—Muy bien. Recemos.

BEA

Inés ha insistido en que tome un taxi, pero el metro tarda quince minutos exactos en llegar desde casa al aeropuerto y yo prefiero viajar así, rodeada de gente. Me gusta ver a las familias con sus maletas, sus niños, sus bolsas...; algunas de ida y otras de vuelta. Además, la línea que lleva a Kastrup, la M-2, es la misma que cojo para ir a la academia, sólo que con unas cuantas paradas más. La verdad es que moverse por la ciudad es tan fácil, todo está tan a mano y las distancias son tan cortas, que a veces, alguna mañana que dejo a Gala en la guardería y me tomo unas horas para mí, si coincido con alguna pareja de turistas españoles en el metro, cierro los ojos, apago el iPod y sigo hasta final de trayecto, oyéndoles hablar, imaginando de dónde son, por qué habrán venido, para ver a quién. Hay días, los menos, en que entre los pasajeros y turistas me llega el acento de Menorca. Entonces, según a quién y cómo, le pregunto algo en catalán y hablamos. De esto, de aquello... Son pocos los menorquines que se extrañan cuando se les pregunta por ellos porque a los de las islas nos puede la curiosidad. Yo me invento que voy a recoger a alguien, a veces a mi marido o a mi madre..., otras a mi hermana. Les hablo de Helena como si estuviera viva y así recuerdo cosas de ella que con Inés no puedo porque hay veces en que, con el tiempo que ha pasado, no sé si algunas son verdad, del todo verdad, quiero decir, o si he ido poniendo yo de mi parte y lo que fue no fue así.

Hoy es distinto porque hoy llegan mamá y la abuela y no necesito inventar nada. Inés se ha quedado con Gala en casa. Cuando ha salido a despedirme a la puerta, me ha dado un beso y me ha dicho con una de esas risas suyas que suenan como a hueco:

—Que la fuerza te acompañe, amiga.

Me he reído con ella y durante un segundo nos hemos reído juntas. Ésa, la de la fuerza, es una frase con la que Helena se despedía al teléfono antes de colgar cuando llamaba desde algún rincón del mundo a esas horas que eran sus horas, sus horarios, no los nuestros. Durante muchos años, la frase fue suya. Luego, cuando murió, tardamos mucho en volver a usarla. Aunque no fue ninguna de nosotras quien la recuperó. Fue Tristán. Y fue mucho después. La primera vez que se la oí fue la tarde en que nos despedimos de él en la habitación del hospital, justo antes del autotrasplante. Era la víspera de año nuevo y en Barcelona hacía un sol como el de hoy aquí, casi de primavera. Estuvimos toda la mañana en la habitación: mamá, la abuela, tía Flavia y yo. Inés había salido a descansar un poco y a tomar el aire y Tristán estaba tan débil y se había vuelto tan poquita cosa que a las cuatro nos costaba respirar. Pasamos la mañana contándole cuentos y jugando con él a adivinar los regalos que los reyes le habrían dejado en el pasillo cuando saliera de la intervención, empeñadas en despistarle: a él, al tiempo y a la angustia, que no terminaba de pasar nunca. Cuando Inés por fin volvió y tuvimos que despedirnos de Tristán, él nos sonrió y, desde debajo de la mascarilla, entre tubos y cables, susurró: «Que la fuerza os acompañe, amigas». En ese momento, ninguna de nosotras se dio cuenta de que las palabras eran las de Helena ni nos preguntamos de dónde podía haberlas sacado, él que no había llegado a conocerla. Ni en ese momento ni después. Nos dejó tan cerradas su voz que no quisimos pensar nada más, sólo rezar para que siguiera vivo y poder volver a verle. Rezamos mucho esa tarde y seguimos rezando durante la noche en el hotel, cada una como supo. Yo con mamá. Juntas en la habitación.

Tristán vivió unos meses más. Luego se apagó y a todas nos llegó la vida sin él. Revivimos la muerte de Helena y añadimos como pudimos la de Tristán a la suya. Entonces volvimos al faro a esparcir desde allí sus cenizas. Esa mañana mamá lloraba sin ruido y tía Flavia tiraba de la abuela, que parecía reducida a un apéndice de ella misma, tan encogida y tan poco entera que temíamos que no aguantara. Inés se mantuvo un poco apartada de todas desde que zarpamos rumbo a la isla a bordo de la vieja *Aurora*. Estaba tan cerrada en su silencio, tan muda, que ni siquiera mamá se atrevía a acercarse a ella. Iba de pie delante con la urna en las manos, junto al viejo Jacinto, los dos con la vista al frente, pegados al timón. Cuando desembarcamos y llegamos al faro, Inés abrió la urna y fue pasando por delante de nosotras sin apartar la mirada del suelo. Tan blanca que daba horror mirarla. Luego, cada una cogió un puñado de cenizas y las lanzamos en silencio al agua desde el pie del faro. La abuela quiso rezar algo, pero la mano de tía Flavia tiró de ella para hacerla callar. Antes de Inés, el último en meter la mano en la urna fue Jorge. Costó verle llorar así después de tantos meses aguantando en el hospital. Lloraba como un padre que, después de haber visto sufrir a su hijo un día tras otro, de repente se había dado cuenta de que el verdadero dolor empezaba entonces porque ya no había esperanza. Sólo cenizas.

Inés fue la última. Metió la mano en la urna y la sacó llena de lo que quedaba de Tristán. Luego se llevó la mano a la cara y empezó a frotarse las mejillas, la frente, el cuello... todo, con las cenizas mientras repetía con los dientes apretados: «No te vayas, no te vayas, no te vayas». Nadie se movió para pararla. No hicimos nada. Esperamos todas allí de pie, calladas, hasta que, cuando por fin terminó, se volvió a mirarnos y dijo lo último que diría en días.

—Vida hija de puta —la oímos murmurar. Luego tiró la urna al agua y empezó a bajar como una autómata de regreso al barco. Fuimos tras ella.

Tres semanas más tarde, le ofrecieron cubrir la baja por maternidad de la corresponsal que el periódico tenía aquí, en Copenhague, y no lo dudó. Tardó cuarenta y ocho horas en marcharse. Desde entonces no ha vuelto a pisar Menorca. Ni Menorca ni Barcelona. Nunca más. Probablemente yo habría hecho lo mismo, aunque es tan difícil saberlo...

Lergravsparken. Cuando el metro se detiene en la estación con un pequeño suspiro, una pareja de chicas con mochila suben al vagón y se sientan en la plataforma delante de mí. En el bolsillo de la mochila, una de ellas lleva cosida la bandera de Canadá y debajo un parche alargado y gastado con la palabra «Québec». En cuanto se sientan las oigo hablar con su francés de acento antiguo y sonoro y por un momento me siento tan extranjera como ellas, igual de turista en este metro que nos lleva al aeropuerto. Somos muchos aquí.

—Todavía paseas por la ciudad como una turista, Bea —me dice Inés a veces, cuando salimos a pasear con la niña y me quedo embobada viendo los barcos en los canales y las bicicletas que se te echan encima ordenadamente desde todas partes. No lo dice enfadada, sino más bien extrañada, como si de repente se diera cuenta de que caminamos juntas por una ciudad que no es la nuestra y que ella controla así, sin esfuerzo, como lo controla todo. Mamá dice que lo del control le viene de su vena periodística, que ya era así de pequeña. Yo ya no sé, la verdad.

Las dos chicas se ríen a mi lado. Luego se cuentan algo que yo no entiendo y vuelven a reírse, está vez menos. Tienen cara de cansadas, esa cara que se nos pone a las mujeres cuando estamos bien juntas, cuando nos entendemos bien y la intimidad nos regala cosas que de otra forma nos cuesta encontrar. Se me ocurre que por el parecido deben de ser hermanas. Una es pelirroja, la otra más rubia. Contentas. Están contentas de volver a casa y eso se nota. Viéndolas así, tan bien acogidas la una en la otra, siento un pequeño pinchazo en el estómago y cierro los ojos al tiempo que vuelvo a oír la voz de la abuela la tarde que nos despedimos en la puerta de casa. Veo su mirada de pájaro llena de cosas que no decía y que tampoco sabía callar, y la echo tanto de menos que el pinchazo me sube hasta la garganta y se queda ahí acurrucado, como siempre que pienso en ella.

De ese día recuerdo el color del cielo y también la luz blanca de agosto. En verano, la luz de Menorca se pasea por la isla como si el sol la reflejara sobre los que estamos debajo, no creándola sino rebotándola. Cuánto añoro esa luz. Esa tarde, cuando llegó la hora de subir al coche, la abuela me abrazó junto a la puerta del jardín, me apretó bien fuerte contra ella y me susurró al oído:

—No vuelvas sin tu hermana, Bea. —Luego me dio un pequeño pellizco en la cintura y dijo—: Anda, ve.

No he vuelto a Menorca desde entonces. No, yo tampoco, porque si hubiera vuelto tendría que haberlo hecho sola y la abuela fue muy clara: «Sin Inés, no». Pero es que ni ella ni yo imaginábamos que esto sería así, que Inés estaría como está: tan... tan lejos de todo, como aparcada en el principio de algo que está ahí pero que no está. Como omitida. No le he dicho a la abuela que la encontré demasiado mayor cuando llegué y que ella me hizo pequeña, cargando conmigo y con Gala desde el primer minuto sin una sola queja, sin una sola palabra de más. «Ésta es tu casa», me dijo con una risa que sacó no sé de dónde y que, de no haber venido de mi hermana, habría sonado mal, como a hueco. «Aquí estaréis bien, las dos. Ya lo verás», añadió mientras me enseñaba mi habitación. Yo me abracé a Gala y no supe qué decir. En seguida entendí que nos había instalado en su cuarto, en el grande, y que ella se había trasladado al de invitados para tenernos cómodas y hacerlo fácil. Y, cuando me volví a mirarla, la vi tan flaca y tan distinta a la Inés que había sido y que yo recordaba, que casi me fallaron las piernas. Quise abrazarla y preguntarle: «¿Y tú? ¿Estás bien, Inés? ¿Y la pena? ¿Y tu pena? ¿Cómo están?». Intenté preguntarle eso y muchas otras cosas que no me atreví a decir esa noche y que desde entonces he seguido callando porque ella no se deja preguntar. Quizá adivinó mis preguntas en mi mirada como parece adivinarlo todo de todos, no lo sé. Todavía ahora me lo pregunto y todavía ahora me arrepiento de haber callado esa noche porque me faltó valor. Tuve miedo de ella y de la oscuridad que vi en su mirada, miedo a oír cosas horribles, a que me dijera la verdad y a no estar preparada. «Si se derrumba, no sabré qué hacer», pensé. «Si pregunto, quizá crea que he venido a eso, a saber cosas que hacen daño, y no podré quedarme porque ella no me querrá aquí. No nos querrá».

Y yo necesitaba tanto quedarme...

«Se equivoca. Inés se equivoca», pienso mientras las dos chicas apartan las mochilas para hacerle sitio a una mujer vestida con uniforme de azafata y una maleta negra de ruedas que acaba de subir al vagón en la estación de Kastrup. La mujer abre el bolso, saca un pequeño espejo y un pintalabios y se retoca con gesto automático. Luego pega y despega los labios un par de veces y se pasa la mano por el moño rubio, levantando un poco el espejo de mano. De pronto alza los ojos y me mira como si me hubiera oído pensar. Me sonríe. Es una sonrisa profesional. Helena diría que «entrenada para sonreír».

Inés se equivoca, sí. Se equivocó anoche cuando me dijo que soy una mujer valiente. No lo soy, bien que lo sabemos todas. Si lo fuera, me habría acercado más a ella estos meses, a pesar del terror que le tengo a que reaccione mal y a que lo poco que he conseguido con ella desde que llegué se rompa y tenga que volver a Menorca sin nada, otra vez con Gala en brazos a pedir compañía. Tengo miedo a eso y a perder lo poco que me queda de Inés. Y a que no me quiera por incómoda, por no saber respetar lo que ella no quiere enseñar.

Cuando esta mañana se ha sentado a mi lado en la mesa de la cocina y la he mirado, ella me ha sonreído y ha preguntado:

—¿Cómo estás, valiente?

No he sabido si lo preguntaba con cariño o si me hablaba como lo hace a veces, como si tuviera delante a alguien que no está ahí y que ella ve. Cuando la oigo así, con esa voz y esa mirada desenfocada, me da miedo porque es la misma con que lo miraba todo en el hospital desde el día en que Tristán empezó a ir mal y entendimos que su vida se nos iba y que quedaba lo peor. Mira sin ver, Inés.

En el momento en que iba a contestarle me ha sonado el móvil. Morris ha llamado para decir que no podía acompañarme al aeropuerto porque tenía una clase de última hora, pero que pasaría por la tarde a dejar el champán antes de ir a cambiarse para la cena. Casi me he sentido aliviada. Prefiero que la abuela lo conozca aquí, en casa. Cuando se lo he dicho a Inés ella se ha servido un café y ha mirado hacia la ventana.

—Mucho va a tener que esforzarse Morris con la abuela —ha dicho de pronto sin apartar la mirada de la calle. Luego se ha llevado la taza a los labios y se ha quedado con ella en alto, perdida otra vez.

—No crees que vaya a gustarle, ¿verdad?

No sé por qué lo he preguntado. Las dos conocemos la respuesta.

Ella se ha girado y de repente me ha dicho:

—¿Y a ti, Bea? ¿De verdad te gusta?

La pregunta me ha pillado tan a contrapié que he tenido que beber un poco de zumo antes de contestar. Y es que, hasta esta mañana, en las semanas que Morris y yo llevamos saliendo juntos, Inés nunca me ha preguntado por él, al menos no directamente. Ha escuchado lo poco que yo me he atrevido a contarle y siempre ha estado ahí cuando le he pedido consejo, pero nunca una opinión, ni buena ni mala. Nada.

Teniéndola sentada en la cocina a mi lado con la pregunta en el aire, me he visto de pronto desde sus ojos y me he preguntado cómo debe de vernos a Morris y a mí para no haber dicho nunca nada, qué es lo que ve desde fuera. Ella y los demás. Durante unos segundos me he mirado yo también y he visto pasar por la ventana de la cocina mis horas con Morris como si estuviera viéndonos en una pantalla. No ha sido mucho lo que he visto, la verdad. No ha habido tiempo.

—¿Y a ti? ¿Te gusta? —le he preguntado sin mirarla.

Ella se ha levantado despacio de la silla, ha llevado la taza al fregadero y la ha enjuagado de espaldas a mí.

—A mí lo que me gustaría es que tú te gustarás más, Bea —la he oído decir con una voz llena de agua. Luego se ha acercado a mí, me ha dado un beso en la frente y me ha dicho—: Date prisa o llegarás tarde.

Lufthavnen. Fin de trayecto. Las dos canadienses salen primero, seguidas de la azafata y de dos sonrientes matrimonios de japoneses vestidos de Kenzo con maletas y gafas de diseño. Trago saliva, me pongo los auriculares, vuelvo a encender el iPod y la versión grave del *Imagine* de Joan Baez empieza a sonar en el vagón vacío de mi cabeza mientras me cruzo el bolso sobre el pecho y salto al andén. Delante de mí, sólo la escalera mecánica que conecta con la terminal y, más arriba, lo que quizá haya llegado ya para Inés, para Gala y para mí.

Ahora, entre los versos del *Imagine* y los acordes suaves del piano, me puede la emoción cuando miró mi reloj y me doy cuenta de que faltan pocas horas para la Nochebuena. Entonces pienso que mamá y la abuela estarán aquí esta noche y nos imagino sentadas a la mesa del salón, acompañándonos después de todos estos meses lejos, y me gustaría decirle a la gente que se aleja escaleras arriba que para mí hoy es un día importante porque estaremos las cinco y porque sé que, pase lo que pase, estaremos bien porque estaremos juntas.

Pongo el pie en el primer escalón de la escalera mecánica y vuelvo a tragar. Arriba, mamá y la abuela me esperan.

LIBRO QUINTO

Luces en la ciudad

LÍA

Cuando Helena llegaba de uno de sus viajes, a la primera que abrazaba era a Bea. Desde que empezó a irse siempre fue así. Llegaba, dejaba la bolsa en el suelo, se iba directa hacia Bea, se plantaba delante de ella y se quedaban las dos cara a cara durante unos segundos sin decirse nada. Luego pegaba la frente a la de Bea, sonreía, le tocaba el pelo y le decía:

—Mi Bea. Algún día nos harás grandes a todas.

Entonces se abrazaban.

Luego, Helena venía hacia mí con esa sonrisa que yo le conocía bien y me decía, un poco tímida:

—¿Abrazoterapia, Lía?

Entonces yo me dejaba hacer.

Lía. Helena empezó a llamarme por mi nombre desde que terminó el instituto y se fue a estudiar pintura a Berlín. Años más tarde, cuando me quedé sin ella, ni Inés ni Bea recogieron su testigo. Para ellas he sido siempre «mamá». Mamá esto, mamá lo otro…, pero Lía nunca más. Mi nombre se lo llevó Helena mar adentro y se hundió con ella y ese día nos ahogamos las tres: Helena, la Lía madre y también la Lía amiga. Pasó mucho tiempo hasta que acepté que nunca volvería a conocer un amor como el de mi hija mayor, con esa luz y ese color. Lo acepté, sí, pero no lo entendí, porque no se entiende la muerte de un hijo, no está hecha para entenderse.

Miente quien diga lo contrario.

Helena se fue y Bea e Inés se quedaron, y con ellas la vida, la mía, siguió empujando, unos días menos y otros más. Mamá y Flavia ayudaron. Volvimos a luchar y juntas pudimos, cojas de Helena, de todo lo que ella nos había dado, pero pudimos. Crecimos, soñamos… Éramos las que quedábamos y nos hicimos fuertes porque lo peor había pasado y a partir de entonces sólo había de llegar la calma. Y la calma llegó, es cierto, aunque no para quedarse. No supimos ver la tormenta que crecía detrás, no la anticipamos, y años después la enfermedad de Tristán nos aplastó la paz y su muerte apagó la fe. Desde que él nos dejó, he aprendido que hay hombres, mujeres y niños que miran con luz propia sin oscurecer nada de lo que miran. Son seres extraños, cuerpos con vidas demasiado grandes, almas que no caben. A veces, he visto la luz de los ojos de Helena y de Tristán en los de otras vidas con las que he cruzado la mía y he tenido que respirar hondo para no llorar de alegría, porque cuando los veo sé que sí, que hay más Helenas y Tristanes llenando el mundo, haciéndolo mejor.

Ahora, viendo a mamá y a Bea sentadas a mi lado de la mano, tan abuela la una y tan nieta la otra, me emociona poder ser parte de esto, sentir que avanzamos hacia algo y que, a pesar de todo, lo hacemos juntas, cada una como puede, herida en lo suyo, pero enteras todas. Hace unos minutos, en cuanto hemos cruzado la puerta de cristal de salidas, ellas dos se han fundido en un largo abrazo, engullida Bea por el abrigo de mamá. Luego mamá ha apoyado el gorro sobre la frente de su nieta y, mientras le enjugaba las lágrimas con los pulgares, le ha dicho: «La grande entre las pequeñas, mi Bea» mientras yo le pedía a Dios que nos conserve esta tregua y que cuide de nosotras en esta ciudad que no es la nuestra. Sé que lo hará.

—¿Cómo está tu hermana? —pregunta ahora mamá, que va sentada entre las dos, volviéndose hacia Bea.

—Bien, abuela —responde ella desde el asiento junto a la ventanilla, apretándole la mano.

Mamá arquea una ceja.

—¿Algún progreso?

Bea inspira hondo y baja la mirada. Hemos dejado el aeropuerto a nuestra espalda y avanzamos a toda velocidad hacia el centro. La taxista, una chica con el pelo rojo, la cara llena de piercings y un par de tatuajes y muñequeras con pinchos en el brazo, conduce ajena a nosotras mientras tararea una canción en inglés. Mamá no le ha quitado ojo desde que la ha visto bajar del taxi para ayudarnos a meter el equipaje en el maletero, aunque hasta ahora, ocupada como está en saber de Inés y en ponerse al día de todo lo que Bea pueda decirle, se ha comportado y yo se lo agradezco.

Bea sigue callada. La pregunta a bocajarro de mamá sigue colgada en el aire del taxi, esperando una respuesta que no llega. Pasan unos segundos más y mamá insiste.

—Bea...

Oigo el suspiro incómodo de mi hija pequeña.

—No, abuela. Ningún progreso —dice, buscándome la mirada desde su rincón.

Mamá chasquea la lengua y murmura algo que no entiendo.

—Ayer tuvimos que ir a urgencias —suelta Bea de pronto.

Mamá arquea una ceja y yo siento un pequeño aguijonazo en el pecho.

—Inés tenía las cervicales tan contracturadas que casi no se aguantaba de pie —nos explica—. Ha pasado una mala noche, pero hoy se ha levantado mucho mejor.

El aguijonazo remite y la ceja de mamá vuelve a su sitio. Luego me mira.

—Flavia, hija, ¿no tienes frío?

—Lía, mamá. Soy Lía.

Arruga el morro.

—Y no, no tengo frío.

—Pues hace —dice con una mueca de fastidio.

Veo sonreír a Bea. A mamá también. Luego nos quedamos calladas mientras al volante la taxista ataca el estribillo de la canción, ahora con letra. Es el *Killing me softly* de Roberta Flack. Animada por quién sabe qué, da un acelerón y el taxi vuela hacia las primeras calles de la ciudad, sumergiéndonos en el pequeño horizonte de cúpulas y tejados verdes que salpican este cielo ya oscuro. Aprovechando el paréntesis de silencio, mamá se inclina hacia delante, asoma la cabeza entre los dos asientos delanteros y clava los ojos en la chica, que sigue concentrada en la carretera mientras mamá la estudia de arriba abajo. Cuando por fin parece haber quedado satisfecha con lo que ve, vuelve a recostarse contra el respaldo del asiento, se retoca el gorro y pregunta:

—¿Cómo se dice «enferma» en inglés, Bea?

Bea aparta la mirada de la ventanilla.

—*Ill.* ¿Por qué?

Mamá vuelve a inclinarse hacia delante y le da unos golpecitos a la taxista en el hombro.

—Perdón, *milady* —le dice.

La chica se interrumpe a medio estribillo y da un pequeño frenazo. Luego gira un poco la cabeza.

—¿*Yes?*

Mamá le sonríe.

—¿*Milady is ill?*

Bea y yo nos miramos. Supongo que la alarma que veo en sus ojos es la misma que la que ella debe de estar viendo en los míos. Ella tira de mamá hacia atrás mientras la chica niega con la cabeza en un gesto poco comunicativo.

—¿Qué haces, abuela?

Mamá la mira con cara de sorpresa.

—¿A ti qué te parece? Interesarme por la salud de la muchacha.

Bea suelta un suspiro contenido.

—Esta chica no está bien, niñas —suelta mamá negando con la cabeza—. No hay más que verla. Si parece un acerico, la pobre —añade con voz de pena—. Muy mal tiene que estar para tener que llevar clavadas todas esas agujas en la cara y en las orejas —dice, poniendo los ojos en blanco y volviendo a asomar la cara entre los dos asientos—. ¿*You stress, milady?* ¿*Taxi very stress?*

La chica se pasa la mano por el pelo rojo y nos recorre a las tres con los ojos por el retrovisor con cara de preocupación. Bea se tapa la boca con la mano.

—No son agujas, mamá —le digo.

Se vuelve a mirarme.

—¿Ah, no? ¿Entonces qué son? ¿Alcayatas?

Bea baja la cabeza en su asiento y yo intento conservar la seriedad. Ha empezado fuerte mamá.

—Son *piercings*, abuela —suelta de pronto Bea sin levantar la cabeza.

Mamá la mira y deja escapar una carcajada ronca y forzada llena de flemas.

—Pinchings, pinchings —farfulla con voz de fastidio mientras saca un pañuelo de papel del bolsillo y escupe las flemas en él. Luego lo arruga y, en lo que debe de creer que es un gesto disimulado, lo encaja debajo del asiento de cuero—. ¡Esto es acupuntura, par de memas! ¿Pero es que creéis que me chupo el dedo?

—Mamá, el pañuelo.

Se gira de golpe.

—¿Qué pañuelo?

Dios mío. A veces creo que no puedo con ella. Otras, las menos, no es que lo crea. Es que no puedo.

El taxi dobla una esquina y salimos a una avenida que bordea un lago enorme rodeado de árboles y de un paseo por el que vemos correr a gente vestida de deporte, parejas paseando con algún cochecito de bebé, bicicletas... Las tres volvemos los ojos hacia la ventanilla mientras rodeamos el lago en dirección a la orilla opuesta. Ya queda poco. El piso de Inés está al otro lado, entre el lago y un canal que hay detrás.

—¿De verdad me has perdonado? —dice mamá de pronto, agarrándome del brazo y rompiendo el silencio que nos envuelve con una voz que no es la suya. Me vuelvo a mirarla y me encuentro con unos ojos turbios que van de mí a la ventanilla y un ceño concentrado en algo que no está aquí. Desorientada, mamá está desorientada. Es algo que viene ocurriéndole desde hace un tiempo, prácticamente desde que Bea se fue y pasamos la noche juntas en el faro. A partir de que volvimos a casa, llegaron episodios así, muy tímidos al principio, más frecuentes después. De repente la realidad se le tuerce y lo que para los demás es ahora, para ella es un episodio que no sabe dónde ubicar porque todavía no es memoria ni futuro. Entonces se asusta.

Me pregunta si la he perdonado por su escapada a la isla, pero no sabe por qué lo pregunta ni por qué en este momento. Siento su mano asustada agarrada a mi brazo. Ella me mira.

—¿Y Helena? —pregunta con una sonrisa como de niña—. ¿Va a venir Helena?

Bea me mira desde su ventanilla con cara de no entender. No sabe nada de los episodios de mamá ni de sus vaivenes de memoria. Le pongo a mamá la mano en la cara y le acaricio la mejilla.

—No, mamá. Helena no va a venir.

Sigue la mirada perdida. Ojos que buscan, que van y vienen.

—¿Ah, no? ¿Por qué?

Bea traga saliva y baja la mirada y yo, siguiendo los consejos del neurólogo, recurro a la verdad.

—Helena se fue hace años, mamá.

Parpadea y relaja la mano sobre mi brazo. Luego enfoca la mirada y se retoca el gorro, pasándose las dos colas de marta sobre la oreja.

—Menuda cabrona, tu niña —suelta de pronto—. Irse tan pronto y dejarnos aquí a las demás —añade, juntándose el cuello del abrigo con una mano—. Tan jodidas.

Ésa es otra de las cosas que ha empezado a hacer últimamente: utiliza un lenguaje que en una anciana de noventa y tres años puede llegar a espantar porque ha perdido la vergüenza y suelta lo que piensa como le viene, suene como suene. A veces, cuando la oigo hablar así, sobre todo si no estamos solas, sufro porque sé que no todo el mundo entiende que a su edad hay cosas que no importan y que no hay que tenerle en cuenta. Pero también hay momentos en que me hace pasar tanta vergüenza que me desborda y me agota. Es mucha la paciencia que hay que tener con ella y yo a veces necesito ayuda.

—Habla como siente —me dice Flavia entre risas siempre que le cuento por teléfono alguno de esos episodios que a ella, desde que se refugió de nosotras al otro lado del

Atlántico, no le tocan—. Y qué quieres que te diga, Lía. Envidia me da. Ya quisiera yo poder ir por ahí escupiendo las verdades como lo hace ella.

Luego me lanza alguna puntilla que yo nunca le reprocho porque sé que es su forma de acercarse más a mí y porque si no lo hiciera no sería Flavia.

—Quizá deberías aprender de mamá, Lía —añade con esa voz de hermana mayor que no sabe disimular—. Contenerte menos y soltarte más. O sea, sacar un poco de mala leche, para variar.

Puede que tenga razón, y puede que para ella sea más fácil porque está lejos y eso ayuda, seguro que sí. Y me alegro por ella. Desde que se marchó, con el paso de los meses Flavia ha conseguido una distancia que necesitaba y que le ha hecho bien. Ya no es la mujer tensa y dura que lo vivía todo como si la vida fuera una carrera de obstáculos puestos ahí por el destino sólo para ella, como si nada fuera lo suficientemente bueno: en guerra contra los hombres por haberle hecho tanto daño, contra el tiempo por haberla hecho vieja y contra mamá por haberle amargado pasado, presente y futuro. Flavia en guerra, ésa ha sido siempre mi hermana hasta que nos dejó. Ahora, cuando hablamos por teléfono y me cuenta lo que es su día a día —el trabajo que hace con las mujeres de la aldea, sus peleas con las instituciones, las ideas para recaudar fondos para el hospital infantil— la oigo entusiasmada, vital. Está viviendo aventuras que jamás imaginó luchando por sus mujeres, sintiéndose necesaria y probablemente descubriendo cosas de sí misma que aquí seguramente no habría podido tocar.

Apostó, Flavia apostó y le salió bien y eso a mí me enorgullece porque sé que su apuesta era la última, su último tren. Cuando la muerte de Tristán nos cayó encima con todo lo feo que trajo consigo, ella siguió el ejemplo de Inés y salió disparada de la isla en una maniobra que a mamá se le atragantó y que las demás aceptamos como hemos aceptado siempre todo lo que viene de Flavia. Helena lo resumía muy bien: «Tía Flavia es simplemente tía Flavia. Hasta cuando no lo es». Fue México al principio y fueron tantas las dificultades, tan brutal el cambio, que le costó Dios y ayuda no tirar la toalla y volver. Llamaba deshecha, descalabrada por lo que veía, por tanto maltrato, por tanta mezquindad.

—No hay derecho, Lía —rabiaba—. Hay tanto daño por reparar que harían falta mil ONG como la nuestra para poder poner una pizca de remedio a todo esto. No hay horas ni días suficientes para dar un poco de esperanza a estas mujeres. ¿En qué mierda de mundo vivimos, hermana?

Así fue al principio. Flavia sufría en su batalla personal y mamá se alegraba de que lo que para ella era un capricho más de su niña difícil se estuviera derrumbando porque eso significaba que muy pronto volvería a tenerla con ella.

—Aquí, con nosotras. Donde debe estar —farfullaba encantada cuando yo le resumía mis conversaciones con Flavia.

Sin embargo, las cosas por fin cambiaron y el destino o la vida cruzó en el camino de Flavia a alguien que también buscaba algo mejor, mejor para él y también para lo que quería ver a su alrededor. La primera vez que Flavia me habló de Silvio sólo lo mencionó de pasada.

—Ha llegado un poco de luz a este infierno, Lía —dijo—. Por fin nos han enviado a un médico. Se llama Silvio. Creo que es brasileño, aunque ahora mismo como si fuera de Marte. Cuando esta mañana le he visto llegar por el camino que sube desde el valle, te juro que casi me he puesto de rodillas y he rezado de alegría. —Eso dijo. Nada más.

Desde ese día, el nombre de Silvio ha ido apareciendo regularmente en nuestras conversaciones entre continentes.

El Silvio médico acompañó a Flavia al nuevo destino en El Salvador, convertido primero en compañero y luego en amigo y confidente.

—Si nos vieras, Lía —me decía la última vez que hablamos—. Aquí nos tienes: dos ancianitos de más de setenta años con el doble de energía que los diez voluntarios de veinte que nos han enviado desde la central de París. ¡Que los diez juntos! No sabes lo que nos reímos. Desde luego, si alguien me hubiera dicho hace un tiempo que iba a estar montando un hospital en el culo del mundo con un médico brasileño medio chiflado y con esta alegría de vivir que yo no sé de dónde sacamos con el panorama que tenemos aquí, te juro que no me lo hubiera creído ni de lejos. —Eso me decía, entre muchas otras cosas, y lo hacía con una voz tan fresca y tan sana que por un momento tuve la sensación de estar hablando con Helena. Se lo dije. Ella se calló de pronto y durante unos segundos nos quedamos así las dos, cada una en su lado del mundo, respirando aire y recuerdos. Por fin, volvió a hablar.

—Es extraño que digas eso —dijo. Sus palabras reverberaron en algún punto del satélite y me llegaron repetidas—. ¿Sabes? Desde que llegué aquí, a menudo sueño con ella.

Yo no respondí. El nombre de Helena en boca de Flavia se me hizo grande, difícil de tragar. «Mi hija muerta y mi hermana lejos», pensé.

—Duele mucho todavía, ¿verdad? —preguntó a bocajarro. Tan Flavia en su forma de preguntar, tan parecida a mamá. Sonreí, a pesar de mí.

—Sí, Flavia. Sobre todo cuando se acerca la Navidad. No son buenos días.

La oí sacar el aire por la nariz.

—Ya.

—Pero me alegra acordarme de ella cuando hablo contigo —le dije—. Me haces sentir bien porque sé que estás bien. A ella le habría encantado oírte así. Seguro.

No dijo nada. Me llegó un pequeño carraspeo desde el otro lado de la línea y tardé un instante en entender que había tenido que tragar saliva. A ella también le duele. Todavía.

—Oye —dijo por fin.
—Qué.
—Gracias.

No supe qué decir. Básicamente porque no entendí de dónde venía ese «gracias». Ni de dónde ni por qué.

—¿Por qué?

Tardó un poco en responder.

—Por cuidar de mamá —tartamudeó con la voz un poco atragantada—. Sobre todo, por no haberme hecho sentir nunca culpable por haberme marchado, dejándote a ti cargando con ella.

Fui yo la que tuvo entonces que tragar saliva. Flavia nunca ha sido muy dada a abrirse y cuando lo hace parece que te llegue directa a lo más hondo.

—Y... —Volvió a sacar el aire por la nariz—. Bueno..., por todo.

No pude evitar una sonrisa que ella no vio. Poco después colgamos y yo me quedé unos segundos con el auricular en la mano, disfrutando del silencio que había dejado tras de sí antes de volver a la cocina y seguir preparando la cena de mamá.

—Hija. —Mamá me saca con uno de sus pellizcos de la pequeña burbuja que he compartido con Flavia durante estos últimos minutos en el balanceo del taxi, que acaba de detenerse delante del portal de la casa de Inés. La burbuja estalla en el aire y de pronto vuelvo a la realidad del taxi y me pregunto si mamá sigue perdida en su vacío de memoria o si está otra vez con nosotras. Preguntaba por Helena, que si vendría. Ahí lo hemos dejado. Me vuelvo a mirarla. Sigo con la mano en su mejilla.

—Estamos en Copenhague, mamá —le digo con suavidad—. Hemos venido a casa de Inés porque es Navidad.

Ella tuerce la boca y pone los ojos en blanco.

—Ay, niña, niña… ¿Pero se puede saber qué tonterías dices?

No sé si está aquí o si sigue perdida. Se vuelve hacia Bea y la oigo decir:

—Bea, cariño, tu madre chochea.

Está aquí. Mamá ha vuelto. Bea sonríe aliviada y yo también.

—No sabes el viaje que me ha dado —añade mamá con un suspiro de actriz fatigada—. Que si ahora un zumo, que si ahora pis, que no leas que te mareas. Un infierno, hija. —Se retoca el gorro, coge el bastón y le da con él a Bea en el pie para que abra la puerta—. Aunque yo no se lo tengo en cuenta. Si a mí me diera tanto miedo volar como a ella, quién sabe cómo estaría.

Cuando por fin bajamos del taxi y la taxista termina de ayudarnos a dejar el equipaje en la puerta, mamá abre el monedero y me da un billete de veinte euros. La miro sin entender.

—Para la Sputnik —suelta entre dientes, señalando con el mentón a la chica del pelo rojo que ha abierto la puerta del coche y está a punto de sentarse de nuevo al volante—. A ver si así la pobre ahorra un poco y deja de clavarse alfileres.

La chica cierra la puerta y el taxi arranca, dejándonos a las tres de espaldas a la puerta. Arriba, en la oscuridad que recorta los tejados, una nube se desliza bajo el cielo oscuro que cubre la ciudad este 24 de diciembre y una gaviota sobrevuela la calle hacia algún lugar que no vemos. Inés y Gala nos esperan. Quién sabe qué más.

MENCÍA

Pasa, mamá —dice Lía, sujetando la puerta del ascensor y cogiéndome del brazo para ayudarme a entrar. Desde dentro, Bea me coge del otro brazo y tira de mí con cuidado, y yo me dejo hacer, encantada. Me gusta tener a mi hija y a mi nieta conmigo, las dos pendientes de mí y también la una de la otra. Es bonito porque es como tiene que ser. Juntas las tres. Viéndonos así, me alegro de no haberme ido todavía, de que Lía viniera a buscarme al faro esa noche y de que yo me dejara convencer por ella. Metí la pata, es cierto, pero quién no perdona a alguien de mi edad.

«Privilegios de vieja␣pelleja», diría Helena.

En cuanto me veo en el espejo del ascensor, reconozco en seguida lo que soy, lo que tengo y lo que ya no. Tengo noventa y tres años, dos hijas, dos nietas, una bisnieta y un montón de pañales que Lía compra al por mayor y que almacena en la despensa porque, con mi ritmo de pérdidas, tiene miedo de que nos quedemos sin. Por el camino he perdido a un marido, a una nieta y a Tristán, por no hablar de unos cuantos allegados que a estas alturas no importan y que mejor que no estén, porque los allegados ya se sabe, nunca terminan de cuajar. Y también este visón despellejado que se irá conmigo y el gorro con las dos colas de marta que Lía odia no sé por qué y que Rita no me quería hacer porque decía que las dos colas eran como las de los rastas, la muy idiota. Yo no sé por qué sigue con la peletería si no sabe distinguir una marta de un trapajo de feria. Tres semanas tuve que ir a contarle cómo lo quería, hasta que al final se lo expliqué con palabras que sabía que entendería. Bueno, a ella no. A Ezequiel, su marido. El tercero.

—Un gorro como el de Daniel Boone, coña —les dije. Rita me miró como si acabara de ver entrar por la puerta al jovencito Frankenstein y a él se le iluminaron la calva y las cataratas. Dos días más tarde tenía el gorro. Para que luego Flavia diga que la tercera edad no tiene recursos. Como si ella tuviera veinte años. La última vez que me sacó lo de la tercera edad ya no pude más y nos las tuvimos. Tuve que recordarle que, a sus setenta años, hablar así es escupir hacia arriba y no le hizo ninguna gracia, pero es que ella es de las de mal envejecer. Por eso se marchó a la selva a jugar a voluntaria de oenegés. Debe de creer que, ocupándose de los demás y portándose bien, desde arriba le van a quitar años, la muy bruta. Cuando la imagino correteando por esos países de indios jugando a los médicos con el culo al aire y todo colgando como una de esas inglesas jubiladas a las que les da por ponerse sandalias con calcetines y cruzar la Patagonia a ver qué pillan, se me afloja todo. Entonces llega lo de los pañales.

—Deja ya de echar pestes sobre la edad, hija —tuve que decirle la última vez—. Además, si te crees que me doy por aludida, estás apañada.

Ella me contestó una de esas tonterías que últimamente suelta a menudo sobre que el tiempo no existe y no sé qué mandangas sobre los chakras que no entendí. Ni la escuché. Y es que mi niña mayor seguirá siendo la misma aunque pasen mil años. Por mucho que el Silvio ese le lave el seso y se empeñe en convencerla de que es una mujer madura con el corazón de una muchachita de quince, nuestra Flavia no dejará nunca de ser nuestra Flavia y no hay nada que hacer. O sea que el doctorcito brasileño pierde el tiempo. Pobre.

Yo sé que Lía le cuenta cosas mías a su hermana y que las dos conspiran. No contra mí, no es eso. Hablan de mí al teléfono como si yo estuviera gagá y eso las ayuda a unirse, así que por mí bien. Me gusta saber que se sienten cerca la una de la otra, que al final la vida las ha acercado. Se harán compañía cuando yo me vaya.

«Son noventa y tres años», pienso mirándome al espejo mientras Lía cierra la puerta y el ascensor empieza a subir hacia Inés y lo que nos espera unos pisos más arriba, apretujadas las tres. Y que a esta edad tenga yo que estar aquí, en esta ciudad, para poder pasar la Navidad con mis niñas es triste. Lo sé yo y lo saben ellas porque no son idiotas. No, idiotas no somos ninguna. Estamos mayores y algunas renqueamos más que otras, pero sabemos lo que hay. Otra cosa es que nos cueste decirlo porque en esta familia parece que no decir nos haga mejores personas. Lía y Bea son iguales en eso: callar es respetar. Piensan que no hay que preguntar hasta que sea la otra quien decida contar. Y una mierda, digo yo. Callar es respetar el dolor ajeno, puede ser. Pero eso no cura nada y yo ya no tengo tiempo ni ganas para esperar a que la gente se atreva a decir. Porque si algo me han enseñado los años y los colgajos es que el tiempo no perdona ni cura. Lo que cura es la verdad, y si duele, mala suerte.

Desmemoriada. Lía me toma por desmemoriada, pero se equivoca. Pérdidas de memoria, sí. Desmemoriada, no. Las viejas perdemos recuerdos porque no nos caben todos, es ley natural. Además, si una no tiene pérdidas de memoria a los noventa y tres años es que está chiflada y yo hace tiempo que las tengo, de memoria y de muchas otras cosas, así que no, ni desmemoriada ni chiflada. ¿Que de repente me desoriento un poco? Pues claro. Y quién no. Pero cómo no me voy a desorientar con tanto ir de acá para allá, tanto ajetreo y esta familia de desarregladas que a la que las pierdes de vista se te descalabran y que me tienen loca. ¿Que me despisto y que a Lía la llamo Flavia y a Bea, Helena? Puede. Son pequeñas lagunas de señora mayor, nada más. Tercera edad, dice Flavia. Bah, parece mentira que a sus años no sepa que a partir de los noventa la tercera edad queda atrás y entramos en la cuarta, que es la de la inocencia, y que a partir de entonces vale todo porque todo es repetido y jugamos con las cartas marcadas.

«Estamos en Copenhague y hemos venido a pasar aquí la Navidad, mamá», ha dicho Lía en el taxi como si yo fuera mema. «Pues claro que estamos aquí, hija», he estado a punto de soltarle. «Y con lo que nos espera estos dos días en esta ciudad del demonio con este par de hijas tuyas, o llamamos a payasos sin fronteras para que nos enseñen a reírnos un poco de la vida o esta vieja va a tener que echar mano de lo poco que le queda para volver a poner orden en tanto corazón machacado y empujar un poco para que mi rebaño entre en calor».

Y aquí estamos las tres, calladas como tres muérganas mientras este trasto sube hacia algún sitio que no es el cielo. Bea y Lía pendientes de mí, acongojadas porque saben que en cuanto Inés nos abra la puerta y yo vea lo que ha quedado de ella en este último año y medio, no habrá marcha atrás y llegará la tormenta. Por un lado les da miedo que no sepa callarme y por otro tienen la esperanza de que a mis años haya perdido las ganas y haya venido vestida de abuelita buena. Ay, benditas sean las dos. Cuánta inocencia.

Hoy llegará la tormenta, sí. Y la abuelita ha venido con la escopeta cargada. Me sentaré junto a la puerta de mi nieta mediana, vigilante como siempre, para que se vaya lo malo y se quede lo bueno, y si hay que llorar, lloraremos, y si hay que reír, reiremos las últimas porque de eso me encargo yo. Si no, de qué me trago yo dos vuelos de ida y dos de vuelta drogada como una pioja. No. Puede que esté vieja y que tenga pérdidas por arriba y por abajo, pero eso no me hace menos Mencía ni menos nada. Y mis niñas siguen siendo mis niñas, les guste o no, les duela o no. Eso sólo lo da la vida cuando una la ha vivido.

Y yo he vivido mucha vida, más que muchas y menos que nadie.

BEA

Cuando Inés ha abierto la puerta, la abuela y ella se han mirado durante unos segundos sin decir nada. Mamá y yo todavía estábamos detrás, rodeadas de maletas junto al ascensor. Desde allí hemos visto la figura de Inés enmarcada en la puerta y la espalda del visón despellejado de la abuela acercándose a ella hasta que por fin ha tapado lo que había detrás. Entonces he sentido el calor de mamá a mi lado y las dos hemos esperado a que pasara algo. Un par de segundos más tarde, me ha puesto la mano en el brazo.

—¿No piensas abrazar a esta vieja, niña? —hemos oído preguntar a la abuela con voz ronca mientras los dedos de mamá se han cerrado un poco sobre mi muñeca. Cuando he girado la cabeza hacia ella y nuestras miradas se han encontrado, las dos hemos sabido que pensábamos lo mismo. La pregunta de la abuela es la misma que la que Inés le hizo a ella la última vez que volamos a Barcelona a ver a Tristán. En aquel entonces yo vivía en Madrid y ya estaba embarazada de Gala. Hacía un mes que no coincidíamos todas en el hospital. Mamá me había llamado un par de días antes para decirme que Tristán estaba peor, que se moría. Cuando llegamos a la planta donde estaba la habitación e Inés salió a recibirnos al pasillo, la abuela se acercó a ella y las dos se quedaron exactamente como lo han hecho hoy, la una delante de la otra, mirándose en silencio. Ese día fue Inés la que preguntó con un hilo de voz:

—¿Me abrazas, abuela?

La abuela apretó los dientes, sabiendo, como sabíamos todas, que probablemente ése sería nuestro último viaje a Barcelona con nuestro pequeño vivo y que lo que Inés pedía realmente no era un abrazo sino un milagro, algo que cambiara algo y que salvara a Tristán. La abuela ni siquiera levantó los brazos. Puso los ojos en blanco, unos ojos de actriz vieja que usa cuando quiere jugar a despistar y necesita un poco de tiempo para romper la tensión. La pregunta de Inés llegó acompañada de una mirada tan rota y tan perdida que oí tragar saliva a tía Flavia, que se había quedado un poco retrasada al lado del ascensor. Mamá nos miraba en silencio desde la puerta de la habitación.

—¿Con dientes o sin dientes? —dijo la abuela.

Inés ni siquiera parpadeó. No movió un solo músculo. Estaba demasiado cansada para fingir una sonrisa agradecida. A mi derecha vi los ojos velados de mamá y oímos a alguien vomitar fuego desde unas entrañas secas. Era Tristán.

—¿Me abrazas? —volvió a preguntar Inés.

Entonces la abuela dio un paso adelante, tendió las manos y tomó las de Inés entre las suyas.

—Si te abrazo, me derrumbaré —dijo—, y tú te derrumbarás conmigo. Todavía no es el momento, pequeña. —Y, después de un pequeño suspiro, añadió—: Queda mucho por hacer.

Tuve que bajar la cabeza para que Inés no me viera llorar por encima del hombro de la abuela. A mi lado, tía Flavia también clavó los ojos en el suelo.

Hoy la pregunta ha venido de la abuela, pero esto es Copenhague y han pasado más de dos años desde esa tarde en el hospital. Y cosas, también han pasado cosas: la llegada de Gala, la marcha de Inés y de tía Flavia, mi viaje hasta aquí... En el silencio que cuelga sobre las cinco desde la cabeza de Inés hasta los pies de mamá están tendidas todas esas cosas como un montón de bragas, camisetas, sujetadores y vestidos al sol. Las hemos ido colgando en estos últimos años para que las demás las vean y sepan que estamos, lejos o cerca, pero estamos.

La abuela se ha apartado a un lado y entonces hemos visto a Inés, que seguía de pie en la puerta, frotándose el cuello con un gesto distraído y con alguna que otra muestra de dolor. Sonreía. Inés sonreía y la mano de mamá se ha cerrado aún más alrededor de mi muñeca porque la ha visto sonreír como la he visto yo: iluminada por su propia sonrisa. De repente me he dado cuenta de que, en los meses que llevo aquí con ella, nunca la he visto sonreír así y eso me ha hecho sentir pequeña, un poco fallida, hasta que he entendido que sólo hay dos personas con las que mi hermana ha sido capaz de iluminarse como lo ha hecho hoy en la puerta: la abuela y Tristán. Nadie más.

Hemos seguido esperando una respuesta que, desde la mirada dolorida de Inés, por fin ha llegado.

—Si te abrazo, quizá me derrumbe, abuela —ha dicho con la misma sonrisa de bienvenida—, y tú te derrumbarás conmigo. Entonces no sé qué haremos.

La abuela ha entendido el mensaje y ha soltado una carcajada rasposa.

—Así de mal estamos, ¿eh? —le ha soltado, levantando un poco el bastón en el aire—. Y qué creías, ¿que no iba a venir a buscarte nunca?

Inés ha inclinado a un lado la cabeza y su sonrisa ha perdido brillo. Sus ojos, no.

—Te he echado de menos, Mencía.

Desde atrás, el abrigo de la abuela se ha encogido un poco sobre sus hombros y el bastón ha vuelto al suelo. Nadie la llama por su nombre salvo Inés, y sólo a veces. Helena también lo hacía, pero sólo cuando discutían y quería ablandarla.

—Mentirosilla —ha dicho, soltando una risilla encantada.

—Es verdad.

La abuela se ha llevado una mano hasta el gorro de piel y se lo ha encajado un poco en la cabeza. Inés ha vuelto a sonreír.

—¿Y ese gorro tan bonito?

—Es que desde que te marchaste me he ido quedando calva de pena. Alopecia emocional la llaman. Por eso me tapo.

Inés ha mantenido la sonrisa.

—Es un modelo Daniel Boone —ha seguido la abuela—. Me lo he mandado hacer especialmente en la peletería de Rita para venir a verte. ¿A que te gusta?

—No.

—Me da igual.

—Ya lo sé.

La abuela ha dejado escapar un suspiro antes de volver a hablar.

—Y la vida que tienes aquí, ¿te gusta, hija?

Inés ha soltado una risa con la que nos ha sorprendido a todas. Helena habría dicho que es una risa de niña no feliz.

—Qué poco has tardado en preguntar, ¿eh?

La espalda de la abuela se ha apoyado en la pared antes de responder.

—Es que a mi edad voy con la escopeta a punto, hija. El tiempo es un lujo que pocas podemos permitirnos.

—Será que no quedáis muchas.

La abuela ha vuelto a reírse, esta vez en voz baja.

—Como yo, te aseguro que no.

—Te creo.

—Más te vale.

La mano de mamá ha bajado hasta la mía y he sentido la presión de sus dedos en la palma mientras la abuela se ha acercado más a Inés y ha dicho:

—Bueno, y ahora, si no te importa, vas a dejar que tu anciana abuelita te diga dos cosas y te haga una pregunta antes de que me olvide.

Inés se ha apoyado en el marco de la puerta y ha vuelto a masajearse el cuello.

—Te escucho.

—La primera es que tienes un aspecto horrible, hija. Mírate: flaca como una escoba. Y ese pelo. ¿Y las cremas que te envía tu madre? ¿Es que las usas para encerar el suelo? ¿Tú sabes el dineral que se gasta tu madre en tenerte la piel sana?

Inés ha cerrado los ojos y ha arrugado un poco los labios.

—La segunda es que, como no me acompañes al baño ahora mismo, voy a hacerme pis encima y tu madre va a poner el grito en el cielo porque le he gastado otro pañal y nos las vamos a tener.

Inés se ha separado al instante del quicio de la puerta y le ha tendido la mano. Su mirada se ha cruzado con la de mamá, que se ha encogido de hombros a mi lado.

—Vamos —le ha dicho a la abuela—. Te enseñaré dónde está.

La abuela no se ha movido.

—Falta la pregunta.

—Muy bien. Cuando salgas del baño, me la haces. No quiero que me mojes el rellano —ha dicho Inés acercándose a ella. La abuela ha clavado el bastón en el suelo de madera y se ha pegado a la pared.

—No. Primero la pregunta.

—Venga, abuela.

—Es importante.

Un suspiro impaciente de Inés que la abuela ha respondido con un farfulleo que no hemos entendido desde aquí.

—¿Tanto? —ha preguntado Inés.

—Sí.

Inés ha puesto los ojos en blanco y se ha apoyado en la barandilla de la escalera.

—Muy bien. A ver. Cuál es la pregunta.

La abuela se ha vuelto a mirar a mamá y le ha lanzado una sonrisa que yo no he sabido leer. Luego se ha buscado a tientas las dos colas que le cuelgan del gorro y ha tirado de ellas hacia delante.

—¿Tenéis cortinas en las ventanas, hija?

Eso ha sido hace poco más de una hora. Detrás de ella hemos entrado mamá y yo. Luego, después de dedicarnos un rato a nosotras, la abuela se ha tumbado en el sofá a descansar un poco y las tres hemos salido con Gala a dar un paseo por la orilla del lago. La oscuridad ya era total sobre la ciudad, pero la templanza en el aire había atraído a mucha gente hasta el parque, gente de paso cargada con bolsas de regalos y con compras de última hora. Los bancos del paseo estaban casi vacíos. Hemos andado un rato por el camino hasta que nos hemos sentado en uno de ellos. A lo lejos se oía el traqueteo de algún tranvía y la sirena de algún barco y Gala se ha despertado y ha empezado a balbucear cosas en el cochecito hasta que el timbre de una bici ha terminado de arrancarla del sueño y la he cogido en brazos. En ese momento mamá me ha tendido los suyos para que le pasara a la niña pero Inés, que estaba sentada entre las dos, no se ha movido. Simplemente se ha echado hacia atrás contra el respaldo de madera para facilitarnos las cosas. Cuando mamá ha cogido a Gala, me ha mirado a los ojos y yo le he respondido con la misma mirada muda. He entendido lo que ha dicho con ellos. «Inés sigue igual», ha dicho su mirada. «Sí, mamá. Sigue igual», le ha respondido la mía. Entre nosotras, Inés ha tragado saliva y ha bajado los ojos. Sí, sigue igual.

Desde que llegué a Copenhague, hay dos cosas que Inés nunca ha hecho conmigo. La primera ha sido hablar de Tristán. La segunda, coger a Gala en brazos. Cuando se lo conté a tía Flavia en una de nuestras conversaciones por teléfono, me dijo algo que me dio que pensar:

—Las dos cosas son lo mismo, cariño —dijo—. Tu hermana está trabada entre lo que ya no tiene, lo que no quiere soltar y lo que tú le enseñas.

Me quedé unos segundos dándole vueltas a lo que acababa de decirme hasta que, viendo que no terminaba de entenderla, intentó explicarse mejor:

—En su purgatorio particular, Bea. Ahí está Inés. Ni arriba ni abajo, ni viva ni muerta. Es como si se hubiera parado el tiempo y ella no supiera si ir hacia delante o hacia atrás. Como si no se hubiera movido. Debemos tener paciencia con ella y esperar. Nada más.

No sé si terminé de entenderla. Lo que sí sé es que Inés apenas se acerca a Gala desde que vivimos juntas y que, cuando lo hace estando yo delante, casi no hay contacto. Una caricia rápida en la cabeza o en la mejilla, algún pellizco cariñoso en el pie, poco más. También sé que cuando no estoy las cosas cambian, que Inés cambia. Me di cuenta por casualidad una tarde hace un par de meses. Había dejado a Gala dormida en mi habitación y había aprovechado para echarme una siesta rápida en el sofá viendo la tele antes de irme a la academia. Cuando me desperté y fui a verla, encontré a Inés sentada al lado de la cuna, mirándola y hablándole en voz baja. Ella no me oyó, y durante un rato me quedé en la puerta, viéndolas a las dos: Gala durmiendo tranquilamente e Inés murmurando cosas que yo no entendía, como si rezara, con la mirada perdida y la espalda encogida. Pasados unos minutos, volví al salón, me tumbé otra vez en el sofá y esperé a oírla salir de la habitación para levantarme. Ésa fue la primera de otras muchas veces que se han ido repitiendo desde entonces. Luego están las noches. A veces, cuando me levanto para ir al baño, la veo sentada en la galería con las luces apagadas y los ojos en la ventana. No importa el ruido que yo haga al pasar, ni las luces que encienda. Ella no me ve ni me oye. Sigue con la mirada fija en el cielo, rezando en voz baja. Luego, la encuentro por la mañana dormida en el salón, acurrucada bajo la manta que usamos para ver la tele. Si Gala tose, Inés se tensa. Si no come, la mira como si verla le hiciera daño, y cuando salimos a pasear las tres, intenta no quedarse sola con ella, aunque nunca lo dice abiertamente. Simplemente se las ingenia para que sea yo quien se quede con la niña. Al principio creí que era la novedad, que después de tanto tiempo viviendo sola y de lo que pasó con Tristán, acostumbrarse a tener a Gala en casa le llevaría su tiempo. Luego, a medida que fueron pasando las semanas, he visto que no, que todo sigue igual.

No, Inés no mejora. Lo sabe mamá y lo sé yo.

En cuanto a Tristán, la única vez que la he visto decir algo que tenga que ver con él fue hace unos días. Habíamos ido al cine a ver una película libanesa que me había recomendado una compañera de la academia y cuando llegamos no quedaban entradas, así que tuvimos que improvisar y nos metimos en la única sala en la que quedaban asientos sin saber realmente lo que íbamos a ver. La película cuenta la relación de dos hermanas. La mayor, que es médico, acaba de salir de la cárcel después de haber cumplido una condena de quince años por haber matado a su hijo de seis. Cuando, al final de la historia, la madre del niño confiesa que lo mató para evitarle la agonía de una muerte lenta —el niño tenía leucemia— en una escena terrible entre las dos hermanas, yo tenía los ojos tan llenos de lágrimas que casi no podía ver la pantalla. Un par de escenas más tarde, las dos hermanas hablan más calmadas. En un momento de la conversación la mayor se enfrenta a la pequeña y le dice, como si pensara en voz alta: «No hay peor cárcel para una mujer que la muerte de un hijo». Entonces fue cuando me volví a mirar a Inés y no la encontré a mi lado. Había salido de la sala.

Estaba sentada en el respaldo de un banco de la calle. Me senté junto a ella sin saber qué decir y así estuvimos un buen rato hasta que de repente se levantó y se abrazó como si tuviera frío. Luego dijo:

—Qué sabe la gente. Qué puede saber nadie lo que es haber visto morir a tu hijo. Qué poca vergüenza.

Volvimos a casa andando y en silencio. No me atreví a preguntarle nada.

En el banco en el que estábamos sentadas delante del lago, mamá me ha devuelto a Gala, que se ha echado a llorar, no sé si porque volvía a tener sueño o porque le tocaba comer. La he tomado en brazos, la he acostado en el cochecito y me he levantado.

—Creo que le toca comer —les he dicho a mamá y a Inés—. Quedaos vosotras un rato, yo mejor me voy. Puede que la abuela ya se haya despertado. Le diré que me ayude.

Ahora, en cuanto abro la puerta de casa y entro con Gala al recibidor, la voz de la abuela me llega desde el salón, asustándome con un grito que no esperaba.

—¡Yuhuu! ¿Ya estáis de vuelta?

Cierro la puerta, me quito la chaqueta, dejo las llaves encima de la mesilla, cojo a Gala en brazos y voy por el pasillo hacia el salón mientras le digo:

—Soy yo, abuela. Mamá e Inés se han quedado un rato más. Hace una tarde estupenda.

Me sorprende encontrar el salón a oscuras. Por un momento, se me disparan las alarmas.

—¿Estás bien, abuela?

—Estupendamente, cariño —responde ella desde la oscuridad.

Abro la puerta y enciendo la luz que está junto a la entrada, y en el mismo segundo en que la lámpara de pie que está junto al sofá nos ilumina, la abuela suelta:

—Manos arriba. Esto es un atraco.

Entonces la veo.

Está sentada en el sillón de orejas de Inés, envuelta en el abrigo y tiesa como un palo, con las piernas tapadas por la manta de cuadros y apuntándome con algo que en un primer momento no reconozco.

—La abuelita ha tenido visita, niña —dice sin dejar de apuntarme—. ¡Han venido los reyes mientras dormía la siesta! ¿Y a que no sabes de dónde?

Es tal el susto que me ha dado y tanto lo descolocada que me he quedado al verla al entrar, que no me salen las palabras. Ella sonríe desde el sillón con cara de loca y de repente estoy a punto de dar media vuelta y salir corriendo a la calle con Gala en brazos para ir a buscar a mamá y a Inés, pero ella no me da tiempo.

—Abuela...

—¡De Oriente, hija! ¿De dónde si no? ¡Los reyes magos de O-r-i-e-n-t-e!

Entonces lo entiendo. Y me tengo que apoyar en la pared porque la botella de champán con la que me apunta la abuela y la que tiene a los pies lo explica todo, todo lo que ha pasado mientras he estado con mamá e Inés en el lago. Y ese todo tiene un nombre.

Morris.

LÍA

Inés lleva unos minutos callada con la mirada concentrada en los árboles que bordean el lago y en la gente que pasa por delante de nosotras. La mayoría van cargados con bolsas llenas de paquetes envueltos en papeles de colores chillones, algunos en bicicleta. Va siendo hora de volver a casa y empezar a preparar la cena, aunque ya está casi todo hecho: el pavo, la ensalada, la sopa de pasta, los turrones que hemos traído de Menorca… Va a ser una noche extraña, la primera cena de Navidad que pasamos juntas las cinco. El año pasado ella no quiso venir a casa y, aunque mamá rabió hasta volvernos locas a todas, al final conseguimos más o menos convencerla de que era lo mejor y de que si Inés no venía era porque todavía no estaba preparada. Pero la echamos mucho de menos y este año mamá ha preferido curarse en salud y no darnos opción. Así que aquí estamos las que quedamos. Sólo falta Flavia.

—¿Tú crees que tiene razón la abuela cuando dice que tengo mala cara? —pregunta de pronto sin apartar la mirada del lago.

—Bueno…, hace mucho que no te veía, hija. Además, la contractura no ayuda demasiado, la verdad. Pero no le hagas caso, ya sabes cómo es.

Sonríe y se vuelve a mirarme.

—O sea que sí.

Sí, Inés tiene tan mala cara y está tan flaca que a veces me cuesta mirarla. Pero es que no es fácil decirle según qué cosas a una hija que sufre y que se empeña en hacerlo sola. Hay muchas cosas que no son fáciles con Inés y yo lo entiendo, aunque me duela.

—Un poco —le digo.

Suelta una carcajada seca y se pasa la mano por el cuello, masajeándoselo un poco.

—¿Te duele mucho?

—Hay cosas que duelen más —dice con voz fría.

—Ya.

Ahora pasa una pareja cogida de la mano. Son dos mujeres. Una le dice algo a la otra al oído y la segunda se ríe. Su risa es tan distinta a la de Inés que por un momento respiro mal.

—Antes me gustaba la Navidad —suelta de pronto.

Lo dice sin mirarme. Yo sigo callada porque, conociéndola, sé que ésa no es una frase suelta y que si hablo ahora puede que meta la pata y diga algo que vuelva a cerrarla en banda.

—Pero, claro —añade, suspirando por la nariz—. Antes me gustaban muchas cosas.

—Y volverán a gustarte, hija. Ya lo verás.

Suelta un pequeño bufido y tuerce el cuello.

—Si tú lo dices…

De pronto se levanta una ligera brisa que viene del lago. Es un aire húmedo y frío que barre las pocas hojas que manchan el paseo y que pasa rápido sobre nosotras. Inés se encoge un poco en su chaqueta.

—¿Por qué me siento tan vieja, mamá? —pregunta de pronto. Luego se vuelve a mirarme—. ¿Por qué tengo esta sensación de que pesa tanto el tiempo?

Trago saliva. Sabía que este momento llegaría algún día, aunque no sabía cuándo ni imaginaba que sería justo hoy y aquí, en una noche de Navidad como ésta.

—No, hija. El tiempo no pesa.

Ni siquiera pestañea.

—Es el dolor. El dolor pesa y nos hace viejas —digo—. Es eso.

Se inclina un poco hacia mí hasta que su cabeza toca mi hombro. La siento tan ligera, tan frágil mi Inés, que le paso la mano por la espalda para acercarme a ella. Toco huesos y ella se tensa. A veces me olvido de que no le gusta que la toquen.

—¿Sabes?, cuando murió Helena, durante mucho tiempo viví con la sensación de haber envejecido cien años de golpe. Luego fui entendiendo que, desde su muerte, yo había empezado a vivir con los cincuenta y cinco años que tenía entonces más los treinta de ella. Que las madres sumamos a los nuestros los años de los hijos que ya no están. Por eso parece que todo pese tanto.

No dice nada durante unos segundos.

—Tristán tenía sólo seis años, mamá —susurra por fin, apretando la cabeza contra mi hombro.

—Sí.

La brisa para de golpe y el reloj de una iglesia da las siete. «Deberíamos volver», quiero decirle, pero sé que, si nos vamos ahora, puede que este momento pase y se pierda y no lo recuperemos hasta dentro de mucho. Y sé también que no me lo perdonaría.

—No sabes cuánto te envidio por haber podido tener a Helena tantos años contigo —dice—. Por haberte sentido madre tanto tiempo.

Sus palabras se me clavan mal, o quizá sea yo la que no las encajo como debiera. Le contesto un poco herida porque no me gusta oírla hablar así. No está bien.

—No he dejado nunca de sentirme madre, hija. —Un niño grita en algún rincón del parque que rodea el lago—. Gracias a Dios, me quedabais Bea y tú.

El niño vuelve a gritar a lo lejos.

—Qué Dios ni qué Dios, mamá —suelta, separándose de mí—. No digas chorradas.

Cuánta rabia en la voz de mi hija mediana. Eso es lo que lleva dentro desde que se le rompió la vida: la misma rabia que tuve yo y la misma que tendrá que aprender a convertir en algo que le haga menos daño y que la ayude a seguir adelante. Me gustaría abrazarla fuerte y decirle que esto pasará y que dentro de unos años todo lo que ahora le duele se habrá diluido en el recuerdo. Llegará el momento en que empezará a recordar y eso querrá decir que habrá empezado también a dejar atrás lo que la tiene así, pero todavía es pronto. Bien que lo sé.

—Oye —dice, mirando su reloj y separando la espalda del banco.

—Sí, cariño. Ya lo sé. Deberíamos volver —le contesto, cogiendo el bolso y levantándome del banco mientras una nueva ráfaga de brisa nos barre desde el agua. Ella me pone la mano en el brazo, pero no se mueve.

—No, espera.

Cuando me vuelvo a mirarla, desde arriba veo sus ojos iluminados por la luz de la farola y siento su mano en mi antebrazo que tira un poco de mí hacia abajo. Intenta sonreír pero lo que le sale es una mueca crispada que dispara en mí una pequeña alarma.

—¿Qué pasa, hija?

No dice nada y tampoco se mueve. Preocupada. Inés está preocupada por algo que le cuesta sacar y me preparo como puedo para oír lo que quiera decir y para que no me duela.

—Tengo un problema, mamá —suelta de pronto, cerrando su mano en mi brazo y apretando los dientes—. Y no sé qué hacer.

Pongo la mano en la suya y ella baja la cabeza, cosa que le agradezco porque hace tanto tiempo que no la oigo hablarme así, pidiéndome ayuda, que me descubro emocionada y tengo que tragar saliva para que no lo note. «Ojalá pudiera abrazarte, hija», pienso, volviendo a tragar.

—¿Quieres que volvamos a casa dando un paseo alrededor del lago y me lo cuentas?

Ella sigue con la mirada en el suelo unos instantes mientras un grupo de niños pasa corriendo por delante de nosotras hasta perderse entre los árboles, dejándonos envueltas en una pequeña nube de risas y gritos. Luego, tira de mí para levantarse y entrelaza su brazo en el mío.

—Vale —dice, cruzándose el bolso sobre el pecho—. Caminemos un poco.

MENCÍA

Bea ha entendido de pronto lo que ve. Mi pequeña con su niña en brazos, acorralada y apuntalada contra la pared porque sabe que yo sé y porque no sabe cómo arreglárselas para salir de ésta sola. Me gustaría que alguien me explicara cómo se las apaña esta niña para sobrevivir en la vida siendo tan inocente. Está tan aterrada por lo que tiene delante, que por un momento estoy a punto de dejar de apuntarla con la botella y decirle que venga aquí para comérmela a besos y meterle en la sesera que no pasa nada, que conmigo está segura. Pero el momento pasa y las tres nos quedamos.

—Cariño... —le digo con una voz impostada que sé que a ella le suena rara—. No te vas a creer lo que me ha pasado hace un rato.

No sabe qué decir. Está demasiado tierna nuestra Bea porque no tiene maldad y a una abuela ver eso la pone en alerta. A mí por lo menos.

—Pues resulta que estaba yo aquí intentando descansar un poco cuando de repente han llamado a la puerta —sigo.

—¿A la puerta?

—Sí, hija —le respondo con una pequeña mueca de impaciencia—. La puerta. Eso que se abre y se cierra para que la gente entre y salga de los sitios.

—Ya, abuela.

—Pues eso. Que han llamado y yo me he dicho: serán estas niñas que se han olvidado las llaves.

Se cambia a Gala de brazo y la acuna contra su pecho.

—Así que he ido a abrir.

—Muy bien, abuela.

—Sí. Y cuando abro ¿qué me encuentro? Pues con una chica que me dice no sé qué de algo que no he entendido, claro, porque hablaba en inglés.

—Ah. ¿Y?

—Pues que nos hemos quedado en la puerta como dos bobas hasta que de repente la nena como que me sonríe y…, ¿a que no sabes qué?

—No, abuela. No lo sé.

—¡Pues que me ha hablado en español!

—¿En serio?

—Sí, hija. Y eso no es nada. Lo mejor es que va y me dice: «Usted debe de ser Mencía, ¿verdad?». Bueno, no ha dicho Mencía exactamente. Ha dicho algo así como Mencha, o Mincha, ya no me acuerdo. Y a mí que de poco se me cae el pañal al suelo, hija. No sabes el susto que me he llevado.

—Pero, abuela…

—Y yo le he dicho que sí, que Mencía. ¿Y sabes lo que me suelta? Pues que había quedado contigo en que vendría a traerte unas botellas de champán para la cena. Y yo, claro… le digo: «¿Con quién tengo el gusto de hablar?». Y la chiquilla me dice que con Mary. ¿Con Mary? Entonces he pensado: qué raro que Bea no me haya hablado nunca de ninguna Mary. Aunque, claro, como estoy como estoy y tengo la cabeza que tengo, a lo mejor es que, en fin, vete tú a saber… La verdad es que la muchacha ha estado muy educada, eso sí. Pero, hija, yo no la podía dejar entrar así, por las buenas. Así que le he dicho: «Mira, Mary, bonita, no te lo tomes a mal, pero a mí me han dejado sola y yo, si mis niñas no están en casa, prefiero no dejar pasar a nadie. Así que, si quieres, me das las botellitas y en cuanto vuelva de pasear yo le digo a Bea que ha estado aquí su amiga. ¿Te parece?».

Me callo de pronto y le clavo una mirada afilada mientras un silencio tenso llena el salón y Gala se acurruca contra su pecho y babea un poco. Bea no aparta los ojos de las dos botellas de champán, la que tengo en la mano y la que he dejado junto al sillón. Respira como si le faltara un poco el aire. Qué tontuela.

—Abuela...

—Y entonces —sigo, chasqueando la lengua y meneando la cabeza—, va la chiquilla y me dice: «No, señora. Mary, no. Me llamo Morris».

«Ay», dicen sus ojos.

—Y yo he pensado: «¿Morris? Qué nombre tan feo para una chica». ¿No te parece, hija?

—Abuela...

Cojo el bastón y doy con él un pequeño golpe a la pata del sillón. Luego inclino la cabeza a un lado.

—¿Sigo, Bea? —Ella se ha quedado muda con Gala en brazos y yo aprovecho para llevarme la mano que tengo libre a la cabeza y retocarme el gorro con un gesto estudiado que ella reconoce y que recibe con un parpadeo—. ¿O prefieres seguir tú?

Bea cambia el peso de un pie al otro contra la pared. Arrinconada, se siente arrinconada por mi boca torcida y mi media sonrisa. Funciona. Esta vieja todavía funciona.

—Muy bien. Entonces sigo yo —le digo con un suspiro de falsa paciencia—. Pues resulta que Mary es Morris, que Morris es un chico con melenas y que al parecer es el mismo que va a venir a cenar esta noche con nosotras porque es tu amigo. Mira tú por dónde.

—Sí, abuela.
—¿Sí, abuela? ¿O sí, abuela, qué más?
Oímos voces en el rellano. «Deben de ser mamá e Inés», piensa Bea. Durante un instante, respira aliviada, pero el alivio dura sólo eso. Las voces desaparecen. Algún vecino que llega de la calle.

—Ay, ay, ay. Has sido una niña mala —canturreo entre dientes, agitando el índice hacia ella—. Y parece que alguien ha estado escondiéndole cosas a la abuelita, ¿verdad, tesoro?

Algo tiembla en el salón y ella tarda poco en darse cuenta de que son sus piernas.

—Pensaba decírtelo, de verdad —suelta con un hilo de voz—. Pero es que ha sido todo tan... rápido.

Ah, vaya. Ya es mía mi pequeña.

—¿Rápido? ¿Dos meses es rápido? Mmm. ¿O sea que llevas ocho semanas tonteando con el hijo melenudo de Fumanchú y todavía no has encontrado el momento para decírmelo? ¿Y qué te creías? ¿Que esta vieja iba a pasar la Nochebuena con él y no se iba a dar cuenta de que tu Mantis..., o como se llame, es... ¡chino!?

—No es chino, abuela.

No puedo reprimir una risilla que me descoloca un poco los dientes. Mientras me los pongo bien, vuelvo a soltar un bastonazo contra la pata del sillón y ella da un pequeño respingo.

—Ah, vaya. Entonces es sólo que tiene los ojos como dos tajos, la piel amarilla, escribe con dibujos y come con palillos. Me quedo más tranquila, niña.

—Ay, abuela...

—Ay, abuela. Ay, abuela —refunfuño—. Eso digo yo.

—Es americano —suelta a la desesperada. Americano, dice. Jiji. Esta niña es que no tiene remedio. Como Lía. Bea es el vivo retrato de su madre. Las dos con la flor en la mano. En fin, hay que seguir un poco más, así que abro unos ojos como platos y suelto un eructo que resuena en el salón como un trueno. Luego me llevo la mano a la boca y parpadeo antes de soltarle:

—Eso. Arréglalo. Un americano en un cuerpo de chino. Desde luego, hija, menudo ojo tienes. No podías haber escogido mejor.

—Yo no lo escogí, abuela.

Huy. Mmmm.

—¿Ah, no?

—No.

—Vaya.

—Simplemente apareció. Yo no lo busqué.

Ah, claro.

—Ya. Apareció. Eso decimos todas cuando no decimos lo que hay, hija. Parece mentira que a estas alturas todavía no lo sepas.

Gala cierra sus manitas sobre su jersey y suelta un pequeño sollozo que por un segundo consigue sacarme de mi arrebato.

—Tiene hambre —le digo, suavizando la voz.

—Sí —susurra, bajando la mirada mientras Gala tira ahora de su jersey, impaciente.

—Me habría gustado que me lo hubieras dicho, Bea —le digo con voz cansada.

Traga saliva. Como le pasa a Lía, cuando me suavizo le cuesta más vérselas conmigo. No sé por qué, pero es así con las dos.

—Lo siento, abuela.

No digo nada.

—Es que, a veces, es tan difícil hacer las cosas bien que... no sé...

Aquí llega mi niña. Levanto la cabeza.

—¿Qué, hija? ¿Qué es lo que es tan difícil?

Ahora es ella la que no dice nada. Doy unas palmaditas en el brazo del sillón y vuelvo a negar con la cabeza.

—Ven aquí, niña.

Duda durante unos segundos, pero al final se rinde y yo gano. Entonces se acerca y se sienta a mi lado con Gala en brazos. Le pongo la mano en la rodilla.

—No tendrás miedo de mí, ¿verdad?

—No —miente—. Bueno..., a veces —añade, evitando mi mirada.

—Boba.

—Ya.

Gala abre y cierra las manitas mientras Bea se vuelve hacia mí.

—Dime una cosa, hija.

—Qué.

—¿Te gusta mucho?

—¿Quién?

—Quién va a ser, niña. Mary.

—Un poco.

—¿Seguro?

—Sí... Aunque somos muy distintos, abuela, y no siempre es fácil...

Ya decía yo. Arqueo una ceja y alargo la mano para acariciar la cabeza de Gala. Enamorada. Bea está enamorada y le da vergüenza porque esto ya nos ha pasado antes, esta conversación la hemos tenido otras veces y hasta ahora lo que ha elegido le ha salido siempre torcido. Hay que ver qué mal ojo tenemos en el amor las mujeres de esta familia, qué mal ojo y qué malos hombres. Todas excepto Inés, aunque ella tuvo peor suerte. Suerte cabrona la mala muerte de Tristán.

—Eso ya lo he visto —le suelto con una risilla que no sé si me sale demasiado bien.

Ella sonríe. Le gusta verme reír.

—¿Y a Gala? —pregunto—. ¿Le gusta Fumanchú?

Bea mantiene la sonrisa y Gala suelta un pequeño balbuceo mientras yo aprovecho para darle un beso en la frente. En realidad se lo doy a ella para no dárselo a Bea, y entonces me siento orgullosa porque veo que, aunque vieja, todavía soy capaz de mantener la continencia en según qué cosas.

—Le adora —contesta con voz de madre tierna—. Morris tiene muy buena mano con los niños.

Mmmm. Un puntito para Mantis.

—Pues eso es muy importante, pequeña. Sobre todo viniendo de un chino.

Parpadea, confundida.

—¿Por qué lo dices?

—Pues hija, porque hasta lo de las olimpiadas los chinos tiraban a las niñas por los barrancos. ¿O es que no ves los telediarios?

—¿En serio?

—Claro. Por eso ahora andan escasos de mujeres y los envían por ahí a casarse con extranjeras.

—Ah.

Ay, a veces me da a mí que, de tan inocente, esta niña nos ha salido un poco boba. Lía dice que no, que Bea tiene su mundo propio, pero eso, viniendo de una madre como ella, me da la razón. Y la verdad es que me duele verla así, tan poco preparada. Tan rendida.

—¿Y a mí? ¿Me va a gustar tu Morfis?

—Morris, abuela —me corrige—. Es Morris.

—Sí, hija. Lo que tú digas. Aunque de momento es un chino con cola y dos botellas de champán, así que no me vengas con mandangas.

Suelta un suspiro como de niña pequeña. Es un gesto tan propio de ella, que de repente la cogería y la estrujaría contra mí y no la soltaría nunca más para que no le pasara nada. No sé qué me ocurre a mí con esta chiquilla. De las dos nietas que me quedan, es la única que me hace sentir abuela, por lo menos desde que pasó lo de Tristán e Inés se cerró a la vida como una ostra, dejándonos fuera a las demás.

—Pero es que a ti no te gusta nadie, abuela.

Vaya con la bobita. Así que a la abuela no le gusta nadie. Mmmm. «Nadie, no», estoy a punto de decirle. «Nadie para mis niñas, sí». No es lo mismo. Parece mentira que todavía no lo haya entendido.

—Ya, bueno. ¿Me gustará o no me gustará?

—Mejor se lo preguntas a Inés —responde, encogiéndose de hombros—. Creo que a ella sí le gusta.

Mira tú por dónde. Que sean dos los puntitos para el chinorris.

—Ajá.

Gala se retuerce entre los brazos de su madre. Tiene hambre y puede que también sueño.

—¿Y eso de qué es americano?

—Nació en Nueva York —responde, casi aliviada—. Sus padres emigraron a Estados Unidos antes de nacer él.

—Ah, así que chino, americano e hijo de inmigrantes.

—Sí.

—Qué joyita. Y ahora me dirás que tienen un restaurante.

—No, el padre es cardiólogo. ¿Por qué?

—Y dale con los porqués. Pues por saber si corro peligro, por qué va a ser.

Me mira sin entender.

—Por lo del chopsuey.

—No te entiendo, abuela.

Hay que ver lo difícil que me lo pone esta niña. Voy a tener que hablar con Lía muy seriamente, porque tanta lentitud no sé si es normal.

—No puedo creer que no sepas que la marranada esa del chopsuey está hecha con caldo de yaya —le suelto, poniendo los ojos en blanco—. Ay, Bea. A veces no entiendo en qué mundo vives.

No sabe qué decir y tampoco si hablo en serio. Y digo yo: ¿Es que nadie les ha enseñado a estas niñas a reírse un poco de sí mismas?

—¿Escupe?
—¿Quién?
—Tu amiguito, quién va a ser.
—No, cómo va a escupir.
—¿Grita?
—Que no.

Gala empieza a lloriquear y Bea la mece en sus brazos, apretándola contra su pecho.

—¿Y hace pipí y popó en público?

Me mira horrorizada.

—Pero, abuela, ¿cómo se te ocurren esas cosas?
—A mí no se me ocurre nada —le suelto con un suspiro de fastidio—. Eso lo he visto yo con estos ojos.
—¿Tú?
—Yo, sí. Hace mil millones de años, cuando la tierra era plana y yo era joven y bella, tu abuelo me llevó con él a China en uno de esos viajes que organizaba el ministerio para la gente del cuerpo diplomático. Ahora no me acuerdo por qué, ni falta que hace. Un infierno de viaje. Había comunistas y bicis por todas partes. Nos llevaron un par de días al campo a visitar unas explotaciones de no sé qué porquerías y, con tu abuelo, que ya sabes cómo era, nos escapamos una tarde a dar una vuelta por esos pueblos de Dios.

—Ah.

—No. Ah, no. Tuvimos el placer de tropezarnos con unos baños públicos.

—¿Y?

—Pues eso. Que hacen pipí y popó todos juntitos, sin paredes ni nada. Y hablan como cotorras mientras hacen sus cosas. Menudos guarros.

—No hables así, abuela.

—A mi edad hablo como me sale de... de la cosa, niña.

Disimula un parpadeo y baja la cabeza. Luego me mira y, como si hasta ahora no me hubiera visto, pregunta, jugando al despiste:

—¿No tienes calor?

—¿Calor?

—Sí, con el abrigo y el gorro.

Un poco lenta sí es mi niña. Buena, pero lenta. Quiere escaparse y no sabe que ya la tengo. Que está blanda.

—Pero si hace un frío que pela —le digo—. No entiendo cómo podéis vivir así.

—No puede ser que tengas frío. La calefacción está a veinticinco.

—¿Veinticinco qué?

—Grados.

—Mentirosa —refunfuño, acurrucándome en el abrigo.

Se ríe. Bea se ríe y yo intento no reírme con ella, pero la condenada tiene una risa tan contagiosa que se me escapa también a mí una risilla y por fin nos reímos juntas. Qué sano es poder reírme así con mi nieta, qué sano y qué fácil. Lo era con Helena y lo es también con Bea, aunque con Helena las cosas eran distintas porque desde siempre con ella todo era así, distinto. Tenía el don de sacar lo mejor y lo peor de cada una, y lo hacía de tal manera que siempre terminábamos riéndonos de lo que fuera, incluso en los peores momentos. Cuando volvía de uno de sus viajes, el mundo se paraba en casa y todo era Helena porque lo que traía con ella lo llenaba todo sin hacernos pequeñas a las demás. Y nos reíamos, a veces sin tener que decirnos nada. Llevaba la risa dentro y la dejaba salir así, a chorro, contagiándonos al resto. Era contagiosa, Helena. En todo. Cómo no la vamos a echar de menos.

Eso también lo tiene Bea, aunque en vida de Helena costaba verlo porque era imposible mirar nada que no fuera ella. Como su hermana, Bea hace fácil lo fácil. Mira el mundo como una niña en una tienda de juguetes, con esa mirada limpia que, por mucho que nos empeñemos, ya no va a cambiar. Sólo podemos protegerla, nada más. Y a veces cuesta tanto...

Cuando volvemos a ponernos serias, nos quedamos un momento en silencio hasta que ella empieza a levantarse despacio de mi lado.

—Voy a dar de comer a Gala —anuncia con una sonrisa de madre—. Luego la acostaré. Creo que está cansada.

—Ya. Y tú estás enamorada. Hasta las trancas —le escupo—. Y también cagadita de miedo.

Ella se queda unos segundos en el aire. Luego baja la mirada y vuelve a sentarse.

—Ay, abuela.

—No. Ay, abuela, no, Bea.

Levanta la mirada.

—Sí.

—¿Sí a lo de enamorada o sí a lo de cagadita de miedo?

—Creo que a las dos cosas —murmura.

—Ya. Estás aterrada porque tienes miedo de volver a meter la pata con éste como la metiste con Arturo y con el francesito ese que te dejó preñada y luego te plantó.

Vuelve a bajar la mirada. ¿Por qué demonios nos costará tanto en esta familia decir las cosas como son?

—Sí —dice.

—Y no me habías dicho nada no porque fuera chino, sino porque sabías que a mí no me la ibas a dar. ¿Qué bobada es ésa de que tengo un amiguito chino que me gusta un poco y que viene a cenar en Navidad? Venga ya, Bea. Las cosas son lo que son. El resto es mitología griega.

No dice nada.

—Resumiendo: estás enamorada y asustada.

—Sí.

—Felicidades, niña. Bienvenida a la vida. ¿O qué te creías?

—Ya.

—Y si has elegido mal, habrá que fastidiarse un tiempo. Tendrás que vivirlo, sufrirlo, hundirte, levantar la cabeza y salir adelante como lo hemos hecho todas y como se ha hecho toda la vida. Y, si sale bien, todo eso que te llevas. No hay más. Pero te voy a decir una cosa...

Se oyen más voces que vienen de la escalera. Bea levanta la cabeza y parpadea.

—Haces bien en estar asustada, porque yo en tu lugar me habría puesto un batallón de pañales. Con alas.

No se ríe pero me da igual porque sé que me escucha y porque ahora me toca hacer de abuela.

—Y, ya puestas, te voy a decir otra: si tu chinorris nos sale torcido, ya puede ir preparándose porque esta vieja ha venido armada. Que se ande con mucho cuidado el melenas. Pase que te la juegue a ti, pero como yo vea que esta niña que tienes en los brazos corre algún peligro, le corto la cosa. Palabra de vieja.

Durante unos segundos sigue sentada a mi lado, encogida sobre Gala en silencio. Se oyen más voces, aunque esta vez suben desde la calle. Gente que pasa, nada más. Luego se levanta despacio y empieza a alejarse hacia la puerta, pero se detiene antes de llegar y se vuelve de espaldas en mitad del salón con su niña en brazos.

—¿Sabes una cosa? —dice.
—Probablemente.

Duda durante un par de segundos antes de hablar mientras Gala patea en sus brazos.

—Creo que tú a él sí le gustarás.

Arqueo una ceja. La izquierda.

—Qué interesante.

Sonríe. Está relajada Bea. Siente que ha pasado la tormenta y que la tormenta se ha llevado con ella el miedo. Qué inocente.

—Te lo digo en serio.
—¿Sí?
—Sí.
—Bien por él.

Se da la vuelta y cruza al pasillo. Desde allí y a oscuras, dice con voz tímida:

—Oye.
—Dime.

Por un instante creo que se ha arrepentido y que no va a decir nada más. Casi le veo dibujada la duda en la espalda. Por fin, suelta con voz de niña:

—¿Verdad que te portarás bien esta noche?

Ay, cuánto me alegro de que mi pequeña esté de espaldas y de que no me vea sonreír así.

Y es que es tan feo ver mentir a una vieja de noventa y tres años...

—Sí, tesoro. Claro que sí.

INÉS

Caminamos del brazo rodeando el lago mientras mamá me da espacio para que le cuente lo que a mí me cuesta contar porque sé que cuando lo haga no habrá marcha atrás. «Las confesiones, una vez dichas, dejan de serlo y se convierten en verdad», decía Helena. «Y aunque no todas las confesiones sean verdad, una verdad confesada es más verdad y también más entera». Tenía razón Helena, y como lo sé, agradezco que mamá deje que me tome mi tiempo. Me gusta tenerla así conmigo, solas las dos. Quizá sea porque reconozco en ella cosas que también yo soy: las dos hemos perdido a un hijo y tenemos una pena en común que nos une como ninguna otra cosa puede unir a dos mujeres. Mientras ella va hablándome de la abuela, yo la escucho a medias, preparándome para decir lo que ella no sabe si quiere oír porque no sabe si dolerá. Está preocupada. La abuela la preocupa, dice.

—Y no es sólo que confunda a la gente ni que siga haciendo de las suyas. No, no es sólo eso —me explica, estrechando mi brazo contra su costado—. Son más cosas: sus respuestas, los cambios de humor…; no sé, no sabría explicarte.

—Tiene noventa y tres años, mamá —le digo—. ¿Qué esperas?

—Ya lo sé, hija.
—¿Entonces?

No dice nada durante unos segundos y seguimos caminando.

—Habla sola, Inés. Va por ahí murmurando cosas como si hablara con alguien, como si viera cosas que no están. A veces creo que debería hacer algo con ella. No sé, llevarla a un centro de día para que se relacione con más gente, gente de su edad, quiero decir.

Tiro de su brazo y nos paramos en mitad del paseo.

—Mamá, si algún día llevas a la abuela a un centro de día, seguro que nos denuncian.

Sonríe sin mirarme. Es una sonrisa cansada.

—Es que reza, Inés.
—Venga ya, mamá.
—Te lo juro. Va por la casa rezando en voz baja como una de esas santurronas locas y, en cuanto la pierdo de vista, hace cosas raras —dice—. El otro día, sin ir más lejos, estábamos en la cocina y me dice...

Mamá habla deprisa, casi tropezada. Me extraña oírla así porque no es ella del todo. De pronto caigo en la cuenta de que está llenando el tiempo con lo que dice para hacer ruido y para que no llegue el silencio. Sabe que si calla hablaré yo y eso le da miedo. Mamá sufre por mí como lo ha hecho por todas nosotras desde siempre, por anticipado. Le dan miedo las noticias porque la vida le ha enseñado que no siempre son buenas, pero sé que la espera también la angustia y que con ella es mejor soltar las verdades de golpe. Mejor para ella y también para mí. No sé hacerlo de otra forma.

—Mamá —la interrumpo.

Se calla en mitad de la frase y se vuelve a mirarme.

—Dime, hija.

Tiro otra vez de ella, esta vez hacia delante, y volvemos a caminar, pasando por delante de un pequeño embarcadero por el que se pasean una pareja de patos oscuros.

—Se acabó, mamá.

Parpadea y se lleva la mano al cuello.

—Esto —digo—. Copenhague.

Los patos saltan al agua y una piragua se aleja, dejando una estela blanca a su paso.

—El viernes me dijeron que la corresponsal a la que vine a sustituir se reincorpora. Me han dado seis semanas. Luego se acabó.

Aliviada. De pronto me siento tan aliviada que respiro hondo porque el aire me entra mejor en los pulmones. Ya está dicho, ya es real. Ahora sólo queda lo que vendrá. Mamá no me mira.

—Tengo dos opciones: volver a Menorca a política local y esperar a que salga algo mejor...

Ahora sí me mira.

—¿Y la otra? —pregunta con voz poco firme.

—Hay una baja en la delegación de Canadá. En Toronto. En principio sería sólo por un año.

El embarcadero ha quedado atrás. También la piragua y su estela. Ahora el silencio del lago nos envuelve en un halo húmedo salpicado de las conversaciones de la gente con la que nos cruzamos mientras los segundos se recolocan sobre las piedras del paseo.

—¿Y qué vas a hacer? —pregunta bajando la mirada.
—No lo sé.
—¿Qué te gustaría?
—¿Y a ti, mamá? ¿Qué te gustaría a ti?

Levanta la mirada y la pasea por los árboles que tenemos delante. Troncos negros y desnudos sobre un fondo oscuro. Detrás, las luces de la ciudad.

—Verte bien. Eso es lo que me gustaría, cariño.

Verte bien, dice. Eso es mamá y ésa su voz porque es la de todas las madres que lo son por encima de todo, a veces incluso por encima de sí mismas. Lo sé porque yo también lo fui una vez y porque, si Tristán me hubiera hecho la misma pregunta, le habría dado la misma respuesta. Verte bien, le habría dicho. Por encima de mí. Qué no daría yo por poder volver a tenerle conmigo aunque fueran unos días, unas horas, aunque sé que eso no tiene mucho mérito porque desde que se fue no tengo nada que dar, ni siquiera el dolor. No, ya no lo tengo. Al principio sí. Ahora el dolor soy yo. Entera. Ya no me siento.

Verte bien, dice mamá. Qué envidia poder decirle eso a un hijo vivo.

—En Toronto hace mucho frío —me oigo decir. No sé por qué lo digo. Menuda tontería. Ella se acurruca un poco contra mí.

—Sí.

—Pero volver a Menorca... no sé si podría, mamá.

Suspira por la nariz, pero no nos paramos. Sé lo que piensa y sé también que no lo dirá porque no quiere hacerme daño, aunque no sé si se lo agradezco. «Si le digo que vuelva a casa, me dará mil razones para no hacerlo», piensa. «Y si le digo que se vaya a Toronto, creerá que se lo digo para que actúe como suele hacerlo, a la contra, y así conseguir que vuelva». Sonrío por dentro mientras la oigo pensar y debatirse entre lo que le gustaría y lo que imagina que es mejor para mí. Así pasan los segundos hasta que por fin habla.

—No tienes que decidir todavía, hija. Date tu tiempo.

—No tengo mucho. Esperan una respuesta antes del viernes.

—¿Tan pronto?

—Sí.

—Pero si quedan sólo tres días.
—Ya lo sé.

Una ardilla cruza el paseo como una sombra, se detiene al borde de la hierba y se queda de pie unos instantes, quieta como una estatua de juguete. Luego se pierde entre los árboles, desapareciendo en la oscuridad.

—¿Se lo has dicho a Bea?
—Todavía no.
—Ah.
—Prefiero decidir qué hacer antes de decírselo. No quiero preocuparla antes de hora. Ya sabes cómo es.
—Claro.

Ahora mamá sufre por Bea. Vuelve a anticiparse a lo que la noticia de mi marcha provocará en ella y piensa en cuál puede ser la mejor manera de decírselo para hacérselo lo más fácil posible. Casi la oigo pensar otra vez, dividida entre las dos y calculando qué puede ser lo mejor para cada una y qué lo peor.

—Si vuelvo a Menorca, dolerá, mamá —le digo, sacándola de golpe de sus cálculos de madre preocupada.

Asiente con la cabeza, pero la parte de ella que sigue aún con Bea no la deja estar atenta al cien por cien. Lo que mamá no dice ni dirá es que lo que le gustaría, la solución que nos haría bien a todas, es un buen final. A saber, que Copenhague se acabe para Bea, para Gala y para mí y que volvamos a casa juntas como antes, como cuando todo estaba bien y nosotras enteras. Eso es lo que ella querría y lo que a mí me gustaría darle porque si alguien se merece un buen final, ésa es mamá. «Pero es que las cosas no son como eran», quiero decirle. «Tus niñas, las que quedan, se han hecho mayores, y aunque volviéramos todo sería distinto por mucho que tú seas la misma madre y nosotras, las mismas hijas. Por mucho que nos queramos igual».

—Pero si no vuelvo ahora puede que ya no lo haga nunca, mamá —le digo sin mirarla—. Y quizá entonces ya no haya marcha atrás. Quizá me equivoque.

Hemos llegado al final del paseo. El camino se aleja de la orilla del lago y se adentra entre los árboles hasta desembocar en la calle. Dentro de unos minutos llegaremos a casa y esto, esta intimidad tan entera que comparto ahora con mamá, tendrá que romperse porque hoy es Nochebuena y tocará celebrar. Bea, la abuela y Gala nos esperan. Llegarán sus voces, la cena, los regalos... y dentro de nada, mamá y la abuela se marcharán y no habrá tiempo para más. De pronto siento que el brazo de mamá en el mío es el mejor regalo que la vida me ha hecho en mucho tiempo y a punto estoy de tirar de él para que nos paremos entre estos árboles oscuros y decírselo para que lo sepa y para que lo recuerde siempre porque eso tiene que oírlo una madre de una hija, aunque sea una sola vez en su vida y aunque la hija no sepa cómo.

—Mamá —le digo, acurrucándome un poco contra su calor.

Nos detenemos justo donde la hierba se acaba y empieza la acera y ella se vuelve hacia mí. Bajo la luz del farol, sus ojos brillan como dos faros cansados.

—Eres una buena mujer, mamá —es lo único que consigo sacar de este pozo casi seco que soy yo.

Sus ojos se cierran durante un par de segundos y la luz mengua en la noche.

—No digas eso, cariño —murmura, bajando la cabeza. No le gusta que le digan cosas así. No está acostumbrada porque durante los años que vivió con papá, aprendió que eso importaba poco. A él la bondad de mamá le venía demasiado grande y durante mucho tiempo se lo hizo pagar caro, dedicándose a empequeñecerla para que no brillara, para que viviera apagada a su sombra. Papá la reeducó para que no se viera y ahora, cuando le decimos cosas como ésta, le cuesta creerlas porque no ha aprendido a verse como es ni sabe que sin ella y su fortaleza de corazón estaríamos todas perdidas. Al verla tan tímida trago saliva antes de seguir.

—Quiero que sepas que, tome la decisión que tome, te necesitaré, mamá.

No abre los ojos todavía y bajo la luz amarilla creo ver que le tiemblan los párpados. Su brazo se tensa en el mío.

—Ya lo sé, hija —dice.
—No, mamá. No lo sabes.

Ahora sí abre los ojos y me mira con una mezcla de duda y de sorpresa fundida en su brillo. Entonces le doy un beso en la mejilla y aspiro su olor, que también es el mío. El de todas nosotras.

—Sabes que te necesito, sí. Lo que no sabes es que el día que tú no estés, yo no sabré cómo seguir porque no tendré en quién mirarme. No habrá faro, mamá, y la vida dolerá tanto como cuando perdí a Tristán.

Entonces me atrae hacia ella y me abraza fuerte, envolviéndome en todo lo bueno que tiene y que ha aprendido a darnos y nos quedamos así en la acera, acunándonos durante unos segundos mientras ella me repite al oído:

—No me iré, cariño. No me iré. No me iré.

LIBRO SEXTO

Regalos de calor

BEA

Ha sido fácil hasta aquí, mucho más de lo que nos temíamos. La abuela y mamá se han encerrado en la cocina a terminar de preparar la cena mientras Inés y yo poníamos la mesa, encendíamos las velas y colocábamos los regalos en la falsa chimenea, los de todas menos los de la abuela, que ha insistido en que los suyos fueran los últimos y en que quería tenerlos en la maleta de mano hasta que llegara el momento. Mamá y ella cuchicheaban en la cocina cuando ha llegado Morris. Curiosamente, la abuela ha estado de lo más civilizada con él desde que los hemos presentado, casi hasta agradable, aunque no ha dejado de estudiarle durante toda la cena. Ha ido todo bien porque, aunque Morris no es de mucho hablar, la abuela no tiene ganas de guerra y está de buen humor, sobre todo después de la primera copita de vino que mamá le ha dejado tomar por ser esta noche la que es. El único momento difícil ha sido cuando mamá le ha preguntado a Morris si quería un poco más de pavo. Cuando él ha dicho que sí, la abuela le ha mirado y le ha dedicado una sonrisa forzada mientras le decía:

—Mejor que el chopsuey, ¿verdad, hijo?

Morris no ha sabido qué decir y ella me ha dedicado una mirada afilada que yo he preferido no ver. Luego ha vuelto la tranquilidad.

Ahora, mientras Inés sirve el turrón y el champán, mamá ha aprovechado para acompañar a la abuela al baño y Morris terminaba de ayudarme con las tazas y los cubiertos del café. Por fin, mamá y la abuela vuelven a la mesa y la abuela coge su copa y empieza a revolver el champán con una cucharilla para quitarle el gas mientras Morris la mira con curiosidad. Ha vuelto del baño con el abrigo puesto. De momento hemos conseguido que se olvide del gorro.

—Es por los gases —le explica ella con una mueca de fastidio sin dejar de revolver—. Si no, me inflo como una sapa y luego... pum, pum, pum —suelta con una risilla a la que mamá responde agitando la cabeza.

—Mamá, por favor.

—Jijiji —sigue riéndose la abuela con cara de niña mala antes de llevarse la copa a los labios y tomar unos sorbos de champán.

—Y no bebas tan deprisa —la regaña mamá—. Porque no te voy a servir otra.

La abuela deja la copa en la mesa y se lleva la servilleta a los labios. Luego coge un trozo de turrón, lo estudia atentamente y, sin soltarlo, se vuelve hacia Morris.

—Y dime, Marnie...

—Morris, abuela. Se llama Morris, te lo hemos dicho mil veces —la interrumpe Inés cogiendo su copa.

—Ay, sí. Perdona —se disculpa con una sonrisa—. Dime, hijo: ¿cuáles son exactamente tus intenciones?

El silencio nos ha caído encima como un cañonazo. Inés ha vuelto a dejar la copa en la mesa y mamá se ha metido un trozo de turrón en la boca.

—¿Intenciones? —ha preguntado Morris con cara de no entender.

—Sí, hombre. Con Bea —ha respondido la abuela con un parpadeo—. Boda, hijos, casa, hipoteca...; esas cosas. O sea, para que tú me entiendas: ¿Tú vas en serio con mi nieta o esto vuestro es un calentón pasajero?

—Abuela, no creo que éste sea el momento para... —ha empezado Inés, intentando cortarla.

—Ay, niña, no seas pesada. A ver si no nos puede decir la criatura lo que piensa —la interrumpe la abuela. Luego se vuelve otra vez a mirar a Morris—. Porque deja que te diga una cosa, Merryl: no sé Bea, pero lo que es yo ya no tengo edad para perder el tiempo, así que a mí mejor me vais avisando de qué va la cosa. Y sustos los mínimos porque esta vieja ya no tiene mucho aguante. Así que si vas a ser parte de la familia, habrá que tratar algunos asuntillos, digo yo.

Morris la observa sin decir nada y la abuela le regala una sonrisa que no augura nada bueno.

—¿Asuntillos, abuela? —pregunto, intentando interceder por Morris.

—Pues sí, claro. A ver, hijo: me ha dicho Bea que tu padre es veterinario. Y eso me gusta, la verdad. —Se queda entonces mirando su copa con cara de haberse perdido y añade—: ¿O era carnicero? Ay, qué cabeza esta, hijo.

Morris sigue sin decir nada y la abuela tuerce el gesto.

—Cardiólogo, abuela —le explico—. Te he dicho que era cardiólogo.

—Eso, cardiólogo.

—Sí —dice Morris.

—¿Y dote? ¿Tienes dote? —suelta la abuela, chupeteando el trozo de turrón con la lengua.

Inés baja la cabeza y mamá carraspea.

—Mamá, deja de decir tonterías, haz el favor.

La abuela ni siquiera la mira.

—Bueno, vale. Ya lo hablaremos más adelante. Ahora lo importante es saber si esto va en serio o no, ¿a que sí, hija? —dice de pronto, volviéndose hacia mí.

—Abuela…

—Sí —dice Morris—. Eso es lo importante.

La abuela se quita el turrón de la boca y da un palmetazo en la mesa.

—¡Así me gusta! Ya nos vamos entendiendo —suelta—. ¿Y la respuesta es…?

—¿Más champán, Morris? —pregunta mamá, acercándole la botella. Morris le dice que no con la mano.

—La respuesta es —empieza Morris— que Bea es una mujer muy especial, señora. Y que ahora empiezo a entender de dónde ha heredado lo que tiene y también lo que no tiene —añade con una sonrisa oriental que la abuela recibe con un parpadeo de sorpresa y una risilla.

—Jijiji —se ríe—. Vaya, vaya. ¿Eso es un proverbio chino?

—No —contesta Morris—. Es la verdad.

—Mmm. Me gustan las verdades, hijo. Más que nada porque ahorran tiempo —farfulla con un guiño—. Aunque no te hagas muchas ilusiones. Estas memas, lo de las verdades no lo llevan muy bien.

—Mamá, haz el favor —insiste mamá.

—Y, hablando de verdades —sigue la abuela—: ¿te ha dicho Bea que cuando era joven fui campeona de taichí?

Inés y mamá se miran. Morris sonríe y yo quiero esconderme debajo de la mesa y que esto pase pronto.

—No digas mentiras —la regaña otra vez mamá.

—Qué mentiras ni qué mentiras —replica la abuela—. Fue en Palma, en el año cincuenta y tantos. Gané con la postura del avestruz poseída —dice alargando el cuello y poniendo los ojos en blanco.

Inés suelta una carcajada que intenta disimular con tos y mamá se tapa la boca. La abuela las mira con cara de fastidio.

—Miss Taichí cincuenta y tantos, hijo. Ni más ni menos. La primera dama de honor fue mi prima Elsa por la postura de la cochina desbocada. —Se lleva la mano a la boca y abre los ojos—. Huy, perdón por lo de co… china. No iba por ti, hijo.

A mi lado Morris se ríe. La verdad es que no es un hombre que se ría a menudo, por lo menos que yo sepa, y de pronto verle así me sorprende y también me relaja. Mamá se lleva la copa a los labios y se bebe de un trago lo que le queda de champán. La abuela mira el trozo de turrón que tiene en la mano y farfulla entre dientes:

—Si concursara ahora, seguro que me llevo el Miss Pañales Mojados, jijiji.

Todos. Nos reímos todos porque cuesta no reírnos de las cosas que tiene la abuela. Ella se ríe también, disfrutando del momento y de su éxito, y cuanto más nos reímos los demás, más se ríe ella, hasta que de pronto se atora y suelta un eructo que retumba como un trueno y que ella acompaña con un tímido «Ay, coño» al que Morris se rinde del todo con lágrimas de risa en los ojos.

Feliz. La abuela está feliz porque tiene un plan que yo no conozco, pero que parece estar funcionando. Tiene a Morris con ella, eso seguro, pero no sé para qué.

—Oye, Masquis —dice de pronto, mirando a Morris.

—Morris, señora —la corrige él.

—De tú, hijo. De tú.

—¿Señora de Tú? —le dice Morris con una sonrisa pícara que le conozco bien.

—Jiji —vuelve la abuela, retocándose los dientes. Luego carraspea y se pone seria—. ¿Y cómo es eso de que hablas tantos idiomas?

—Porque es superdotado, abuela —salto yo de pronto, arrepintiéndome de haber hablado en cuanto veo los ojos brillantes de la abuela y la mirada incómoda de Morris. Es verdad. Morris tiene un C.I. de 142, aunque eso es algo que nunca dice porque le da vergüenza y porque, según él, forma parte de lo que no se comparte. De ahí su facilidad para los idiomas y para tantas otras cosas. Pero, claro, la abuela sigue a lo suyo y no descansa.

—¿Superdotado? —dice, chupeteando el turrón—. Jijiji. ¡Pero si es chino!

Mamá se lleva la servilleta a la boca e Inés se levanta de un salto mientras Morris se ríe tanto con la abuela que casi siento una pequeña punzada de celos al verlos así, tan cómplices los dos, tan rápidos ellos y tan fuera de juego yo. Cuando hablo, me oigo irritada y no me gusta.

—Intelectualmente superdotado, abuela.

—Jijiji —vuelve a reírse ella, dándole un lengüetazo al turrón—. Pues vaya nombre para un superdotado. Morris, Morris... ¿Se puede saber qué nombre es ése?

Morris levanta su copa y, antes de beber, dice con voz pausada:

—Ése es mi nombre occidental. Mi nombre auténtico, el chino, es otro.

—¿Ah, sí? —pregunta mamá, sirviéndose un poco más de champán—. ¿Y cuál es?

Morris le sonríe. Tiene una sonrisa de dientes perfectos que cuando aparece a mí me deja blanda. Creo que a mamá también.

—Bu Wei.

—¿Buey? —suelta la abuela con un parpadeo fingido al que Morris vuelve a dedicar su sonrisa.

—No. Bu Wei, Señora de Tú. Quiere decir Junco Que No Se Rompe.

La abuela sostiene el pedazo de turrón en el aire y clava la mirada en él, ahora totalmente seria. De pronto parece otra. Mira a Morris, sí, pero no le ve. Ni a él ni a nada de lo que está aquí. Noto los ojos de mamá a mi lado.

—Junco Que No Se Rompe —murmura la abuela—. Así era nuestra Helena, exactamente así. —Y, sin dejar de mirar a Morris, añade—: Por eso se la tragó el mar y nos rompió la vida a todas, la muy cabrona.

—No digas eso, abuela —la regaña Inés, aunque le habla como lo haría con una niña enferma, intentando no herirla. La abuela ni siquiera la mira.

—Así que ya lo sabes, Junquis —sigue, clavando, ahora sí, los ojos en Morris—. En esta familia nos rompemos con facilidad y luego cuesta pegar los trozos. Y esta mujer que está sentada a tu lado se ha partido la crisma varias veces hasta llegar aquí. Cuídala bien y no le hagas daño porque, superdotado o no, chino o no chino, esta vieja vela por ella y, aunque me quede poco pegamento, sé como usarlo. Que no se te olvide.

Busco la mano de Morris por debajo de la mesa y la aprieto con la mía. De repente pienso que no ha sido buena idea traerle, que tendría que haber sabido que la abuela haría de las suyas porque ella no cambia. Me siento tonta y torpe y me gustaría decirle a Morris que no se preocupe, que la abuela es así con todo el mundo y que, aunque no es fácil llevarla, hay que conocerla para entenderla. Es una buena mujer, quiero decirle con mi mano en la suya.

Pero Morris es uno de esos hombres que parecen haber nacido sabiendo vivir las cosas como vienen. «Fácil lo fácil. Difícil lo difícil», suele decir. Sigue con los ojos puestos en la abuela, mientras mamá se levanta, coge la cafetera y pregunta con voz crispada:

—¿Quién quiere café?

Nadie contesta.

—No sé lo que pasará entre Bea y yo, señora Mencía, y tampoco sé si habrá dolor —dice Morris por fin, llamando a la abuela por su nombre y poniendo mi mano y la suya encima de la mesa a la vista de todas—. Lo único que puedo decirle es que me gusta estar aquí con ustedes esta noche y que entiendo lo que me dice porque sé que es verdad. Y se lo agradezco.

—Me alegro —refunfuña la abuela, llevándose la mano al moño—. Por el bien de todos.

—Además, para mí es un honor compartir mesa con Miss Taichí cincuenta y tantos —añade Morris, con un guiño—. Mi abuela fue campeona china de ping-pong en el 56 y sé muy bien lo que es ser una famosa precoz.

La abuela parpadea y mamá sigue con la cafetera en alto mientras Inés empieza a recoger las copas y las dos bandejas con los restos del turrón.

—Sí, hijo. Casi tanto como no serlo, jijiji —se ríe la abuela, encantada. Morris sigue con su mano en la mía y la abuela aparta los ojos de él para mirarme a mí.

—Ay, hija —dice con un suspiro—. A ver si va a ser verdad que esta vez por fin la has acertado.

Inés sonríe desde la cabecera de la mesa y mamá empieza a servir el café mientras la mano de Morris se cierra sobre la mía y yo trago saliva, sin saber qué decir, hasta que de pronto la abuela suelta una palmada sobre el mantel con la que hace temblar copas y tazas y grita, rompiendo el momento:

—¡Los regalos! ¡Los regalos!

—¿Ya? —pregunta mamá—. ¿No prefieres esperar a que hayamos tomado el café?

La abuela la mira con cara de no entender.

—Pero Flavia, ¿ya has llegado? —le dice. Y al ver que mamá no reacciona, añade—: ¿Has podido pasar por la tintorería?

Mamá lanza a Inés una mirada que yo no entiendo antes de acercarse a la abuela y de ponerle la mano en la mejilla.

—Soy yo, mamá. Lía.

—¿Lía?

—Sí.

—Ah.

Mamá sigue con su mano en la mejilla de la abuela, que la mira desde abajo con cara de no saber muy bien dónde está. Mi mano se cierra debajo de la de Morris justo cuando la oigo preguntar:

—¿Y qué has hecho con Flavia?

—Nada, mamá. Flavia está en El Salvador desde hace un año y nosotras estamos en Copenhague, en casa de Inés porque es Navidad.

—Ah.

—Quedamos con Flavia en que llamaría mañana a la hora de comer, ¿no te acuerdas?

La abuela pasea su mirada perdida por la mesa hasta que pone la mano sobre la de mamá.

—Claro, hija. Cómo no me voy a acordar.

Luego baja los ojos y dice en voz baja:

—Flavia, Flavia... Me gustaría saber qué es lo que he hecho mal con ella para que nos castigue así y lleve dos Navidades sin venir a vernos. Y qué estará haciendo ahora, tan sola y tan lejos.

FLAVIA

Deben de estar abriendo los regalos. Mamá poniendo las cosas difíciles y Lía intentando acotarla para que no haga de las suyas y lo estropee todo, aunque con ella eso es misión imposible, lo sabe Lía y lo sé yo. Luego, cuando hayan acabado, quizá pasen al salón y charlen de mil cosas hasta que a mamá le entre el sueño y le pida a Lía que le prepare un agua de hierbas antes de acostarse. Puede que mamá pregunte por mí y suelte alguna lindeza de las suyas dedicada a «esa ingrata de Flavia que lleva dos Navidades sin volver a casa» mientras Lía le prepara el agua y le da el Orfidal. Y eso será todo por esta noche como lo ha sido durante muchos años.

—¿En qué piensas? —pregunta Silvio de pronto, volviéndose a mirarme desde la mecedora.

Estamos los dos en el pequeño porche de madera gastada. Hace un calor de mil demonios y la humedad podría cortarse con un cuchillo. Nos hemos tomado la tarde libre, sobre todo para que los cooperantes que se han quedado a pasar estas fechas aquí tengan un poco de tiempo extra y puedan preparar algo para esta noche. Es extraño este verano continuo, aunque lo es más cuando llega la Navidad. Silvio me mira por encima de las gafas. Suda casi tanto como yo, pero no se queja porque, a diferencia de mí, él lleva bien el calor.

—Pienso en mamá —le contesto, dejando en el suelo la revista que estaba intentando hojear. Es un número atrasado de una revista de cotilleos que no sé cómo ha llegado hasta la aldea—. Bueno, en mamá, en Lía... Me preguntaba qué estarán haciendo, qué regalos se hará cada una, si mamá estará haciendo de las suyas..., ya sabes. Esas cosas.

No dice nada. Simplemente baja la mirada y en su gesto entiendo que él también piensa en los suyos: en su hermano y en su sobrino. Por lo que sé, son la única familia que le queda. Su hermano vive en San Francisco y su sobrino en Shanghái. Arquitectos los dos. Se llaman por teléfono de vez en cuando, más con el sobrino que con el hermano, aunque hace tiempo que no se ven.

—¿Las echas de menos? —me pregunta, quitándose las gafas.

No respondo en seguida.

—Es difícil no echar de menos a las mujeres de mi familia —contesto casi sin pensar—. Casi tan difícil como aguantarlas, según en qué momentos.

Asiente con la cabeza y sonríe. Silvio conoce bien los perfiles de mamá, de Lía y de las demás, y también gran parte de nuestra historia común. Hemos tenido tiempo para hablar de ellas desde que nos conocemos y él es un hombre curioso, cosa que le agradezco porque, aunque nunca se lo he dicho, cuando veo que se interesa por mi gente siento que se interesa también por una parte de mí de la que no sé hablar sin que me pregunten. En eso se nota que es médico y que es de los de la vieja escuela: sabe escuchar y preguntar lo oportuno en el momento oportuno. A veces, cuando pasamos consulta en la caseta y, entre paciente y paciente, se lo digo, él se echa a reír y me señala la mata de pelo blanco y rizado que le asoma por debajo de la gorra verde que raras veces se quita.

—De los de la vieja escuela, no —dice con un guiño—. Soy de la del pleistoceno.

Él no sospecha que cuando me habla así, con ese tono entre socarrón y divertido, me recuerda a mamá. Oyéndole la oigo a ella, y, aunque parezca curioso, me siento bien porque sé que si algún día llegan a conocerse, se gustarán. Mamá verá en Silvio la viva imagen del enemigo que debe de haber imaginado desde la primera vez que oyó su nombre y que seguramente ha estado alimentando durante todos estos meses, y él entenderá muchas cosas de mí que quizá todavía no entienda. Mamá tirará a matar contra el hombre que le ha robado a su niña y pondrá en ello la poca fuerza que aún le queda mientras que Silvio recibirá sus disparos como lo recibe casi todo este médico acostumbrado a vivir la desgracia de cerca: con la risa.

Entonces, en cuanto mamá baje la guardia y le oiga reír, todo habrá terminado y Silvio será suyo, ella le hará suyo y veremos dónde me deja eso a mí. Y es que, como mamá no se cansa de repetir, «a estas alturas, sólo hay dos cosas en un hombre que pueden conmigo: una es la capacidad de callar cuando hay que callar y la otra, una risa contagiosa». Silvio tiene las dos cosas: el silencio y la risa.

Desde el porche, los maizales se extienden valle abajo como un mar salpicado de amarillo y al fondo, casi bordeando el barranco, la aldea dibuja una ese de piedra, adobe y ladrillo entre un par de penachos de humo que se elevan en el aire quieto de la tarde. Durante unos minutos, los dos nos quedamos en silencio, descansando la mirada en el paisaje. Ha sido una semana especialmente dura. La mitad de los voluntarios han vuelto a casa a pasar la Navidad y hemos tenido que redoblar horas y esfuerzos, aunque ha merecido la pena. Estamos exhaustos pero contentos y eso es algo que Silvio y yo hemos aprendido a compartir bien a base de tiempo y espacio en común: el cansancio y la alegría. A nuestra edad.

—Quién me iba a decir a mí que a mi edad iba a estar sentado en una mecedora en mitad de la nada, en compañía de una mujer tan especial como tú y con esta belleza tan inmensa ante mis ojos —dice de pronto, metiéndose la patilla de las gafas en la boca y hablando como si pensara en voz alta. Luego, un par de segundos después, se vuelve a mirarme—. Desde luego, la vida es la leche.

—¿Cómo que una mujer especial? —le suelto, regañándole con una sonrisa—. ¿Qué es eso de especial?

Él también me sonríe.

—Especial es muchas cosas, señorita enfermera —responde—. Sobre todo es valiente.

La sonrisa se me decolora un poco y él se da cuenta. No sé si lo ha dicho para pincharme o si habla en serio. Sea lo que sea, se equivoca. Valiente no soy. Ni ahora ni antes, bien que lo sé. Él parece leerme el pensamiento y me tiende la mano.

—Valiente porque tienes miedo.

—¿Y eso es ser valiente? —le pregunto tomando su mano en la mía.

Suelta una de esas carcajadas que parecen salirle del estómago y que sé que enamorarán a mamá en cuanto las oiga.

—Claro —dice—. Si no hay miedo, el valor no vale nada. Lo difícil no es no tener miedo, sino seguir adelante a pesar de él. Eso los cirujanos lo sabemos bien. Al menos los de la vieja escuela.

—A mí me parece que tú eres de la vieja escuela en muchas cosas, señor doctor —le suelto con una mueca que él conoce bien y que interpreta en el acto con una nueva carcajada. Su mano en la mía —su tacto— despierta en mí cosas que él reconoce en seguida. Encantado. Silvio está encantado provocando en mí lo que ve y viéndome así, tan despierta a él.

—¿Ah, sí? —pregunta, ladeando la cabeza—. ¿Y se puede saber qué cosas serían ésas, señorita enfermera?

Noto de pronto que me arde un poco la cara y me avergüenzo de mi timidez porque, como suele ser habitual entre nosotros, su soltura me pone en evidencia. Sin embargo sus dedos siguen acariciando despacio los míos y el brillo de sus ojos no deja de sonreírme con su luz. Es luz, sí. No sabría describirlo de otra manera.

—Cosas que una vieja de setenta años sólo comparte con su médico de confianza —me oigo decir con una voz coqueta que casi no reconozco.

Silvio aprieta mi pulgar entre su índice y el anular y me mira como lo hace desde la primera vez que nos despertamos juntos y empezó todo lo que hemos conservado hasta hoy. Esa mañana, cuando le vi mirarme así, creí que lo que veían sus ojos era una mujer torpe y desentrenada que la noche anterior había hecho cosas para las que no estaba programada y creí también que me había equivocado dejándole verme así, tan vulnerable y tan poco graciosa en lo físico. Pero me equivocaba. Él se apoyó sobre un codo, apartó la sábana y nos dejó desnudos bajo la luz violeta de la mañana que tapizaba de color la mosquitera. Quise taparme, pero no me dejó.

—¿Vergüenza, enfermera? —me preguntó con una voz susurrada.

Sí. Era vergüenza, muchas vergüenzas en una: vergüenza de verme como me vi, tan a la vista y tan sin defensas; vergüenza de mi cuerpo viejo a la luz del día, del peso de la pierna de Silvio encima de la mía y del olor de la noche anterior pegado a la sábana y a mi piel. Él adivinó mi mirada y sonrió. Luego se inclinó sobre mí y me besó en el cuello. El calor de su aliento me ablandó el estómago y me contrajo la espalda desde la base del cráneo hasta el pubis. Eléctrica. Volví a descubrirme eléctrica y la corriente que me envolvió se llevó río abajo el fantasma de la vergüenza. Él lo notó y, acercándome la boca a la oreja, me susurró al oído:

—Quiero más, enfermera.

No pude ni quise decirle que no.

Más tarde, mientras nos duchábamos y él me frotaba la espalda, me dijo entre risas:

—Así que una gran enfermera en la consulta y una gran voluntaria en la cama. Vaya con la española. Es usted todo un tesoro, señorita Flavia.

Quise reírme yo también, pero de pronto una sombra relampagueó desde algún rincón de lo que llevaba ya unas horas circulándome desde arriba y la risa se me partió por la mitad. Me acordé entonces de mamá y no pude evitar mirarme con sus ojos. Lo que vi desde ellos fue una vieja de setenta años desnuda en la ducha en compañía de un señor de su misma edad: un par de viejos que habían pasado la noche dándose placer como dos adolescentes, con nada que perder y todo por ganar. Y oí también su voz rasposa: «¿Qué haces, hija? Pero ¿es que no te ves? ¿No te da vergüenza, a tu edad?».

Equivocada. La voz y los ojos de mamá me describieron vieja y equivocada y yo me vi aún peor. Patética. Me vi patética y también sucia.

Silvio acarició con los dedos la curva tensa de mi espalda y dejó de frotar.

—¿Arrepentida? —preguntó desde atrás.

—No —mentí.

—¿Entonces?

—No es nada. No te preocupes.

Me abrazó por detrás y nos quedamos así los dos, respirando a la vez bajo el chorro tibio de la ducha.

—Somos un par de viejos cochinos —me susurró al oído, frotando su pecho contra mi espalda—. Pero ¿qué puedo hacer yo si mi enfermera me tiene loco? —dijo, cubriéndome los pechos con las manos y encajando la cabeza en la curva de mi cuello. Antes de que pudiera decirle nada, él parpadeó unas cuantas veces, rozándome la mejilla con las pestañas y haciéndome cosquillas con ellas. «Besos de mariposa» lo llaman aquí.

«Esto que me está pasando tiene un nombre y ese nombre no me gusta porque jamás hubiera imaginado que a estas alturas la vida iba a jugar así sus cartas conmigo», pensé en ese momento mientras sentía a Silvio pegado a mí. Me acordé entonces de muchas de las cosas que había oído y leído sobre la vida sexual de la gente de nuestra edad y también de lo ridículas que siempre me habían parecido. «Paparruchas», he oído refunfuñar a mamá en más de una ocasión estos últimos años cuando hemos tocado el tema. «Eso de que los viejos necesitan encamarse no se lo cree nadie. Lo que quieren es que nos muramos todos de un infarto y así quitársenos de encima. Menudos cerdos». No sé si hablaba en serio. Lo que sí sé es que, en cierto modo y hasta cierto punto, algo en mí estaba de acuerdo con ella, pero lo estaba porque pensaba en los viejos como en algo que no era yo. Los viejos eran la gente mayor, mayor que yo, o, lo que es lo mismo, mamá. Ése es el precio que hay que pagar por tener viva a tu madre con noventa y tres años y que encima tu madre sea mamá. En fin, que esto era lo último que esperaba y que, para mi sorpresa, esa mañana en la ducha con Silvio descubrí que sí, que a pesar de los años y de este cuerpo al que hacía tiempo que había dejado de mirar para no ver lo que ya no era, todavía había aventura y también ganas de vivirla. Después de tantos años —diez, quince, qué sé yo— sin compartirme así con un hombre, convencida de que ya nunca más, me encontré de pronto abierta en canal en lo más físico, no saciada, queriendo más yo también. Y tuve miedo. A que doliera. A hacer el ridículo.

A mi edad.

—Esto es una locura, Silvio —le dije, cubriéndole las manos con las mías.

Él siguió pegado a mí, con la cara encajada en mi cuello y su pelo blanco, rizado y mojado, goteando sobre mi hombro.

—Sí, enfermera. Es una locura, pero es hermosa. La locura y tú sois hermosas y, a estas alturas de mi vida, lo hermoso es vivir. Vivirlo. Yo no tengo nada que perder, ni siquiera tiempo, porque no sé cuánto me queda aquí.

No supe qué decir.

—Quiero vivir esto, Flavia. Y quiero que sea contigo. Ahora.

Tuve que tragar saliva. Creo que él lo notó. Sentí el movimiento de su boca en mi mejilla y entendí que sonreía. «Yo también», pensé. «Yo también quiero vivir».

A partir de esa mañana llegó todo lo demás. Flavia y Silvio: amigos, compañeros de aventura y de voluntariado, iguales en el último tramo de nuestro tiempo aquí... Esa mañana mi vida empezó a encajar: lo físico con lo mental, lo mental con lo emocional, la Flavia rebotada contra su mala suerte con la Flavia agradecida por esta oportunidad tan poco esperada. Encajada, así vivo desde entonces. He descubierto mi sitio y resulta que ese sitio soy yo cuando me miro en los ojos de Silvio porque me gusta lo que veo de mí en ellos, de mí y de él. «Has elegido bien», me digo a menudo. No importa el momento ni lo que esté haciendo. De repente me siento llena, inmensa y afortunada, y me vibra el cuerpo como si tuviera veinte años, vibro entera. Con Silvio y también sin él. Vibro yo desde mí, y eso no me había pasado nunca.

Así han sido estos últimos meses, apartados del mundo todos los que estamos aquí. Somos como un puñado de náufragos en una isla interior, rodeados de maizales, dos ríos, un pequeño hospital en construcción ya prácticamente terminado y mosquitos, pájaros extraños y noches llenas de ruidos que vienen de fuera. Hemos hecho mucho y hemos sentido mucho, por la gente de aquí y también por nosotros, encajados todos. Ahora, sentada en el porche, envuelta en esta paz y en este silencio con mi mano en la de Silvio, pienso en lo que ha de venir y me cuesta tragar porque sé que no será fácil. No, no será fácil hacer esa llamada y decir lo que toca decir, porque cuando lo haya hecho no habrá marcha atrás. Estará dicho, las cartas volverán a estar sobre la mesa y habrá un antes y también un después. El antes serán estos meses maravillosos aquí, en esta aventura. El después… quizá se tuerza y tenga que vivir en el error. Sea como sea, la decisión está tomada. Y tengo miedo, ésa es la verdad.

—¿Dónde estás, hermosa? —pregunta Silvio, presionando mi pulgar entre sus dedos para hacerme volver al porche y a la luz blanca que lo cubre todo este mediodía de finales de diciembre.

—Lejos —le respondo.

—¿Miedo a mañana?

—A equivocarme —le digo, bajando la mirada—. A que nos equivoquemos.

Sonríe y su sonrisa me tranquiliza. Hay en ella algo de la del médico experto ante el paciente asustado antes de una operación importante, y hay también cariño, mucho. Me consuela más su cariño que su experiencia.

—No tienes por qué decir nada todavía —señala manteniendo la sonrisa—. Quizá es que no estás convencida y sería mejor esperar.

No me gusta. No me gusta que diga eso y él lo sabe. Lo hemos hablado tanto, lo hemos trabajado tanto, que oírle hablar así me fastidia porque es como si fuera él el que no está convencido, como si diera un paso atrás, dejándome sola ante el peligro. Entonces me entran las dudas. «Si el médico vacila, el paciente desconfía», estoy a punto de soltarle. Pero en seguida entiendo que no habla en serio. Que Silvio no titubea.

—No —le suelto, casi cortante—. Prefiero que sea mañana. Cuanto antes lo diga, mejor. Luego, que pase lo que Dios quiera. Y si mamá se pone como una fiera, peor para ella. Ya estoy harta.

En la mirada divertida de Silvio leo que estoy enfadada con mamá antes de hora, ya lo sé, pero es que la conozco bien y sé lo que me espera. En cuanto lo suelte, llegará primero el drama, luego la comedia, y habrá que trabajar duro y no sé si tengo ganas a estas alturas de jugar a eso. O quizá es que, después de todo este tiempo, me siento desentrenada, que me da pereza tener que contentarla otra vez porque siento que todo sigue girando a su alrededor como siempre, aunque puede que lo que me fastidia sea tener que aceptar que, a pesar de todo, de mi edad y de la suya, ella sigue importándome. Que sigue siendo mi madre y que desde que me fui la tengo desatendida.

—Es difícil seguir siendo hija a los setenta, ¿eh? —dice Silvio desde su mecedora—. Es casi como si no tocara.

Eso es, sí. Buen diagnóstico, doctor. No puedo ocultarle una sonrisa.

—No —le digo con una mueca torcida—. Lo difícil es ser hija de una madre como la mía.

Él asiente con la cabeza.

—A veces la veo tan grande y ocupa tanto sitio, que lo oscurece todo —suelto casi sin querer—. Es como uno de esos árboles inmensos de raíces enormes que sólo dejan crecer a su alrededor lo que vive del agua que ellos no aprovechan pero que dan una sombra tan acogedora que es difícil no sentirte bien a su lado.

Silvio me tira de la mano.

—Ven —dice, dándose una palmada en las rodillas.

Me siento sobre sus piernas y él me abraza por la cintura.

—¿Y Menorca? —pregunta de pronto—. ¿Cómo es?

La pregunta me sorprende, aunque no debería. No es la primera vez que la hace. Le gusta oírme hablar de la isla.

—Como mamá —le digo, perdiendo la mirada en el mar amarillo de los maizales—. Pequeña, rocosa y llena de rincones.

Suelta una carcajada rasposa que me balancea sobre la mecedora contra su pecho.

—Y es mi casa —añado en un susurro en cuanto cesa la risa y llega la quietud. Luego, casi a regañadientes, me oigo decir—: Como mamá.

Silvio me acuna ahora con suavidad y en silencio sobre la madera crujiente del suelo del porche. Abajo, la aldea se prepara para la Nochebuena al borde del barranco y sobre nosotros las nubes manchan el cielo mientras el futuro se acerca con sus cambios y con todo lo que no tardará en llegar. Así, sentada sobre las piernas de Silvio y con su brazo en mi cintura, me siento sólida y arropada. Su calor me da compañía y me envuelve en cosas que no sé explicar pero que me hacen bien.

Dentro de unas horas, mi llamada cambiará este paisaje por otro y habrá que empezar a jugar con una baraja nueva. No sé las cartas que la vida me pondrá en la mano, pero el tiempo que he vivido aquí me ha enseñado que eso es lo de menos. No importan las cartas sino la mano que las maneja. A mi edad, no importan las figuras sino los palos. De reina de picas a reina de corazones a partir de mañana. Lo sé yo y lo sabe Silvio. Lo demás, no lo sabe nadie.

Aun así, estaré preparada para recibirlo. Y jugaré, pase lo que pase.

LÍA

Ya, Lía?
Ésa ha sido mamá cuando llevaba un rato encerrada en la habitación. En cuanto hemos terminado de repartir los regalos, se ha levantado y me ha pedido que la acompañara hasta aquí.

—Ahora los míos —ha refunfuñado entre dientes antes de cerrar la puerta y dejarme plantada en el pasillo. Desde entonces la he oído moverse por la habitación sin dejar de hablar consigo misma mientras en el comedor Inés, Bea y Morris seguían sentados a la mesa, charlando. Morris está más suelto y Bea más tranquila porque sabe que ya ha pasado lo que tanto temía y ha visto, como lo hemos visto las demás, que mamá y él han encajado bien y que la prueba, si la había, está superada. Entre los dos le han regalado a Inés un pequeño portátil que ella estaba a punto de comprarse y a mí un abrigo precioso de lana verde que estrenaré mañana mismo cuando vayamos con mamá a ver la Sirenita, antes de quedar con las demás en el restaurante en el que Inés ha reservado mesa para la comida de Navidad. Mamá ha recibido sus regalos como si estuviera ausente, casi sin mirarlos. Ha habido un par de momentos en que me ha tenido un poco en vilo porque me ha parecido que casi volvíamos a perderla, aunque no, ha sido una falsa alarma. Simplemente tenía la cabeza en otro sitio. Pronto he descubierto que ese otro sitio era nuestra habitación. En cuanto hemos terminado de abrir los regalos, ha dado un palmetazo en la mesa y nos ha hecho callar de golpe. Luego ha intentado levantarse.

—¡Me toca, me toca! —se ha puesto a canturrear como una niña emocionada mientras yo la ayudaba a ponerse de pie—. Que nadie se mueva —ha soltado cuando hemos llegado a la puerta del salón, volviéndose hacia la mesa y levantando en el aire un dedo amenazador—. Empieza lo bueno, jijiji.

Eso ha sido hace unos minutos. Luego ha estado farfullando cosas ahí dentro entre sospechosos intervalos de silencio. Tramaba cosas. Mamá ha seguido tramando y yo la esperaba, preparada para quién sabe qué, hasta que de pronto el silencio se ha alargado en la habitación y me han saltado todas las alarmas.

—¿Estás bien, mamá? —le he preguntado.

No ha dicho nada.

—¿Mamá?

He esperado unos segundos más hasta que por fin se ha abierto la puerta y la he visto aparecer.

—Dios mío.

Eso ha sido lo único que he sabido decir al ver lo que tenía delante. Mamá estaba plantada delante de mí, envuelta en su visón raído. Llevaba en la cabeza un gorro verde de Papá Noel y por debajo del abrigo le asomaban unos leotardos también verdes que terminaban en unas zapatillas de fieltro a cuadros por las que le asomaban los dedos de los pies. Arrastraba a su lado la pequeña maleta rosa que ella misma había preparado en casa y de la que no se ha separado prácticamente desde que llegamos. Cuando me ha visto mirarla así, se ha llevado la mano al gorro y me ha ladrado:

—¿Algún pelo en la sopa?

Apenas he podido responderle.

—Pero, mamá —me he oído decir—. ¿Se puede saber qué...?

—Es-tu-pen-da. Tu madre está es-tu-pen-da —me ha cortado con una mueca torcida—. Miss Yaya Noel, para servirla —ha añadido, abriéndose el abrigo y enseñándome una especie de maillot verde por el que le asomaba el pañal—. Y no me mires así, hija. A ver si voy a tener que dejarte sin regalo.

Antes de poder decirle nada más, ha vuelto a coger el mango de la maleta con una mano y el bastón con la otra y ha echado a andar por el pasillo hacia el salón, mientras canturreaba:

—Era Rodolfo un reno, que tenía la nariz...

Desde la puerta de nuestra habitación, la he visto alejarse por el pasillo y abrir la puerta del salón. Luego han llegado los segundos de silencio y también las risas, aunque mamá no ha dado tiempo a más.

—¡Los regalos, Lía! —me ha gritado en seguida—. ¡Vamos, hija!

Ahora sólo la pequeña lámpara que está al lado del sofá ilumina el salón. Lo demás, la luz en la que nos movemos, la dan las velas repartidas sobre la mesa del comedor, en la repisa de la chimenea y en los candelabros de pie de la galería. En el equipo de música suena la música tranquila de un laúd medieval y sentada a la cabecera de la mesa mamá se retoca el gorro verde de Papa Noel con cara de niña satisfecha.

—A ver, a ver... —dice, agachándose hacia el lado de la silla donde ha instalado la maleta abierta. Durante un instante rebusca en la maleta mientras la oímos refunfuñar cosas que no entendemos. Bea e Inés me miran con cara de desconfianza y Morris no aparta los ojos del gorro verde de mamá ni la mano de la de Bea. Cuando mamá por fin se incorpora, el gorro le cubre los ojos y sólo le vemos la punta de la nariz y una sonrisa de dientes postizos—. La madre que parió al gorro del c... —maldice, tirándose de la borla y poniendo un paquete envuelto en papel de regalo azul encima de su plato. Luego mira la tarjeta que está pegada al paquete y dice—: Esto es para... mi pequeña —anuncia, cogiendo el paquete y pasándoselo a Bea, que lo coge con una sonrisa tímida y lo deja encima de la mesa.

—Venga, venga. Ábrelo —le suelta mamá.

Bea me mira, coge el paquete y empieza a abrirlo con cuidado mientras mamá no le quita ojo. Cuando por fin retira el papel, deja a la vista una caja alargada de madera clara.

—¿Una botella de vino? —pregunta, volviéndose a mirar a mamá.

—Agh —suspira mamá, meneando la cabeza—. Pero qué vino ni qué vino. Ábrela, leche.

Bea parpadea, inspira hondo y abre el pequeño cierre metálico de la caja. Cuando levanta la tapa y mira dentro, se lleva la mano al cuello en un gesto que le conozco bien. Luego levanta la cabeza y me mira, mostrándome lo que contiene la caja.

—Son pinceles —murmura con la voz quebrada—. Los pinceles de Helena. —Se vuelve hacia mamá—. Pero, abuela...

—Seguro que está encantada de que los tengas tú, hija —le dice mamá. Inés baja la mirada y cierra la mano sobre su servilleta—. ¿Te acuerdas de que siempre decía que tú nos harías grandes a todas?

Bea no dice nada.

—Pues la jodida tenía razón, Bea, aunque tú sigas sin creértelo porque todavía no has aprendido a verte bien —sigue con voz cansada—. Pero aprenderás, ya verás como sí. Helena no se equivocaba, y yo tampoco. Así que ahí los tienes, los dedos de Helena. Esta vieja ya no los necesita y sé que contigo están en buenas manos, cariño.

Bea traga saliva y Morris vuelve a poner su mano en la de ella mientras un silencio intenso cubre la mesa y uno de los velones de la chimenea chisporrotea y se apaga. Mamá lo mira y chasquea la lengua.

—La jodida —farfulla con una sonrisa, meneando la cabeza mientras desde la calle llegan voces de gente que pasa y que se aleja. A mi lado, mamá ha vuelto a inclinarse sobre su maleta.

—Brsbrsrbrbrss —susurra entre dientes hasta que saca un paquete cuadrado envuelto en papel dorado con un lazo negro que sostiene en alto durante un instante mientras me mira de reojo. Luego lo tiende hacia mí y se aparta la borla de la cara—. Para ti, hija.

El papel esconde una urna de cristal. Dentro, sujeta a la base con una delicada estructura de acero, hay una roca negra y porosa, y encima de la roca una pequeña bandera blanca con el poste de oro. Pegada con celo a la tapa de la urna, una pequeña nota escrita con la letra torcida y flaca de mamá. «¿Seguro que me perdonas?», dice la nota.

Tardo unos segundos en entender, pero cuando por fin descifro lo que tengo en las manos y miro a mamá, me encuentro con sus ojos brillantes estudiándome desde debajo del gorro y no puedo disimular una sonrisa.

—¿Qué es, mamá? —pregunta Bea desde su sitio.

—No seas chafardera, niña —la corta mamá—. A ver si ahora resulta que voy a tener que quitarte los pinceles —le suelta, antes de volverse a mirarme.

Es una piedra de la isla del Aire. Por el color y la textura en seguida reconozco que es un trozo de una de las rocas que rodean la base del faro y recuerdo que mamá la tenía en la mano las horas que pasé allí con ella la noche que Bea se marchó, las dos solas. Fueron horas largas y difíciles porque mamá tenía un plan y yo llegué para estropeárselo. Y también fueron horas de muchos silencios que ni ella ni yo hemos compartido con nadie. Esa noche ha quedado entre nosotras como un secreto. Desde que volvimos a casa, ninguna ha vuelto a hablar de lo que pasó. Ni una palabra. Hasta esta mañana en el avión yo creía que ella no me había perdonado y que de ahí venía su mal humor y sus malas respuestas. Ahora vuelve a pedirme perdón y sé que lo dice de corazón aunque lo haga así, con esta bandera blanca clavada en la roca. Viéndola sentada a mi lado, disfrazada de vieja loca con su gorro, el visón despeluchado y la maleta a los pies, respiro hondo porque vuelvo a verla como la he visto siempre. Es mamá: difícil y generosa, complicada y simple. Completa. Me pregunta si de verdad la perdono como si pudiera decirle que no, como si alguna vez le hubiera dicho que no.

Le aprieto la mano con la mía y le digo al oído:

—Claro, mamá.

Ella estira el cuello y se gira hacia Bea.

—Es piedra pómez —le suelta, arqueando una ceja—. Para los juanetes y las cascarrias.

Morris mira a mamá con cara de no entender.

—Cascarrias —le explica la abuela, torciendo el morro—. La mugre esa que se nos mete a las viejas entre los dedos de los pies.

Morris mira a Bea, que me mira a su vez, mientras mamá me da un pellizco cariñoso en la mano y vuelve a inclinarse sobre la maleta. Un instante después estira el brazo por encima de la mesa y lo agita en el aire, gritando:

—¡Y éste es para...! —anuncia, asomando la cabeza—. ¡Monchis!

Morris se echa a reír. Mamá apoya la espalda contra el respaldo de la silla y le guiña el ojo. Luego se vuelve a mirarme.

—Ay, el junquillo cómo se ríe —me dice en voz baja como si estuviéramos solas y nadie nos oyera—. Si es que no parece chino.

Ahora nos reímos todos y ella sonríe, encantada, recorriéndonos con la mirada. A mamá le encanta ver que quienes estamos a su alrededor disfrutamos con ella y también le encanta hacérnoslo saber siempre que puede. «Una actriz agradecida. Mala pero agradecida», así la definía Helena y así es mamá, sin duda.

—¡Ábrelo, Junquis! —le chilla a Morris, agitando una mano sobre la mesa y tumbando la botella vacía de champán, que rueda un poco, goteando sobre el mantel. Morris intenta despegar con cuidado las tiras de celo del papel de regalo y mamá no tiene paciencia. Está ansiosa por verle descubrir lo que le tiene reservado, pero él sigue empeñado en no dañar el papel y ahora lo intenta con un cuchillo de postre. Mamá suelta un rugido y cierra la mano sobre la servilleta—. ¡Rompe el jod..., el papel de una vez, coñe! —suelta por fin, quitándose de la boca unos pelos del visón con cara de asco y estampando la mano contra la mesa.

—Abuela, haz el favor —la regaña Inés, que está sentada a su izquierda—. Deja que lo abra como quiera, ¿no?

—Como quiera, como quiera... —farfulla mamá, bajando la mirada con voz de niña ofendida. Luego pone las dos manos sobre la mesa y empieza a dar golpes mientras se pone a cantar—: ¡Que lo abra, que lo abra, que lo abra...!

Por fin, Morris consigue despegar el papel y se queda con el regalo en las manos, todavía semienvuelto en celofán.

—¿Qué es? —dice Bea, inclinándose sobre él para verlo. Morris sigue con los ojos clavados en el regalo. Desde mi sitio, lo único que alcanzo a ver es una especie de libro fino de color marrón, aunque no pondría la mano en el fuego. Por fin, Morris se lo enseña.

—¿Es un libro? —pregunta Inés.

Mamá arquea una ceja, pero no dice nada.

—Sí —responde Morris, sin apartar los ojos del regalo. Está sorprendido, o puede que extrañado—. Una edición inglesa de *La edad de la inocencia* —explica como si pensara en voz alta mientras nos muestra la cubierta de cuero marrón con incrustaciones doradas. Luego vuelve a poner el libro encima del papel, lo abre y pasa un par de páginas, totalmente concentrado—. ¡Mil novecientos treinta y seis! —murmura, incrédulo—. Pero esto es...

—Un regalito de bienvenida a la familia, Junquis —le interrumpe mamá con una sonrisa pícara que no augura nada bueno. Él no lo sabe, claro. Nosotras sí.

—¿*La edad de la inocencia*? —pregunta Bea, sin apartar los ojos del libro—. ¿Por qué, abuela?

Mamá se lleva la mano al gorro y me mira de reojo antes de responder.

—Porque es la mía, hija —dice con voz cansada—. Después de los noventa, se acaba la tercera edad y empieza esta otra, la de la inocencia. Entonces nos hacemos pis encima, decimos y hacemos lo que nos da la gana y si hay que tirar a dar, pues tiramos a dar. Como los niños: caca, pis y puntería. —Se vuelve a mirar a Morris—. ¿Qué dice la postal que lleva dentro?

Él la mira sin comprender. Luego hojea el libro otra vez hasta que da con la postal que mamá ha intercalado entre las páginas. La saca y se la queda mirando con una sonrisa.

—¿A ver? —salta Inés, tendiendo una mano. Morris se la da, pasándola por delante de Bea, y en cuanto la ve, Inés se echa a reír y se vuelve a mirar a mamá—. Pero, abuela..., ¿cómo se te ha ocurrido?

Mamá chasquea la lengua y pone los ojos en blanco, totalmente encantada con la atención. Entonces Inés me pasa la postal. La imagen es la del personaje de Yoda de *La guerra de las galaxias* en un fotograma de la película. Tiene el dedo en alto y las orejas verdes de punta, pero en vez de su cara, es la de mamá la que mira a cámara desde el páramo oscuro del fotograma. De la boca le sale uno de esos bocadillos de tebeo en el que pone: «Que la fuerza te acompañe, chaval».

No entiendo el mensaje y creo que Morris tampoco. Mamá se da cuenta y tuerce el gesto.

—La edición es de 1936 porque ése fue el año en que me casé —suelta entre dientes, clavando en Morris una mirada que él recibe sin un solo parpadeo—. Entonces empezó lo peor porque empecé a ser lo que ves ahora pero en joven. Perdí la inocencia y gané muy poco a cambio, pero lo poco que gané lo tienes aquí delante, en esta mesa —dice, con la mano cerrada en la servilleta—. Son estas mujeres y la que falta esta noche porque se ha hecho voluntaria de no sé qué para ayudar a no sé quién y así dejar de ayudarse a sí misma. Y entre estas mujeres está Bea, curiosamente la más inocente. Yo era así también. Tuve que aprender a no serlo a base de lo que la vida me ha dado, y sobre todo de lo que me ha quitado. Por ellas lo he dado y lo daría todo, y ellas lo saben. Y si tengo que matar, mato, y te aseguro que no me temblará el pulso porque no hay peor cárcel para una vieja de mi edad que ver sufrir a los suyos.

Hace una pausa para tragar. Es una pausa que aprovechamos los demás para respirar porque sabemos que hay más mientras desde el cuarto que hoy comparten Inés y Bea nos llega el balbuceo feliz de Gala. Morris sigue sin apartar los ojos de mamá.

—Sí, hijo —continúa ella—. En 1936 empecé a hacerme vieja con un hombre que no sabía verme porque no daba para más, que sólo ofrecía compañía y no siempre buena. De ahí la fecha de la edición. Para mí fue un año importante y quiero que lo sea también para ti el tiempo que mi Bea esté contigo. Mírala bien, acompáñala bien y pórtate bien con ella, porque como yo me entere de que deja de ser inocente por tu culpa —dice, cogiendo la postal y sujetándola en el aire como si Morris fuera un vampiro y la postal un crucifijo—, ya puedes ir rezando en chino para «que la fuerza te acompañe», porque dejarás de ser Junco Que No Se Rompe y te convertirás en Chino Ahorcado Con Pañal Y Vieja Al Fondo. Así que tú mismo.

No decimos nada durante unos segundos. Mamá se limpia la boca con la servilleta y aprovecha para recuperar el aliento y tomar un par de sorbos de la tisana que le he preparado con el Orfidal. Luego me mira, me tiende la mano y sonríe.

—Estoy muerta, hija —dice con la voz cansada—. Esta vieja necesita dormir.

Me levanto y la ayudo a ponerse en pie. Luego, mientras nos acercamos despacio a la puerta, ella se vuelve a mirar a Inés y le dice:

—No te importa que te dé el tuyo mañana, ¿verdad, cariño?

Inés le sonríe.

—No, abuela. No te preocupes —responde Inés—. Mañana o cuando sea.

Mamá se vuelve hacia el pasillo y seguimos caminando las dos, dejando a nuestra espalda la oscuridad salpicada del resplandor de las velas del salón y las voces de Morris, Inés y Bea, que vuelven a llenar el silencio de esta noche. Cuando pasamos por delante de la cocina, mamá apoya contra el marco de la puerta la mano en la que lleva el bastón y vuelve a pararse.

—¿Pasa algo, mamá?

Ella no me mira. Chasquea la lengua y me dice con una mueca entre triste y torcida que no sé cómo interpretar:

—Pobrecilla. Qué poco imagina esta niña lo que le espera.

INÉS

El reloj de la iglesia da las tres y la campana repica como una voz sola al otro lado de la calle, en la esquina que toca con el lago. Es una iglesia alta y estrecha como un crucifijo, con un campanario exageradamente estilizado coronado por una estructura de cobre verde. Al otro lado de la cristalera todo duerme: las calles, el lago, lo que es humano y lo que no. Copenhague es así, duerme cuando hay que dormir, trabaja cuando el trabajo apremia y deja vivir a los que vivimos como yo, sin mezclarnos con nada, sin ganas de ser vistos. Es fácil esta ciudad para quien busca un rincón donde se respete su dolor. «Si no quieres preguntas, ven a Copenhague», dice una de las postales que tengo pegadas a la nevera con un imán. En la postal aparece un montaje de la Sirenita mutilada junto a un grupo de indigentes que piden delante del palacio real y un par de turistas desnudos tomando el sol en la cubierta de un velero. Esto es así y desde que llegué me he sentido aquí como pez en el agua: sola con mis cosas, no molestada. Luego llegaron Bea y Gala y todo pareció querer cambiar, pero supimos entendernos a tiempo y con ellas aquí lo fácil se ha hecho agradable.

Pero esto se acaba para mí. Al oeste, Toronto y lo desconocido; al sur, Menorca y lo que quise dejar atrás cuando me marché. «Decidir es prescindir», suelta de vez en cuando tía Flavia cuando hablamos por teléfono y yo no me canso de repetirle que me alegro de que las cosas le vayan bien en su aventura particular, que la admiro por valiente. «Decidí, Inés», me dice. «No hay nada que admirar. Después de tantos años, la vida me ha enseñado que las cosas siempre salen bien cuando eres tú la que decide, porque decidir ya es hacerlo bien. No tiene más misterio». Son palabras muy de tía Flavia y también muy de Helena. Es curioso cómo con el tiempo las voces de las dos han ido ocupando el mismo espacio, la una desde lo que dejó y la otra desde lo que ha ido ganándole a la vida; es casi como si tía Flavia hubiera absorbido la sombra de Helena, como si la hubiera heredado.

Sé que tiene razón y que decidir es hacerlo bien y también es prescindir, pero eso no me ayuda. La vida, la mía, tiene que cambiar y no sé hacia dónde porque tampoco sé para lo que estoy preparada. Sólo sé que estar aquí, sola y en este silencio nocturno, me hace bien. Las noches en la galería me dan un espacio tranquilo en el que puedo ser yo: yo con mis cosas, yo con lo que traje aquí conmigo. Tristán y yo. Lo que no pudo ser.

Vengo aquí a hablar con él. Cuando todo calla, él se sienta en el sofá a mi lado con su Lego y la Play sobre las rodillas y yo le hablo en voz baja y le cuento cosas: de mi día, de lo que he visto, de lo que pienso. Yo sé que él me escucha, que está, pero también sé que sólo podemos vernos aquí y así, cuando todo lo demás duerme y nadie nos mira. Mi niño y yo seguimos dándonos tiempo. Sin estas horas con él, hace meses que me habría vuelto loca.

Perdida como todas las noches en lo que los cristales mantienen al otro lado, tardo unos segundos en darme cuenta de que la paz de esta madrugada de Navidad contiene algo que hasta ahora no han tenido las demás. Es una sombra extraña y difusa que me llega desde atrás y cuyo calor siento en la nuca antes incluso de darle nombre. Mi silencio está compartido en la galería, eso es lo que es. Por un momento, contengo la respiración y cierro los ojos. «Pasará», pienso. «No es nada». Sin embargo, cuando los abro la sombra se ha hecho real y lo que debía no ser nada es una mano sobre mi brazo, tan ligera y tan poca mano que cuando levanto los ojos y veo a la abuela a mi lado, no me fío de que lo que veo sea verdad y vuelvo a bajar la mirada.

—Pequeña —susurra, apretándome el brazo. Luego me pasa la mano por el pelo y se inclina sobre mí para darme un beso en la cabeza.

Es real. Es la abuela y está aquí.

—¿Qué haces levantada a estas horas? —pregunta, dejando un paquete encima de la mesilla y sentándose a mi lado en el sofá con un gruñido.

—¿Y tú, abuela? —le respondo, devolviéndole el susurro. Hay fastidio en el mío, fastidio por tener que compartir esto, porque ya no hay paz.

—Hacer guardia —contesta—. ¿Qué, si no?

La abuela no descansa. No lo ha hecho nunca y me siento idiota por haber imaginado que las cosas habrían podido cambiar. No, las cosas no cambian, y la gente tampoco. Nos quedamos calladas durante unos segundos, sin saber qué decir, hasta que ella coge el paquete que ha dejado en la mesilla y me lo da.

—Toma. Tu regalo. —Cuando lo cojo, ella tuerce la boca y añade—: Bueno, en realidad son dos, pero uno ya poco te va a servir.

—¿Por qué?

—Porque son unas cortinas.

—¿Unas cortinas?

—Sí, para que no te vean las tetas desde la calle esos guarros.

Me río a pesar de mí. Unas cortinas. Qué propio de la abuela. Ella me sonríe, vuelve a ponerme la mano en el brazo y suelta un suspiro fingido.

—Aunque, bueno…, siempre podrá aprovecharlas Bea —dice, como si pensara en voz alta, lanzándome una mirada de reojo. El mensaje me llega sin filtro y yo no disimulo. Sé que con ella sería perder el tiempo.

—¿Así que ya lo sabes?

Se arrebuja en el abrigo y se acurruca un poco contra mí.

—Me lo ha dicho tu madre.

Mamá. Claro.

—¿Y?

No dice nada. Noto el peso de las cortinas sobre mis rodillas. «Para que esos guarros no te vean las tetas», ha dicho. La campana de la iglesia da el cuarto.

—En Toronto tiene que hacer un frío de perros —refunfuña por fin. Luego murmura algo que no entiendo porque el cuello del abrigo le tapa la boca y al oírla así me acuerdo de la conversación que he tenido esta tarde con mamá en el lago y de lo preocupada que la he visto por la abuela.

—Mamá dice que rezas, abuela.

Se separa bruscamente de mí y estira el cuello hacia atrás para mirarme desde lejos.

—¿Rezar? ¿Yo? Jijiji. Tu madre está gagá.

—Eso me parecía.

—¿Que está gagá?

—No. Que es imposible eso de que reces.

Vuelve a arrebujarse en el abrigo.

—Yo no rezo, hija —suelta en un susurro amargo—. Yo hablo.

Es una confesión, una de esas raras confesiones que hace la abuela y que llegan acompañadas de más cosas.

—¿Hablas?

—Sí.

—¿Con quién?

Se quita un puñado de pelos de visón de la boca y luego escupe los que le quedan con cara de asco.

—Con quién va a ser. —Me vuelvo a mirarla y ella clava sus ojos en los míos. Brillan con la poca luz que absorben de la calle—. Con mis muertos.

No sé qué decir.

—Pero no con todos. A mi edad, si tuviera que hablar con todos, ya me habría vuelto majara —dice, acercándome la boca a la oreja—. Sólo con los buenos. Con los que me siento bien.

De repente no estoy cómoda. El aliento caliente de la abuela en la oreja y su mano en mi brazo me ponen en guardia. No me gusta lo que dice porque algo me avisa de que quiere decir más cosas y no sé si quiero oírlas. Así no. Esta noche no.

—Con Helena —suelta, separándose de mí y llevándose la mano al cuello del abrigo antes de bajar la cabeza—. Y con Tristán.

De pronto, el nombre de Tristán en su boca me cierra entera, tensándome los dedos de los pies. «No hables así», estoy a punto de decirle. «No hables así de él. Que nadie hable de él porque es mío. Nadie. Ni siquiera tú».

—Como lo haces tú —suelta sin mirarme—. Como todas las madres con sus hijos muertos, las abuelas con los nietos que han perdido y las bisabuelas con los hijos de sus nietas —dice, girando la cabeza despacio y clavando los ojos en la cristalera—. Como todas, hija. Si no, nos habríamos vuelto locas. ¿O qué te creías? ¿Que eras la única?

—No, abuela. No creo nada.

—Ése es el problema, hija. Que no crees nada.

—No es verdad. El problema no es que no crea nada, sino que ya no me queda nada en lo que creer.

—No hables así.

Su tono, aunque susurrado, me calla. A veces la abuela es casi violenta. Cuando dice según qué cosas, sentimos sus palabras encima como un golpe. Físico.

Al ver que no digo nada más, me pone la mano en la rodilla y vuelve a darme un ligero apretón con sus dedos huesudos que quiere ser cariñoso pero que yo recibo torcido.

—¿Qué vas a hacer? —pregunta. Es una pregunta seca, de esas que nos cuesta hacer porque muy a menudo son el principio de una respuesta dolorosa. Una pregunta valiente.

—No lo sé.

Suelta un suspiro por la nariz.

—¿Quieres un consejo?

Sé cuál va a ser el consejo y también que, quiera o no, voy a tener que oírlo, así que no le respondo. Si pudiera hablar, le diría que no.

—Vete a Toronto —dice, sin apartar la mano de mi rodilla. Cuando me vuelvo a mirarla y la veo sonreír como lo hace entiendo que me ve sorprendida y huelo a trampa, pero ya es tarde porque, a pesar de los años que nos lleva a todas, con ella suele serlo siempre—. Dicen que es una ciudad ideal para dejarse morir —añade—. Y eso, por lo que veo, es lo que tú buscas. Así que no lo pienses más: haz las maletas y lárgate a seguir sufriendo allí para que no te veamos más y puedas morirte a gusto, sola como un perro.

Aquí llega la abuela. Supongo que en el fondo la esperaba porque no me sorprenden ni el tono ni el mensaje.

«Vete», dice. «Si quieres morirte de una vez, lárgate y hazlo lejos para que por lo menos nosotras no lo veamos».

—Puede que eso es lo que haga —le respondo con voz tranquila. No le miento y lo sabe. Ahora es ella la sorprendida.

—Mírame, Inés.

Tardo unos segundos en volverme a mirarla. Lo hago sólo cuando noto su dedo en la barbilla tirando de mí, obligándome a girar la cabeza.

—¿Sabes por qué quiero que vuelvas a casa? —pregunta sin separar el dedo de mi barbilla. Le brillan tanto los ojos que veo reflejada en ellos la cristalera y la poca luz que sube de la calle—. Porque me queda muy poco en este mundo y no quiero morirme pensando que dejo a mi nieta mediana viviendo de prestado, lejos de lo que es suyo —susurra, cerrando la mano sobre mi barbilla—. Y porque cuando me encuentre ahí arriba con Tristán quiero hablarle bien de su madre y si no vuelves no podré porque tendré que mentirle.

Siento su mano en la barbilla y siento también un nudo en la garganta que me hace tragar sal. Quiero pedirle que no siga, que se levante y que se vaya, que me deje como antes de que ella apareciera. Quiero que vuelva la paz y recuperar mi espacio, mi salón, mi cristalera y mi oscuridad, pero no me sale la voz.

—Vuelve y que duela de verdad, hija, porque lo que tú tienes ahora no es dolor. Es miedo, miedo a que deje de doler y tengas que imaginarte la vida sin esto.

Vuelvo a tragar saliva y tengo que apretar los dientes para no bajar la guardia y dejar que la abuela me vea como sólo dejo que lo haga Tristán. Pero me cuesta. No es fácil aguantar delante de ella, sobre todo cuando tira a dar.

—Tú crees que si sigues adelante y aprendes a vivir otra vez le darás la espalda a tu hijo y dejarás de ser madre

—continúa, levantando un poco la voz—. Pero te equivocas, Inés. Las madres no dejamos de serlo nunca, aunque tengamos la mala suerte de sobrevivir a nuestros hijos. Tú serás la madre de Tristán hasta que te mueras y vuelvas a verle, así que, mientras tanto, aprovecha lo que tienes y sal adelante porque, si no, no tendrás nada que contarle y eso será muy triste.

Sal. Es sal y agua en la saliva y también en los ojos. Los cierro para que no salga, apretándolos fuerte mientras siento la mano de la abuela en la mejilla y luego su boca seca en mi frente.

—Vuelve, Inés. Tu madre y yo estaremos contigo —vibra su boca contra mí—. Y Tristán también.

Ahora la humedad me resbala por las mejillas y la mano de la abuela la recoge con los dedos. Y siento vergüenza por estar cediendo así y porque sé que esto, esta noche, no es casual. La abuela venía preparada, no sé por qué pero lo sé. Ha venido a buscarme.

—Aunque sea por un tiempo —susurra de nuevo sin apartar la boca de mi frente—. Un par de meses, lo que tú quieras. Hasta que en el periódico te ofrezcan otra cosa. Y si no funciona, si lo intentas y no puedes, yo misma te mandaré a Marte en uno de esos cohetes que les montan a los turistas chiflados para que estés lo más lejos posible de esta vieja carcamal y de la santurrona de tu madre. Te lo juro —añade, separando su cara de la mía y mirándome muy seria a los ojos.

Estoy cansada y ella lo sabe: cansada de tantas cosas que mi respuesta es la que me dictan el cansancio y las ganas de rendirme un poco a quienes me rodean. La abuela y mamá me echan de menos y, aunque desde que me marché nunca he recibido de ellas un solo reproche por haberlas mantenido lejos de todo lo que es mío, sé que viven mal no tenerme porque creen que con ellas estaría mejor, más cuidada. Probablemente tengan razón, en eso y en otras muchas cosas que no me dicen.

—Lo pensaré, abuela.

No baja los ojos. Me pasa el pulgar por la mejilla y arquea levemente una ceja.

—¿Eso es que sí?

«Sí, seguramente será que sí», pienso, pero necesito quedarme sola para que mi corazón lo entienda ahora que mi cabeza ya ha decidido. «Necesito que te vayas, abuela», quiero decirle, «saber que soy yo la que decide, y no tú». En vez de eso, le devuelvo la mirada y me oigo decir:

—Tendré que hablarlo con Tristán.

Detiene el dedo sobre mi piel, ladea la cabeza y me sonríe.

—Entonces no hay nada que hablar —dice, arrugando la boca—. Ya lo sabe. De hecho, ha sido idea de él.

Más sal y agua en la garganta. De pronto imagino a la abuela y a Tristán como los vi la última noche que pasamos juntos los tres en el hospital, ella sentada a los pies de la cama y él viviendo sus últimas horas entre tubos y cables, carcomido por la poca vida que le quedaba. Fue una noche espesa de agosto en una ciudad a la que no he podido volver. Fue el final y la abuela lo vivió conmigo, arropándome contra todo.

—¿Le echas mucho de menos, abuela?

Ella baja la mirada un par de segundos. Cuando vuelve a mirarme, tiene los ojos aún más brillantes, casi luminosos.

—¿La verdad?
—Sí.
—No, niña. Nada. No le echo nada de menos.
—¿No?

Niega con la cabeza y chasquea la lengua antes de hablar.

—¿Cómo quieres que eche de menos a alguien que está siempre conmigo? —dice con un susurro ronco, volviendo la mirada hacia la ventana—. Echo de menos no verle crecer, eso sí. Y también no poder achucharle a todas horas y oírle reír —añade con una sonrisa tranquila—. Pero no, cariño. Es a ti a quien echo de menos. A mi nieta mediana, la difícil, la que no se deja tocar porque le da miedo que la rompan otra vez. Eres tú la que está ausente, no él.

No digo nada porque aunque quisiera no me saldría una palabra. Ella se aparta despacio, vuelve a sentarse a mi lado, se arrebuja en el visón y nos quedamos así las dos durante unos minutos hasta que el reloj de la iglesia da las cuatro y la abuela suelta un suspiro cansado.

—¿Se lo has dicho ya a tu hermana? —pregunta de pronto con un nuevo susurro.

—Todavía no.

Otro suspiro.

—Pues deberías.

—Ya lo sé.

—Y también deberías dejar de sentirte culpable con ella. No es un buen momento para cargar con más culpas, hija. Para ti no.

—Ya, abuela. Es muy fácil decirlo, pero cuando te toca a ti la cosa cambia. Bea está tan bien aquí, hacía tanto tiempo que no la veía tan feliz y tan... mayor, que no sé si me perdonaré estropeárselo justo ahora. Tiene su trabajo en la academia, tiene a Morris, no sé..., por fin las cosas le van de cara y de repente tengo la sensación de estar dándole una puñalada por la espalda con todo esto.

Se pone las manos sobre las rodillas y tarda un poco en hablar.

—La vida no es fácil, hija —dice—. Nadie dijo nunca que lo fuera. Y cada una tiene que vivir la suya. Tú aquí ya has terminado y ahora le toca a tu hermana decidir qué hacer. No hay más. Aquí hemos venido a jugar y jugamos todas, unas mejor y otras peor, pero de jugar no se libra nadie.

De pronto siento un pinchazo en el cuello que me sube por la cabeza casi hasta la mejilla y me encojo un poco contra el respaldo del sofá, aunque es más un eco de dolor que dolor en sí. El Diazepam funciona bien y mis vértebras lo agradecen.

—Creo que si Bea vuelve a casa se equivocará —digo, masajeándome despacio la clavícula—. Y que muy pronto se arrepentirá. Y también creo que eso es lo que decidirá en cuanto le diga que me voy porque se asustará. —Cuando me toco la base del cuello noto un segundo pinchazo, este más intenso—. No, no debería volver.

La abuela me mira con cara de incredulidad y parpadea en un gesto familiar.

—¿Volver? —pregunta con cara de no entender. Luego saca el aire por la nariz, pone los ojos en blanco y suelta una risilla—. Ay, hija, tú es que llevas demasiado tiempo viviendo apartada del género humano. Aunque, la verdad, no creas que te culpo —dice, cerrándose el cuello del abrigo con un exagerado gesto de actriz antes de añadir—: Mira, tú ocúpate de decirle que te vas, y hazlo pronto. Si puede ser mañana por la mañana, mejor. Eso, aprovecha mientras voy con tu madre a visitar la sirena enana esa. De lo demás ya me encargo yo.

De pronto la siento tan activa y tan acelerada, sentada a mi lado con su visón despeluchado y con los dedos de los pies asomándole por las pantuflas, que no puedo disimular una sonrisa. Es como un general retirado ante una pequeña batalla doméstica. Está vieja la abuela, pero no descansa.

—No descansas nunca, ¿eh, abuela?

Suelta una risilla seca, se apoya en el bastón e intenta levantarse entre un chorro de jadeos y de maldiciones a media voz, pero no lo consigue a la primera. A la segunda sí.

—No sé por qué te sorprendes, niña —farfulla ladeando la cabeza—. Si es que con vosotras no hay manera de relajarse un poco, coñe —suelta, dándome un pequeño golpe con el bastón en la pierna—. Bueno, lo dicho: deja de preocuparte por tu hermana y preocúpate de lo tuyo, que bastante tienes. De ella ya me encargo yo. —Se calla de golpe y se toca la barbilla durante unos segundos como un viejo sabio—. Mmmm, sí. Haremos una cosa: por la tarde, antes de que nos llevéis al aeropuerto, quiero que te lleves a tu madre a dar un paseo. No hace falta que sea muy largo porque tu hermana no es como tú: da mucho menos trabajo, la verdad. Con media hora será suficiente —dice con una sonrisa cansada. Luego arquea una ceja y vuelve el general retirado—. ¿Estamos o no estamos?

—Sí, abuela. No te preocupes.

—Así me gusta —me escupe con la boca torcida—. Y ahora esta vieja pelleja se va a la cama porque mañana me espera trabajo —anuncia, dándome la espalda y alejándose hacia la puerta mientras la oigo farfullar algo que no entiendo—. Ah, otra cosa —dice sin volverse y alzando un poco demasiado la voz—. El segundo regalo lo encontrarás metido entre las cortinas, pero tienes que prometerme que no lo abrirás hasta que tu madre y yo nos hayamos ido y que lo harás con Bea, las dos juntas, ¿de acuerdo?

—Claro, abuela —le contesto.

—No, claro, no. Prométemelo.

—Que sí.

—Vale.

—Oye.

—¿Qué?
—Gracias —le digo—. Por todo.

Ella sigue sin moverse durante unos instantes hasta que la campana de la iglesia vuelve a dar el cuarto desde la oscuridad de la calle. Su figura quieta parece escuchar u oír algo que yo no registro y que de pronto capta toda su atención, absorbiéndola entera. O quizá espera. Puede que a mí.

—Y por los regalos —le digo a su espalda—. También por los regalos.

Ella sigue sin moverse durante unos segundos más y por fin la oigo decir mientras vuelve a alejarse en dirección a la puerta:

—Ay, hija. No deberías dar nunca las gracias por un regalo que todavía no has abierto. Puedes llevarte tantas sorpresas…

LIBRO SÉPTIMO

La reina de corazones

LÍA

Menuda estafa, hija —suelta mamá a mi lado con cara de asco—. ¿Y ésta es la famosa Sirenita? Pues vaya mierda. No entiendo por qué en las postales la ponen tan grande si es más enana que yo. Seguro que la han cambiado.

Estamos sentadas en un banco del paseo que bordea el agua. La estatua reposa a pocos metros de nosotras sobre las dos rocas que la sostienen, y el ir y venir de barcos es constante, casi tanto como el de los autobuses que cargan y descargan turistas en un vaivén de gente, gritos y fotos que tiene a mamá al borde del colapso. El banco es tan alto que le cuelgan los pies.

—Y encima enseña las tetas, la muy sucia —refunfuña, señalando a la estatua con el mentón—. ¿Lo ves? A estas danesas les encanta enseñar las cosas, ya te lo había dicho.

Está de mal humor. Mamá vuelve a ser la de los últimos meses, torcida y rabiando sin parar desde que hemos salido de casa de Inés. Cuando le he preguntado que qué le pasaba, me ha dicho que ha dormido mal y no sé qué del trabajo que le damos todas. Luego ha subido al taxi, se ha santiguado un par de veces y se ha pasado todo el trayecto rezando por lo bajo con la mirada en la ventanilla.

—A mí la que me gustaba era la bruja del cuento —dice de pronto, balanceando la pierna sobre el suelo—. Bueno, más la de la película. ¿Cómo se llamaba?

—Úrsula, mamá.

—¡Sí, sí! ¡Úrsula! ¡La pulpa! Con esos ojos y esas patas…, a Tristán le encantaba. Pústula, la llamaba. No sabes cómo nos reíamos cuando aparecía y se ponía a cantar con esa voz de putón.

Pústula, dice. Sonrío en cuanto la recuerdo riéndose con Tristán, tan cómplices los dos. Qué extraño que dos seres tan lejanos en el tiempo, uno tan niño y la otra tan anciana, pudieran encontrarse en el humor y disfrutaran tanto riéndose juntos. Qué extraña es la vida a veces. Y qué hermosa.

—Pero ésta era una mema —ladra mamá apuntando a la Sirenita con el bastón—. Y el príncipe ni te cuento. Vaya par. ¿Se puede saber quién es el idiota que se traga que un príncipe se enamore de una Barbie con cola de atún y nombre de detergente? Menudo camelo.

—Es un cuento, mamá. Hay que tomárselo como eso.

—Un cuento chino es lo que es —explota—. Y una estafa. Además, tiene boca de mamona de esas de revista sucia. Pero si no hay más que verla.

Ahora un autobús se ha parado justo detrás de nosotras y abre las puertas, descargando un montón de turistas que nos rodean entre gritos y risas. Son españoles. En cuanto los ve, mamá arruga el morro y arquea una ceja.

—Vaya, lo que nos faltaba.

Durante unos minutos, el grupo se asoma a ver la estatua. Algunos le sacan fotos. No pasa mucho rato hasta que una chica les indica en un castellano perfecto que la sigan y todos van tras ella, despejando la barandilla. Todos menos cuatro. Son dos parejas de mediana edad. Ellos van de sport —vaqueros, náuticos, plumas azul marino y sombrero Burberry— y ellas muy arregladas, las dos con un par de visones inmensos hasta los pies y teñidas de ese rubio que mamá odia desde siempre.

—Qué cucada —dice una de las señoras a su marido, señalando a la estatua. Luego se vuelve hacia la otra—. Ay, Emilia, y yo que creía que era de oro. Qué boba.

La otra la mira con cara de sorpresa y se lleva la mano al pelo, intentando protegerlo de la brisa que sopla desde el agua.

—Pero, tesoro, ésta no es la de verdad. La de verdad está en el palacio ese que no sé cómo se llama. El de los jardines recortados. Imagínate tú lo que iba a durar aquí con la de mangantes que hay en este país de bárbaros —dice, ajustándose el pendiente.

—Hija, qué quieres que te diga. Viéndola así, me gusta mucho más la que ha puesto Alicia en el jardín de la casa de la playa. Es como más... colorida.

—Claro, tontina. Es que es de Lladró.

Mamá las mira en silencio mientras va dando pequeños golpecitos al suelo con el bastón hasta que los dos hombres echan a caminar por el paseo siguiendo al grupo y ellas vienen riéndose hacia nosotras y se sientan a su lado en el banco.

—Hija —murmura mamá de pronto, apretando los dientes—. Creo que hoy es mi día de suerte.

—No empieces, mamá. Haz el favor.

En cuanto nos oyen hablar, las dos mujeres se vuelven hacia nosotras.

—¿Españolas? —pregunta encantada la más alta, quitándose el pañuelo que lleva al cuello y desplegándolo sobre sus rodillas para volver a doblarlo. Es un diseño lleno de herraduras doradas sobre un fondo azul del que mamá se ha quedado prendada.

—Sí —respondo con una sonrisa educada.

—Más o menos —escupe mamá, hundiendo la boca en el cuello del abrigo.

—Qué casualidad, ¿verdad, Emilia? —dice la otra, dirigiéndose a la primera.

—No, señora. Casualidad, no —le suelta mamá—. Sólo mala suerte.

La señora parpadea sin entender y pasa el comentario por alto.

—Yo soy Emilia y ésta es mi amiga Clarisa. Encantadas —anuncia con una sonrisa de dientes blanquísimos.

Mamá chasquea la lengua.

—Ésta es mi hija Lía —le contesta, señalándome con la barbilla—. Lía, de lianta. Y yo soy Úrsula —añade, mirándome de reojo—. El gusto es de… vaya usted a saber de quién.

Las dos mujeres apoyan la espalda contra el respaldo del banco y durante unos instantes ninguna de las cuatro decimos nada.

—Nosotros venimos de Santander.

Sigue el silencio.

—¿Y ustedes?

—De Menorca —dice mamá, ajustándose el gorro y señalándome con la cabeza—. Somos profesoras de taichí. Bueno, en realidad la profesora es ella —añade, señalándome—. Yo soy repartidora. —Se inclina despacio a mirar a las dos mujeres y luego clava los ojos en la Sirenita—. De malas noticias.

Las dos señoras se miran y la que está más cerca de mamá suelta una risilla estridente.

—Mamá…

—Ay, la abuelita —dice la tal Clarisa—. Pero qué chistosa.

Luego adelanta la cabeza y me mira con cara de complicidad.

—¿Es su madre?

—Sí.

—Ya —dice entonces, arrugando los labios y dedicándome un parpadeo compasivo. Mamá vuelve a inclinarse hacia delante para mirar a la otra.

—¿Sus maridos saben que están liadas? —le pregunta con una sonrisa espantosa, imitando la voz de la primera. La señora parpadea sin saber qué decir—. Ya, normal. Pero no se preocupe. Si quiere que le diga la verdad, las entiendo. Yo siempre le digo a mi hija que si volviera a nacer me gustaría ser lesbiana.

Las dos mujeres encajan el comentario como buenamente pueden, aunque tardan demasiado y mamá está lanzada.

—Tiene unas buenas peras, ¿eh? —dice, girando la cabeza hacia la estatua.

La vecina de mamá se pasa el pañuelo por el cuello y empieza a anudárselo a toda prisa mientras le dice a la otra:

—Ay, Clarisa, creo que debemos darnos prisa. Fíjate dónde están ya Álvaro y Remigio. Desde luego, estos hombres... —dice, meneando la cabeza.

Mamá me mira y pone cara de aburrida. Luego se echa hacia atrás hasta apoyar la espalda en el respaldo del banco, se lleva una mano al pecho y suelta un pequeño gemido de vieja enferma.

—Ay, hija —gimotea—. Ay.

Las dos señoras se quedan inmóviles y yo me vuelvo a mirar a mamá, que parece estar a punto de desmayarse.

—¿Estás bien, mamá?

—Ay, Lía —dice con un hilo de voz, sin quitarse la mano del pecho.

Por fin, Emilia termina de anudarse el pañuelo y pregunta, visiblemente alarmada:

—Señora, ¿se encuentra bien?

Mamá abre la boca y deja que le asome la lengua, que ahora le cuelga hacia un lado mientras sigue jadeando.

—Usted no sabe —empieza con un susurro ahogado—. Es que sufro del corazón y a veces... —Cierra los ojos y se inclina hacia mí, dejándose caer un poco. Se ha puesto tan blanca que de repente me asusto. Las dos mujeres también.

—Quizá deberíamos llamar a una ambulancia —dice Emilia visiblemente alarmada, cogiendo el bolso y poniéndose de pie—. Será mejor que vaya a buscar a Remigio.

A mi lado, mamá vuelve a incorporarse y abre un poco los ojos mientras se lleva la mano al costado.

—Agh —jadea, inclinándose ahora hacia Emilia—. No se preocupen. Ya estoy mejor. Es que tengo un... —De repente suelta un eructo que resuena en la placidez del mediodía y Emilia da un pequeño respingo y se lleva la mano a la boca— gas —remata mamá con un parpadeo de anciana desorientada. Luego se lleva la mano a la boca, se quita los dientes y se los frota en la manga del visón antes de volvérselos a poner—. Mejor —dice con una sonrisa llena de pelos—. Mucho mejor.

Clarisa sigue de pie junto al banco, agarrada a su bolso con cara de horror, y Emilia no puede apartar los ojos de mamá, muda de asombro. Entonces mamá la mira fijamente y la coge del abrigo.

—Pero, Flavia, hija. ¿Ya has llegado? —le dice con una voz que conozco bien y que me cierra la garganta. Perdida. Mamá vuelve a estar perdida.

Emilia se inclina un poco hacia delante y me mira con cara de no entender. Yo le lanzo una sonrisa tranquilizadora.

—No es Flavia, mamá.

Mamá sigue agarrándola por la manga, sin dejar de tirar de ella.

—Flavia, hija. ¿Pero cómo no nos habías dicho que ibas a venir? Habríamos ido a buscarte al aeropuerto.

Emilia se echa un poco hacia atrás, arrastrando a mamá con ella.

—Mamá...

Clarisa se lleva la mano al bolso y saca un pañuelo de papel que se pasa por el bigote y la frente con gesto nervioso mientras no deja de buscar a los maridos de las dos con la mirada. Entonces mamá se vuelve hacia mí.

—¿Y tú quién eres?

—Soy Lía.

—¿Lía?

—Sí, mamá. Tu hija pequeña —le contesto con suavidad, poniéndole la mano en la mejilla—. Estamos en Copenhague. Hemos venido a pasar la Navidad con Bea e Inés.

Me mira con ojos de niña asustada y pone su mano sobre la mía.

—Ah —dice, bajando la mirada.

—Y esta señora no es Flavia, mamá. Se llama Emilia y ha venido de Santander con su amiga Clarisa. Las acabamos de conocer.

—Ah.

—¿Te acuerdas?

No dice nada durante unos instantes. Luego aparta su mano de la mía y niega con la cabeza.

—Qué vergüenza, hija. Qué desgracia tener que verme así, con la cabeza que yo tenía...

Le paso la mano por la espalda y se la acaricio despacio.

—No te preocupes, mamá. Ya está, ya pasó. Demasiado bien estás para tu edad.

—Pero, hija... —murmura, sin levantar la mirada del suelo y agarrada aún a la manga del visón de Emilia, que nos mira con cara de lástima—. ¿Tú te crees que estoy tan chiflada como para confundir a Flavia con este saco de pellejos? —suelta volviéndose hacia las dos mujeres con una mirada furiosa—. ¡Pero es que no las ves! ¡Si son los dos renos de Santa Claus!

Emilia parpadea, arranca de un tirón la manga de su abrigo de la mano de mamá y se levanta como si de pronto el banco le quemara las piernas, agarrándose del brazo de Clarisa.

—Pero, señora... —dice, mirándome—. ¡Esta mujer es un demonio!

—Demonio, demonio... —farfulla mamá—. ¿Y a usted no le da vergüenza ir por ahí haciéndose pasar por la hija de una anciana desvalida?

Emilia se lleva la mano a la boca y me lanza una mirada cargada de veneno.

—Tendría que llevarla atada. Menudo monstruo.

Mamá chasquea la lengua y suelta un escupitajo que las dos mujeres reciben dando un paso atrás.

—Venga, al corral las dos. ¡Caminando! —chilla, levantando el bastón en el aire.

Un par de segundos más tarde, Emilia y Clarisa se alejan correteando por el paseo en dirección a sus maridos, convertidos ya en dos pequeños puntos en la distancia.

—Par de zorras —rabia mamá entre dientes, limpiándose la boca con un pañuelo. Cuando termina de limpiarse se vuelve a mirarme—. ¿Qué hora es, hija?

—Casi las dos.

—¿Y estas niñas dónde están?

—No tardarán. Tenemos mesa reservada a y cuarto.

—Más les vale —murmura, cerrándose el cuello del abrigo con la mano—. Y tú ya podías haberme defendido. Desde luego...

Mamá está rabiosa y lo paga con quien se le pone por delante, sea quien sea, pero la conozco bien y sé que su mal humor tiene un motivo que no está aquí y que probablemente tampoco tenga nada que ver con nada de lo que yo pueda imaginar.

—Y deja de ir diciendo por ahí que rezo, leche —me suelta con cara de perro—. Parece que no conozcas a tu madre.

—¿Quién te ha dicho eso?

—Inés, quién va a ser.

—Es que rezas, mamá.

Me mira y arruga el morro.

—Tú estás chiflada, hija —rabia, volviendo los ojos hacia la estatua y hacia las dos mujeres, convertidas ya en un par de puntos que se mueven a lo lejos—. Aquí no hay ni una sana.

—¿Qué te pasa, mamá? —le pregunto, apretándome un poco contra ella para protegerla de la brisa que ahora nos llega desde mi lado—. ¿A qué viene tanto mal humor?

Ella coge el bastón y empieza a golpear el suelo con él.

—¿Tú qué crees?

—No lo sé.

—Pues deberías —ladra, escondiendo la boca tras el cuello del abrigo.

—Puede que ayude si me lo explicas.

Se vuelve a mirarme y clava el bastón en el suelo.

—Míranos, Lía. —No lo dice enfadada. Su voz suena cansada, casi triste—. Aparcadas aquí las dos, en un maldito banco delante de una enana con cola de pez y las tetas al aire el día de Navidad. Como dos indigentes esperando a que las vengan a buscar para llevarlas a comer. ¿Tú te crees que me gusta verme así a mi edad? No, hija. No me gusta nada. Y no me gusta porque no está bien, porque algo no he hecho bien.

—No digas eso, mamá.

—Digo lo que es. Y lo que es esto. Y esto es justo lo que no tendría que ser, mira tú por dónde.

Le pongo la mano en el brazo y ella lo aparta de un tirón.

—Y si encima a la boba de tu hermana se le olvida llamar hoy como el año pasado, te juro que me planto en la selva esa del demonio y le arranco los pocos pelos que le quedan uno a uno. A ella y a su amiguito.

—No se le olvidó, mamá. Tuvo una confusión con la diferencia horaria, nada más.

—Diferencia horaria, diferencia horaria... —reniega por lo bajo—. Pocas neuronas y poco interés, es lo que tiene Flavia. Y encima tú excusándola, como con todo el mundo. Si es que no se puede ser tan buena, hija. Y menos a tu edad.

No digo nada. Tal como está, lo mejor es dejar que se calme ella sola. Seguirá rabiando un rato como lo hace siempre que las cosas no son como quiere hasta que lo saque todo. Luego llegará la calma.

—A estas horas tendríamos que estar camino del faro —dice, perdiendo la mirada en un velero enorme que se desliza despacio sobre el agua gris en dirección a mar abierto.

Al faro, dice. Vaya, así que era eso. La verdad es que mentiría si dijera que me sorprende. Sé, como lo sabemos todas, lo importante que son para mamá ciertos rituales y el peso que tienen para ella. Entre ellos, la excursión a la isla del Aire en Navidad ha sido desde que murió Helena un referente en la familia, una cita que hemos respetado hasta en los momentos más duros porque la isla y su faro se han convertido en lo que es más nuestro, más familia. Desde hace años, el día de Navidad vamos a pasar la mañana al faro. Mamá prepara unos sándwiches y un par de termos de té y Jacinto nos lleva en la vieja *Aurora* hasta el pequeño muelle que tantas veces nos ha visto llegar. Luego subimos juntas por el camino de roca hasta lo alto del promontorio y nos sentamos en la base del faro. Jacinto no. Él se queda en el muelle y nos espera escuchando la radio y fumando tranquilamente esos cigarrillos de tabaco negro liados a mano que le tienen los dedos y el bigote amarillos y que mamá odia sin disimulo. Arriba, nosotras hablamos de cosas de las que podríamos hablar en casa pero que allí suenan más íntimas, más reales. Así lo hicimos hasta que murió Tristán. Luego, cuando él ya no estuvo, todo cambió. De hecho, las Navidades pasadas sólo fuimos mamá, Bea y yo. Inés y Flavia decidieron a última hora no venir a pasar las fiestas con nosotras. Para mamá fue difícil. Lo encajó mal porque para ella la isla y el faro son el lugar donde las que quedamos vamos a compartirnos con nuestros muertos. «Es lo que siempre tendremos para recordarnos. El cielo que nos queda», recuerdo que me dijo en algún momento de la noche de agosto que pasamos allí juntas y que a punto estuvo de cambiarlo todo, de darle la vuelta a todo. El cielo que nos queda, eso dijo. Desde entonces, entre ella y yo hay un antes y un después, no sé si mejor o peor de lo que teníamos porque nunca hemos vuelto a hablar de lo que pasó hasta que ayer mamá me pidió perdón y de pronto todo lo que vivimos durante esas horas, lo que hablamos, lo que reímos y lo que lloramos, ha vuelto a ser real. Ayer ella quiso recordarme con su disculpa que no ha cerrado ese capítulo porque ése fue el mensaje que me envió. «Hay cosas pendientes desde esa noche, Lía», entendí en su voz. «Cosas que no tocamos». Y yo sé que sí, que es verdad, pero también sé que estoy cansada y que tengo que mantenerme alerta porque ella espera pacientemente a sorprenderme con la guardia baja para preguntar. Conociéndola, sé que dolerá. Que nos dolerá. A las dos.

—Menos mal que mañana estaremos en casa —dice, bajando la mirada y sacándome de mi silencio con su voz ronca. Luego se aclara la garganta—. Voy a preparar unos canelones de espinacas que te vas a chupar esos dedos de abuela setentona que tienes —suelta de pronto, con una risilla—. ¡Y una sacher! Nos vamos a poner las dos como el quico, vas a ver.

Ya está. Mamá se ha vaciado de su mal humor y ahora vive en lo que habrá de venir mañana. Hace planes como una niña y lo dicho, dicho está. Se ha olvidado de la Sirenita, del banco y de la ciudad y tiene la cabeza en la tarta que preparará mañana para las dos y en la comida que vamos a compartir dentro de unos minutos con Inés y con Bea.

—¿Qué hora es, hija? —pregunta, ajustándose las dos colas de marta del gorro.

—Y cuarto.

Sacude la cabeza.

—Y ese par de memas, ¿dónde se han metido?

—Estarán al llegar.

—Tengo pis.

—Aguanta un poco. En cuanto lleguemos al restaurante te llevo al baño.

—¡Ahí están! ¡Ahí están! —grita de pronto, balanceando los pies en el aire—. ¡Yuhuuuu! ¡Niñas!

Bea e Inés se acercan caminando por el paseo con el cochecito de Gala. La brisa ha parado y el sol, aunque débil, calienta la piedra del paseo y también a nosotras. Mamá las sigue con la mirada durante unos segundos y luego se vuelve hacia mí.

—Por cierto, cariño —dice con una sonrisa de abuela encantada mientras sigue vigilando de reojo las figuras de Bea e Inés.

—Dime.

—Tú no le habrás ido a ninguna de estas dos con el cuento de lo que pasó en el faro, ¿verdad?

—No. Quedamos en que no se lo diríamos a nadie, ¿no?

—Sí.

—¿Entonces?

—Entonces... —Se vuelve ahora hacia Inés y Bea y, sin mirarme ni dejar de sonreír, dice—: Creo que tú y yo tenemos una conversación pendiente, hija.

No digo nada. Inés y Bea están a un par de metros del banco.

—Unos hilillos que han quedado por ahí colgando —añade entre dientes—. Poquita cosa. Nada de lo que preocuparse, tesoro.

INÉS

Pavo con ciruelas, patatas asadas y de primero un micuit con salsa de arándanos y queso fresco. Vino tinto para mamá y para mí. La abuela ha preferido Coca-Cola y Bea, agua con gas. El Strand es un restaurante nuevo, construido en un antiguo invernadero situado muy cerca del paseo que bordea la Sirenita, aunque no lo frecuentan turistas ni gente que no se mueva habitualmente por la ciudad porque todavía no es uno de los grandes conocidos y porque es uno de esos sitios típicos de ciudades como ésta, que o gustan mucho o no gustan nada. El espacio del Strand es una estructura de hierro inmensa, pintada de blanco y tapizada de cristaleras. Del invernadero se conservan todas las plantas y los árboles tropicales, incluso parte del suelo de tierra. El resto es espacio vacío y mobiliario totalmente blanco: las mesas, las sillas y unos lamparones enormes con pantallas como grandes papeles blancos arrugados. El único color lo ponen los camareros con sus uniformes verdes. Nada más.

Vamos por el segundo plato y hasta ahora hemos comido bien, muy tranquilas y charlando de esto y de aquello sin entrar demasiado en nada. La abuela, que en un principio parecía sobreexcitada y con ganas de guerra, ha ido bajando de intensidad hasta sumergirse en una especie de modorra ausente que aumenta con el paso de los minutos. Desde hace un rato no dice nada, lo mira todo como si estuviera en la consulta del médico y tuviera que pasar el tiempo haciendo algo y no le quita ojo al enorme reloj de estación que cuelga del techo de cristal. Si no la conociera, diría que está aburrida, pero sé que ella jamás se aburre, básicamente porque no tiene tiempo.

A mi lado, Bea cuenta anécdotas de la academia, de Gala y de Morris. Ha empezado hablando para las cuatro, pero muy pronto, en cuanto el umbral de atención de la abuela se ha reducido a cero, ha terminado haciéndolo sólo para mamá, así que ahora prácticamente son ellas dos las únicas que hablan. Yo estoy demasiado atontada por la dosis doble de Diazepam que me he tomado hace un par de horas, justo después de contarle a Bea lo mío. Me he puesto tan tensa durante la conversación que, cuando hemos terminado de hablar y por fin he podido relajarme, me he sentido tan contracturada como la mañana que tuve que ir a urgencias y verle la cara al doctor Sven, así que me he encerrado en el baño y me he tomado una pastilla y media y ahora lo estoy pagando porque navego sobre las conversaciones como si estuviera en una de esas ruedas de prensa que te tocan en verano después de comer y te pillan sentada en el sitio donde da el sol. Las oigo como lejos, como si todo esto no fuera conmigo. Le cojo el vaso de Coca-Cola a la abuela y le doy un par de sorbos, a ver si espabilo un poco. Ella ni siquiera se da cuenta.

Viendo como Bea sigue hablando de esto y de lo otro, tan acelerada y tan... revolucionada —ésa es la palabra—, entiendo de pronto que ella tampoco está aquí con nosotras porque ella no es así. En eso es como mamá. Cuando se paralizan, cuando hay algo que no han encajado y con lo que no saben lidiar, llenan el silencio de naderías para no tener que tocar lo que las preocupa.

La verdad es que no ha sido fácil hablar con ella porque, entre una cosa y otra, la mañana se nos ha quedado corta. Gala ha dado más guerra de lo normal y yo he tenido que retocar un par de artículos que tenía que entregar antes de la una. Cuando por fin nos hemos sentado a tomar un té en el sofá, ha aparecido Morris con un sobre que quería darle a la abuela y se ha quedado a charlar un rato con nosotras. Total, que apenas hemos tenido veinte minutos para hablar antes de salir y la conversación no ha dado para mucho. Bea se ha emocionado al oír la noticia y no ha podido contener unas lágrimas que a mí me ha costado tragar. Como siempre, se ha olvidado de ella para concentrarse en mí, dándome lo mejor de sí y animándome desde esa capacidad de entregarse tan entera y tan generosa que quienes la queremos intentamos modular cuando nos deja. Aunque con ella, como con mamá, sea inútil.

Eso ha sido en casa. Luego, durante el camino hasta la estatua, ha ido apagándose poco a poco, encajando la noticia y lo que supone para ella. Hemos hablado poco. Cuando lo hemos hecho, sus respuestas han sido casi automáticas, más educadas que sinceras. Está metida en su vida, Bea, intentando tener un poco de tiempo para decidir ella también. Y perdida, también está perdida.

—Hija, ¿ésa es la hora? —pregunta de pronto la abuela, sin apartar los ojos del enorme reloj.

—Sí, abuela —le respondo. La pregunta ha interrumpido a Bea, que se ha vuelto a mirarme.

—¿Ves como no llama? —ladra la abuela, dándole un codazo a mamá—. Ya te lo había dicho. Esta idiota de Flavia ha vuelto a dejarnos colgadas.

Bea se vuelve hacia ella.

—Tranquila, abuela. Ya verás como llama. En estas fechas las líneas están colapsadas. Seguro que no tarda.

—Colapsadas, colapsadas... —gruñe la abuela—. Colapsada es lo que está tu tía Flavia, leche —suelta, bajando la mirada y clavándola en el plato—. Y esto es una pechuga.

—Sí, claro —le responde mamá—. ¿Quieres que te la corte?

La abuela vuelve a mirar el reloj.

—Yo he pedido muslo.

—No es verdad, mamá.

—Muslo.

Mamá suspira y me mira. Luego coge su plato y lo cambia por el de la abuela.

—Toma. Coge el mío. Yo prefiero la pechuga.

—Mentirosa.

—Mamá, por favor. No empieces.

La abuela suelta una ristra de cosas desagradables por lo bajo que ninguna alcanzamos a entender y se cruza de brazos con cara de niña caprichosa.

—Y tú no me robes la Coca-Cola, coñe —me dice, arrugando la boca—. Si quieres una, la pides.

Cuando voy a contestarle algo, siento una oleada de atontamiento que me llena la boca y de repente se me olvida lo que iba a decir. Se me ocurre entonces que de haber sabido antes que éste era el efecto del Diazepam, habría empezado a tomarlo hace meses y me entra una risa tonta que la abuela recibe con cara de malas pulgas.

—Come, anda —le dice mamá con voz de madre paciente—. Se te va a enfriar.

La abuela toma un par de sorbos de Coca-Cola y luego suelta un eructo terrorífico. En la mesa de al lado, una pareja levanta la mirada y mamá se vuelve hacia ellos con una sonrisa de disculpa. La abuela coge el cuchillo y el tenedor y empieza a atacar el muslo de pavo que tiene en el plato. Mamá le recoloca la servilleta al cuello y luego me mira con una sonrisa cansada que a mí, no sé por qué ni tampoco por qué ahora, me llena como si acabaran de inflarme entera con aire caliente y siento que me aflojo y se me llenan los ojos de lágrimas porque la veo tan entera, tan madre con todas nosotras, que de pronto me parece mentira que yo lo haya sido también y que eso sea cosa del pasado. «He sido esposa y también madre», pienso en esta paz falsa que me da el Diazepam al tiempo que Bea retoma la conversación con mamá y yo vuelvo a quedar al margen. «Pero no lo he sido de verdad, por lo menos no como mamá. No así, tan plena en lo maternal y tan generosa en la emoción».

Viéndola así, con un ojo pendiente de la abuela y el otro de nosotras, sé que cuando esta tarde le diga que vuelvo a casa no dirá nada. Se emocionará y se le escapará alguna lágrima, pero poco más, porque en cuanto lo sepa empezará a diseñar mi llegada para que todo salga bien y duela poco: preparar la habitación de Inés, esconder hasta más adelante todas las fotos y los recuerdos de Tristán que puedan herirla, aleccionar a la abuela para que diga lo que debe y calle lo que yo no debo oír… Como Bea, mamá se olvidará de lo que mi llegada cambiará en ella, en la Lía mujer, y se concentrará en mí para volver a desempolvar a la Lía madre y regalármela entera. «Eres tan buena madre que a veces me haces sentir lejos, mamá, porque no compartes conmigo a la mujer y porque me gustaría tenerte como amiga y no sé cómo», estoy a punto de decirle mientras el reloj del restaurante da las tres y la abuela aparta la mirada del plato con la frente arrugada.

Entonces, justo en ese momento, suena el teléfono de mamá.

—¡Es Flavia! ¡Es Flavia! —chilla la abuela—. ¡Cógelo, venga! —vuelve a gritar agitando las manos en el aire y ganándose un segundo barrido de miradas procedentes de las mesas circundantes.

Mamá coge el teléfono, abre la tapa y se lo acerca a la oreja.

—Flavia, cariño... —empieza—. ¿Cómo estás?

La abuela estira el cuello como un avestruz, intentando pegar la oreja a la de mamá.

—¡El sin dedos! ¡Pon el sin dedos! —chilla, intentando quitarle el móvil a mamá, que se lo arrebata de un tirón y pulsa la tecla del altavoz antes de dejarlo encima de la mesa.

—Ya está, mamá. Ahora podemos hablar todas con ella.

La abuela suelta un pequeño aplauso y una risilla. Está encantada.

—Flavia, hija, ¿estás ahí? —dice—. Corto y cambio.

Bea y yo nos echamos a reír y la abuela parpadea sin entender.

—No hace falta que digas corto y cambio, abuela. No es un walkie-talkie.

La abuela arquea la ceja y le saca la lengua.

—¿Estás o no estás, hija?

—Sí, mamá. Claro que estoy —responde tía Flavia con una voz que desde el móvil nos llega metálica, muy poco parecida a la suya. Al oírla, la abuela vuelve a aplaudir encima del plato.

—Ay, hija, no sabes lo preocupada que me tenías. Ya pensaba que te había pasado algo. Como no llamabas, me he dicho: «A esta boba se la han comido esos salvajes por Navidad». Porque claro, digo yo: el año pasado, no sé si te acordarás...

—Mamá —la corta tía Flavia—. Feliz Navidad, mamá.

La abuela tarda unos segundos en responder. Cuando por fin lo hace, habla con dulzura, casi emocionada.

—Feliz Navidad, cariño.

—Y a todas. ¡Feliz Navidad a todas mis chicas! —dice tía Flavia entre risas—. ¿Cómo estáis?

Entonces nos soltamos a hablar las cuatro a la vez entre más risas y gritos, pisándonos las conversaciones e interrumpiéndonos entre el eco del satélite y todo lo que queremos decir. La llamada nos ha partido la comida por la mitad, dándonos aire: a un lado lo que hasta ahora era rutina y espera; al otro, la celebración de sentirnos juntas las cinco, aunque ella esté a kilómetros de nosotras y no podamos verla ni tocarla. Y así seguimos unos minutos, Bea, mamá y yo troceando las conversaciones y turnándonos para tenernos cerca y la abuela extrañamente callada en su sitio. Nos mira con los ojos llenos de luz, tan radiante y tan tranquila al tenernos a las cuatro aquí con ella que todo lo demás no existe en esos ojos, no hay nada más. «Ésta es mi familia», dice su sonrisa encantada mientras Bea le cuenta a tía Flavia no sé qué de los regalos de ayer y tía Flavia se ríe al teléfono con su voz metálica. «A estas mujeres las he hecho yo. Y, aunque no sean perfectas, son mías y están conmigo». Eso es lo que dibuja la sonrisa orgullosa de la abuela hasta que, en un gesto que yo no esperaba, coge el muslo del pavo con los dedos, se lo lleva a la boca y le da un mordisco satisfecho. Justo entonces, sobre la mesa se forma una burbuja de silencio desde el teléfono. Son sólo unos segundos, un par quizá. Luego, tía Flavia vuelve a hablar.

—Tengo que daros una noticia —dice, más calmada—. Bueno, en realidad son dos, pero es que como van unidas, prefiero decir que es una.

Mamá se lleva la mano al cuello y sonríe sin mirarnos.

—¿Qué es, tía? —pregunta Bea, inclinándose un poco hacia delante.

—Bueno —empieza tía Flavia—. Ya sabéis que no soy de las que les dan muchas vueltas a las cosas. En eso me parezco a mamá. —La abuela sigue con la boca cerrada sobre el muslo de pavo. Quizá me equivoque, pero diría que algo le impide quitárselo de la boca. Se ha quedado como encallada y, desde donde yo estoy, parece haber palidecido.

—Mfmfmfmfm —farfulla en su asiento.

—Así que mejor me ahorro los rodeos y lo suelto cuanto antes —sigue tía Flavia al teléfono.

Mamá me mira, Bea mira a mamá y la abuela tironea del muslo que no consigue arrancarse de la boca. Debe de habérsele encajado la dentadura en algún tendón.

—Me caso, chicas —suelta por fin—. Silvio me ha pedido que me case con él y le he dicho que sí.

Silencio. La camarera pasa por detrás de la silla de la abuela y parece a punto de hablar, pero algo debe de haber visto en la mesa desde arriba porque parpadea, carraspea y se retira.

—Pero eso es... maravilloso, Flavia —dice mamá por fin, juntando lo dedos sobre el plato, roja de emoción. Luego se lleva la mano a la mejilla y suspira hondo, conteniendo las lágrimas—. No sabes cuánto me alegro.

—Enhora... —empieza a decir Bea, tendiendo la mano hacia el teléfono en un gesto automático, aunque su felicitación se queda tan sólo en eso: media palabra llena de puntos suspensivos que no terminan en nada porque justo en ese momento la abuela consigue arrancarse el muslo de la boca y escupe el trozo de carne que le ha quitado al pavo, llevándose con él parte de la dentadura. Durante un segundo que se hace eterno, carne y dientes vuelan sobre su plato y su copa hasta caer junto al móvil, salpicándolo todo de salsa y babas y cortando la conversación como un latigazo de silencio.

—Mrsblblfrsssbj jjsjkl...

—¿Mamá? —pregunta Flavia desde el móvil.

—Bhrkdknaisiekw.

Bea se lleva la mano a la boca e intenta no reírse, pero, en cuanto me mira, ni ella ni yo podemos aguantarnos.

—¡Mamá, ponte los dientes! —grita tía Flavia desde el teléfono.

Bea se inclina hacia delante y coge con su servilleta los dientes que siguen junto al móvil como una media sonrisa macabra. Luego se los pasa a mamá, que los limpia disimuladamente sobre sus rodillas con una de las toallitas húmedas que lleva siempre encima y se los da a la abuela por debajo de la mesa.

—Toma. Póntelos.

La abuela se los coloca con un gruñido y chasquea la lengua. Luego tiende el brazo hacia el móvil, lo coge y se lo acerca a la boca.

—Perdone, señorita, pero creo que ha habido una interferencia. Estaba hablando con mi hija mayor y de repente ha aparecido usted. ¿Le importaría colgar para que podamos seguir hablando?

—Mamá, soy yo.

La abuela se ilumina entera.

—Ay, Flavia, hija. Menos mal que has vuelto. Si te cuento lo que nos acaba de pasar —dice, con una sonrisa tensa—. Pues resulta que de repente ha salido una diciendo que se casaba y claro, me he dicho: esto es cosa del satélite o algo. Pero nada, no te preocupes porque ya ha colgado.

Bea no me mira y mamá tampoco. Yo intento borrar de mi retina el vuelo de los dientes para no volver a reírme, pero no es fácil.

—Me caso, mamá —suelta la voz seca de tía Flavia desde el otro lado del mundo. Sin concesiones. Tía Flavia siempre ha sido así, dice las cosas como son o al menos como ella cree que son, y no es amiga de los adornos, ni para lo bueno ni para lo malo. La abuela tampoco.

—Tú estás gagá, hija.

Mamá coge la botella de agua y le sirve un poco a la abuela. Luego le ofrece la copa, que ella retira de un manotazo.

—No, mamá. Gagá no —suelta tía Flavia—. Decidida. Estoy decidida.

La abuela pone los ojos en blanco y suspira por la nariz.

—Pues vaya con la noticia, hija. Menudo alegrón nos has dado.

—Lo siento, pero me hacía ilusión compartirlo con vosotras. Sobre todo contigo —dice tía Flavia—. Pero ya veo que no ha sido una buena idea.

—No, hija, si la idea es estupenda —suelta la abuela con voz de rabia contenida—. Aunque, claro, me extraña mucho que a estas alturas me vengas con éstas, sobre todo porque tú siempre has sido de las de «casada yo ni muerta». Pero, bueno, yo..., si tú te quieres casar, adelante, hija, que ya eres mayorcita —dice, inclinando la cabeza mientras no pierde de vista el móvil—. Qué digo mayorcita. Eres una vieja pelleja como tu madre, Flavia —le ladra al móvil, como si quisiera comérselo—. Vergüenza debería darte comportarte como una chiquilla. Casarte, casarte... Y dónde piensas casarte, ¿eh? ¿En un geriátrico? ¿Y quién es ese Silvio? ¿Silvio qué más? Seguro que es un cazadotes de esos brasileños. Si es que, hija, ya te dije que no era buena idea lo de las ONG, que tú necesitas ayuda, no ayudar, y menos aún irte a esos países llenos de indios y de serpientes, que tú no estás bien, tesoro...

—Mamá...

—Pero a ver una cosa. Vamos a calmarnos un poco todas. Porque digo yo: ¿y no podrías esperar un tiempito y casarte cuando yo ya no esté? Tú ahora vuelves a casa, te buscamos un buen médico y un buen centro y te tomas una temporada de relax y descanso. Ya sabes: baños de chocolate, aguas calentitas, masajes..., paredes acolchadas... —De repente se calla, y se lleva la mano a la boca—. Huy, ahora lo entiendo. Claro, cómo no lo he pensado antes.

—Mamá, por favor.

—¡Claro! —chilla la abuela, soltando un palmetazo sobre la mesa que hace saltar cubiertos y copas—. Tú estás embarazada. Por eso tanta prisa. Ay, hija, pero eso no es ningún problema. Ahora ya no hay que casarse. Será que no hay madres solteras por ahí.

—No digas tonterías, mamá —escupe tía Flavia desde el móvil—. Tengo setenta y dos años.

—Ay, pues fíjate. Por las burradas que dices, cualquiera diría que tienes quince —sisea la abuela echando chispas por los ojos—. Y, dime, cariño. ¿Dónde piensas celebrar la feliz ceremonia? ¿En la selva? ¿En la aldeíta esa de mujeres con problemas? ¿O en un parque temático para viejas chifladas?

Se hace un silencio tenso que ninguna nos atrevemos a interrumpir. La abuela espera a que tía Flavia diga algo, pero la respuesta no llega y al poco empieza a ponerse nerviosa y a sacudir el móvil en el aire como una maraca.

—Ésa es la segunda noticia —dice tía Flavia por fin.

La abuela deja de mover el teléfono y lo pone sobre la mesa con un suspiro de falsa paciencia.

—Quiero casarme en la isla, mamá. En el faro. Con vosotras.

La abuela parpadea y yo también. De pronto, la energía que circula por la mesa parece haberse contraído en torno al móvil, tensándonos a las cuatro a su alrededor. En el faro, ha dicho tía Flavia, y yo trago saliva. Mamá se lleva la mano al cuello y Bea se gira hacia el cochecito donde duerme Gala y le coloca bien la colcha. Luego le acaricia la cara. No decimos nada, ni en esta orilla ni en la otra, la de tía Flavia, cada una en lo suyo, bregando con lo que tiene, hasta que por fin tía Flavia vuelve a hablar.

—Regreso a Menorca, mamá —dice con voz temblorosa—. Con Silvio. Dentro de un par de meses acabaremos aquí y…, bueno…, creo que ya es hora de volver.

La abuela sigue con la mirada clavada en el teléfono y con las manos al lado del plato sin decir nada. Desde donde estoy, la veo balancearse un poco. Adelante y atrás, adelante y atrás.

—Quiero volver y casarme con la dama de honor más vieja del mundo, mamá. Por eso lo hago ahora. Para que estés y lo hagamos juntas. Y para que me salga bien.

La abuela no habla. Ahora el balanceo es más evidente, tanto que mamá también lo ve y me mira con cara de preocupación.

—¿Estás ahí, mamá? —pregunta tía Flavia.

Silencio. La abuela baja la cabeza, se inclina un poco sobre el plato y cierra la mano sobre la servilleta.

—¿Mamá?

—Sí, hija. Estoy.

Más silencio. Gala suelta un pequeño balbuceo en el cochecito pero Bea no parece haberla oído. A nuestro alrededor las conversaciones siguen en las mesas vecinas como si lo que pasa en ésta pasara en otra parte o como si esto no fuera real. Mamá sigue pendiente de la abuela, concentrada sólo en ella, y yo siento una oleada de sueño que por un momento me aleja de aquí y me hace flotar. Detrás de la abuela, dos camareras se acercan a la mesa y empiezan a recoger los platos en silencio.

De pronto, la abuela levanta la cabeza y nos sorprende a todas con una sonrisa de niña mala.

—Cuando se lo diga a la idiota de Rita, se va a hacer caca encima —dice, soltando una risilla—. Pero caca, caca.

—Mamá... —vuelve la voz de tía Flavia.

—Creo que necesito un güisqui, hija.

Tía Flavia se ríe al otro lado de la línea. Es una risa nerviosa que suena a eso, a nervios y a tensión acumulados.

—¿Eso es que sí?

La abuela tuerce la boca, se lleva la mano al gorro y busca a tientas las dos colas de marta.

—Eso es que me tenéis loca entre todas —refunfuña, tirando de las dos colas hacia delante—. Y que voy a tener que ir a la peluquería. Porque claro, digo yo que a una boda no se podrá ir con gorro —añade, volviéndose hacia mí y guiñándome el ojo—. ¿O ahora ya se puede?

Le sonrío y ella me devuelve una sonrisa de ojos húmedos. Está emocionada, mucho, y blanda, pero no es de las que se sienten cómodas mostrándose en público. En seguida se pone seria y se inclina sobre el teléfono.

—Escúchame bien, hija —dice—. Si para volver a casa con tu madre tienes que casarte, bendita sea la hora en que conociste al indio ese que me vas a traer contigo porque hoy esta vieja está tan feliz que creo que no voy a poder dormir en una semana.

Tía Flavia se ríe otra vez, ahora más relajada. Aliviada.

—¿De verdad, mamá?

La abuela pone los ojos en blanco y sonríe de nuevo.

—De verdad de la buena, tesoro.

Entonces se vuelve a mirarme y me pregunta en un susurro, tapando el móvil:

—Oye, ¿cómo se dice Carpaccio en inglés?

—Igual. Carpaccio.

—¿Y Diazepam?

—Supongo que igual.

—Muy bien. Pues cuando te pregunte, dile a la mema esa de camarera que tienes esperando detrás de ti que esta vieja quiere de postre un Carpaccio de Diazepam y un güisqui. —Luego aparta la mano del teléfono—. Flavia, hija. Ahora tengo que dejarte porque me hago pis —dice, volviendo los ojos hacia mamá—. Así que te dejo con tus sobrinas.

—Bueno, mamá.

—Corto y cierro.

—Oye.

—¿Qué? —pregunta la abuela mientras empieza a levantarse con la ayuda de mamá.

—Feliz Navidad.

La abuela sonríe, satisfecha, antes de decir:

—Sí, hija. Feliz Navidad. Pero que sepas que la colleja que te espera en cuanto bajes del avión no te la quita nadie. Jodida, más que jodida.

FLAVIA

—¿Más tranquila? —pregunta Silvio con una sonrisa, sin retirar su mano de la mía. Yo sigo con el teléfono abierto en la otra. Él me lo quita, cierra la tapa y lo deja encima de la mesita—. ¿O no?

—Sí. Mucho más.

—Ésa es mi enfermera.

—Sí, ésta es tu enfermera, doctor —le digo con una sonrisa blanda—. O lo que queda de ella.

—Huy, huy —dice, levantándose de la silla y sentándose a mi lado en el sofá. Luego me pasa el brazo por la espalda y me atrae hacia él—. A ver si mi enfermera se me va a marchitar ahora que ya ha pasado lo peor —dice, besándome en la cabeza. Estamos los dos sudados, Silvio por el calor y la humedad que, a pesar de la hora, empiezan a ser insoportables, y yo por los nervios que acabo de pasar al teléfono, pero nos da igual. Él tiene un sudor amable de hombre mayor que huele a árbol seco. Es un olor que me recuerda cosas que no identifico pero que sé que en su día me hicieron bien porque cuando me envuelve con él me siento segura, como en casa. Así los dos, él con su brazo alrededor de mis hombros y yo encajada en su sudor, parece que no pase nada y que nada más vaya a pasar.

—Más marchita de lo que ya estoy, Silvio..., de lo que estamos los dos...

No dice nada durante unos momentos y yo me pierdo un poco en el calor que mana de él y en el paisaje que la luz amarilla de la mañana baña de colores que no dejan nunca de maravillarme. Aunque ayer nos acostamos tarde, en el valle la actividad ha empezado hace ya unas horas. Un par de camiones de la organización serpentean por el camino que une la aldea con el hospital.

—Ahí va el nuevo quirófano —oigo decir a Silvio contra mi pelo mientras su brazo me estrecha aún más a él. Luego volvemos al silencio, prendidos los dos de lo que vemos aunque esto sea lo que vemos a diario desde hace varios meses. Yo sé que, como yo, él siente que este paréntesis en nuestras vidas es una aventura que probablemente no volvamos a repetir y también que le costará tanto o más que a mí decir adiós a lo que hemos construido aquí juntos. Ninguno de los dos imaginó nunca que el futuro nos tenía reservado un encuentro como éste ni que había vida después de los setenta. Él dice que esto es un premio a una larga carrera de intentos fallidos. «El premio al corredor de fondo», dice. Yo no sé. Sólo sé que dentro de unos meses dejaremos atrás este valle y entraremos en una dimensión que él todavía desconoce y que yo conozco demasiado bien, porque tras la muerte de Tristán huí de ella con el último tren.

—Pues ya has conocido a mamá —le digo, todavía apoyada en él.

—Me ha parecido una vieja muy divertida.

—¿Divertida?

—Sí. ¿A ti no te lo parece?

—Si fuera tu madre no te lo parecería, créeme.

—Seguramente.

Levanto la cabeza y le veo mirándome desde arriba con una sonrisa en los labios. No sé de dónde saca tantas sonrisas este hombre.

—¿Así que divertida? ¿En serio?

Ahora se ríe y su risa ronca llena el salón y me hace botar sobre su estómago.

—Creo que nos llevaremos bien la vieja Mencía y yo.

—De eso estoy segura —le contesto. Es la verdad—. Lo que no tengo tan claro es que la vieja Mencía y la vieja Flavia lo tengan fácil para volver a soportarse después del tiempo que hemos pasado lejos la una de la otra.

Silvio me separa de él y me mira con los ojos entrecerrados.

—Ah, vaya. Así que es eso. No la boda, ni yo, ni la aventura. Lo que te tiene así es ella. —Lo dice sorprendido, una sorpresa que yo no entiendo y que me lleva a responder con cierto fastidio.

—Sí, claro.

—Ah. —Vuelve a rodearme con su brazo y me aprieta contra él.

—Es curioso —digo, acomodándome contra su pecho sudado—. Por un lado, aparte de algún presidente norteamericano y de algún que otro español, mamá es la persona a la que más veces he deseado ver muerta desde que tengo uso de razón.

Silvio suelta otra carcajada, aunque esta vez escueta y seca.

—Y por otro —continúo—, a veces, cuando pienso que algún día faltará, no sé imaginar la vida sin ella. Es como si la vida fuera ella, como si mamá fuera en sí misma la definición de la vida. No sé, no sabría explicarlo mejor.

Me acaricia el brazo con la mano y vuelve a darme un beso en la cabeza.

—Eso es muy bonito, enfermera. Deberías anotarlo.
—No te burles de mí.
—No me burlo.

De repente, desde los maizales llegan gritos y risas de voces que nos resultan familiares. Están empezando a preparar la barbacoa de Navidad.

—¿Sabes una cosa?
—Dime, enfermera.
—Me da miedo que te haga suyo —digo—. Hablo de mamá.
—Mmmm. ¿Así que mi chica tiene celos de su madre de noventa y tres años? No puede ser verdad lo que estoy oyendo.

Nos reímos los dos porque dicho así suena tan ridículo que casi me avergüenzo de haberlo dicho. Pero reconozco que, desde que decidimos volver, ése es un fantasma que no ha dejado de rondarme.

—¿Es guapa?
—¿Quién? ¿Mamá?
—Sí.
—Pero, Silvio. Ya has visto las fotos. Es como una especie de Yoda con pañales, abrigo y dentadura postiza. Y ahora, encima le ha cogido cariño a un gorro de explorador que no se quita ni para dormir.
—Mmmm. Entonces debe de ser muy guapa.

Sonrío pero no contesto. A punto estoy de decirle que no, que mamá puede ser muchas cosas, pero guapa, lo que se dice guapa, no es. Sin embargo, prefiero callar porque de repente no estoy muy segura de que sea verdad. El recuerdo que yo conservo de mamá cuando era joven es el de una mujer delgada y angulosa, de tez blanca, unos ojos verdes preciosos y una cintura casi invisible. Y elegante, muy elegante. Mamá era y sigue siendo una de esas mujeres nacidas con una elegancia natural y con un toque de buen gusto para todo que ni Lía ni yo hemos heredado pero que sí reconozco en mis sobrinas, sobre todo en Bea. No recuerdo haberla visto nunca con un vestido o un traje inapropiados ni combinar mal los colores de lo que se ponía o de lo que elegía para adornar los espacios que ocupaba. Bien combinada, así la recuerdo. Incluso en estos últimos años, aunque ya casi todo le tiene sin cuidado, es de esas mujeres que a pesar de su visón despeluchado y de sus pantuflas de puntas recortadas, cuando tiende la mano para saludar, quien la recibe entiende en seguida que es la mano de una señora y que la mirada que la complementa también lo es.

—Sí. Es una mujer guapa —me oigo decir de pronto—. Como una casa muy vivida. Así es mamá.

Silvio coge un cigarrillo del bote de cuero que está encima de la mesita y lo enciende. En seguida el olor del tabaco rubio se dispersa con la corriente húmeda que llega desde fuera, envolviéndonos a los dos. Aunque no fumo, me gusta ese olor y él lo sabe. Y también me gusta que lo sepa.

—Va a estar encantada de tener a un médico a mano, así que prepárate.

Saca despacio el humo por la nariz y me da un pequeño apretón en el brazo.

—Tranquila, enfermera. Seguro que he tenido pacientes peores.

—Puede ser.

—Además, con una enfermera como tú a mi lado, cualquier paciente es poco —dice, acercando de nuevo la boca a mi cabeza.

Me acurruco contra él y cierro los ojos, dejándome acunar por los ruidos de la mañana y por el calor húmedo que sube desde el valle. En la intimidad del momento, recupero la imagen de la isla del Aire vista desde la costa, con su suelo de roca coronado por el faro, e imagino lo que viviré allí dentro de unos meses: viviré a mamá apoyada en Lía y en su bastón, totalmente metida en su papel de dama de honor; a Inés, escueta y magra, intentando vivir lo que ve esquivando el eco de todas las muertes que la isla nos ha visto penar; y también a Bea, con su sonrisa cálida, sus ojos enormes y esa emoción tan a flor de piel que ya ninguna de las demás conservamos. Nos imagino a todas de pie bajo la sombra del faro, envueltas en la brisa salada y cargada de calor que quizá sople desde el este, y de pronto me doy cuenta de que será la primera vez que nos reunimos allí para celebrar una llegada y no una partida y que estaremos todos otra vez, los vivos y los muertos con mamá al frente. Entonces respiro tranquila sobre el pecho de Silvio porque entiendo que no hay amenaza y que mi regreso es parte de un plan infinito que servirá para que a mamá le salgan los números y su casa vuelva a estar en orden. A ella Silvio le trae sin cuidado como le han traído sin cuidado los novios y maridos de todas nosotras. «Los allegados», les llama. «Los que no somos nosotras». Y entiendo también que su casa somos nosotras, que si sigue ahí aguantando es porque cree que todavía no estamos enteras sin ella y que no se irá hasta dejarnos bien, hasta que su casa esté bien vivida. Ordenada. Hasta que haya paz.

Cuando abro los ojos, la luz de la mañana barre los campos y los caminos que los cruzan, llenándolo todo de color. A mi lado, Silvio fuma en silencio y los latidos de su corazón son como las pequeñas olas que al morir el día rompen sin prisa contra el viejo muelle de madera de la isla del Aire. Hay vida en la isla y también en este corazón. Quizá sean distintas, pero son las mías y tendré que saber vivirlas el tiempo que me quede.

El que aún nos queda.

MENCÍA

A mi lado, Junquis conduce con suavidad. Sentadas detrás van Lía, Inés y Bea con Gala en brazos. Cuando nos ha visto salir a la calle, Junquis ha bajado del coche y nos ha ayudado con las maletas. Luego me ha abierto la puerta y me ha saludado con una pequeña inclinación de cabeza.

—¿Así que ya nos deja, Quian Nian Sun? —me ha preguntado con un guiño.

—Muy suelto te veo yo en tan poco tiempo, Junquillo —le he respondido mientras metía el bastón en el coche y me dejaba ayudar por él para sentarme. Quian Nian Sun. Mmmm, suena bien, muy bien. A Tristán le habría encantado. La verdad es que cuando hace un rato Bea me ha dado el sobre que le había dejado el Junco para mí, no tenía yo la cabeza para notas ni sobres porque estaba metida en faena con ella y bastante difícil estaba siendo todo, pero luego, en cuanto Inés y Lía han vuelto del paseo y hemos terminado de preparar el equipaje, me he acordado del sobre y me ha encantado el detalle. La cosa era escueta, como lo es todo con este chino. Sólo he encontrado un papel en blanco que decía así:

Respetada Señora de Tú:
Su nombre en chino es Quian Nian Sun.
La traducción es: «Halcón Milenario».
Morris

Qué simpático el chino. Ni se imagina la tranquilidad que me da saber que Bea se queda con él. No, ni lo sabe ni se lo pienso decir, porque los hombres, en cuanto les das un poco de manga, se crecen y luego a ver quién les baja los humos, aunque sean chinos. En fin, que el Junquillo nos lleva al aeropuerto y yo estoy encantada, sobre todo después de la media hora que he pasado con Bea. Y es que no me lo ha puesto fácil la niña, nada fácil. Veremos en qué queda todo esto. El tiempo lo dirá. De todas formas, no las tengo todas conmigo porque Bea es un poco como Lía: te dicen que sí, que las has convencido y que te han entendido, y luego hacen lo que les da la gana porque en el fondo son como un par de niñas. Ellas a lo suyo y las demás, las adultas, a parar los golpes.

Hemos empezado en la cocina poco después de que Inés y Lía salieran a dar su pequeño paseo por el lago. Cuando ya se iban, Inés me ha lanzado una mirada de esas suyas que no me ha costado entender. «Yo he hecho los deberes», me ha dicho su mirada. «Ahora te toca a ti, abuela». En la cocina, Bea lavaba los platos. Me he acercado a ella por la espalda y cuando le he puesto la mano en el hombro, ha soltado un grito y se ha vuelto a mirarme con cara de espanto.

—Pero, abuela. Menudo susto —me ha dicho mientras se quitaba los auriculares de las orejas.

—¿Se puede saber qué haces tú lavando los platos con la radio puesta, niña?

—No es la radio —me ha contestado, todavía con cara de susto—. Es un iPod.

Un *airport*, ha dicho. Ajá. Si ella lo dice... Yo lo único que he visto es un cable blanco con un hilo de teléfono que le colgaba de las orejas hasta el bolsillo de la falda. Eso era todo.

—¿Y el disco dónde lo llevas?

Me ha mirado con cara de boba.

—No hay disco, abuela.

—Ah. ¿Y dónde llevas conectados los auriculares, a las bragas?

Se ha echado a reír mientras dejaba el plato que tenía en las manos y se quitaba los guantes. Luego se ha sacado una especie de cosa minúscula de color fucsia del bolsillo con una pantalla llena de números y de letras que se movían y me la ha dado.

—Ya no se usan los discos, abuela. Ahora grabamos las canciones en el ordenador y las pasamos aquí.

La cosa no pesaba nada.

—¿Quieres oír cómo suena?

—Bueno.

Me ha colocado los auriculares en los oídos y me he quedado un rato escuchando la canción que sonaba en ese momento mientras ella se quitaba el delantal y guardaba vasos y cubiertos en los cajones que están junto al fregadero.

—Pero, hija —le he dicho, quitándome los auriculares—. Ésta es Joan Baez.

—Sí.

—¿Y cómo escuchas tú a Joan Baez a tu edad? Menuda cursilada.

—Pues porque me gusta —me ha contestado, encogiéndose de hombros—. Sobre todo su versión del *Imagine*.

Mira tú por dónde. Desde luego, la juventud es una caja de sorpresas, la mayoría malas, es cierto, pero a veces suena la flauta y suena bien. Como Joan Baez y como el *Imagine*.

—Pues a mí me gusta más el *Gracias a la vida*.

—¿Sí?

—Sí. Es que lo del *Imagine*..., no sé. A mí me da que el pobre ese estaba tan harto de vivir con la piojosa japonesa que un día pensó: «Como no empiece a imaginar una vida mejor, ésta puede conmigo».

Se ha reído.

—Ay, abuela...

—Qué quieres, hija. Donde esté el *Gracias a la vida* que se quite lo demás. Además, cuando escuchas el *Imagine* la piojosa cobra.

—¿Y tú cómo sabes esas cosas?

—Pero, niña, si eso lo sabe todo el mundo.

Me ha sonreído y luego se ha vuelto a mirar hacia la puerta.

—¿Y mamá? —ha preguntado de pronto, volviendo a meterse la cosa esa rosa en el bolsillo sin apartar los ojos de la puerta.

—Ha salido a dar un paseo con Inés.

—Ah. —Se ha secado las manos en el trapo con un gesto con el que ha intentado disimular algo que debía ser incomodidad o desconfianza, o puede que las dos cosas—. Bueno, pues voy a aprovechar para planchar una falda y una blusa que quiero ponerme esta noche y luego daré de comer a Gala, que ya le toca —me ha soltado de pronto, dejando el trapo en la encimera y alejándose hacia la puerta. Viéndola así, y conociéndola como la conozco, en seguida he entendido que no le ha hecho ninguna gracia encontrarse de pronto a solas conmigo. Es así desde la última conversación que tuvimos en casa horas antes de que conseguí convencerla de que su sitio estaba aquí, con su hermana. Fue una encerrona, es verdad, pero visto lo visto, tampoco ha salido tan mal la cosa.

En fin, que la niña se me escurría hacia la puerta y he tenido que pararla a tiempo.

—Bea, hija —le he dicho con voz de vieja cansada.

Se ha parado en mitad de la cocina y se ha vuelto a mirarme.

—¿Sí?

—¿Podrías prepararme una agua de algo, por favor? Tengo el estómago pesadísimo.

—Claro.

Se ha acercado al armario, ha cogido una taza y ha puesto agua a hervir en la cosa esa eléctrica que tienen todos los ingleses y que hierve el agua en segundos mientras yo me sentaba a la mesa. Luego ha cogido el bote de hierbas y tisanas que está junto al horno.

—Ya te ha dicho Inés lo suyo, ¿verdad, hija?

Ha seguido de espaldas a mí, rebuscando en el bote de cristal.

—Sí.

—Ajá.

—¿Poleo menta o manzanilla?

—Me da igual.

—Bueno, te pongo un sobre de cada.

—Bea...

—¿Azúcar?

—Bea...

—O prefieres sacarina.

—¡Bea, coño! —Le he tenido que chillar y no me ha gustado, pero es que a veces parece que la gente te obligue a hacer justo lo que no quieres. Ha dado un respingo y se ha vuelto a mirarme—. Ven aquí, hija —le he dicho, suavizando la voz—. Siéntate.

—Pero ¿y el agua?

—Al agua que le den.

Ha dejado los dos sobres en la taza y ha venido hasta la mesa. Luego se ha sentado a mi lado.

—Escucha, hija —le he dicho, poniendo mi mano sobre la suya. Ella la ha cerrado un poco—. Ya sé lo de Inés. —Ha bajado la mirada y con la otra mano ha empezado a dibujar algo en la madera de la mesa, pero no ha hablado—. Y también sé que te lo ha dicho y que te alegras por ella.

—Sí —responde en un susurro sin dejar de mover el dedo sobre la mesa.

—Eso cambia un poco las cosas, ¿verdad?

—Sí.

—Es lo bueno y lo malo que tiene esta familia. Lo que le pasa a una, termina pasándonos a las demás. Jodida una, jodidas todas.

—Ya.

—Aunque claro, no es el caso.

—No.

Sí, no, ya... Bea estaba cerrada como una concha y respondía como responden las hijas y las nietas cuando no quieren oír y se atrincheran por dolidas. Encima de la nevera, la aguja del reloj de la cocina ha dado un salto adelante con un pequeño chasquido y al verla he caído en la cuenta de que no me quedaba mucho tiempo. «Un paseo corto alrededor del lago», había dicho Lía antes de salir con Inés.

—Mira, cariño —he empezado sin muchas ganas—. No quiero que te tomes a mal lo que voy a decirte, pero creo que te hará bien oírlo y a mí decírtelo —le he soltado sin pensarlo, azuzada por el salto de la aguja en el reloj.

Ella ha levantado la cabeza y me ha mirado con una sonrisa triste que a punto ha estado de descalabrarme la voz y las ganas de seguir.

—Dime, abuela.

Ay. «Si me sonríes así no puedo», he estado tentada de decirle. Luego le he acercado la mano a la cara y le he acariciado la mejilla.

—Estoy muy orgullosa de ti, hija —le he dicho.

Ella se ha puesto seria y me ha respondido con un parpadeo sorprendido.

—Hace seis meses te empujé..., bueno, te animé... a que vinieras a vivir con tu hermana porque quería que cuidaras de ella.

—Sí.

—¿Y qué te dije?

Ha vuelto a parpadear y luego ha bajado la mirada, intentando recordar lo que yo quería oírle contestar.

—Te dije que no volvieras sin ella, que nos la trajeras a casa. ¿O no fue así?

—Sí —ha susurrado, cabizbaja.

—Y ya lo ves —le he dicho, apartándole el pelo de la cara y pasándoselo por detrás de la oreja—. Dentro de unas semanas tendremos a Inés de vuelta. Y todo gracias a ti.

Entonces sí ha levantado la cara.

—¿A mí?

—Sí.

—Pero, abuela, yo no he... Inés no...

—Inés vuelve a casa porque tú le has hecho bien, hija. Sin ti aquí, ella nunca habría elegido volver. Se habría ido a Toronto o a la Conchinchina con tal de no regresar a la isla porque hasta ahora vivía el regreso como un paso atrás y no como un salto hacia delante.

Ha bajado otra vez la mirada y ha buscado un cigarrillo en el paquete que estaba encima de la mesa.

—Y eso te lo debe a ti.

—¿Tú crees?

—Claro.

Ha sacado un cigarrillo y se lo ha llevado a la boca mientras buscaba con la mirada el encendedor que no estaba a la vista. Luego ha cogido el paquete y ha buscado dentro, pero tampoco ha habido suerte, así que se ha levantado y se ha acercado a los fogones para encenderlo. Sobre su cabeza, la aguja del reloj ha vuelto a dar un pequeño salto. Y media. Lía e Inés debían de estar a punto de volver.

—Así que mira tú por dónde, ahora resulta que dentro de nada vamos a tener a Inés y a Flavia otra vez en casa —le he dicho, mientras ella seguía inclinada sobre el fogón encendido—. Si es que la vida es así, hija. Cuando menos te lo esperas, zas, cambia el viento y todo se mueve.

Por fin ha conseguido encender el cigarrillo mientras se sujetaba el pelo con una mano. Luego ha apagado el fuego y se ha vuelto despacio, apoyando la espalda contra la cocina.

—Abuela... —ha empezado con esa cara que se nos pone a las mujeres cuando tenemos algo que decir pero no sabemos cómo. Ha sido un «abuela» culpable, un «te voy a decir algo que no te va a gustar pero si me dejas que te explique verás como lo entiendes».

—No, Bea. Abuela, no.

Durante un instante nos hemos mirado sin decir nada, ella de pie y yo sentada. Luego le ha dado una calada al cigarrillo y ha sacado el humo por la nariz.

—Ya sé lo que vas a decirme —le he dicho—. Y también sé que te equivocas, y que si haces lo que has decidido tú sí estarás dando un paso atrás. Y te arrepentirás, seguro.

Ha suspirado y ha vuelto a acercarse el cigarrillo a la boca, pero lo ha pensado mejor y ha bajado la mano hasta apoyarla en el borde de la encimera.

—No quiero que vuelvas a casa, Bea. Y tu madre tampoco. Nos gustaría, claro que sí, pero nos gustaría por nosotras, no por ti.

No he entendido la mirada que he visto en sus ojos porque no era la que esperaba. Esperaba una sombra de sorpresa, sí, pero una sorpresa dolida, encogida, y lo que he visto ha sido una pequeña luz que me ha despistado un poco antes de seguir.

—Y entiendo que te dé miedo quedarte, cariño, porque esto está lejos y porque seguramente las cosas serán muy distintas sin tener a Inés contigo. Pero es que te toca, Bea. Te toca seguir volando sola porque en estos meses que llevas aquí lo has hecho bien y te hará bien seguir, créeme. Además, tienes a Gala y también al Junquillo, que mira tú por dónde nos ha salido derecho el chino.

Ha sonreído y ha vuelto a dar una calada al cigarrillo.

—Pero, abuela...

—Sí, ya sé, ya sé —la he interrumpido—. Ahórrate lo de que hace muy poco que os conocéis y todas esas mandangas. Estáis bien juntos, ¿no? Pues, hala, a vivirlo. Y si es aquí, mala suerte, hija. Peor fue lo que viviste en Madrid con el francés ese que te dejó preñada y mírate ahora.

—Sí, abuela, pero...

—No, Bea. No hay peros reales esta vez. Te lo digo yo que te conozco bien. Los habrá si vuelves a casa porque volverás por miedo a quedarte y lo harás mal, y eso no, niña. Esto es lo que tienes que vivir porque esto es lo tuyo. Te lo has ganado, por mucho que ahora te cueste verlo. Y si te sale mal, ya nos pondremos en marcha para arreglar lo que haya que arreglar. ¿O no es eso lo que hemos hecho siempre?

Le ha dado una última calada al cigarrillo, se ha vuelto de espaldas y lo ha apagado bajo el chorro de agua del fregadero. La aguja del reloj ha marcado las menos veinte y el zumbido del ascensor ha resonado al otro lado de la ventana de la cocina cuando se ha vuelto a mirarme. Entonces se ha acercado a la mesa y se ha sentado a mi lado, tomando mi mano en las suyas.

—Es que yo no quiero volver, abuela —me ha dicho con una sonrisa que yo he recibido como una bofetada. No, como una bofetada, no. Como una puñalada—. Eso era lo que quería decirte. Que me quedo. Un tiempo, todavía no sé cuánto. Pero me quedo.

Ay.

—Coño.

Si Bea hubiera tenido veinte años menos, le habría soltado un bofetón. Vaya con la niña. O sea, yo sufriendo todo el día por ella e intentando encontrar la manera de convencerla para que se quede, y resulta que la buena de Bea, la inocente de Bea, lo tenía todo apañado. De pronto, viéndome así, así de boba, me he sentido vieja, vieja y tonta.

—Creía que no te iba a gustar, abuela —ha dicho, apretándome la mano—. Que te iba a doler.

—Y no me gusta —le he soltado con un gruñido de rabia—. A ver si te crees que a una abuela le gusta dejar a su nieta viviendo aquí sola, con esta gente tan rara que no para de suicidarse y que ni siquiera pone cortinas en las ventanas. Pues claro que no me gusta. Y claro que me duele. Pero una cosa es lo que me gusta y otra muy distinta lo que quiero para ti, hija.

—Ya lo sé.

—Pues no se nota.

No me ha soltado la mano y yo tampoco he intentado retirarla. «Vieja tonta», he pensado entonces. «Eres una vieja mandona que ya no escucha, y mira tú, la que menos esperabas acaba de darte una pequeña lección. A ver si así aprendes a escuchar un poco, pelleja». Entonces me ha entrado la risa tonta. Me he visto sentada en esa cocina con mi nieta y me ha hecho gracia verme así, tan torpona pero tan a gusto por serlo con ella, y he entendido que Bea está mayor y que por fin le he oído una voz que llevaba mucho tiempo esperando oír y que a partir de hoy será la suya: igual de inocente e igual de tierna que hasta ahora, pero voz de mujer, de mujer que sabe que lo es y que quiere disfrutarlo, con todo lo bueno y con todo lo malo. «Mayor. Mi pequeña se nos ha hecho mayor», me he oído pensar, orgullosa y triste a la vez. Y emocionada. Me ha emocionado verla así y he estado a punto de abrazarla fuerte y de decirle esas cosas que pensamos y decimos las abuelas a nuestras nietas cuando nos ablandamos y sólo nos importa lo que importa de verdad.

No sé lo que debe de haber visto ella en mis ojos ni tampoco lo que habrá sentido en mi mano. Sólo sé que se ha llevado la mano al bolsillo, ha cogido el chisme ese de las canciones y me lo ha dado.

—Toma —me ha dicho con esa nueva sonrisa que me va a costar dar por buena en mi pequeña—. Para ti. Te lo regalo.

No he sabido qué decir. Nos hemos mirado durante un instante y luego he cogido el aparato con el índice y el pulgar y lo he dejado encima de la mesa como si acabara de darme un ratón muerto. Bea se ha echado a reír y me ha acariciado la cara.

—Pero, hija. Yo no sé cómo funciona esto.

—Es muy fácil. Mira, sólo tienes que darle a este botón e ir haciendo girar esta rueda de aquí. ¿Lo ves? En la pantalla van apareciendo los títulos de las canciones. Cuando quieres escuchar una, le das a este otro. Así —me ha dicho, poniéndome un auricular en la oreja y poniéndose ella el otro. En seguida han empezado a sonar los acordes del *Imagine* y ella me ha dado en el brazo con la mano—. Escucha, escucha.

Y así es como nos han encontrado Lía e Inés cuando han vuelto de la calle: colgadas las dos sobre la mesa de la cocina, pegadas por el cable blanco como dos postes de telégrafos y tarareando la canción de la piojosa japonesa en la versión de Joan Baez. Inés y Lía todavía deben de estar pellizcándose la una a la otra, preguntándose si lo que han visto en la cocina era verdad o sólo cansancio.

Y, mira tú por dónde, aquí estamos todas de nuevo, apelotonadas en el coche de Junquis, que ahora toma el desvío hacia el aeropuerto con la misma suavidad con que lo hace todo este chino y que se vuelve hacia mí y me dice con una sonrisa:

—Volverá a visitarnos pronto, ¿Señora de Tú?
—¿Te gustaría, Junquis?

Vuelve a fijar los ojos en la carretera sin dejar de sonreír.

—Si vuelve, le enseñaré a jugar al ping-pong.

Jijiji. Al ping-pong, dice el chinorris. Enseñarme. A mí.

—Tú no sabes con quién estás hablando, pequeño saltamontes —le digo, mirándole de reojo—. Aquí donde me ves, fui campeona de España de ping-pong en el año 59. Y la primera que se atrevió a ponerse una falda pantalón para jugar. Sin medias.

Junquis me mira y pone cara de no creerse nada, así que me meto las manos en los bolsillos del visón y le susurro para que no me oigan desde atrás:

—Y mira lo que me ha dejado Santa Claus en el calcetín: un *airport* fucsia con Joan Baez y un blíster lleno de Diazepam. Pero como te chives te corto la coleta.

—Mis labios están sellados, hermana Yoda —me ha respondido con un guiño.

Entonces nos hemos reído juntos mientras nos adentrábamos en la luz naranja de los primeros focos del paseo central del aeropuerto, con nuestra risa entre los asientos y mis niñas detrás, atentas y mayores.

Hacia la despedida.

LIBRO OCTAVO

El cielo que nos queda

LÍA

Esta paz es tan poco habitual que me tiene despistada. Me despista haber tenido a mamá durmiendo tranquilamente a mi lado durante todo el vuelo de Copenhague a Barcelona y me despista más aún la placidez con la que la veo aceptarlo todo, dejándose llevar sin rechistar, sin un solo gruñido y con una sonrisa que no le reconozco. En cuanto hemos embarcado, se ha colocado los auriculares del iPod y se ha pasado el vuelo conectada a la música de Bea con los ojos cerrados. Relajada, mamá relajada y yo incrédula porque de pronto no ha habido ni rastro de su miedo a volar; sólo sus ojos cerrados, una sonrisa feliz y su mano posada en mi brazo. Luego ha llegado la escala en Barcelona y la media hora de retraso que ella ha recibido encogiéndose de hombros y ladeando la cabeza delante de la señorita del mostrador de tránsitos como lo habría hecho una anciana conforme y paciente.

—¿Estás bien, mamá? —le he preguntado cuando nos hemos sentado en la sala de embarque a esperar a que anunciaran el vuelo a Menorca. Ella se ha vuelto a mirarme y me ha sonreído.

—Estupendamente, hija.

—¿Y tu miedo a volar? ¿Qué has hecho con él?

Ha vuelto a sonreír. Era una sonrisa cansada y dulce, tan poco propia de ella que por un momento me ha preocupado.

—Nada, hija. No he hecho nada —ha contestado con suavidad—. Es esta cosa de Bea. Me tiene tan relajada que lo demás como que me da un poco igual.

He seguido observándola mientras ella recorría con los ojos la terminal. Su mirada perdida se ha cruzado con la de la señora que teníamos sentada delante. Mamá ha vuelto a sonreírle y le ha saludado con la mano. La señora ha puesto cara de incómoda.

—Ya sabes, hija —me ha dicho entonces, colocándose con cuidado un auricular en la oreja—. La música, que amansa a las fieras.

No ha dicho nada más. Media hora más tarde hemos embarcado sin problemas y ahora nos sirven un zumo que mamá ni siquiera se ha molestado en rechazar. Va sentada en silencio a mi derecha, arrebujada en su visón y con la cabeza vuelta hacia la ventanilla.

—Hay que ver la de cosas que han pasado desde esa noche, ¿verdad, hija? —dice de pronto, sin apartar la mirada del cristal.

El runrún de los motores nos mece a las dos y el avión da un pequeño bote que ella parece no registrar. Por un momento no sé de qué me habla, pero en seguida entiendo que el «esa noche» de mamá apunta a la noche que pasamos juntas las dos, sentadas bajo el faro de la isla del Aire el día que Bea se marchó con Gala a Copenhague. No sé por qué lo dice ahora ni por qué lo lanza así, y tampoco sé si fiarme porque, por muy plácida que la vea, sé demasiado bien que su mente no descansa y que, desde esa noche en la isla, entre las dos hay algo mal cerrado que ella no descarta.

Esa noche pasaron muchas cosas que ninguna de las dos hemos vuelto a mencionar, ni entre nosotras ni a nadie. Es un secreto, una intimidad que cada una guarda para sí. A menudo recuerdo lo que ocurrió y al hacerlo lo revivo de formas distintas porque ocurrió mucho y a muchos niveles, infinidad de cosas que podrían resumirse en una sola frase si alguien preguntara y quisiera saber. La frase diría algo que sonaría así: «Cuando volví a casa del aeropuerto, mamá no estaba». Ése sería el titular. Luego llegaría lo demás.

Lo demás es que encontré su nota en la cocina y el mundo se me cayó encima porque al leerla entendí que la ausencia de mamá era la crónica de una muerte anunciada desde hacía tiempo, posiblemente desde el día que fuimos a la isla a esparcir las cenizas de Tristán. Desde entonces los mensajes de mamá no habían dejado de llegar, anticipando lo que vendría, lo que ella había empezado a calcular en silencio. «Muy pronto me reuniré con Tristán», decía cada vez más a menudo. «Ya falta poco. Le prometí que no le haría esperar y estoy llegando tarde». O «Hay que ver lo difícil que es morirse, demonios. Como tarden mucho en venir a buscarme, voy a tener que dar un pequeño empujoncito, a ver si me oyen allí arriba». Ésas eran algunas frases que muy pronto empezaron a salpicar las conversaciones de mamá y que yo pasaba por alto porque creía que eran sólo eso, latigazos de rabia típicos de ella y poco más. Pero me equivocaba. Cuando volví del aeropuerto, leí su nota de despedida y vi que se había llevado su maleta de mano roja, supe que había decidido actuar y entendí que se había ido a morir a la isla porque, como ella decía, «las elefantas viejas y decentes vuelven siempre a morir a casa», y su casa estaba bajo el faro, donde descansan nuestros muertos. Tardé en reaccionar. Estaba tan conmocionada y tan paralizada por el cúmulo de emociones que de repente se me vinieron encima que no supe qué hacer. Por un lado, mamá me pedía que la dejara morir como ella había decidido hacerlo, sola y en su isla, sin molestar. En su nota y en su gesto me pedía ese cariño y ese respeto que yo siempre le había prometido. Por el otro, imaginarla allí sola, con su abrigo y su maleta, esperando a que le llegara lo que ella esperaba desde hacía tanto tiempo, me rompía la vida y también la conciencia. Entonces quise tiempo y también consejo, pero el tiempo jugaba en mi contra. En cuanto al consejo, estaba demasiado acostumbrada a recibirlo sólo de ella, y en la situación en que mamá me había puesto no podía pedírselo a nadie más porque buscar ayuda fuera habría sido traicionarla.

Entonces hice lo que me pedía en su nota. Bajé a la playa y con uno de sus bastones escribí en la arena las cuatro palabras de la frase que me había dejado en herencia. «Escríbela con letras bien grandes para que pueda verlas desde arriba al pasar», decía la nota. Y eso fue lo que hice. Grabé ese «CONFIESO QUE HE VIVIDO» en la orilla de la playa con el corazón en un puño y después hice algo que jamás creí verme hacer: subí a una de las pequeñas dunas que separan la playa del camino, me senté en la arena, miré al cielo oscuro de la noche de agosto y recé. Recé por mí y también por mamá, pero no le recé a Dios, sino a Helena y a Tristán. No sé cuánto tiempo estuve así, rezando y pidiendo en voz alta como una vieja loca junto a la orilla hasta que se me secó la boca y tuve que parar. Cuando se hizo el silencio, la luz se había vuelto más negra y oí dar la medianoche en el reloj del puerto. Horas, habían pasado horas: dos, tres, quizá cuatro. Y fue entonces, envuelta en ese silencio agotado y triste, cuando por primera vez en muchos años me sentí conmigo, cerca de mí, como si la ausencia de mamá hubiera abierto un paréntesis de espacio en el que yo tenía un lugar distinto, totalmente mío, un rincón vacío en el que su carencia no dolía. Fue un silencio grande como un mar abierto que separaba mi costa de la de ella. Liberador, eso fue. Sin deudas, sin reproches, sin culpa. «Mamá no está», pensé en voz alta. «Ya no está y la vida sí, yo sí». Y respiré hondo el aire caliente de la noche, meciéndome en él durante unos minutos, hasta que de pronto la imaginé en su orilla, sentada bajo el faro con su maleta y su visón raído, esperando morir, y supe que no, que no podía ser. «No, mamá», recuerdo que pensé entonces. «Cómplice de tu pena, sí. De tu muerte, no puedo». Luego me volví a mirar hacia el faro y le dije como si la tuviera delante:

—No puedes hacerle esto a una hija, mamá. No puedes porque yo no lo haría con las mías y porque me haces daño. Y porque no quiero cargar con esta culpa ni con este peso. No los quiero, mamá. No me los merezco. Lo siento.

Entonces me levanté de la arena, llamé a Jacinto y media hora más tarde llegábamos a bordo de la *Aurora* al viejo embarcadero de la isla. Encontré a mamá sentada bajo el faro en el pequeño banco de piedra con la maleta a los pies como si estuviera en la parada del autobús. Ni siquiera me miró.

—¿Has venido a traerme los donuts? —me dijo con voz de fastidio.

Me senté a su lado y no dije nada. Luego pasaron los minutos mientras sobre nosotras la linterna del faro iba repartiendo su luz sobre el mar y la brisa caliente subía desde el agua.

—Pensaba que sería más fácil —dijo por fin, sin volverse a mirarme—. Morirme, digo.

Lo dijo con una voz tan triste y tan desinflada que sentí que una pena tremenda me partía por la mitad y estuve a punto de abrazarla.

—Creí que vendría a buscarme en seguida —dijo entonces, levantando la mirada hacia el cielo. Luego se volvió hacia mí—. Tristán, hablo de Tristán. En eso habíamos quedado.

No supe qué decir.

—Y mira. Llevo no sé cuántas horas esperando como una mema y aquí no ha venido ni Dios. Desde luego, hay que joderse, hija.

La vi tan extraña, me sonó tan rara su voz y tan poco ella, que caí en la tentación de seguirle la corriente y me equivoqué.

—No habrá podido venir, mamá.

Ella puso los ojos en blanco y torció la boca.

—No me hables como si estuviera chiflada, niña —me ladró—. Tristán no ha venido porque no me tocaba y porque soy una vieja idiota que cree que se puede morir cuando le dé la gana.

Enfadada y rabiosa. Así estaba mamá esa noche en el faro. Y así me hablaba.

—O puede que aquí todavía te queden cosas por hacer —le dije, intentando suavizarla.

Soltó un bufido y agarró el mango de la maleta con las dos manos.

—Aquí siempre tengo cosas por hacer, hija. Con vosotras una no da abasto. Que si ahora una se va, que si ahora la otra vuelve, que si sí, que si no... Bah, menuda panda de desarregladas estáis hechas.

Le contesté con un suspiro que ella recibió chasqueando la lengua.

—¿Te ha traído Jacinto?

—Sí.

—Santo varón. No sé qué haríamos en esta familia sin él.

—Ya.

—¿Y está abajo con la *Aurora*?

—Sí.

Volvimos a quedarnos calladas un buen rato hasta que ella cogió el bastón y dio un par de golpes en el suelo de roca.

—Se está bien aquí, ¿eh?

Se estaba bien, sí. La brisa subía caliente y salada desde la humedad del agua y el chapoteo de las olas lo mecía todo, acunándonos a las dos.

—Es un buen sitio para morir, ¿no crees? —la oí murmurar de pronto.

«Ningún sitio es bueno para morir, mamá», estuve a punto de decir.

—Es un buen sitio para muchas cosas, mamá —le contesté sin mirarla.

—Sí, supongo que sí.

Volvimos a quedarnos en silencio hasta que desde la costa nos llegaron las campanadas de un reloj de iglesia. Fueron dos, como nosotras. Cuando las campanas callaron, mamá se levantó con un gruñido, ayudándose del bastón, y se volvió a mirarme desde arriba.

—Supongo que has venido a buscarme, ¿no?
—Sí.

Soltó un suspiro resignado y me dio un golpecito en el tobillo con el bastón.

—Pues andando, hija. No hagamos esperar más al pobre Jacinto.

Me levanté y le ofrecí el brazo para que se apoyara en él, pero ella cogió la maleta y echó a andar hacia el camino que bajaba al embarcadero.

—Pues si aquí no hay forma de morirse en paz, a ver si por lo menos esta vieja chocha puede acostarse hoy a una hora decente —la oí murmurar antes de echar a andar tras ella.

Eso fue lo que ocurrió esa noche y lo que mamá ha vuelto a recuperar hace unos instantes con su pequeña frase lanzada al aire. Ayer, en el avión de ida, me pidió perdón por su escapada, pero fue una disculpa a contratiempo, metida con calzador en una conversación con su vecino de asiento, más un recordatorio que otra cosa. Hoy vuelve a lo mismo y a esa noche y, conociéndola, entiendo que busca algo y que lo quiere ahora.

—¿Qué quieres decirme, mamá? —le pregunto sin rodeos. Sé que cuando lanza las cosas así, al aire, prefiere la vía directa. Yo con ella también.

Se ha vuelto a mirarme.

—Dos cosas —dice con esa voz suave y reposada que tiene desde que hemos salido de Copenhague y que no sé de dónde saca porque no es la suya.

—¿Dos?

—Sí.

—Bueno.

—¿Bueno es que quieres oírlas o que prefieres que me calle?

—Bueno es que te estoy escuchando.

Suelta una risilla y se quita el auricular de la oreja.

—Muy bien. La primera es sobre la noche que pasamos en el faro —empieza.

Aquí llega mamá.

—Dime.

—No, hija —me suelta con una sonrisa paciente—. Dime tú.

—¿Yo?

—Sí.

—No te entiendo, mamá.

—Muy fácil. Desde que llegaste a casa y encontraste mi nota hasta que apareciste en la isla esa noche pasaron unas cuantas horas.

—Sí.
—O sea, que no viniste a buscarme en seguida.
—No.
—Ajá.

La voz de la azafata anuncia que el avión inicia el descenso hacia el aeropuerto de Mahón y mamá se vuelve a mirar por la ventanilla. Al otro lado sólo hay oscuridad.

—Quiero que sepas una cosa, hija —dice, volviéndose a mirarme.
—Dime.
—Estos últimos meses he estado insoportable contigo, y ya te he pedido perdón por eso.
—Sí.
—Pero te he mentido.

Vaya.

—¿Ah, sí?
—Sí.
—¿En qué?
—Si he estado así no ha sido porque me diera vergüenza lo que hice, hija, ni tampoco porque tuviera miedo de que no fueras capaz de perdonarme.

El avión se inclina hacia la derecha. Mamá ni siquiera pestañea.

—¿Entonces?
—Yo no quiero que me perdones, Lía. Lo que quiero, lo que me gustaría, es que te perdonaras tú.

No la miro. De repente me noto tensa aunque no sabría decir por qué. Mamá acaba de tocar una cuerda que no ha sonado bien y que ha despertado algo extraño en algún sitio de lo que soy yo.

—Sigo sin entenderte, mamá.
—Sí, hija. Claro que me entiendes.

Descendemos. Ahora entramos en esa zona de cielo en la que la presión cambia durante unos minutos y el avión vibra aunque no haya nubes a la vista.

—Dijiste que pasaste esas horas rezando en la playa.
—Sí.
—¿Y por quién rezabas, Lía? ¿Por mí? ¿Por ti?
—Por las dos, mamá.
—Mentirosa.

Pequeñas turbulencias nos sacuden ahora. Son poco más que un masaje que hace temblar las puertas de los compartimientos que tenemos encima.

—Rezabas porque te sentías bien, hija —dice—. Bien sin mí, sin ninguna sombra a tu lado. Y porque de repente te viste libre y te atreviste a imaginar la vida que podías tener a partir de entonces y también la que hubieras podido tener si las cosas hubieran sido distintas, sin esta vieja pesada y mandona que no te ha dejado crecer como tendría que haberlo hecho porque has tenido la mala fortuna de tener una madre que no se muere nunca, la jodida.

—Mamá...
—Y también rezabas para que cuando llegaras a la isla fuera demasiado tarde.
—No, mamá.
—Sí, Lía.

La cuerda que me tensa la garganta tira de mí hacia abajo, clavándome al asiento, mientras a mi lado mamá me pone la mano en el brazo y noto la presión de sus dedos sobre el jersey.

—Yo no te perdoné esa noche porque no tenía nada que perdonarte —dice—. La que tiene que perdonarse eres tú, Lía. Desde esa noche en la isla te veo sufrir por algo que no es y que no mereces. ¿Que quisiste verte libre de mí? Pues claro, hija. Y quién no. Es que eso es estar viva, Lía.

Eso es jugar y mojarse. Y tú lo hiciste esa noche, aunque fuera sólo durante unas horas, y yo te quiero más porque a pesar de lo que quisiste y de lo que pediste, viniste a buscarme y me trajiste de la oreja a la vida. Me eligió la Lía mujer, no la hija. Por eso volví.

Bajo nuestros pies, el tren de aterrizaje se desencaja con un crujido y yo trago saliva.

—Así que perdónate, cariño, y hazlo pronto, porque no me gusta verte así y porque con la que nos espera dentro de unas semanas en cuanto tengamos aquí a Inés y a Flavia, más te vale que estés entera y podamos bregar juntas con lo que vendrá.

Ahora la azafata anuncia desde los altavoces que dentro de unos minutos aterrizaremos en el aeropuerto de Mahón, nos informa de la temperatura y de la hora local y nos da las gracias por haber volado con su compañía, pero yo no la oigo porque sólo tengo oídos para lo que me llena la cabeza con las voces de mamá y la mía y para mis ganas de abrazarla y de encajar la cara en su cuello, hacerme pequeña y dejar que me haga de madre. Pero mamá ya ha pasado a otro plano y me mira con unos ojos tranquilos, casi ausentes.

—La otra cosa que quería decirte es que estoy feliz porque ya no necesito tus malditos Trankimazines para volar —me suelta con una sonrisa de niña repelente, llevándose la mano al gorro en un gesto coqueto.

—¿Ah, no?

—Pues no —dice, metiéndose la mano en el bolsillo del abrigo y sacando un blíster plateado y medio arrugado que agita en el aire con una risilla—. ¡Mira lo que me ha traído Papá Noel! ¡Un blíster de Diazepam!

—Pero, mamá...

—Me he atizado dos en el bar del aeropuerto. Y tú no sabes... —dice, sacando la lengua hacia un lado y poniendo los ojos en blanco—. Ay, hija. Entre las pastillas y la musiquita de Bea... esto es vida y lo demás, jodiendas —suelta, volviendo a meterse el blíster en el bolsillo y colocándose un auricular en la oreja. Luego me mira y me ofrece el otro.

—¿Quieres?

Cojo el auricular que me ofrece y me lo coloco en la oreja mientras mamá manipula el iPod, y de repente suenan los primeros acordes de una música alegre y folclórica que no reconozco hasta que la voz de Joan Baez se integra en la melodía con su «Gracias a la vida, que me ha dado tanto» y mamá me da la mano.

Cuando me vuelvo a mirarla, la veo sonreír con los ojos clavados en la ventanilla. Lejos, al otro lado del cristal, las luces de la isla se deslizan contra la oscuridad de esta noche de invierno, empequeñecidas por una luz mayor e intermitente que saluda nuestra llegada sobre el mar y que queda enmarcada contra el retal de cielo recortado por el faro.

—Ahí está nuestro cielo, cariño —dice mientras Joan Baez le canta a la risa y al llanto y mamá me aprieta la mano con sus dedos flacos—. Es el cielo donde vive nuestra gente, los que ya se fueron. Y es también el que nos verá llegar.

»Es el cielo que nos queda. El de las que quedamos.

INÉS

Ya deben de haber llegado a Barcelona —dice Bea.
Estamos sentadas en el sofá y en el equipo suena la música delgada de Dowland, con sus laúdes y sus silencios. En el sillón, Morris lee una revista con Gala dormida sobre las rodillas y al otro lado del ventanal hay silencio y también hay Navidad. Bea y yo nos hemos tapado con la manta de cuadros. Fuera, el reloj de la iglesia da la media.

—¿No lo abres? —me pregunta ahora, volviéndose hacia mí y mirando el pequeño paquete envuelto en papel verde de la abuela que tengo junto a mí desde que nos hemos instalado en el salón.

—No me fío de la abuela, la verdad —le contesto sin moverme—. Vete tú a saber lo que hay.

—¿Quieres que lo abra yo? —dice, colocándose bien la manta sobre los pies y apartándose el pelo de la cara.

Lo pregunta con timidez. Para ayudar.

—No, Bea.

—Vale.

Cuando las campanas se aquietan, alguien se ríe en la calle. Es la risa de un niño que encuentra el eco en la de un hombre, probablemente su padre. Luego seguimos calladas unos minutos hasta que la música muere en el CD y se hace el silencio.

Entonces cojo el paquete y lo abro.

Dentro encuentro un sobre blanco pegado con celo a un pequeño cuadro con marco de madera negra. Dejo con cuidado el papel a un lado y me coloco el cuadro en el regazo con el sobre encima.

Cuando despego el sobre y veo lo que veo, una punzada de dolor me recorre como un latigazo la espalda desde el sacro hasta la base del cuello y se me comprime la garganta de golpe, tanto que tengo que cerrar los ojos porque veo estallar una luz en algún rincón de mi cabeza. Es una luz roja. De alarma.

El cuadro es un dibujo hecho con ceras de colores y los trazos firmes y sencillos de un niño. En él aparece la figura de una mujer apoyada en una ventana. La mujer sonríe. Al otro lado del cristal, un faro lanza sus rayos en círculo, coronándole la cabeza con líneas amarillas, rojas y azules. A los pies de la mujer, en lápiz, y con letras desiguales, leo:

Mamá en la ventana con su faro. Tristán.

De repente el silencio del salón se me cae encima, nublándome la vista, y con él cae también sobre mí el recuerdo de la tarde en que Tristán me hizo ese dibujo. Fue después de su primer ingreso, antes, mucho antes del autotrasplante. Habíamos estado metidos en el hospital poco más de tres meses y por fin nos habían dado permiso para que nos lo lleváramos dos semanas a casa antes de volver a empezar con las sesiones de quimio. Tristán estaba hinchado y calvo pero vivía y, después de tantas semanas encerrado, aquéllos fueron días de celebración constante. Esa tarde estaba cansado y se había quedado en la cama. Faltaban un par de días para volver al hospital y había empezado a torcérsele el humor. Hablaba menos, sonreía menos, menos paciencia, menos alegría. Yo estaba en la ventana y él dibujaba en su libreta. Era octubre y el mar estaba verde entre los veleros que se trenzaban en blanco sobre el agua. Estuvimos un rato así, cada uno en lo suyo, hasta que de repente preguntó:

—¿Yo nací en el faro, mamá?

Me hizo gracia la pregunta.

—No, hijo.

—¿Y tú?

—Tampoco. ¿Por qué?

Pareció pensar la respuesta antes de hablar.

—Porque la abuela siempre dice que en esta familia todos venimos de allí.

—¿Ah, sí?

—Sí. Y también que cuando la gente se muere, les duele porque está oscuro, pero eso a nosotros no nos pasa porque cuando nos morimos la luz del faro nos enseña el camino como a los barcos.

No me gustó oírle hablar así. De la muerte, quiero decir. Me sonó mal y cambié de tema.

—¿Qué has dibujado?

Me sonrió, pero no me enseñó el dibujo.

—A ti.

—¿A mí?

—Sí. Bueno, primero he dibujado el faro, pero luego te has puesto delante y te he dibujado a ti también.

—Ah.

—Pero así está mejor —dijo, concentrándose en el dibujo.

—¿Por qué, hijo?

—Porque me gusta que estés cerca del faro. Así no te quedarás a oscuras —dijo con una sonrisa que no he vuelto a ver en nadie y que ahora, al recordarla, tengo que tragar mucho para seguir manteniendo los ojos secos y la garganta abierta.

A mi lado, Bea mira el dibujo y no dice nada. Sólo me acaricia el brazo de arriba abajo y espera a que pase algo que rompa este silencio tan tenso y difícil que nos envuelve.

—¿Qué hay en el sobre? —pregunta por fin.

Dejo el dibujo encima de la manta y cojo el sobre con tan pocas fuerzas que se me cae al suelo. Ella se agacha a recogerlo y me lo da.

La carta es de la abuela. Es el papel azul de rayas gruesas que usa siempre y también es su letra inclinada y escueta. En mayúsculas y subrayada, una frase corona las demás: A LEER EN VOZ ALTA. BEA, TÚ LEE. INÉS, TÚ ESCUCHA. Y LA NIÑA QUE NO LLORE.

Cuando se la enseño, Bea suelta una carcajada tímida y niega con la cabeza. Luego me tiende la mano.

—¿Quieres que lea?
—¿No te importa?
—No, boba.
—Vale.

Bea coge la carta, se aclara la garganta y en cuanto empieza a leer, yo cierro los ojos y dejo que su voz suave de niña mayor dé vida a lo escrito. Sólo es voz, sí. El mensaje es Mencía. Habla ella.

—Querida Inés —dice la abuela desde el papel—. Cuando recibas esta carta y este dibujo yo ya estaré lejos otra vez. Debes de pensar que tu abuela es una vieja bruja por haberte hecho un regalo así por Navidad, pero mira, se me ha ocurrido que quizá te sirva verte junto al faro dibujada por Tristán y puedas dejar de una vez de dar vueltas por ahí a oscuras, tan herida y tan maltrecha.

»Hoy es un día especial, fechas especiales estas en las que parece que los que aún estamos contemos menos que los que ya se fueron, que pese más lo ausente. Inés, cariño, quiero que te mires bien en mí y que veas en esta vieja lo que quizá pueda ayudarte a salir de tanta pena. Mírame, hija. Tengo noventa y tres años, y si tuviera que hacer una lista con los seres queridos que me quedan y los que ya no están, te aseguro que con los que se fueron podría llenar una playa entera. Pero ¿sabes una cosa? No les echo de menos porque no los vivo como una pérdida. Y es que, aunque tarde, los viejos aprendemos rápido. Llega una edad en la que nos damos cuenta de que vivir restando es vivir al revés porque hace daño, y la vida no es eso. Hay que aprender a sumar, hija, a sumarlo todo: el dolor, la pena, la angustia, lo vivido, lo que esperas vivir, lo que ya no…, los que se marcharon. Todo eso eres tú. Fuiste madre y tuviste la suerte de tener un hijo que parecía no ser de este mundo. Fue breve, es verdad, pero sumó, no restó. Tristán llegó y se fue, pero lo que vivió y lo que tú viviste con él es parte de ti y también parte de todo lo que tocasteis juntos, de todo lo que mirasteis, de lo que no llegasteis a ver.

»Yo me iré pronto, hija, aunque…, en fin, otra de las cosas que he descubierto con la edad es que, para según quién, morir cuesta. Y que hay que joderse. Supongo que en el fondo lo que me pasa es que soy una vieja sumadora sin remedio que quiere dejar las cuentas bien hechas antes de volver al faro y dejarse repartir desde allí al agua. Puede ser.

»En realidad, mi regalo no es el dibujo ni es tampoco esta carta. Mi regalo es poder seguir pensando que estoy aquí para algo que no soy yo. El regalo eres tú y es también Bea, sumadas las dos a mí, arregladas o desarregladas, qué más da. Y tu regalo, el que espero recibir pronto de ti, es verte llorar la muerte de tu hijo como tiene que hacerlo una madre que ha parido bien y una mujer que sabe perder aún mejor.

»Mientras yo siga viva, hija, ninguna de vosotras perderá nada porque no lo permitiré. Tristán eres tú, Inés. No lo restes, sigue viviéndolo si quieres, pero no lo hagas desde el recuerdo sino desde la emoción. Y, si lloras, nosotras lloraremos contigo. Y, si le hablas, nosotras también. Cuenta con esta vieja para cualquier viaje que decidas emprender hacia delante porque mientras tenga cuerda, sumaremos juntas, y si hay oscuridad, no vaciles. Aquí, al otro lado de mi ventana, hay un faro que da vueltas y que todas las noches baña esta orilla preguntando por ti.

»Feliz Navidad a las dos, hijas.
»Mencía

Si dijera que hay silencio en el salón, estaría mintiendo. Si dijera que hay tristeza, también. Y, si hablara, no me saldría la voz. Bea dobla la carta por la mitad, la deja encima de la manta y se inclina sobre mí. Luego me pasa los pulgares por las mejillas una y otra vez mientras yo sigo acariciando el dibujo de Tristán como llevo haciéndolo en cuanto ella ha empezado a leer y las palabras de la abuela han ido cayendo sobre nosotras desde su rincón de noche.

Y así seguimos hacia lo que vendrá mientras la sombra de un mástil cruza de norte a sur los cristales de la galería y el reloj de la iglesia de la esquina toca la hora: ella enjugándome la cara con los pulgares y yo con mi niño en brazos; Bea acariciando y yo meciendo, sumadas por la abuela y por mamá, y tan queridas por ellas que, sin necesidad de decirnos nada, sabemos que el día que nos falten será imposible no restar porque quedará menos aire y menos luz.

Ese día, Bea y yo seremos menos: menos enteras, menos compartidas, menos todo. Nos quedará menos y habrá que empezar a vivir sin faro y a tientas porque la abuela y mamá son la roca y nosotras las algas que la cubren.

Cuando ellas se vayan no habrá roca y tendremos que aprender a vivir en agua.

No habrá roca, no.

Sólo cielo.

El suyo, el de Helena y también el de Tristán.

Dios quiera que siga siendo también el de las que quedemos.

Continuará...

Agradecimientos	9
Prólogo del autor a la nueva edición	11
Árbol genealógico	13
Tanta vida	15
Libro primero: La isla del aire	19
Libro segundo: Ojos de invierno	133
Libro tercero: Navegando juntas	235
El cielo que nos queda	341
Libro cuarto: Volver al aire	345
Libro quinto: Luces en la ciudad	405
Libro sexto: Regalos de calor	461
Libro séptimo: La reina de corazones	509
Libro octavo: El cielo que nos queda	557